KB260213

DONGSUH MYSTERY BOOKS 92

TALES OF THE BLACK WIDOWERS

흑거미클럽

아이작 아시모프/강영길 옮김

동서문화사

옮긴이 강영길(文潓)
조선대학교 정치외교학과 졸업. 미육군성 기갑학교 수학, 미육군성 행태과
학연구소 연구관 역임. 옮긴책 와일드《행복한 왕자》디킨즈《크리스마스
캐럴》멀린스《미국은 점령당했다》등이 있다

DONGSUH MYSTERY BOOKS 92

흑거미클럽

아이작 아시모프 지음/강영길 옮김
초판 발행/1977년 12월 1일
중판　1쇄/2003년　6월 1일
중판　3쇄/2014년　5월 5일
발행인 고정일/발행처 동서문화사
창업 1956. 12. 12. 등록 16-3799
서울 강남구 도산대로 163(신사동, 1층)
☎546-0331~6 (FAX) 545-0331
www.dongsuhbook.com

＊

편찬·필름·제작 일체 「동판」 자본으로 이루어짐에 따라
출판권 소유권자 「동판」에서 제조출판판매 세무일체를 전담합니다.
사업자등록번호 211-90-02201
ISBN 978-89-497-0177-6 04840
ISBN 978-89-497-0081-6 (세트)

흑거미클럽
차례

머리글

〈흑거미클럽〉 회원

제프리 애벌론 특허변호사

토머스 트램블 암호전문가

임마누엘 루빈 작가

제임스 드레이크 유기화학자

마리오 곤잘로 화가

로저 홀스테드 수학자

헨리 급사

머리글

　내 문체가 매우 허물없고 개인적인 탓인지 독자들은 흔히 내게 허물없는 개인적인 편지를 보내 허물없는 개인적 질문을 해온다. 그리고 글은 그 사람을 나타낸다는 말대로 나는 허물없는 사람이기 때문에 그런 편지에 반드시 회답을 보내고 있다. 그런데 나는 비서는 커녕 조수라고 부를 만한 사람도 고용하고 있지 않으므로 회답을 쓰기 위해서는 작품 쓰는 시간을 쪼개야 한다.

　그러므로 예상되는 질문에 대해 먼저 대답함으로써 독자로부터의 편지더미를 얼마쯤 줄이려는 생각에서 내가 머리글을 쓰는 습관을 지니게 된 것은 어쩌면 당연한 일이라고 할 수 있다.

　나는 여러 분야에 걸쳐 글을 쓰고 있으므로, 다음과 같은 질문을 이따금 받는다.

　"이류 SF 작가에 지나지 않는 당신이 어떻게 셰익스피어에 관한 책을 2권이나 쓸 수 있다고 생각했습니까?"

　"셰익스피어 학자인 당신이 하필이면 SF 스릴러를 쓰는 까닭은 무엇입니까?"

"생화학자인 당신이 역사책을 쓰다니 대체 어떻게 된 겁니까 ? "

"한낱 역사학자에 지나지 않는 당신이 과학에 대해 얼마나 알고 있다고 생각합니까 ? "

등등.

대개 이런 식으로 나오고 있으니, 반쯤은 재미로 또는 분격해서 나에게 어째서 미스터리를 쓰느냐고 물어오는 독자가 있으리라는 것도 충분히 예측할 수 있다.

그래서 한 마디.

나는 SF를 씀으로써 작가가 되었다. 지금도 기회가 있으면 SF를 쓴다. 나에게 있어 SF는 가장 애착이 가고 내 관심의 가장 큰 부분을 차지하고 있기 때문이다. 그러나 내 흥미는 여러 방면에 걸쳐 있다. 미스터리도 그 가운데 하나다. 미스터리와의 접촉은 SF 못지않게 길다. 10살 무렵 나는 낮잠을 주무시는 아버지의 베개 밑에서 읽지 말라는 명령이 내려진 《더 섀도우》를 몰래 빼낸 일을 기억하고 있다. 나에겐 읽으면 안된다고 하면서 왜 아버지는 그것을 읽느냐고 나는 물었다. 아버지는 영어공부가 되기 때문이라고 대답했다. 나는 학교에서 영어를 배우고 있으니 읽지 않아도 된다는 것이었다. 참으로 터무니없는 이유라고 그때 나는 생각했다.

이윽고 나는 SF를 쓰게 되었고, 때로는 SF에 미스터리의 발상을 집어넣기도 했다. 내가 쓴 2개의 장편 《강철도시(1953)》와 《벌거숭이 태양(1957)》은 모두 SF인 동시에 본격적인 살인 미스터리다. 나는 SF 미스터리 단편도 여러 개 썼는데, 이것들은 《아시모프의 미스터리 세계(1968)》라는 단행본이 되어 나왔다.

《죽음의 상인(The Death Dealer, 1958)》이라는 제목의 본격 미스터리도 있다. 이것은 관심 있는 사람들을 위해 말해 두지만, '더블데이’ 사로부터 출판을 거절당했었다. 1968년에 나 자신이 붙인 제목 《죽음의 냄새(A Whiff of Death)》로 ‘워커’ 사에서 출판된 작품이다. 그런데 이 작품은 과학자와 과학의 세계를 다룬 것이었으므로 아무래도 SF냄새를 풍기지 않을 수 없었다. 미스터리 잡지에 발표된 2개의 단편 역시 그런 경향이 있었다.

나는 차츰 과학과는 전혀 관계 없는 미스터리를 쓰고 싶은 기분에 사로잡히게 되었다. 그러나 꼭 한 가지 나로 하여금 주춤거리게 만드는 게 있었다. 그것은 지난 4반세기 동안 미스터리가 크게 달라졌는데, 나 자신의 취향은 조금도 달라지지 않았다는 것이었다. 요즘 미스터리는 술에 푹 담근 다음 마약을 흠뻑 붓고 섹스로 양념을 하여 새디즘으로 구워낸다. 하지만 내가 이상으로 삼는 건 에르큘 포아로와 그의 작은 회색 뇌세포인 것이다.

1971년 나는 〈엘러리 퀸즈 미스터리 매거진(EQMM)〉의 편집부장인 젊고 멋진 금발 여성 엘리너 설리반으로부터 그 잡지를 위해 단편을 쓸 마음이 없느냐는 편지를 받았다. 물론 나는 잘됐다고 생각했다. 저쪽에서 부탁해 온 이상 내가 쓴 것을 함부로 바꾸거나 하지 않으리라고 생각했기 때문이다. 그런 여건이라면 나는 마음놓고 내 취향대로 작품을 쓸 수 있다. 더없이 지능적인 작품을.

나는 이리저리 지혜를 짜내며 이야기의 소재를 생각했다. 그러나 쉬운 일이 아니었다. 나는 나름대로 단수높은 이야기를 쓰고 싶은데, 이미 애거서 크리스티가 생각해 낼 수 있는 모든 트릭을 다 써버리고 말았기 때문이다.

머리 한구석에서 톱니바퀴가 천천히 돌아가고 있을 무렵, 나는 때마침 배우 데이비드 포드를 방문했다(그는 브로드웨이 무대와 할리우드에서 일하며, 〈1776년〉에 출연했다). 그의 아파트에는 온갖 진기한 것들이 진열되어 있었다. 그리고 그는 누군가가 무엇인지를 틀림없이 들고나갔는데, 그 자신은 무엇이 없어졌는지 모르므로 확실한 말을 할 수 없다고 이야기했다.

나는 웃었다. 그 순간 내 머릿속의 톱니바퀴가 일제히 후유 하고 안도의 한숨을 내쉬더니 딱 멎었다. 지혜가 떠오른 것이다.

그 다음 나는 그 지혜를 이야기에 짜넣기 위해 배경을 마련해야만 했다. 여기에 대한 또 하나의 이야기가 있다. 전해들은 바에 의하면 시대를 거슬러 올라가 1940년대 첫 무렵 어떤 남자가 아내를 맞았는데, 그 아내는 남편이 사귀는 친구들에게 아무래도 호감을 가질 수 없었다고 한다. 남편 쪽에서도 역시 아내의 교우관계에 대해 참을 수가 없었다. 우정을 소중히 여기고, 그것이 끊길까봐 걱정한 남편의 친구들은 한 달에 한 번씩 만나서 식사하는 것을 유일한 목적으로 하는 회장도 규칙도 없는 클럽을 조직했다. 이 클럽은 여자를 받아들이지 않는 모임이어서 그 남편은 회원으로 들어갈 수 있었으나 아내는 정중히 거절 당했다. 우먼리브의 오늘날이었다면 도저히 그럴 수 없었으리라.

이 모임은 '트랩 도어 스파이더즈(Trap Door Spiders—문짝거미 클럽(약칭 TDS))'이라고 이름지어졌다. 아마도 그들은 세상을 피하고 싶은 기분이었던 모양이다. 조직된 지 30여 년이 지난 오늘날 TDS는 여전히 존재하고 있다. 여전히 여자를 받아들이지 않는다. 이 클럽을 발족시키는 계기가 된 결혼을 한 그 부부는 오랜 옛날 이혼해 버렸다. 남자들의 배타주의에 맞서는 뜻에서 1973년 2월 3일 칵테일 파티를 열고 TDS회원의 아내들이 한자리에 모여 서로 친분을 맺었는데, 이것은 틀림없이 항례적인 행사가 될 것이다.

한 달에 한 번씩 금요일 밤에 늘 TDS는 모였다. 장소는 대개 맨해

튼으로, 레스토랑일 때도 있고 회원의 자택일 때도 있었다. 모일 때마다 회원 가운데 뜻있는 두 사람이 진행을 맡고 하룻밤의 경비를 모두 부담했다. 이 뜻있는 두 사람은 저마다 손님을 한 사람 초대할 수 있게 되어 있다. 출석자는 보통 12명이다. 6시 30분부터 7시 30분까지 식사전의 술과 환담. 7시 30분부터 8시 30분까지 식사와 환담. 그리고 그 뒤에는 이야기꽃을 피운다.

초대손님은 식사 뒤에 그때그때의 관심사며 직업, 취미, 의견 등에 대한 회원들의 질문공세를 받는다. 거의 예외없이 매우 흥미깊고 때로는 감동적인 결과를 가져다주었다.

TDS는 매우 색다른 모임이지만, 그 가운데서도 특히 다른 모임들과 다른 것은 다음 두 가지다. 첫째로 각 회원은 서로 '닥터'라고 부르며, 회원 자격으로서 이 직함을 가진다. 둘째로 각 멤버는 신문 부고란 속에 반드시 TDS회원임을 밝혀주기 바란다.

나는 전에 이 모임에 두 번 초대받은 일이 있었고, 뉴욕으로 옮긴 1970년에는 회원이 되었다.

그래서 나는 미스터리를 쓰는 데 있어 TDS 같은 모임을 무대로 하면 어떨까 하는 생각이 들었던 것이다. 나는 그 모임을 '블랙 위도워즈(Black Widowers―흑거미클럽)'라 이름짓기로 했다. 그리고 인물의 처리를 알맞게 하기 위해 인원수를 절반으로, 즉 회원 6명과 호스트 1명으로 하기로 했다.

당연한 일이지만, 이 작품에 나오는 클럽은 실제 그 모습과 다르다. TDS에서는 결코 수수께끼풀이 같은 것을 한 적이 없고, '흑거미클럽'에 나오는 괴짜같은 사람들은 한 명도 없다. 사실 TDS 회원들은 어느 누구나 예외없이 사랑스러운 호남자고, 그들의 우정은 곁에서 보기에 아름답다. 그러므로 이 책의 등장인물이며 여기에 펼쳐지는 사건은 모두 나 자신의 창작임을 알아주기 바란다. 그들이 매우 지적이고 개성풍부한 사람좋은 인물이라는 점을 빼고는 TDS 회원 가운데 어느 누구도 닮은 사람은 나오지 않고, TDS 모임에서 나온 화제로부터 재료를 얻은 이야기도 전혀 없다.

특히 급사 헨리는 나의 순수 창작이다. 어느 모로 보나 그를 연상시키는 인물은 TDS에 없다.

이리하여 재료와 무대가 갖추어졌으므로 나는 맨 먼저 '쾌재'라는 제목의 이야기를 썼다. 〈EQMM〉은 이것을 채용하기로 결정짓고 제목을 '회심의 미소'로 바꾸었다——〈EQMM〉은 내가 붙인 제목을 그대로 받아들인 예가 없다. 그러나 나는 전혀 개의치 않는다. 나는 나중에 단행본으로 낼 때를 기다렸다가 본디 제목으로 돌려놓으면 되기 때문이다. 하긴 아주 드문 일이긴 하나 편집자가 붙인 제목이 내 마음에 들 때도 있었는데, 그럴 때는 그대로 받아들이기도 했다. '회심의 미소' 또한 과연 '쾌재'보다 낫다. 그래서 그것을 그대로 살리기로 했다.

하나의 이야기를 쓰면 나는 그만둘 수 없게 된다. 나는 이어서 '흑거미클럽' 이야기를 썼고, 1년도 채 못되는 동안 완성시킨 8개의 이야기를 남김없이 〈EQMM〉에 발표했다.

그런데 난처하게도 나는 조심해서 내친김에 쓰고 싶은 대로 쓰는 것을 꽤 삼갔는데도 〈EQMM〉이 실어주는 것보다 내가 쓰는 속도가 빨랐다.

마침내 나는 쓰기를 삼가야 하는 속박을 이겨내지 못하고 3개의 이야기를 더 완성시켰다. 나로서는 이것이 보통 속도인 것이다. 그러나 이것을 〈EQMM〉에 억지로 떠맡기지는 않았다. 그 뒤 또 하나를 썼는데, 이것은 〈EQMM〉에 내놓았다. 모두 12편. 1권의 단행본이 될 만큼 쌓인 셈이다.

내가 '블랙 위도워즈' 이야기를 쓰기 시작한 그 순간부터 나와 친분
이 두터운 더블데이 사가 옆에서 참을성 있게 기다리고 있었다. 그리
하여 나는 이 단편을 한데 묶어 《흑거미클럽》이라는 제목으로 더블데
이 사에서 펴내기로 했다. 그것이 이 책이다.

무슨 질문이 있습니까?

(없으시길 빈다.)

흑거미클럽

이 책의 등장인물은 모두 가공이다. 생사를
불문하고 행여 실재인물을 방불케하는 이가 있
다 하더라도 어디까지나 우연에 지나지 않는다.

머리글에 씌어진 이유에 따라
〈엘러리 퀸즈 미스터리 매거진〉
데이비드 포드
그리고
'트랩 도어 스파이더즈'에
이것을 바친다

The Acquisitive Chuckle

회심의 미소

'흑거미 클럽'의 그날 밤 초대손님은 헨리 버트럼이었다.

그들은 한 달에 한 번씩 방해받지 않는 조용한 장소에서 모임을 가졌다. 그리고 한 달에 한 번뿐인 그날 밤에는 무슨 일이 있어도 여자는 결코 끼지 못하게 했다.

출석자의 수는 모임 때마다 달랐다. 그날 밤은 다섯 사람이었다.

그날 밤의 호스트는 제프리 애벌론이었다. 그는 키가 크고, 가지런히 다듬은 콧수염과 턱수염은 이미 희끗희끗하지만 머리만은 아직 새까맣다.

모임이 시작되는 첫머리를 장식하는 의식적인 건배를 선창하는 것도 호스트의 역할이었다.

그는 명랑한 목소리로 커다랗게 소리질렀다.

"성스러운 추억의 올드 킹 콜을 위해. 그 파이프의 불이 영원히 꺼지지 않기를. 그리고 그 담배통이 영원히 채워져 있기를. 그의 바이올린 연주자들의 영원한 건승을. 그리고 또 그가 그러했듯이 우리도 남은 생애를 쾌락 속에서 지낼 수 있게 되기를."

그들은 저마다 '아멘'을 외치고 글라스를 입으로 가져가며 자리에 앉았다. 애벌론은 자기 글라스를 접시 옆에 놓았다. 두 잔째로, 절반쯤 비어 있었다.

식사하는 동안 그는 결코 그 글라스에 다시 손대지 않을 것이다. 그는 특허변호사로, 그 일이 요구하는 치밀성을 일상생활에도 적용시키고 있었다. 이러한 자리에서는 술을 한 잔 반만 들도록 스스로 엄격히 규정지어 두었던 것이다.

토머스 트램블은 늘 그렇듯이 마지막 순간에 층계를 뛰어올라와 큰 소리로 말했다.

"헨리, 죽어가고 있는 사람에게 소다수를 탄 스카치를 주게."

이 모임의 급사 일을 맡은 지 벌써 몇 년이나 되는 헨리——회원 가운데 그의 성을 아는 사람은 아무도 없었다——는 다 알고 있으므로 소다수를 탄 스카치를 준비해 기다리고 있었다. 이미 60대였으나 그 얼굴에는 주름 하나 없어 전혀 나이가 느껴지지 않았다. 그가 말을 하면 그 목소리가 어딘지 먼 곳으로 빨려들어가 지워져버리는 듯했다.

"어서 드십시오, 트램블 씨."

트램블은 버트럼을 보더니 애벌론에게 살그머니 물었다.

"자네가 초대한 손님인가?"

애벌론은 한껏 목소리를 낮추어 속삭였다.

"꼭 와보고 싶다고 해서 말이야. 재미있는 사람이야. 아마 마음에 들 걸세."

흑거미클럽 모임에 모이는 이들은 모두 뛰어난 인물들이었다.

임마누엘 루빈은 그들 가운데 턱수염을 기른 또 한 사람의 사나이였다. 그 수염은 이가 성기게 난 입 아래에 몇가닥 기운없이 늘어져 있었다. 그는 문인촌에서 왔는데, 막 완성시킨 소설에 대해 자세히 이야기하고 있었다.

네모진 갸름한 얼굴에 턱수염는 없고 콧수염만 기른 제임스 드레이크는 그다지 관계가 없는 다른 작품에 대해 이야기함으로써 짓궂게 방해하고 있었다. 드레이크는 유기화학자였으나 서푼짜리 소설에 관해서는 백과사전 같은 지식을 가지고 있다고 자랑했다.

암호전문가 트램블은 자신이 정부의 내막에 정통하고 있다고 자부하고 있었다. 그는 마리오 곤잘로의 정치적 발언을 늘 못마땅하게 여겼다.

트램블은 자기로서는 꽤 경멸의 정도를 누그러뜨린 것인 줄 알라는 투로 외쳤다.

"바보 같은 소리 말게. 자네는 얼간이 같은 콜라주(추상미술의 한 가지)며 삼베 가마니 예술인지 하는 것만 생각하고 있으면 되네. 세계와 국가에 대한 것은 자네보다 훨씬 어울리는 사람에게 맡겨두게나."

트램블은 그해 첫무렵에 열린 곤잘로의 개인전에서 받은 충격으로부터 아직 깨어나지 못하고 있었다. 곤잘로는 그 점을 이해하고 대범하게 웃으며 말했다.

"나보다 훨씬 어울리는 사람이 있으면 한 번 만나보고 싶군. 예를 든다면 누군가?"

키가 작고 뚱뚱하며 곱슬머리인 버트럼은 초대손님이 취해야할 입장을 잘 알고 있었다. 그는 모두의 이야기에 귀를 기울이며 누구에게나 상냥한 웃음을 던졌고, 자기 자신은 거의 아무 말도 하지 않았다.

이윽고 헨리가 커피를 따른 다음 매우 능숙한 솜씨로 모두들 앞에 디저트 접시를 갖다놓았다. 이것을 계기로 그날 밤의 초대손님을 신문하는 게 규칙처럼 되어 있었다.

첫 신문자는 역시 반쯤 규칙처럼 토머스 트램블로 되어 있었다—

―그가 출석했을 경우에는. 그는 가무잡잡한 얼굴에 주름을 모으고 무심한 표정으로 늘 하던 첫 질문을 던졌다.

"버트럼 씨, 당신은 무엇으로써 자신의 존재를 정당하다고 여기십니까?"

버트럼은 싱긋 웃었다. 그리고 매우 시원스러운 말투로 대답했다.

"그런 것은 생각해 본 적이 없습니다. 내 의뢰인들은 내가 그들에게 만족을 주었을 경우 내 존재를 정당하다고 인정합니다."

루빈이 물었다.

"의뢰인? 무슨 일을 하고 계시는데요, 버트럼 씨?"

"나는 사립탐정입니다."

제임스 드레이크가 말했다.

"호오, 좋은 직업이군요. 이 자리에 사립탐정을 모시는 건 이번이 처음이지요. 머니, 자네도 때로는 정확한 자료를 사용하여 모험활극을 써보는 게 어떤가?"

그러자 버트럼이 대뜸 말했다.

"우리에게 그런 자료는 없습니다."

트램블은 눈살을 찌푸렸다.

"자네들, 이 자리는 신문자로 임명된 나에게 맡겨주게. 버트럼 씨, 당신은 '의뢰인에게 만족을 주었을 경우'라고 말씀하셨는데 당신은 늘 의뢰인을 만족시킵니까?"

버트럼은 말했다.

"때로는 만족시키지 못하는 경우도 물론 있습니다. 실은 나는 오늘 밤, 특히 의문을 남긴 어떤 사건에 대해 이야기하려고 합니다. 어쩌면 여러분 가운데 어느 분이 혹시 좋은 지혜를 빌려주실 수 있을지도 모른다고 여기기 때문입니다. 이 모임에 대해 자세히 듣고, 나는 친구인 제프리 애벌론에게 제발 이 모임에 초대해 달라고 졸

라댔습니다. 그가 내 청을 들어주어 얼마나 기쁜지 모릅니다.”

“그럼, 당신이 의뢰인을 만족시켰는지, 또는 만족시키지 못했는지 의문을 남긴 그 사건에 대해 이야기해 주시겠습니까?”

“네, 허락하신다면.”

트램블은 모두를 한 바퀴 둘러보며 승낙을 구했다. 곤잘로가 커다란 눈을 버트럼에게로 돌리며 물었다.

“도중에 질문을 해도 괜찮습니까?”

그는 메뉴 카드 뒤에다 버트럼의 초상화를 깔끔한 솜씨로 그리고 있었다. 이미 벽에 주욱 걸려 있는 지금까지의 초대손님 초상화 속에 끼게 될 물건이다.

“그다지 동떨어진 질문이 아니라면 상관없습니다.”

버트럼은 천천히 커피를 마신 다음 이야기를 시작했다.

“앤더슨이라는 한 사나이가 있습니다. 이 자리에서는 앤더슨이라고만 말씀드리겠습니다. 그는 지독한 구두쇠였습니다.”

곤잘로가 눈썹을 찌푸리며 물었다.

“종교재판장(inquisitor)입니까?”

“어퀴지터(acquisitor)입니다. 뭐든 끌어들이기만 하지요. 누구에게서 받기도 하고 사기도 하고 주워오기도 하고 수집하기도 합니다. 그에게는 이 세상이 오직 하나의 방향으로 흘러가고 있지요. 모든 것이 자신 쪽으로 움직이고 있는 겁니다. 결코 그에게서 멀어지는 방향으로는 가지 않습니다.

그의 집에는 그렇게 모아들인 물품이 넘쳐났습니다. 값진 것도 있고 허드레 물건도 있습니다. 어쨌든 일단 그의 손에 들어간 것은 두 번 다시 남에게로 넘어가지 않습니다.

오랜 세월이 흐르는 동안 그것이 쌓이고 쌓여서 아주 많아졌습니다. 그 종류가 잡다한 것은 이루 말할 수 없을 정도입니다. 그에게는 함께 일하는 동료가 있었습니다. 잭슨이라고 해두지요."

트램블이 얼굴을 찌푸리며 말을 막았는데, 그다지 깊은 뜻이 있어서 그런 표정을 지은 건 아니었다. 그는 늘 얼굴을 찌푸리고 있었다.

"실제로 있었던 이야기입니까?"

버트럼은 천천히 똑똑하게 대답했다.

"나는 실제로 있었던 일밖에 이야기하지 않습니다. 지어낸 이야기를 할 만큼 상상력이 풍부하지 못하거든요."

"남이 알면 난처합니까?"

"만일 누구인지 알게 되면 난처하므로 누구의 이야기인지 모르도록 할 생각입니다만……."

트램블이 말했다.

"그 마음은 알겠습니다. 그러나 이 점을 분명히 말씀드리지요. 이 방에서 들은 이야기를 바깥에 나가 입 밖에 내는 사람은 절대 없으며 조금이라도 이 이야기와 관련된 화제를 입에 올리는 일도 결코 없습니다. 그 점은 헨리도 명심하고 있습니다."

두 사람의 잔에 커피를 더 따르고 있던 헨리는 희미한 미소를 띠며 고개를 끄덕였다.

버트럼도 빙그레 웃고는 이야기를 계속했다.

"잭슨도 역시 결점을 지니고 있었습니다. 그는 정직한 사람이었던 겁니다. 구제하기 어려울 만큼 한없이 정직했습니다. 이 성격은 이미 일찍부터 그의 온 인격을 결정짓고 있었음에 틀림없다고 여겨질 만큼 그의 정신을 확고하게 지배하고 있었습니다.

앤더슨 같은 사나이에게는 잭슨 같은 정직한 사람이 동료로서 옆에 있다는 것이 아주 편리한 일이었지요. 왜냐하면 그들의 일——여기에 대해서는 굳이 자세하게 설명하지 않겠습니다——은 여느 사람들과의 접촉을 필요로 하고 있었기 때문입니다.

이것은 앤더슨에게 어울리는 일이 못되었습니다. 그의 탐욕적인 성격이 방해가 되었거든요. 그가 어떤 물건을 하나 손에 넣게 되면 그때마다 그의 얼굴에는 음험한 주름이 하나씩 늘어났습니다. 그 즈음 이미 그의 얼굴은 마치 거미집 같아서 파리가 보곤 얼른 달아나버릴 정도였습니다.

그런 이유로 사람을 만나는 일은 오로지 착실하고 정직한 잭슨의 임무였습니다. 미망인 같은 사람은 거리낌없이 가장 소중한 것을 그에게 맡겼고, 고아마저도 얼마 안되는 용돈을 그에게 건네줄 정도였지요.

한편 잭슨 역시 앤더슨을 필요로 하고 있었습니다. 정직한 사람인데도 아니, 오히려 너무 정직했기 때문에 잭슨은 돈을 늘리는 재능이 전혀 없었습니다. 그가 혼자 일했다면, 결코 그럴 생각이 없는데도 남이 맡긴 재산을 남김없이 잃었을 겁니다. 그리고는 속죄하는 뜻에서 스스로의 목숨을 끊어야 할 처지에 몰리고 말겠지요.

앤더슨은 돈을 불리는 방법을 알고 있었습니다. 비료가 장미꽃을 크게 피우듯이 말입니다. 그래서 그와 잭슨은 참으로 잘 맞는 동료였으며, 일도 크게 번창했습니다.

그러나 좋은 일이 그렇게 언제까지나 계속되는 법은 아니지요. 타고난 성격은 내버려두면 더욱더 강하게 뿌리를 뻗어 아주 극단적이 됩니다.

잭슨의 성실성은 그야말로 손을 댈 수 없을 정도여서, 그 때문에 앤더슨이 제아무리 경험 많고 교활해도 때로는 꼼짝없이 금전적인 손해를 보게 되는 수가 있었습니다. 마찬가지로 앤더슨의 욕심은 끝이 없어서 그 때문에 잭슨이 제아무리 결벽한 성품이라 해도 때로는 꺼림칙한 일에 손대게 되는 경우가 있었습니다.

앤더슨은 손해보는 것을 싫어했고 잭슨은 자기 인격이 손상되는 것을 무엇보다도 싫어했으므로, 당연히 두 사람 사이에는 싸늘한 바람이 일기 시작했지요. 이러한 상황에서는 앤더슨 쪽이 유리했습니다. 그는 자기의 방식에 이렇다할 한계를 의식하지 않았지만, 잭슨 쪽은 자기의 윤리관에 얽매여 있었으니까요.

앤더슨은 남모르게 수단을 썼습니다. 그래서 결국 정직한 잭슨은 가엾게도 공동경영자로서의 권리를 아주 불리한 조건으로 남에게 넘겨주어야만 할 입장에 몰리고 말았던 겁니다.

앤더슨의 욕심은 이른바 최고조에 이르렀습니다. 그는 사업을 혼자서 지배할 수 있게 되었습니다. 그는 일상적인 일은 사람을 고용하여 맡기고, 자기는 이익을 주머니에 챙기는 일만 살피며 한 걸음 물러서 있을 생각이었습니다.

한편 잭슨은 자기의 정직성에만 기대어 살아가야 했습니다. 정직하다는 것은 매우 훌륭한 일입니다. 그러나 정직을 저당잡힐 수는 없습니다.

여기서 비로소 내가 등장하게 됩니다……. 오오, 헨리 고맙소.”

브랜디 글라스가 사람들 앞에 놓여지고 있었다. 루빈이 날카로운 눈을 깜빡이며 물었다.

“당신은 그 두 사람을 전부터 알고 계신 건 아니었군요?”

버트럼은 브랜디 글라스에 살짝 윗입술을 갖다대고 향을 맡으며 대답했다.

“전혀 모르고 있었지요. 하긴 이 방에 계신 분 가운데 한 사람은 알고 있었다고 생각합니다만. 아주 오래 전의 일입니다.

앤더슨을 처음 만난 것은, 그가 머리 끝까지 화가 나서 내 사무실을 찾아왔을 때였지요.

‘무엇이 없어졌는지 조사해 주시오.’ 그는 말했습니다.

나는 그때까지 무척 많은 도난사건에 손을 댔었지요. 그래서 나는 당연히 물었습니다.

'대체 무엇을 잃으셨습니까?'

그러자 그는 말하는 것이었습니다.

'그래서 당신에게 조사해 달라는 게 아닙니까.'

그는 그때까지의 경위를 좀 언짢은 말투로 이야기했습니다. 앤더슨과 잭슨은 아주 심하게 다투었는데, 잭슨이 불같이 화를 냈답니다. 자기의 인격이 다른 사람의 음모 앞에 완전히 무방비상태로 있었음을 알게 된 정직한 사나이가 처음으로 터뜨린 굉장한 분노였지요. 그는 복수하겠다고 했습니다. 앤더슨은 웃으며 상대하지 않았습니다."

애벌론이 어떤 하찮은 발언도 허술하게 다루지 않는 정밀한 연구작업을 할 때 같은 그 특유의 엄격한 목소리로 말했다.

"순한 사람이 화를 내면 무섭지."

버트럼이 말을 이었다.

"그렇다는 이야기를 많이 들었습니다만, 나는 아직 그 금언을 시험해 볼 기회를 갖지 못했습니다. 아니, 그런 뜻에서는 앤더슨도 나와 마찬가지였지요. 잭슨 따위는 전혀 안중에도 없었습니다.

잭슨은 병적일 정도로 정직했고 법을 지키는 데 있어 거의 편집적이었으므로, 그가 이상한 짓을 할 리는 전혀 없다고 앤더슨은 말하더군요. 아무튼 앤더슨은 그렇게 생각하고 있었지요. 그는 잭슨에게 사무실 열쇠를 달라고 말하는 것마저 잊고 말았을 정도였으니까요. 사무실은 앤더슨네 집의 잡동사니들에 둘러싸인 속에 있었으니 생각해 보면 무척 우스운 이야기입니다.

다투고 며칠 지난 다음에야 앤더슨은 열쇠를 돌려받지 않았음을 깨달았습니다. 사람들과 만나는 용무를 끝내고 저녁 때 돌아오니 잭슨이 와 있었습니다. 앤더슨이 들어가자 잭슨은 마침 낡은 서류가방을 닫으려고 하는 참이었습니다. 앤더슨의 눈에는 그가 움찔하며 급하게 뚜껑을 닫으려는 것 같이 보였습니다.

앤더슨은 수상쩍은 생각이 들어서 물었지요.

'여기서 무얼 하고 있나?'

'서류 몇 가지를 돌려주려고 왔네. 내게 있던 거지만 이제는 자네 것이니까.' 잭슨은 이어서 말했습니다. '그리고 사무실 열쇠도 돌려주겠네.'

그는 앤더슨에게 열쇠를 건네주고 책상 위의 서류를 가리켰습니다. 그 다음 낡은 서류가방을 잠갔는데, 앤더슨은 그 손가락이 떨리고 있는 것을 분명히 보았다고 말하고 있습니다.

잭슨은 방 안을 한 바퀴 둘러보았습니다. 앤더슨은 그때 그가 어떤 야릇한 만족에 찬 미소를 은근히 띠고 있는 것 같이 보였다고 합니다.

'그럼, 이만 실례하겠네.' 잭슨은 말한 다음 나갔습니다.

잭슨의 자동차 소리가 멀어진 다음에야 비로소 앤더슨은 꽁꽁 묶여 있는 듯한 망연한 상태에서 문득 깨어 제정신으로 돌아왔습니다. 그는 무언가를 도둑맞았다고 여겼고, 다음날 나를 찾아 온 겁니다."

드레이크가 입을 오므리고 반쯤 비어 있는 브랜디 글라스를 손으로 천천히 돌리며 물었다.

"어째서 경찰에 신고하지 않는 겁니까?"

"왜냐하면 난처하게도 앤더슨은 무엇을 도둑맞았는지 모르기 때문이지요. 무언가 도둑맞았다는 생각이 들자 그는 물론 금고 속을 살펴보았습니다. 그러나 아무것도 없어진 게 없었습니다. 서랍을 뒤집어보았지만 잃어버린 건 없었습니다. 그는 방마다 모두 살피며 돌아보았습니다. 그러나 아무리 살펴봐도 무엇 하나 손댄 흔적이 있는 것 같지 않았습니다.”

곤잘로가 물었다.

“그런데 단언할 수는 없다는 겁니까?”

“할 수가 없지요. 왜냐하면 온 집 안이 잡동사니로 가득차 발들여 놓을 틈이 없고, 그는 그것들을 하나하나 기억하고 있지도 못하니까요.

　예를 들어——그의 이야기에 의하면——한때 그는 낡은 시계를 모으고 있었답니다. 그는 시계를 서재의 작은 서랍에 넣어두었습니다. 모두 6개였다고 하더군요. 그는 바로 서랍을 열어보았는데, 시계가 6개 고스란히 있었습니다. 그런데 그는 시계가 7개 있었던 것 같은 생각이 들어서 견딜 수가 없더랍니다. 무슨 일에서든 그는 사물을 똑똑히 기억하지 못하는 사람이거든요.

　그뿐만이 아닙니다. 그 6개의 시계 가운데 1개가 아무래도 낯선 것 같아 견딜 수가 없었답니다. 시계가 본디 6개였는데 그 가운데 하나가 싸구려와 바꿔치기된 것이 아닐까? 다른 곳에 있는 여러 가지 물건을 살펴볼 때마다 그런 생각들이 그를 괴롭혔습니다. 그래서 생각다못해 나를 찾아왔던 거지요…….”

그러자 트램블이 식탁을 쾅 치며 물었다.

“잠깐만. 무엇을 근거로 그 사람은 잭슨이 무언가를 훔쳐갔다고 확신했습니까?”

“네, 바로 그 점을 막 이야기하려던 참입니다. 잭슨이 황급히 서류가방을 닫을 때의 태도, 방 안을 둘러보았을 때의 뜻 있는 듯한 엷은 웃음, 이것만으로도 앤더슨이 의혹을 품기에는 충분했습니다. 그런데 말입니다. 문을 닫은 다음 그 너머에서 잭슨이 숨죽여 웃었답니다. 예사로운 웃음이 아니었지요……. 그것에 대해 앤더슨이 한 말을 그대로 해드리겠습니다.

그는 다음과 같이 말했습니다.

'버트럼, 나는 사람들이 그런 식으로 웃는 걸 수없이 많이 보았소. 이렇게 말하는 나도 그런 웃음을 얼마나 많이 웃었는지 모르오. 그것은 회심의 미소요, 굉장히 탐나는 물건을 남에게서 몰래 손에 넣었을 때 지어보이는 회심의 미소였소. 이 세상에서, 문 너머로 들어도 그 웃음의 뜻을 알 수 있는 자가 있다면 바로 나요. 내 귀는 틀림이 없소. 잭슨은 내게서 뭔가 훔쳐갔소. 그리고 쾌재를 부른 거요.'

이 점에 대해서는 재론할 여지가 없었습니다. 그는 자기가 피해자라는 생각에 푹 빠져 있더군요. 나로서는 그가 말하는 대로 믿는 수밖에 없었지요.

나는 잭슨에게 병적인 결벽성이 있긴 해도 순간적으로 훔치고 싶은 유혹에 그가 지고 말았던 게 아닌가 하는 생각이 들었습니다. 그런 마음은 그가 앤더슨이라는 사나이를 너무도 잘 알기 때문에 일어난 것임에 틀림없습니다. 그는 앤더슨이 전혀 쓸모없는 잡동사니에 대해서도 강한 소유욕을 지녔음을 잘 알고 있었지요. 그러므로 앤더슨에게서 무언가를 슬쩍해가면 그것이 아무리 값진 것이라 할지라도 그 가치 이상으로 깊고 큰 상처를 그에게 입힐 거라고 생각했던 겁니다."

루빈이 물었다.

"그 서류가방 자체가 아니었을까요?"

"아닙니다. 그것은 잭슨의 서류가방이었지요. 여러 해 동안 즐겨 쓰던 것이었습니다.

이제부터가 문제입니다. 앤더슨은 내게 무엇을 도둑맞았는지 우선 알아내달라고 했습니다.

그도 그럴 것이 무엇을 도둑맞았는지 밝혀낸 다음에라야, 또 그것을 잭슨이 가지고 있다거나 또는 있었다거나 하는 점을 뚜렷이 밝혀내야만 그는 고소할 수가 있으니까요. 앤더슨은 무슨 일이 있어도 고소하겠다고 으르댔습니다. 그러므로 내가 할 일은 그의 집을 샅샅이 조사하여 무엇을 잃었는지 알아내는 것이었지요.”

트램블이 신음했다.

“그것은 맞지 않는 이야기 아닙니까. 본인도 모른다고 하니까요. ”
버트럼은 말했다.

“나도 그렇게 말했지요. 그러나 그는 흥분해 있었고 도저히 이치가 통하는 사람이 아니었습니다. 결과야 어떻든 사례를 듬뿍 주겠다면서 물러서지 않더군요. 사실 그가 제의한 금액은 꽤 많았고, 게다가 그 가운데 상당한 액수를 미리 주겠다고 했습니다. 자기의 구두쇠 근성을 대놓고 비웃은 잭슨의 태도에 그는 이성을 잃을 만큼 화가 나 있었던 거지요. 잭슨처럼 욕심없고 담담한 사람이 하필이면 그의 신앙과도 같은 정열을 향해 도전해 왔다고 생각하니 그는 도저히 참을 수 없었던 겁니다.

이에 대한 그의 분노는 거의 광기에 가까웠습니다. 상대방의 기를 꺾기 위해서라면 어떠한 희생도 마다하지 않겠다는 기세였지요.

나는 이래 봬도 매우 인간적인 남자여서 계약금과 보수를 받기로 했습니다. 어쨌든 나에게는 내 방식이 있다고 스스로 다짐했지요.

나는 우선 보험 리스트를 조사하는 일부터 손댔습니다. 보험은 모두 기한이 끝나 있었고 보험증서며 가구, 그밖의 큰 물품들은 아무것도 없어지지 않았음을 알았습니다. 리스트에 실려 있는 것 모두 고스란히 집 안에 있었기 때문입니다.”

애벌론이 말참견을 했다.

“보험증서는 볼 필요도 없었겠지요. 도둑맞은 물품은 서류가방에 들어갈 만큼 작은 것이었을 테니까요.”

버트럼은 침착한 태도로 대답했다.

"틀림없이 그 서류가방 속에 넣어갔을 경우에는 그렇겠지요. 그러나 서류가방은 상대의 주의를 끌기 위한 소도구였다고 생각할 수도 있습니다. 잭슨은 마음만 먹었다면 앤더슨이 돌아오기 전에 트럭을 가지고 와서 그랜드피아노라도 실어낼 수 있었을 겁니다. 그리고는 앤더슨의 주의를 끌기 위해 눈 앞에서 서류가방을 닫는 척해보였을지도 모릅니다.

하지만 그런 일은 있을 수 없으니 생각하지 않아도 되겠지요. 나는 앤더슨과 함께 방을 하나하나 살펴보았습니다. 바닥과 벽과 천장을 차근차근 조사했지요. 선반을 샅샅이 뒤지고 문이라는 문은 모두 열어보았습니다. 가구도 구석구석 들여다보았지요. 옷장도 구석구석 살펴보았습니다. 지붕밑방이며 지하실도 잊지 않았습니다. 앤더슨은 무엇을 어디서 잃었는지 알아내기 위해 무턱대고 끌어모은 수많은 수집품을 조사해야 하는 판국에 이르렀지요.

그의 집이 넓은 데는 정말 놀랐습니다. 게다가 어수선하고 정돈이 되어 있지 않아 끝이 없었습니다. 모두 살펴보는 데 며칠 걸렸지요. 가엾게도 앤더슨은 나날이 머리가 혼란스러워졌습니다.

그래서 나는 완전히 다른 방향에서 조사를 해보기로 했습니다. 잭슨은 아마도 그다지 눈에 띄지 않는 작은 물건을 훔쳤음에 틀림없다고 생각했습니다. 앤더슨이 쉽사리 알아내지 못하는 것――따라서 늘 몸 가까이 있지 않는 것이라는 이야기가 되지요. 그리고 한편으로는 잭슨이 가져가고 싶어할 만한 것, 그만한 가치가 있다고 그가 생각하는 것으로 추정할 수 있지요. 그리고 사실 앤더슨도 그 가치를 인정하는 것이라면…… 무엇을 잃었는지 알게 되었을 때 잭슨은 얼마나 크나큰 만족을 느끼겠습니까. 자, 그러면 과연 무엇을 잃었을까요?"

곤잘로가 몸을 앞으로 내밀며 말했다.

"작은 그림은 어떨까요, 이를테면 잭슨은 그것이 세잔이 그린 진품임을 알고 있으나 앤더슨은 잡동사니쯤으로 여겼던 것."

루빈이 말했다.

"앤더슨의 수집품인 1장의 우표일지도 모르지요. 아주 보기드문 인쇄 미스를 잭슨이 발견했을지도 모릅니다."

루빈은 언젠가 그런 내용을 소재로 한 소설을 쓴 적이 있었다.

트램블이 말했다.

"책은 어떨까요? 거기에는 그의 집안에 얽힌 비밀이 숨겨져 있어서, 언젠가는 잭슨이 그것을 미끼로 앤더슨에게 협박할 생각이었던 게 아닐까요?"

애벌론은 깊이 생각에 잠기며 말했다.

"사진일지도 몰라. 앤더슨은 잊고 있지만 그의 옛 애인사진으로, 언젠가는 그것을 다시 돌려받기 위해 많은 액수의 돈을 지불해야 할 입장에 놓일지도 모르잖나."

드레이크가 조심스럽게 말했다.

"그들이 하던 일의 성질을 나는 잘 모르지만, 그것은 겉으로 보기에는 아무 가치가 없는 것 같아도 경쟁상대에게는 이루 헤아릴 수 없을 만큼 가치 있는 어떤 것이 아니었을까요? 그 때문에 앤더슨은 파산의 비극을 맛볼지도 모르지요. 전에 내가 다룬 어떤 특허에서 어떤 종류의 수화물(水化物) 화학식이……."

버트럼은 힘 있는 목소리로 드레이크를 가로막았다.

"기묘하게도 바로 지금 여러분이 말씀하신 모든 가능성을 나도 생각했습니다. 그리고 한 가지씩 앤더슨에게 물어 보았지요.

그는 미술에 취미가 없었습니다. 몇 점 있는 그림은 정말로 모두 가치없는 것뿐이었지요. 이건 틀림없습니다. 그는 우표를 수집하고 있지도 않았습니다. 책은 많이 가지고 있었고, 그 가운데 한 권이 없어졌는지 어떤지 자기로서도 모른다고 말했지만, 협박자가 가슴을 두근거릴 만큼 집안에 얽힌 비밀 따위는 전혀 없다는 것이었습니다.

더욱이 그에게 옛 애인 따위는 결코 없답니다. 젊었을 때 그는 주로 화류계 여자들만 상대했기 때문에 소중히 간직해야 할 사진도 없었지요.

다음은 직업상의 비밀 문제입니다만, 이것은 경쟁상대보다도 정부 쪽이 훨씬 관심을 나타내야 할 성질의 것입니다. 그러한 것들은 애당초 모두 결벽한 잭슨의 눈에 띄지 않도록 숨기고 있었고, 지금도 금고에 고스란히 남아 있습니다. 그밖의 것은 오래 전에 불태워 버렸다더군요.

나는 그밖에 여러 가지 가능성을 생각해 보았습니다만, 그것도 모두 하나씩 제거되고 말았습니다. 물론 잭슨 쪽에서 꼬리를 보일 가능성도 있겠지요. 갑자기 돈 사정이 좋아진다거나 한다면, 돈의 출처를 더듬어 도난품이 무엇이었는지 알아낼 수 있을지도 모릅니다. 앤더슨 자신이 이 제안을 했으므로, 비용을 아끼지 않고 잭슨을 줄곧 감시시켰었지요.

그러나 헛일이었습니다. 잭슨은 검소한 생활을 계속했고, 일생동안에 걸쳐 모은 저축을 잃은 사람답게 조용히 살고 있었습니다. 얼마 동안 조용한 생활을 하고 있다가 그는 마침내 어떤 조촐한 일자리를 얻었는데, 거기서는 그의 성실한 인품과 온화한 태도가 다행스럽게도 매우 환영을 받고 있었습니다.

그리하여 마지막으로 꼭 하나의 가능성이 남았습니다……."
곤잘로가 말했다.
"아아, 기다려주십시오. 나에게 생각을 좀 하게 해주십시오."

그는 마시다 만 브랜디를 죽 들이켜고 나서 헨리에게 따르라는 눈짓을 한 다음 입을 열었다.

"당신은 잭슨에게 물었겠지요!"

그러자 버트럼은 처량하게 말했다.

"나도 차라리 그렇게 하고 싶었습니다. 그러나 물어봐도 아무 소용이 없었을 겁니다. 내 직업상 아무 증거없이 고발했다는 소문이 펴지면 정말 큰일입니다. 우리의 면허는 불면 날아가버리는 것이니까요. 그리고 캐묻는다 해도 잭슨은 훔친 것을 완강히 부인하며, 자기를 죄에 빠뜨리는 짓은 하지 않겠지요."

"그렇다면……"

곤잘로는 풀이 죽어서 물러났다.

다른 네 사람은 약속이라도 한 듯이 눈썹을 모았으나 아무도 입을 열려고 하지 않았다.

버트럼은 조용히 기다렸다가 말했다.

"모르실 겁니다. 여러분은 문외한이시니까요. 여러분이 아시는 거라곤 소설에서 읽은 것뿐일 겁니다. 그러므로 나 같은 일을 하는 사람은 연달아 생각을 해내어 어떤 사건이든지 반드시 척척 풀어낸다고 여기고 계십니다. 그러나 나는 이래봬도 탐정 축에 끼므로 그럴 수 없다는 것을 알고 있습니다. 여러분, 마지막으로 남겨진 오직 하나의 방법이란 손을 드는 것이었습니다.

앤더슨은 그래도 보수를 치러주더군요. 이 점은 그를 위해 분명히 말씀드려 둡니다.

내가 작별인사를 할 때쯤 그는 비쩍 말라 있었습니다. 악수를 하면서도 그는 여전히 공허한 눈으로 무언가를 찾으려고 방 안을 빙 둘러보고 있었지요. 아무래도 단념할 수 없는 모양이었습니다.

'그 웃음은 결코 예사로운 웃음이 아니었소. 그 녀석은 무언가를 훔쳐갔소, 내게서 무언가를 훔쳐갔단 말이오.' 그는 중얼거렸습니다.

그 뒤 앤더슨을 두세 번 더 만났습니다. 그는 여전히 단념하고 있지 않았지만, 끝내 도난품을 알아내지 못했지요, 그 뒤부터 그는 내리막길이었습니다. 이 사건이 있은 지 그럭저럭 5년이 지났는데, 지난 달 그는 세상을 떠났답니다."

짧은 침묵 뒤에 애벌론이 물었다.

"무엇을 잃었는지 모른 채 말인가?"

"끝내 모르고 말았지."

트램블이 불평하듯이 물었다.

"그래서 당신은 우리의 지혜를 빌어 해결의 실마리를 찾으려고 오늘 여기 오신 겁니까?"

"그런 뜻도 있었습니다. 더할 나위 없이 좋은 기회니까요, 이 기회를 헛되이 할 수는 없습니다. 앤더슨은 이미 세상을 떠났고, 이 방에서 오간 이야기는 결코 밖으로 흘러나가지 않을 테니까요. 이것은 여러분이 하신 약속입니다. 그러므로 나는 지금 이때까지 입 밖에 낼 수 없었던 질문을 할 수가 있습니다. …… 헨리, 불 좀주게."

왠지 멍한 표정을 짓고 정중한 태도로 귀기울이고 있던 헨리는 성냥을 꺼내 버트럼의 담배에 불을 붙여주었다.

"헨리, 당신이 정성스레 시중들어 드리고 있는 이분들에게 나는 당신을 정식으로 소개하겠소. …… 여러분, 헨리 잭슨을 소개합니다."

그 순간 모두 깜짝 놀랐다.

"그 잭슨이…… ."

드레이크가 말했다.

버트럼은 말했다.

"그렇습니다. 나는 그가 여기서 일하고 있다는 걸 알고 있었습니다. 그런데다 여러분이 한 달에 한 번씩 이 모임을 가진다는 것도 알게 되었으므로 염치를 무릅쓰고 초대해 달라고 졸랐던 거지요. 그 회심의 미소를 지은 사람과 아무 거리낌 없이 자유롭게 만날 수 있는 장소는 여기 밖에 없습니다."

헨리는 부드러운 미소를 머금고 고개를 숙여 보였다.

버트럼은 말했다.

"헨리, 수사를 하면서 나는 여러 번 어쩌면 앤더슨이 잘못 생각하고 있는 게 아닐까, 도난당한 건 본디 아무것도 없지 않을까 하고 고개를 갸우뚱했었소. 그러나 그때마다 그 회심의 미소를 지었다는 말이 떠오르더군요. 그래서 나는 앤더슨의 판단을 믿었지요."

잭슨은 조용히 말했다.

"믿으신 게 옳았습니다. 나는 지난날의 동업자, 당신이 앤더슨이라는 이름으로 이야기하신 사나이로부터 분명 어떤 것을 훔쳤으니까요. 그러나 그 일로 후회한 적은 단 한 번도 없습니다."

"매우 가치 있는 것이었겠지요?"

"네, 매우 가치 있는 것이었습니다. 내가 그것을 훔쳤고, 그 간악한 사나이가 다시는 그것을 손에 넣을 수 없다는 사실에 기쁨을 느끼지 않은 날은 단 하루도 없었습니다."

"당신은 그 기쁨을 보다 크게 하기 위해 일부러 그에게 의혹을 품게 했었군요."

"그렇습니다."

"체포될 것을 두려워한 적은 없었소?"

"단 한 번도 없습니다."

애벌론이 갑자기 괴상한 소리를 질렀다.

“이제 그만하게. 아까도 말했지. 순한 사람의 노여움은 무섭다고, 나도 제법 순한 편이지만, 이젠 이 끝없는 수수께끼에 진절머리가 나네. 나를 화나게 하지 말게, 헨리. 자네는 그 서류가방에 무엇을 넣어 가지고 나왔나?”

“저는 아무것도 가지고 나오지 않았습니다. 비어 있었습니다.”

“이제 그만 적당히 해두게. 그럼, 자네는 무엇인지 모르겠지만 그에게서 훔친 것을 어디다 숨겨두었나?”

“아무데도 숨겨둘 필요가 없었습니다.”

“호오. 그럼, 자네는 무엇을 훔쳤나?”

헨리는 부드럽게 대답했다.

“그의 마음 속 평화를 훔쳤을 뿐입니다.”

이 이야기는 〈EQMM〉 1972년 1월호에 처음 발표되었다. 이 논리적 연역의 고리를 전개하는 작업에서 나는 하나의 구체적인 교훈을 얻었다. 나는 전부터 소설에 등장하는 탐정들이 결코 찢기지 않는 논리의 그물을 아주 쉽게 치는 꼴이 아무래도 너무 둘러대는 것 같다는 생각을 했었다. 현실적으로는 어딘지 반드시 커다란 구멍이 나 있을 것 같은 기분이 들었었다.

때로는 작품 그 자체에 그러한 구멍이 뚜렷이 드러나는 경우가 있다. ‘회심의 미소’가 발표되었을 때 어느 독자는 가방은 틀림없이 잭슨의 것이라는 편지를 보내 그 서류가방은 틀림없이 잭슨의 것이라는 점을 내가 설명하지 않았으므로, 도난품이 그 서류가방이었다는 해결도 성립될 수 있지 않느냐고 지적해 왔다. 이것은 내가 생각지도 못한 일이며, 따라서 등장인물 가운데 어느 누구도 그 점에 생각이 미친 사람은 없었다.

그래서 단행본으로 펴낼 때, 나는 그 가능성에 대처하는 대사를 몇 군데 덧붙여 썼다. 이 사실은 머리말에서도 넌지시 말했듯이 독자란 덮어놓고 성가신 질문만 해오는 게 아님을 보여주고 있다. 개중에는 이런 고마운 독자도 있는 것이다. 나는 이러한 지적에 진심으로 감사를 드린다.

Ph as in Phony
가짜 Ph

제임스 드레이크의 가슴속 응어리 때문에 흑거미클럽 모임은 아주 잠시 동안이나마 흥이 깨지고 말았다. 그것은 매우 유감스러운 일이었다. 왜냐하면 한 달에 한 번씩 찾아오는 특별한 손님들을 위해서 밀라노 레스토랑이 각별한 솜씨를 부린 것은 제쳐놓고라도, 그날 밤의 요리는 여느 때보다 훨씬 훌륭했기 때문이다.

요리장의 작품인 송아지 요리에, 가장 요긴한 끝마무리를 더한 것은 헨리의 뛰어난 시중이었다. 그는 아무것도 없던 식탁 위에 마치 마술을 부려 만들어낸 듯 접시를 늘어놓았다. 그리고 식탁을 둘러싸고 있던 사람들 가운데 어느 누구도 식탁 위에 차려질 때까지 그 요리를 알아차린 사람은 없었다.

그날 밤의 호스트는 토머스 트램블이었다. 그는 왠지 뿌루퉁한 태도로 그 일을 맡고 있었으나, 그런 일에는 아무도 전혀 개의치 않고 있었다. 그가 기분이 좋지 않은 것은, 호스트 역할을 맡았는데 다른 사람들이 식사 전의 술을 두 잔째——아무리 많이 마셔도 말짱한 루빈은 석 잔——마시려 할 무렵 황급히 뛰어들어오는 것은 좋지 않았다는 생각 때문에 특히 더했다.

　트램블은 호스트의 특권으로 신문할 초대손님을 데리고 왔다. 초대손님은 흑거미클럽 회원인 특허변호사 제프리 애벌론과 비슷한 키가 크고 마른 남자였다. 그러나 그는 수염을 말끔히 깎고 있어서 그 풍채의 의젓함은 애벌론에 미치지 못했다. 사실 그는 얼굴이 둥그렇고 볼만 포동포동하게 살이 쪄서 다른 부분과 잘 어울리지 않았으므로, 머리 부분은 이식수술을 받지 않았나 의심을 살 정도였다. 그의 이름은 아놀드 스테이시였다.

　트램블이 그를 소개했다.

　"아놀드 스테이시 박사(Ph. D.—Philosophiae Doctor)."

　애벌론이 어떤 하찮은 말을 할 때에도 무의식적으로 나타내는 엄숙한 태도로 말했다.

　"호오, 닥터 닥터 스테이시."

　스테이시가 따라서 중얼거렸다.

　"닥터 닥터?"

　그의 입술은 반쯤 벌어져 당장에라도 즐거운 웃음을 터뜨릴 것만 같았다.

　트램블이 짤막하게 말했다.

　"흑거미클럽의 규칙이라네. 회원은 모두 회원인 까닭에 닥터가 되는 거지. 그밖의 어떤 사유로 닥터라는 직함을 이미 가지고 있는 사람은……."

　스테이시가 말을 받았다.

　"닥터 닥터가 되겠군."

　그리고 그는 빙그레 웃었다.

　루빈이 애벌론의 가지런히 다듬어진 것과는 정반대로 초라한 턱수염 위에 벌어진 이를 드러내보이며 말했다.

"명예박사도 그 속에 들어갑니다. 그럴 경우 당신은 닥터 닥터 닥터……."

바로 이때 마리오 곤잘로가 층계를 올라왔다. 아틀리에에서 곧바로 왔는지 테레빈유 냄새를 풍기고 있었다. 트램블에 의하면, 곤잘로는 사람들 앞에 나갈 때 늘 양쪽 귓불에 테레빈유를 한 방울씩 묻히므로 그 냄새에 속아서는 안된다고 말하고 있다.

곤잘로는 임마누엘 루빈의 말을 듣고 아직 층계를 다 올라오기도 전부터 말을 꺼냈다.

"자네가 언제 명예박사학위를 받았다고, 머니? 불명예박사학위라면 또 모를까."

갑작스러운 공격을 받았을 때 루빈은 언제나 한순간에 얼굴 표정이 굳어진다. 그러나 그는 태세를 다시 가다듬는 것도 빠르다. 그는 말했다.

"이야기를 모두 들려줄까. 1938년 나는 15살의 어린 나이에 신앙부흥운동의 설교사였다네. 그래서 불명예박사 칭호를……."

트램블이 말했다.

"알았네, 알았어. 줄줄이 늘어놓는 것은 그만 두게. 모두 믿을 테니까."

애벌론이 억양없는 목소리로 말했다.

"젊은 시절 이야기를 시작하면 루빈은 결코 틀린 말을 하지 않는다는 것을 자네는 알고 있겠지."

곤잘로는 맞장구쳤다.

"맞아. 그래서 그의 소설은 재미가 없어. 모두 자기 이야기뿐이거든. 시적인 것은 하나도 없단 말이야."

"시도 쓰고 있네."

루빈이 말대꾸하는데 드레이크가 왔다. 여느 때 같으면 첫번째로 오는 그가 이 날은 가장 늦었다.

그는 코트를 벗으며 누구에게라고 할 것없이 말했다.

"전차가 늦게 왔다네."

그는 이 모임에 출석하기 위해 뉴저지에서 오기에 좀처럼 지각하지 않는 게 오히려 놀랄 만한 일이다.

"초대손님에게 소개해 주게."

드레이크는 헨리가 내미는 마실 것을 받아들었다. 헨리는 물론 그가 무엇을 바라는지 알고 있었다.

애벌론이 말했다.

"닥터 닥터 아놀드 스테이시, 이쪽은 닥터 닥터 제임스 드레이크."

드레이크가 글라스를 쳐들며 말했다.

"처음 뵙겠습니다. 뒤에 붙은 닥터는 어느 부문입니까, 닥터 스테이시?"

"화학 학위입니다, 닥터 닥터. 아놀드라고 불러주십시오."

드레이크의 희끗희끗한 콧수염이 조금 곤두서는 것 같았다.

"호오, 그렇습니까. 내 학위도 화학인데요."

두 사람은 한순간 서로를 살피듯 상대방의 얼굴을 뚫어지게 보았다. 조금 있다가 드레이크가 물었다.

"어떤 기업에 근무하고 계십니까? 아니면 정부기관의 일을 하십니까? 또는 학문을 계속하고 계시는지요?"

"교직에 있습니다. 벨리 대학에서 조교수로 있지요."

"어디라고요?"

"벨리 대학입니다. 대단한 학교는 아닙니다. 나는……."

"이거 참, 놀랍군요. 나는 그곳 대학원을 나왔습니다. 당신보다 훨씬 먼저라고 생각하는데요. 교직에 종사하시기 전 벨리에서 학위를 받으셨습니까?"

"아니오, 나는⋯⋯."

트램블이 큰 소리로 말했다.

"어쨌든 앉아서 이야기하세. 이 모임은 늘 먹는 일보다 마시는 일이 더 많은 편이지"

그는 호스트 자리에 서서 글라스를 든 채 다른 사람들이 저마다 자리에 앉는 것을 지켜보았다.

"어서들 앉게."

그리고 그는 늘 하던대로 올드 킹 콜을 위해 가락을 붙여 건배를 선창했다. 곤잘로는 선창에 따라 굳은 빵으로 박자를 맞추었고 마지막 귀절이 끝남과 동시에 빵을 잘라 버터를 발랐다.

루빈이 갑자기 눈 앞의 접시를 보며 당황한 듯 소리를 질렀다.

"뭔가, 이것은?"

헨리가 태연히 대답했다.

"파테 드 라 메종입니다."

"그렇구먼. 간을 가늘게 썬 거로군. 질렸어. 헨리, 병적으로 정직한 자네에게 묻겠는데 이건 먹을 수 있는 건가?"

"그것은 매우 주관적인 문제입니다. 기호에 관계되는 일이기 때문이지요."

애벌론이 식탁을 두드렸다.

"회의 진행! 머니가 '병적으로 정직한 자네'라는 형용사를 쓴 데 대해 나는 항의하네. 이것은 비밀의 침범이야!"

루빈의 얼굴빛이 조금 달라지며 말했다.

"잠깐만, 제프. 나는 그다지 비밀을 침범하지 않았네. 지난번 모임 때 나온 이야기와는 관계없이 나는 본디부터 헨리를 그렇게 생각하고 있었으니까."

그러나 애벌론은 완고하게 말했다.

"의장의 재정(裁定)을 요구하네."

트램블이 말했다.

"두 사람 모두 조용히. 의장은 흑거미클럽 모든 회원이 헨리를 아주 보기드문 정직한 사람으로 인정한다고 본다. 그 까닭은 말할 필요도 없으며, 이것은 상식에 속하는 일이다."

헨리는 온화하게 웃었다.

"파테를 그만 물릴까요?"

루빈이 물었다.

"자네는 이것을 먹나, 헨리?"

"맛있습니다."

"그런가. 그렇다면 나도 먹기로 하지."

루빈은 요리에 손을 댔다. 그러나 솟구쳐오르는 구토증을 감추려 하지 않았다.

트램블은 드레이크에게로 얼굴을 가까이 가져가며 낮은 목소리로 물었다.

"왜 그러나?"

드레이크는 움찔거리며 말했다.

"아니, 아무렇지도 않네. 자네야말로 왜 그러나?"

트램블이 말했다.

"무슨 일이 있었군. 빵을 그토록 잘게 뜯는 것을 본 적이 없네."

그 다음부터 식탁의 대화는 두서없이 흘러갔다.

그 가운데서도 루빈이 전부터 주장해 오던 이론인 '성실의 덕은 존속의 가치가 없기 때문에 자연도태의 힘이 이것을 인간의 성질에서 말살하기 위해 온 힘을 기울이고 있다'는 설을 둘러싸고 토론이 들끓었다. 루빈은 꽤 강경하게 자기 이론을 주장했다.

그러자 곤잘로는 그에게 작가로서의 성공――불완전하나마 하고 곤잘로는 덧붙였다——도 표절 때문이냐고 물었다. 루빈은 정면으로 맞서 어설픈 이론으로, 본디부터 표절이란 일반적인 부정과는 근본적으로 성질이 다르므로 완전히 다른 문제로 다루어져야 한다는 것을 입증하려다가 도리어 꼼짝 못하게 되고 말았다.

메인 코스가 끝난 다음 디저트로 접어들기 전에 드레이크는 화장실에 갔다. 트램블이 그의 뒤를 따랐다.

트램블이 물었다.

"저 스테이시라는 사람을 자네 알고 있나, 짐?"

드레이크는 고개를 저었다.

"아니, 전혀."

"호오. 그럼, 대체 어떻게 된 건가? 자네가 레코드 바늘 같은 루빈처럼 말많은 사람이 아니라는 것은 나도 알고 있네. 그렇긴 해도 자네는 식사하는 동안 거의 말을 하지 않더구먼. 스테이시만 보고 있었단 말일세."

드레이크는 말했다.

"한 가지 부탁이 있네. 나부터 그에게 질문하게 해주지 않겠나?"

트램블은 어깨를 움찔했다.

"좋고말고."

커피가 나온 다음 트램블은 말했다.

"자, 이제부터 초대손님을 신문하는 순서로 옮겨가겠습니다. 여느 때 같으면 이 식탁을 둘러싸고 있는 이들 가운데 오직 한 사람, 사물의 이치를 아는 내가 늘 시작했었지만 오늘 밤은 명예 있는 초대손님을 데려온 까닭으로 그와 입장이 같은 닥터 닥터 드레이크에게 양보하겠습니다."

드레이크는 엄숙하게 입을 열었다.

"닥터 닥터 스테이시, 당신은 무엇으로써 당신의 존재를 정당하다고 생각하십니까?"

스테이시는 조금도 기죽지 않고 대답했다.

"날이 갈수록 작아지고만 있습니다."

트램블이 끼어들었다.

"그건 무슨 뜻인가?"

그러자 드레이크가 여느 때와 달리 딱딱하게 말했다.

"내가 질문하고 있는 걸세."

스테이시는 말했다.

"좋습니다, 대답하지요. 대학은 해마다 늪 속으로 깊이 빠져들어가고 있습니다. 나는 다만 팔짱을 끼고 방관할 뿐이지요. 대학 교직원의 한 사람으로서의 내 입장은 그러하기 때문에 변명할 여지가 없어지고 있다는 뜻입니다."

드레이크는 이 말을 묵살하고 물었다.

"당신은 내가 석사 과정을 공부한 학교에서 가르치고 있는데, 나에 대해 알고 계십니까?"

스테이시는 조금 말을 더듬었다.

"죄송하지만 짐, 화학자라는 이름이 붙은 사람을 모두 알고 있을 수는 없지요. 기분 나쁘게 듣지는 말아주십쇼."

"그런 말 따위에 신경쓸 나라고 생각하시오? 나도 당신에 대해서는 아는 바가 없습니다. 아니, 내가 묻는 말은 벨리 대학에서 내 이름을 들은 적이 있느냐는 겁니다. 학생이었을 때 말이오."

"아니오, 들은 적 없습니다."

"그럴 테지요. 하지만 같은 무렵에 나와 함께 벨리에서 공부한 친구가 있습니다. 박사 과정도 벨리에서 밟았지요. 패런이라는 사람이오. F—A—R—O—N. 랜스 패런. 이 이름을 들은 적은 없습니까?"

“랜스 패런?”

스테이시는 고개를 갸웃했다.

“랜스란 아마도 랜슬러트를 줄여서 부른 이름이라고 생각합니다. 랜슬러트 패런. 확실하지는 않지만, 우리는 주로 랜스라고 불렀지요.”

조금 뒤 스테이시는 고개를 옆으로 저었다.

“아니오, 기억에 없는데요.”

드레이크는 물었다.

“그럼, 데이비드 세인트 조지는 알고 계시오?”

“세인트 조지 교수? 물론 알지요. 내가 교직에 들어간 해에 돌아가셨습니다. 그러니까 알고 있다고는 할 수 없어도 이름은 들었지요.”

트램블이 끼어들었다.

“적당히 해두게, 짐. 뭔가, 지금의 질문은? 여기가 동창회인가?”

무언가 생각에 잠겨 있던 드레이크는 제정신을 차리며 말했다.

“기다리게, 톰. 생각나는 일이 있네. 질문은 일단 그대로 두고, 그 전에 이야기하고 싶은 것이 있네. 실은 오래 전부터 몹시 마음에 걸려오던 일인데, 모두에게 선뜻 털어놓을 수 없었지. 그런데 오늘 초대손님이…….”

곤잘로가 큰 소리로 말했다.

“그 이야기를 어서 해보게나.”

“조건을 붙이세.” 애벌론이 말했다. “그것을 전례로 만들지 말 것.”

트램블이 사이를 두지 않고 되받아쳤다.

“그건 의장이 결정할 일이네. 이야기하게, 드레이크. 다만 신신당부하네만, 밤새도록 걸리는 이야기는 곤란하네.”

드레이크는 말했다.

"곧 끝나네. 랜스 패런에 대한 일일세. 이것은 본명이지. 게다가 나는 그를 헐뜯을 거니까 아놀드, 이 방에서 주고받은 이야기는 일체 비밀로 해주어야겠습니다."

"그 점은 알고 있습니다." 스테이시는 말했다.

트램블이 재촉했다.

"어서 이야기하게. 밤새도록 걸리겠군. 훤히 내다보여."

드레이크는 말했다.

"랜스에 대한 이야기는, 그가 아무래도 화학자가 될 생각은 없었던 모양이라는 것일세. 유복한 집안 아들이어서 돈이 많았거든. 졸업 논문연구를 할 때는 실험실 바닥에다 자기 돈으로 코르크를 붙일 정도였으니까."

"아니, 코르크는 왜 붙이나?" 곤잘로가 물었다.

"타일 바닥에 비커를 떨어뜨리면 어떻게 되는지 생각해 보게나. 랜스가 대학에서 화학을 전공한 것은 어쨌든 무언가 전공을 정해야만 했기 때문이었다네. 그리고 그는 졸업하자 그대로 화학 석사 과정을 밟았지. 유럽에서 제2차 세계대전이 일어나 징병이 시작되었기 때문일세. 1940년의 일이었네.

징병을 피하려면 화학을 전공하는 게 좋다고 그는 생각했지. 그것이 잘되어 그는 끝내 군대에 가지 않은 것으로 나는 알고 있네. 그것은 합법적인 일이었으니까. 나도 군복을 입지 않고 견딜 수 있었지. 그러니 그 일로 그를 비난할 이유는 없네."

육군장교였던 애벌론은 아연실색하는 표정이었다. 그러나 그는 말했다.

"말할 나위 없이 합법적인 일이지."

드레이크는 이야기를 계속했다.

"랜스는 그저 되는 대로 사는 녀석이었어. 화학에 관해 그렇다는 뜻일세. 본디 소질이 없는데다 그는 공부를 전혀 하지 않았거든. 성적은 늘 B 마이너스 이하로 만족해야만 했지. 그것이 그의 실력이었거든.

그것은 그런대로 그다지 문제가 없었네. 그 정도의 성적을 내도 그럭저럭 석사는 될 수 있으니까. 화학 석사란 아무 쓸모도 없는 것이지만. 그런데 그런 성적으로는 박사 과정 연구를 할 자격이 없었네. 이것이 문제였지. 우리들 모두, 그해에 대학원에서 화학을 전공하고 있던 친구들은 모두 랜스는 석사로 그칠 거라고 생각했지. 석사 학위를 딴 뒤 무언가 징병을 피할 수 있는 일에 종사할 거라고 말이야. 그의 아버지 연줄로……."
루빈이 물었다.
"자네들은 모두 그를 샘내고 있었나? 그 정도의 사람을……."
"샘을 낸 건 아닐세. 그야 물론 부럽게는 여겼지. 어쨌든 그 무렵 정부에서는 보조금을 나날이 줄이고 있었거든.

나는 학기마다 서스펜스 소설을 실제로 옮겨놓은 것 같은 생활을 하고 있었다네. '학자금을 짜낼 수 있느냐 공부를 그만두느냐'로 말일세. 누구나 모두 돈이 궁했었지.

랜스는 아주 좋은 녀석이었어. 자기가 돈이 궁하지 않다는 걸 자랑하지 않았지. 우리가 궁한 처지에 놓여 있을 때는 얼마쯤 빌려주기도 했네. 그것도 아무렇지 않게 말이야. 그리고 랜스는 자기 머리가 그다지 좋지 않다는 것을 잘 알고 있었지.

우리는 랜스를 친절히 도와주었다네. 거스 블루는 사례를 받고 그에게 유기물리 강의를 해주었지. 물론 랜스가 늘 열심히 하고 있었던 건 아니네. 한번은 실험실에서 어떤 약품을 조합하기로 되어 있었는데, 그녀석은 자기가 하지 않고 화학실험 도구며 재료를 파는 가게에 가서 이미 되어 있는 것을 사왔지. 자기가 조합했다고 그는 말했지만 우리는 사온 것임을 알고 있었다네. 우리는 모두 알고 있었지만, 어쨌든 그런 일은 아무래도 좋았지."
루빈이 말참견했다.
"아무래도 좋은 일인가? 그것은 부정행위인데."
드레이크는 조금 초조한 기색을 보이며 말했다.
"어떻든 그로서는 마찬가지였다네. 어차피 또 B 마이너스일 테니까. 이 이야기를 꺼낸 것은 우리 모두가 그에게 커닝하는 재능이 있음을 알고 있었다는 걸 말하고 싶기 때문일세."
"다른 사람들은 커닝 따위를 하지 않았다는 말입니까?"
스테이시가 끼어들었는데, 그 목소리에 얼마쯤 비꼬는 투가 섞여 있었다.
드레이크는 눈썹을 치켜올렸다가 다시 내렸다.
"그야 정말로 다급해지면 절대로 하지 않는다고 잘라 말할 수는 없겠지요. 그러나 거기까지는 아무도 가지 않았고, 커닝 같은 위험한 다리를 건너지 않도록 우리는 열심히 공부했습니다. 내가 알고 있는 한 그런 짓을 한 사람은 아무도 없었습니다. 물론 나도 하지 않았지요.

랜스는 학위——Ph. D.——에 도전할 결심을 했네. 여럿이 잡담하고 있을 때 그가 그 결심을 털어놓더군. 전쟁 상황은 점점 나빠져가고 있었고, 학교에도 신병모집반의 모습이 이따금 보였지. 지원하면 돈도 받을 수 있고 징병으로 끌려갈 염려도 없었으나, 우리에게 학위는 크나큰 의미가 있는 거였네. 무슨 까닭으로든 학교를 한번 떠나면 과연 다시 돌아와 학문을 계속할 수 있을지 어떨지가 가장 큰 관심사였다네.

누군가가——나는 아닐세——'랜스는 좋겠어'라고 말했지. 랜스는 고민할 여지 없이 그저 취직만 하면 그만이었거든.

'그럴까.' 랜스가 말했지. 어쩌면 그 말에 다만 이의를 내세우고 싶었던 건지도 몰라. '나는 여기 남아서 Ph. D.를 딸 생각이네.'

농담일지도 모른다고 나는 생각했지. 아니, 모두들 그가 농담하고 있다고 생각했다네. 그리고는 모두 웃기 시작했지. 조금씩 취해 있었거든. 왜 있잖나, 그다지 많이 우습지도 않은데 웃음이 그치지 않는 것 말이야. 그러다가 겨우 웃음이 그쳐서 문득 누군가의 얼굴을 보면 다시 또 웃음이 터져나오는 것. 전혀 우습지도 않은데 우리는 배꼽을 잡고 웃어댔지. 랜스는 얼굴이 새빨개지더군. 그 다음 새파랗게 되어버렸다네.

'자네 때문에 웃고 있는 게 아니야, 랜스'라고 나는 말하려 했던 생각이 나네. 그러나 끝내 말로 하지는 못했어. 왜냐하면 숨이 막혀 목소리가 나오지 않았거든. 랜스는 일어나더니 훌쩍 나가버리더군. 그 일이 있은 뒤 랜스는 더욱 Ph. D.에 도전할 결심을 굳혔네. 우리와는 말도 하지 않았지만, 그는 필요한 서류를 학교에 제출했지. 서류를 제출하자 그는 만족했는지 다시 전처럼 우리와 다정히 이야기를 나누게 되었지. 나는 그에게 말했다네.

'여보게, 랜스, 눈물나는 고생을 각오해야 할 걸세. 지금까지의 성적에 A가 하나도 없으니 박사 과정 연구를 학교측에서 허가하지 않을걸. 말도 안 돼.'

그는 말하더군.

'그렇지 않네. 심사위원회와도 이야기했으니까. 세인트 조지 선생의 케미컬 키네틱스(Chemical Kinetics)를 선택하여 A를 따보이겠다고 했네. 내가 본격적으로 하면 어떻게 되는지 두고보라고 말일세.'

도무지 말도 안되는 이야기였지. 우리가 마구 웃어댔던 일보다

더 종잡을 수 없는 이야기였어.

세인트 로지를 알고 있다면 이 말의 뜻을 깨달을 수 있을 겁니다, 아놀드.”

스테이시는 고개를 끄덕였다.

“그분의 키네틱스 강의는 아주 어려웠다고 하더군요. 가장 우수한 두 사람 정도가 A 마이너스고 나머지는 모두 B나 C였다지요.”

드레이크는 어깨를 움찔했다.

“교수 가운데 이따금 그런 일에 기쁨을 느끼는 이들이 있지. 이를테면 학자판(版) 캡틴 브라이지. 그러나 세인트 조지는 아주 뛰어난 화학자였어. 아마 벨리 대학 역대 교수 가운데 가장 으뜸이라고 할 수 있을 걸세. 그 대학에서 가르치고 있던 사람 가운데 전쟁 뒤 미국에서 손꼽히게 된 교수는 그뿐이었다네.

만일 랜스가 그 교수의 코스를 택해 좋은 성적을 올린다면 그야말로 정말 굉장한 일이지. 다른 과목이 모두 C라 해도 꽤 소문이 자자해졌을 걸세. ‘그는 할 필요가 없었기 때문에 게으름피웠던 거야. 그러나 일단 해야겠다고 마음먹자 엄청난 저력을 발휘했잖나’라고 말이네.

나는 그와 함께 케미컬 키네틱스를 선택했지. 강의가 있는 날은 그야말로 악전고투를 해야만 했다네. 그런데 랜스 녀석은 늘 보아도 옆자리에서 싱글벙글 웃고만 있단 말이야. 착실히 필기를 하고 공부도 확실히 하긴 하더군. 그리고 도서관에서도 늘 케미컬 키네틱스 책과 씨름하더란 말일세.

어떻든 그리하여 학기말이 되었지. 세인트 조지는 중간시험을 치르지 않네. 모든 것을 토론과 마지막 시험으로 판단하지. 시험은 3시간…… 언제나 3시간이었지.

마지막 1주일은 강의가 없고, 학생들은 그 1주일 동안 시험에 대비하여 총정리를 한다네. 그때가 되었는데도 랜스 녀석은 여전히 싱글벙글하고 있더란 말일세. 다른 코스 성적은 여느 때와 마찬가지로 좋지도 않았고 그렇다고 나쁘지도 않았지. 녀석은 그런 데는 전혀 개의치 않는 모양이었어.

우리는 그에게 말을 걸었지. '키네틱스는 어떤가, 랜스?' 그러면 녀석은 '아주 쉬워'라는 것이었어. 무척 유쾌한 듯이 말이야.

그러다가 드디어 시험날이 왔네……."

드레이크는 말을 끊고 입술에 힘을 주었다.

"그래서?" 트램블이 재촉했다.

드레이크는 깊이 생각에 잠기며 목소리를 낮추어 말했다.

"랜스 패런은 급제했다네. 급제 정도가 아니었어. 96점이었단 말일세. 그때까지 세인트 조지의 시험에서 90점 이상 받은 학생은 하나도 없었지, 그 뒤로도 아마 없었을걸."

스테이시가 말했다.

"90점 이상이 있다는 말은 못 들었습니다."

"자네는 몇 점이었나?" 곤잘로가 물었다.

드레이크는 대답했다.

"82점이었네. 랜스만 빼놓는다면 반에서 1등이었지. 랜스를 제쳐놓으면 말일세."

"그래, 그 사람은 어떻게 되었나?" 애벌론이 물었다.

"물론 Ph. D.를 받았지. 교수회는 군말없이 그에게 학위를 주었네. 들은 바에 의하면, 세인트 조지가 그를 강력하게 추천했다더군.

나는 그 뒤 벨리를 떠났고, 전쟁 동안 아이소토프(同位元素)를 분리하는 연구에 종사했네. 그러다가 결국 나는 위스콘신으로 옮겨 학위를 따기 위한 연구를 계속했지.

그건 그렇고, 나는 그 뒤로도 이따금 옛친구에게서 랜스 소식을 들었네. 맨 마지막으로 들은 이야기에 의하면 그는 메릴랜드 어딘가에 자기 연구소를 차렸다더군. 그러저럭 10년 전쯤 되는 것 같은데, 〈케미컬 앱스트랙〉에서 그의 이름을 본 적이 있네. 그의 논문이 몇 개 실려 있더군. 과연 랜스가 쓸 만한 이렇다할 내용이 없는 논문이었지."

"지금도 쩡쩡거리고 사나?" 트램블이 물었다.

"그럴 걸세."

트램블은 의자등받이에 기대며 말했다.

"이야기란 그것뿐인가, 짐. 대체 무엇이 그토록 마음에 걸렸단 말인가?"

드레이크는 식탁에 앉은 이들을 한 사람씩 차례로 둘러보았다. 그러더니 느닷없이 주먹을 쥐고 식탁을 쾅 내리쳤다. 커피 잔이 튀어오르며 쨍그렁 소리를 냈다.

"녀석은 커닝을 했단 말이네. 뻔뻔스러운 녀석이야. 그 시험은 무효일세. 녀석이 Ph. D.를 가지고 있는 한 내 학위는 그만큼 무게가 없어지는 거야…… 당신도 마찬가지지요, 아놀드."

그는 스테이시의 얼굴을 보았다.

"가짜 박사(Phony Doctor)."

스테이시는 중얼거렸다.

"뭐라고요?" 드레이크가 좀 노기를 띠고 물었다.

스테이시는 말했다.

"아니, 아무것도 아닙니다. 내 친구 가운데 의과대학에서 교편을 잡고 있는 사람에 대해 생각했었습니다. 그곳 학생들은 세상에서 정당하게 학위라고 부를 수 있는 건 의학박사(M.D.)뿐이라고 한답니다. 그들 말에 의하면 Ph. D.란 가짜 박사(Phony Doctor)라는 거지요."

드레이크는 흥 하고 코를 울렸다.

대수로운 일이 아닌 말을 꺼낼 때도 흔히 그렇듯 루빈이 그의 독특한 토론조로 무슨 이야기를 하기 시작했다.

"정말이지, 만일 자네가……. "

애벌론이 올려다봐야 할 만큼 높은 곳에서 루빈의 말을 가로챘다.

"자네는 그렇게 말하지만, 짐. 만일 정말로 커닝했다면 어째서 그것이 탄로나지 않았을까? "

"커닝했다는 증거가 아무것도 없었기 때문이지. "

곤잘로가 말했다.

"커닝을 하지 않았다고 생각할 수는 없을까, 마지막 순간에 굉장한 저력을 발휘한 게 사실인지도 모르잖나. "

드레이크는 다시 식탁을 두드렸다. 커피 잔이 튀어오르며 덜거덕 소리를 냈다.

"아닐세, 그런 일은 있을 수 없네. 전에도 뒤에도 그런 실력을 발휘한 적은 한 번도 없었네. 그리고 녀석은 강의시간에도 늘 자신만만했었단 말일세. 무슨 일이 있어도 A를 딸 수 있는 절대적으로 확고한 대책을 짜냈기 때문에 자신만만했던 걸세. 그렇다고 생각할 수밖에 없네. "

트램블이 나른한 목소리로 말했다.

"그러면 또 어떻단 말인가. 그는 커닝을 해서 학위를 땄으나 그다지 성공하지 못했네. 자네 이야기에 의하면 어느 구석에 틀어박혀 어슬렁거리며 살고 있다고 하는데, 그런 일은 흔히 있잖은가, 짐.

커닝을 했건 안했건 여러 종류의 사람들이 여러 방면에서 그 나름의 전문적 지위에 앉아 있지. 그런 이들은 진짜로 우수한 인재를 손발처럼 부린다네. 그것이 어쨌다는 건가?

커닝을 했는지 안했는지는 확실히 모르지만, 자네는 어째서 그

특정한 사람 하나에게 그다지 구애를 받나. 자네가 어째서 그 일 때문에 괴로워하는지 내가 말해 볼까. 자네가 마음을 가라앉히지 못하는 것은, 그가 어떻게 그 일을 해냈는지 모르기 때문일세. 그것만 알게 되면 자네는 깨끗이 잊어버릴 걸세.”

헨리가 말참견했다.

“브랜디 드시겠습니까?”

5개의 날씬한 글라스가 높이 올라갔다. 자기가 마실 분량을 엄격하게 정하고 있는 애벌론만은 글라스를 들어 올리지 않았다.

드레이크가 말했다.

“그럼, 톰, 자네에게 묻겠네. 녀석이 어떻게 그것을 해치웠는지 알 수 없나? 자네는 암호전문가잖나.”

“이것은 암호와 상관없네. 글쎄, 그는 그…… 어떤 다른 사람이 쓴 답안을 제출하지 않았을까?”

그러자 드레이크는 말도 안된다는 투로 말했다.

“남의 필적으로? 나도 그것을 생각했고, 모두들 그것을 생각했지. 랜스가 커닝했다고 여긴 건 나만이 아니었거든. 모두들 그를 의심했지. 96점이라는 성적이 게시판에 나붙었을 때 우리는 모두 깜짝 놀랐거든. 숨결이 제대로 돌아올 때까지 시간이 한참 걸렸다네. 그리고 모두 그에게 답안지를 내보이라고 말했지. 그는 보여주더군.

우리는 그것을 읽었는데, 거의 완벽한 답안이었어. 틀림없는 그의 필적이었고, 문장도 그의 것이었지. 겨우 몇 개 틀렸지만 대수롭지 않은 것이었네. 나중에는 아무래도 너무 완전하면 좋지 않으니까 일부러 조금 틀리게 한 게 아닌가 하는 생각마저 들더군.”

곤잘로가 말했다.

“이것은 어떤가. 누군가가 우선 모범답안을 쓰고, 그것을 랜스가 자기 문체로 다시 직접 썼다는 것은.”

"그럴 수가! 교실에는 대학원생들과 세인트 조지의 조수 말고 아무도 없었네. 문제용지는 시험이 시작되기 직전에 조수가 개봉했지. 아무도 보고 있지 않았다 해도 자기 답안 외에 랜스의 몫까지 쓸 시간은 없었네. 게다가 96점 받을 답안을 쓸 수 있었던 사람은 한 명도 없었거든."

에벌론이 말했다.

"그 자리에서 하긴 힘들었겠지. 그러나 누군가가 미리 문제용지를 손에 넣어 교과서와 대조해 가며 완벽한 답안을 만들어냈다면 어떻겠나. 랜스는 무슨 방법인가를 써서 그렇게 하지 않았을까?"

드레이크는 말이 떨어지자마자 대답했다.

"아닐세, 그럴 수는 없었을 걸세. 자네들이 말하는 건 우리도 모두 생각해 보았지. 정말이네. 대학에서는 그보다 10년 전에도 커닝 사건이 있었기 때문에 시험문제관리가 몹시 엄격했다네.

세인트 조지도 정해진 절차에 따르고 있었지. 세인트 조지는 시험 전날 문제를 작성하여 비서에게 주네. 비서는 세인트 조지가 보는 앞에서 필요한 부수만큼 등사판으로 민다네. 교수는 그것을 살펴본 다음 자신이 쓴 원고와 등사판 원지를 갈라놓지. 문제는 봉인되어 금고에 넣어졌다가 시험 직전에 꺼내 세인트 조지의 조수에게 건네진다네. 그러므로 랜스가 문제를 미리 손에 넣을 수는 결코 없어."

애벌론이 말했다.

"반드시 그때라고만 확정해 놓고 생각할 건 없지. 비록 교수가 문제를 등사판으로 밀게 한 것이 시험 전날이었다 해도 문제 자체는 훨씬 전에 교수가 준비하고 있었다고 할 수 있지 않겠나? 지난 학기에 내놓았던 문제를……"

드레이크가 그의 말을 막았다.

"아닐세. 우리는 학기말시험 전에 그동안 세인트 조지가 내놓았던 문제를 빠짐없이 보았네. 그 점에 생각이 미치지 못할 만큼 어리석은 줄 아나. 중복된 문제는 하나도 없었어."

"그럴 테지. 그러나 아주 새로운 문제를 만들었다 해도 그것을 만든 게 학기 첫무렵이었을지도 모르잖나. 랜스는 학기가 막 시작되었을 무렵 문제를 보았을지도 몰라. 그렇다면 미리 알아놓은 문제에 대한 답을 찾는 공부만 하면 될 테니까, 전체를 애써 외는 것보다 훨씬 편하지 않겠나."

곤잘로가 말했다.

"아무래도 그 말이 맞는 것 같군, 제프."

드레이크가 말했다.

"그런데 그렇지 않다네. 세인트 조지는 그런 방법은 쓰지 않지. 그 시험문제는 모두 강의며 토론 도중에 누군가가 실수를 한 것과 관계 있는 문제였다네. 그 가운데서도 한 문제는 함정에 빠지기 쉬운 것이었는데, 그건 마지막 강의 시간에 내가 창피를 당한 문제였었지. 나는 아무래도 추론에 잘못이 있는 것 같아서 질문했었는데, 세인트 조지는…….

아닐세, 그건 아무래도 좋아. 요컨대 시험문제는 마지막 강의가 끝난 뒤 만들어졌음에 틀림없었네."

아놀드 스테이시가 말참견했다.

"세인트 조지는 늘 그랬습니까? 그렇다면 학생들은 미리 문제의 열쇠를 손에 넣을 수 있었다는 이야기가 되는군요."

"토론시간에 문제가 되었던 것에 중점을 두면 된다는 이야기입니까?"

"그뿐만이 아닙니다. 학생들이 잘 알고 있는 대목에서 일부러 엉뚱한 질문을 하여 세인트 조지를 속이면 그것으로 적어도 20점은 딸 수 있을 텐데요."

드레이크는 말했다.

"그 점은 뭐라고 말할 수 없군요. 그때까지 그 교수의 강의는 들은 적이 없었기 때문에 지난번 시험도 그랬는지 어떤지 모르니까요."

"선배에게서 정보를 얻지 못했습니까? 1940년대의 대학이나 대학원이 지금과 같다면 선배에게서 정보를 얻었을 텐데요."

드레이크는 고개를 끄덕였다.

"그야 물론 그럴 수도 있었겠지요. 그러나 우리 경우는 선배에게서 아무것도 듣지 못했습니다. 어쨌든 그때는 그런 식으로 교수가 출제를 했지요."

곤잘로가 물었다.

"여보게, 짐. 그 랜스라는 사람은 토론 때 어땠나?"

"입을 다물고 있었지. 꿩도 울지 않으면 총에 맞지 않아. 우리는 모두 그가 입 꾹 다물고 있는 것을 당연하게 여겼다네. 뜻밖의 일이 아니었거든."

곤잘로가 다시 물었다.

"화학과의 비서는 어땠나? 랜스가 비서를 포섭하여 문제를 알아낼 수는 없었을까?"

드레이크는 언짢은 기분으로 말했다.

"그 비서를 알고 있다면 그런 말을 할 수 없네. 무엇보다도 랜스에게 그런 재주가 있을 리 없어. 랜스는 비서를 매수할 수 없었을 테고, 금고를 열 수도 없었을 거야. 그런 일은 전혀 할 수 없었을 걸세.

문제의 성질로 보아, 그것이 만들어진 건 시험 1주일 전이었음에 틀림없네. 그리고 그 마지막 1주일 동안에 그가 어떤 수상쩍은 행동을 할 수는 없었을 걸세."

"그게 틀림없나?" 트램블이 물었다.

"맹세해도 좋네. 녀석이 너무도 자신만만해 있었으므로 우리는 모두 수상쩍게 여겼거든. 우리는 시험에 실패할까봐 전전긍긍하는데 녀석은 태평스럽게 웃고만 있었으니 말이야.

강의 마지막 날 누군가가 말했지. '저 녀석, 시험지를 훔칠 생각인 모양이야'라고. 실은 그렇게 말한 게 나였지만, 다른 친구들도 그 말이 맞다고 동의했네. 그래서 결국 모두 녀석을 감시하기로 했었다네."

애벌론이 물었다.

"잠시도 눈길을 떼지 않았었나? 밤에도 교대로 감시했나? 화장실에도 따라갔었나?"

"거의 그렇게 했지. 녀석은 버로즈와 한방을 썼는데, 이 버로즈라는 친구는 몹시 잠귀가 밝아 랜스가 몸을 뒤채는 것도 모두 알고 있었다니까 말이야."

루빈이 말했다.

"버로즈에게 약을 먹였을지도 모르잖나."

"있을 수 없는 일은 아니지만, 버로즈는 그런 일이 없었다고 했고 실제로도 그런 일은 없었을 것으로 여겨지네. 어쨌든 랜스는 수상쩍은 행동은 전혀 하지 않았어. 감시받고 있는 것을 언짢아하는 눈치도 없었네."

"감시받는 것을 알고 있었나?"

루빈이 물었다.

"그랬던 것 같아. 어디 나갈 때는 늘 '누구 함께 가겠나?' 하고 물었으니까."

"어디를 갔는데?"

"뻔한 곳이지. 그는 식사하고 술마시고 잠자고 용변을 보았지. 대학 도서관에서 공부하지 않을 때에는 자기 방에 틀어박혀 있었네. 그리고 우체국이며 은행이며 구둣방에 갔지. 그가 나갈 때에는 우리도 늘 그 뒤를 따라 벨리의 중심가 끝에서 끝까지 함께 걸어갔다네. 그리고……. "

"그리고 어떻게 됐나?" 트램블이 물었다.

"그리고 만일 그가 미리 문제용지를 손에 넣었다하더라도 그것은 시험을 보기 며칠 전이었거나 또는 전날 밤이었을 텐데, 랜스가 아무리 열심히 했다 해도 그 짧은 시간에 그만큼 완벽한 답안을 만들 수는 없네. 교과서며 참고서를 참고했다 해도 며칠은 걸릴 테니까. 문제를 한 번 보고 답안을 척척 쓸 수 있다면 커닝할 필요조차 없지 않겠나. 시험이 시작된 다음 그 자리에서 문제를 보면 그만일 테니까. "

루빈이 잔뜩 비꼬아 말했다.

"자네 말투는 마치 자신을 스스로 몰아세우고 있는 것 같네그려. 그러니까 그 친구는 커닝하지 않았다는 이야기가 되겠군. "

드레이크는 큰 소리를 질렀다.

"바로 그 점일세. 녀석은 분명 커닝을 했단 말이야. 그런데 너무나 교묘하게 했기 때문에 아무도 알아내지 못했지. 어떤 방법으로 했는지 아무도 짐작하지 못했어. 톰의 말대로 내가 참을 수 없는 건 바로 그 점일세. "

헨리가 헛기침을 하고 말했다.

"한 마디 말씀드려도 괜찮겠습니까, 여러분. "

다들 눈에 보이지 않는 줄에 이끌리기라도 하듯 일제히 얼굴을 들었다.

"뭔가, 헨리?" 트램블이 물었다.

"내 생각으로는 여러분이 너무 자잘한 부정행위에 익숙해 있어 이 수수께끼를 풀지 못하시는 것 같습니다."

"호오, 헨리 그게 무슨 말인가?"

애벌론이 웃는 얼굴로 말했지만, 짙은 눈썹이 그의 눈을 뒤덮을 만큼 내려져 있었다.

"결코 여러분에게 실례되는 말씀을 드릴 생각은 없습니다. 루빈 씨도 말씀하셨듯이, 부정행위에도 그 나름대로 가치가 있습니다. 트램블 씨는 드레이크 씨가 화내시는 건 커닝을 한 사실 때문이 아니라 그것이 너무 교묘하게 이루어져 아무도 꿰뚫어보지 못했기 때문이라고 말씀하셨는데, 아마 여러분도 그렇게 생각하실 테지요."

곤잘로가 물었다.

"다시 말해서 뭔가, 헨리? 자네는 자신이 아주 결백하므로 부정에 대해 우리보다 훨씬 민감하여 이 수수께끼를 풀 수 있다고 말하고 싶은 건가?"

헨리는 말했다.

"그럴지도 모르지요. 드레이크 씨의 말씀 속에는 도저히 이해할 수 없는 점이 있습니다. 바로 그 점이 모든 것을 설명하고 있는 듯싶은데, 아무도 그 점을 지적하지 않으셨으니 지금 하신 말씀이 맞는다고 해야겠지요."

"생각할 수 없는 점이라니?" 드레이크가 물었다.

"세인트 조지 교수의 태도입니다. 그 교수는 학생을 척척 낙제시키는 걸 큰 기쁨으로 여기는 분이라 하셨지요. 마지막 시험에는 결코 80점 이상을 주지 않았다지요. 그런데 어떻게 해 볼 수 없을 정도로 머리가 나쁜 학생, 교수나 학생들 사이에 그가 얼마나 머리 나쁜지 잘 알려져 있는 그런 열등생이 96점을 받았는데도 교수는 그것을 인정했을 뿐만 아니라 심사위원회에서 그 학생을 강력히 밀어주기까지 했다고 하셨잖습니까. 엄밀히 말한다면 교수 자신이 누구보다도 먼저 부정을 의심해야 하지 않겠습니까? 그것도 노발대발하면서 말입니다."

모두들 말이 없었다. 스테이시는 어떤 생각에 깊이 잠겨 있는 것 같았다.

드레이크가 물었다.

"교수로서는 자기 시험에서 부정이 이뤄졌다는 사실을 결코 인정할 수 없었던 게 아닐까. 내 말뜻을 알겠나?"

핸리는 말했다.

"거기가 함정입니다. 교수가 문제를 내고 학생이 답을 쓸 경우, 부정이 이루어졌다면 그것은 반드시 학생측에 있다고 흔히 생각합니다. 어째서 그럴까요? 부정을 저지른 게 교수였다면 어떨까요?"

드레이크가 반박했다.

"그런 짓을 해서 교수에게 무슨 이득이 있겠나?"

"부정에는 흔히 무언가 붙어다니는 법이 아닙니까. 나는 돈이었다고 봅니다. 그 학생은 매우 유복했다고 아까 말씀하셨습니다. 그리고 그 무렵에는 정부의 보조금도 충분하지 못했고, 교수의 봉급이라야 빤한 것이었습니다. 그러니 그 학생이 그 교수에게 몇천 달러를 쥐어 주고……."

"무엇 때문에? 점수를 많이 받기 위해? 우리는 랜스의 답안을 보았네. 그것은 진짜였어. 아니면 인쇄하기 전에 문제를 보여달라고 하기 위해? 보았다고 해도 랜스로서는 어쩔 도리가 없었을 걸세."

"그 반대의 일을 생각해 보십시오. 그 학생이 교수에게 돈을 주고 자기 편에서 문제를 만들어 교수에게 주었다면 어떨까요?"

다시 한번 눈에 보이지 않는 실이 모두를 잡아당겼다. 그들은 저마다 다른 목소리로 일제히 외쳤다.

"뭐라고?"

헨리는 차분히 말했다.

"아시겠습니까? 랜스 패런 씨가 온 학기에 걸쳐 하나 하나 추고를 거듭하며 문제를 만들었다면 어떨까요. 토론시간에도 자기는 발언하지 않고 모두의 이야기를 주의깊게 듣고는 재미있는 문제가 될 만한 대목을 골라내는 거지요. 학기가 진행되는 동안 열심히 공부해서 문제를 생각하고 그 답안을 짜내는 겁니다.

애벌론 씨도 말씀하셨듯이 몇 가지 결정된 과제를 택하여 공부하는 것은 그 과목 전체에 걸쳐 공부하는 것보다 훨씬 쉽습니다. 세인트 조지 교수님은 그런 티를 조금도 내지 않고 마지막 강의에서 다루어졌던 문제까지 덧붙여 놓으셨지요. 문제가 틀림없이 마지막 주일에 준비된 것처럼 다른 분들이 여기게 하기 위해서 말입니다.

그래서 문제는 그때까지의 세인트 조지 교수의 출제 경향과 전혀 다른 게 되었던 겁니다. 스테이시 씨가 몹시 놀라는 것으로 미루어 판단하건대, 그전에도 뒤에도 학생이 잘 이해하지 못했던 대목을 출제하는 일은 없지 않았던 게 아닐까요. 결국 그분은 학기말에 문제를 완성시켜 그것을 교수에게 우송했을 겁니다."

"우송?" 곤잘로가 되물었다.

"드레이크 씨는 그분이 우체국으로 간 적이 있다고 하셨습니다. 바로 그때 우송한 겁니다. 세인트 조지 교수는 문제와 함께 돈의 일부를, 아마도 적당한 소액지폐로 받으셨을 겁니다. 교수는 그것을 자기 손으로 쓰거나 타이프쳐서 비서에게 주었지요.

그 다음은 모든 게 여느 때와 같은 절차로 시험이 치러졌습니다. 그리고 교수는 당연히 마지막까지 그 학생의 뒤를 밀어주었겠지요."

곤잘로가 외쳤다.

"훌륭해. 맞아, 그렇다면 앞뒤가 맞아."

드레이크는 천천히 말했다.

"과연 그것은 아무도 생각해 본 적이 없는 하나의 가능성임에 틀림없네…… 하지만 지금에 와서는 뭐라고 말할 수가 없군."

스테이시가 큰 소리로 외쳤다.

"나는 끝내 한 마디도 하지 못하고 말았군요. 신문받는다는 말을 듣고 왔는데요."

트램블이 말했다.

"안됐네. 자네가 벨리 출신이라는 걸 알고 드레이크 녀석이 묘한 이야기를 꺼내어 그만 이렇게 되었네."

"그럼, 그 벨리 출신자로서 한 마디 덧붙여 말하겠습니다. 아까도 말했듯이 세인트 조지 교수는 내가 거기서 교편 잡기 시작한 해에 돌아가셨습니다. 그래서 나는 교수를 알고 있다고는 할 수 없지요. 그러나 교수를 알고 있던 사람은 내 주위에 많이 있습니다. 나는 교수에 대한 갖가지 소문을 들었습니다."

드레이크가 물었다.

"교수가 뇌물을 받을 만한 사람이라는 소문이던가요?"

"아무도 그렇게까지 말하지는 않았지만 어쨌든 야비하고 약삭빠르게 뛰어다니는 일로 유명했던 것 같습니다. 정부보조금이 자기 주머니에 흘러들어오도록 꾸몄다는 좋지 않은 이야기도 나는 들었지요.

랜스에 관한 이야기를 당신에게서 들었을 때도, 솔직히 말해서 나는 설마 세인트 조지가 사기쳤다고는 생각지 않았지요. 그러나 헨리가 그의 뛰어나게 결벽한 감각으로 여느 사람 같으면 생각조차 못할 일을 생각해 낸 지금에 와서는 나 역시 헨리의 말이 옳다고 믿습니다."

트램블이 말했다.

"한 가지 일이 해결되었군그래, 짐. 30년이 지난 다음에야 비로소 깨끗이 잊을 수 있게 된 거야."

"하지만 말이네…… 하지만……."

드레이크의 얼굴에 묘한 미소가 떠올랐다. 이윽고 그는 소리 내어 웃었다.

"역시 납득가지 않아. 왜냐하면 랜스가 정말로 처음부터 문제를 알고 있었다면, 녀석이 우리에게 한두 가지 가르쳐주어도 좋았을 텐데 말이야."

"자기를 마구 웃음거리로 삼은 사람들에게 말입니까?"

헨리는 조용히 묻고 식탁을 치우기 시작했다.

이 이야기는 〈EQMM〉 1972년 7월호에 '가짜 박사(The Phony Ph. D.)'라는 제목으로 발표되었다. 제목을 바꾼 이유는 뻔하다. 〈EQMM〉은 '살인(Homicide)의 H' '강도(Cutthroat)의 C'니 하는 제목으로 로런스 트리트의 뛰어난 단편을 연재하고 있었다. 그러므로 편집부로서는 이와 같은 제목은 트리트 씨의 전매특허로 해두고 싶었던 것이다.

그러나 단행본에서 내가 원래대로 '가짜(Phony) Ph'라고 한 것을 트리트 씨는 양해해 주리라 믿는다. 나로서는 역시 이것이 더 좋다. 그리고 이런 제목은 두 번 다시 쓰지 않을 것을 나는 약속한다.

이 작품 때문에 나는 뜻밖에도 어떤 종류의, 나로서는 이례적인 허영을 피력하는 꼴이 되고 말았다——다른 면에서라면 늘 그랬지만.

오레곤 대학의 포터 교수가 이 이야기에 나오는 박사 과정 연구를 위한 자격심사절차에 대해 내가 잘못 알고 있는 것을 지적하는 편지를 보내왔다. 교수는 서명 뒤에 'Ph. D.'의 칭호를 덧붙여서 그 점에 대해 말할 자격이 있는 인물임을 밝히고 있었다.

교수의 지적은 모두 지당한 것이었으므로 나는 거기에 따라 본디 문장을 여기에 실린 것과 같게 고쳤다.

그러나 교수에게 회답을 보내며 나는 어쩐지 그런 일을 이야기할 자격이 없는 사람으로 여겨지는 게 싫어서 나도 역시 서명 뒤에 'Ph. D.'라고 덧붙였다. 나는 1948년에 컬럼비아 대학에서 학위를 받았으니 이것은 진짜다. 그러나 내가 학술적인 공식문서 외에 이 칭호를 사용한 것은 전에도, 뒤에도 이때뿐이었다고 생각한다.

Truth to Tell
사실을 말한다면

흑거미클럽 모임 날 로저 홀스테드가 층계 위에 모습을 나타냈을 때 거기 있는 사람은 애벌론과 루빈뿐이었다. 그들은 홀스테드를 아주 기쁘게 맞았다.

임마누엘 루빈이 말했다.

"여어, 자네도 이제야 겨우 옛 친구를 만나러 올 생각이 든 모양이로군."

루빈은 두 손을 펼치며 빠른 걸음으로 홀스테드에게 다가갔다. 그의 듬성듬성 난 턱수염은 환하게 웃는 얼굴에 잘 어울렸다.

"지난 두 달 동안 어디서 어떻게 지내고 있었나?"

제프리 애벌론은 올려다봐야 할 만큼 높은 곳에서 웃음을 던지며 말했다.

"여어, 로저, 어서 오게나."

홀스테드는 코트를 벗었다.

"바깥은 지독히 춥네. 헨리, 나에게……."

흑거미클럽이 생긴 이래 줄곧 혼자 시중들어 온 사나이, 그리고 앞으로도 흑거미클럽이 결코 놓치려하지 않을 사람 헨리는 이미 마실 것을 준비하여 기다리고 있었다.

"어서 오십시오, 오랜만입니다."

홀스테드는 가볍게 고개를 끄덕이고 마실 것을 받아들었다.

"두 번이나 잇달아 뜻하지 않은 일이 생겨서…… 실은 어떤 일에 손댔기 때문이었네."

루빈이 물었다.

"수학선생을 그만두고 건전한 생활을 하기로 했나?"

홀스테드는 한숨을 쉬었다.

"고등학교 수학선생의 생활보다 더 건전한 건 없지. 그래서 돈벌이는 조금도 안된다네."

애벌론이 조용히 글라스를 뱅글뱅글 돌리며 물었다.

"그럼, 묻겠는데, 자유로운 문필업이 어째서 너절한 직업인가?"

자유작가 루빈이 대번에 물고늘어졌다.

"자유로운 문필업이 어째서 너절하다는 건가? 에이전트를 이용하지 않는 한 작가는……."

애벌론은 루빈을 묵살하고 물었다.

"무엇에 손댔다고, 로저?"

홀스테드는 말했다.

"오래 전부터 하고 싶었던 일이 있었네."

홀스테드의 이마는 희고 넓다. 10년 전에는 틀림없이 있었을 앞머리의 선이 지금은 보이지 않는다. 그러나 머리꼭대기와 둘레의 머리카락은 아직 숱이 많다.

"나는 《일리아드》와 《오디세이아》 전(全)48장을 하나하나 리머릭(해학 5행시)으로 고쳐 쓰고 있네."

애벌론이 고개를 끄덕였다.

"이미 몇 개는 완성됐겠네그려."

"《일리아드》제1장은 다 됐지. 다음과 같이 말이네.

　　그리스의 임금 아가멤논

　　아킬레스에게 버럭 화내며 담판

　　한 치의 양보도 없는 심한 말다툼

　　아킬레스, 하늘을 찌를 듯한 기세로 자리를 박차고 자기 진지로

　　달려가다."

애벌론이 말했다.

"나쁘지 않군. 아니, 아주 좋은데그래.《일리아드》제1장의 주제를 잘 파악하고 있네. 다만 주인공의 이름을 옳게 말한다면 아킬레우스네만. '키' 소리는……."

"그렇게 하면 운율이 맞지 않아." 홀스테드가 말했다.

루빈도 옆에서 말했다.

"그리고 '우' 소리를 넣으면 대부분의 사람들이 잘못 썼다고 생각한다네. 그렇게 되면 그 인상만이 강하게 남아서 정작 중요한 내용이 전달되지 않거든."

이때 마리오 곤잘로가 숨을 헐떡이며 층계를 올라왔다. 그는 그날 밤의 호스트였다.

"다른 사람은 아직 오지 않았나?"

애벌론이 유쾌하게 말했다.

"그렇네, 우리 늙은이들 뿐이라네."

"이제 곧 초대손님이 올 걸세. 재미있는 친구지. 아마 헨리의 마음에 들걸. 거짓말이라고는 결코 하지 않는 사람이니까"

홀스테드가 말했다.

"설마 조지 워싱턴을 데려오는 건 아니겠지."

"로저 아닌가. 정말 오랜만이로군…… 아참, 오늘은 짐 드레이크가

못 온다네. 집에 무슨 사정이 생겨서 도저히 빠져나올 수 없다는 엽서를 보냈더군. 오늘 초대손님은 샌드…… 존 샌드라고 하는데, 꽤 오래 전부터 알고 지내온 사이일세. 우스운 녀석이야. 결코 거짓말을 하지 않는 경마광이라네. 그 녀석이 거짓말하는 걸 들은 적이 없어. 그것만이 장점이지.”

곤잘로는 말하면서 한쪽 눈을 감아보였다. 애벌론이 엄숙하게 고개를 끄덕이고 말했다.

“거짓말도 할 줄 알아야 하네. 그런데 사람은 나이를 먹으면…….”

애벌론의 재미없는 말을 막으려고 곤잘로가 급히 말을 꺼냈다.

“오늘 모임은 재미있으리라 여기네. 그에게 이 모임 이야기를 했지. 얼마 전 두 번쯤 미스터리를 풀었다는…….”

홀스테드가 불현듯 눈을 반짝였다.

“미스터리라고?”

곤잘로가 말했다.

“자네는 이 모임의 선량한 회원이니까 이야기해도 상관없네만. 그러나 헨리가 말하는 게 좋겠지. 헨리는 두 번 다 주역이었으니까.”

“헨리가?”

홀스테드는 가벼운 놀라움을 나타내며 어깨 너머로 돌아보았다.

“자네도 이들의 장난에 휘말렸었나?”

“결코 그럴 생각은 없었습니다만, 홀스테드 씨…….”

루빈이 힘 있게 말했다.

“그럴 생각은 없었다고! 지난번 모임에서는 헨리가 그야말로 셜록 홈즈였다네. 그는…….”

애벌론이 말했다.

“문제는 말일세, 자네가 지나치게 지껄이지 않았을까 하는 점이네. 마리오, 그 사람에게 이 모임에 대해 무슨 이야기를 했나?”

"지나치게 지껄이다니, 그게 무슨 뜻인가? 나는 머니와 달라. 샌드에게 자세한 이야기는 할 수 없다고 분명히 말했지. 우리는 참회를 들어주는 고해신부와도 같아서 이 방에서 나눈 이야기는 결코 밖으로 새나가지 않게 한다고 말했지.

그랬더니 자기도 회원이 됐으면 좋겠다고 하더군. 무슨 고민거리가 있는 모양이야. 그래서 나는 내가 다음 모임의 호스트니까 초대손님으로 데려가겠다고 했다네. 오오, 오는군."

목에 두꺼운 스카프를 두른 지나치게 마른 남자가 층계를 올라왔다. 스카프 아래로 붉은 넥타이가 보였다. 그 화려한 빛깔이 여위고 창백한 얼굴에 얼마쯤 생기를 주고 있는 것 같았다. 30대로 보였다.

마리오 곤잘로는 거드름을 피우며 그를 소개했다.

"존 샌드일세."

이때 토머스 트램블이 층계를 쾅쾅 울리며 올라오더니 늘 그렇듯이 과장된 목소리로 외쳤다.

"헨리, 죽어가는 사람에게 스카치 소다를 주게."

루빈이 말했다.

"톰, 애써 지각하려들지 말고 조금만 더 빨리 오면 어떤가."

"늦게 오면 그만큼 자네의 시시한 수다를 듣지 않아도 되네. 이 점을 생각해 본 적이 있나?"

그리고 그는 초대손님을 소개받은 다음 자리에 앉았다.

이날 밤 요리는 한심스럽게도 엉겅퀴부터 시작되었다. 루빈은 기다리고 있었다는 듯이 엉겅퀴에 알맞은 소스 만드는 법을 엮어나가기 시작했다. 그것을 듣고 트램블은 씁쓰레한 말투로 엉겅퀴의 유일한 요리방법은 커다란 쓰레기통에 버리는 거라고 말했다.

루빈은 대답했다.

"물론이지. 제대로 만든 소스가 없다면 말일세……."

샌드는 식욕이 나지 않는지 그토록 훌륭한 스테이크를 3분의 1쯤이나 남겼다. 지나치게 뚱뚱한 느낌이 드는 홀스테드는 그의 접시에 남은 스테이크를 욕심나는 눈길로 흘끗 보았다. 그 자신의 접시는 다른 누구의 것보다도 빨리 비워버렸다. 거기에 남아 있는 것은 깨끗이 뜯어먹힌 뼈다귀와 작은 비계덩어리뿐이었다.

샌드는 홀스테드의 눈길이 마음에 걸리는 모양이었다.

"실은 나는 가슴이 답답해서 많이 먹을 수가 없습니다. 이 남은 것을 드시겠습니까?"

홀스테드는 아연실색하며 말했다.

"나 말입니까. 아니오, 이젠 배가 부릅니다."

샌드는 히죽 웃었다.

"터놓고 이야기하게 해주시겠습니까?"

"물론이지요. 지금까지 식사하는 동안의 이야기를 들었다면, 터놓고 말하는 게 이 모임의 취지라는 걸 아셨을 겁니다."

"참 잘됐습니다. 나는 터놓고 이야기하는 방법밖에 모르거든요. 뭐라면 좋을까…… 나의 맹목적인 신념이라고나 할까요.

홀스테드 씨, 당신은 거짓말을 하고 있습니다. 당신은 내가 남긴 스테이크를 먹고 싶으시지요. 사실 아무도 보고 있지 않다면 잡수셨을 겁니다. 뻔한 일이지요. 하지만 사회적 관습상 당신은 거짓말하고 계십니다. 당신은 치사스럽다는 말을 듣고 싶지 않고, 더욱이 낯선 사람이 먹다 남긴 더럽혀진 것을 먹을 수 있을 만큼 위생관념이 없는 사람으로 여겨지는 게 싫어서지요."

홀스테드는 눈살을 찌푸렸다.

"입장이 반대라면 당신은 어떻게 하겠습니까?"

"배고프고, 스테이크를 더 먹고 싶을 때 말입니까?"

"네."

"글쎄요, 위생상의 이유로 먹지 않을지도 모르지요. 하지만 먹고 싶다고 솔직히 말할 겁니다. 거짓말이란 대개 자기방어본능이나 사회적 관습에 얽매인 결과라고 할 수 있지요. 하지만 내 생각에, 거짓말이란 몸을 지키는 수단으로서는 거의 무의미합니다. 그리고 나는 사회적 관습에는 조금도 흥미가 없습니다."

루빈이 말했다.

"하지만 몸을 지키는 수단으로서 거짓말은 꽤 효과가 있습니다. 빈틈만 없으면 말이지요. 그런데 대부분의 경우 거짓말은 슬프게도 거기까지는 이르지 못하지요."

곤잘로가 물었다.

"최근에 《나의 투쟁》인지 뭔지 하는 것을 읽었나?"

루빈은 눈썹을 치켜올렸다.

"자네는 히틀러가 거짓말쟁이의 시조라도 되는 줄 여기는 모양이군. 그러나 나폴레옹 3세도 줄리어스 시저도 모두 마찬가지네. 시저의 《갈리아 원정기》를 읽은 적이 있나?"

헨리는 럼주에 적신 건포도가 든 케익을 날라온 다음 조용히 돌아가며 커피를 따랐다.

애벌론이 말했다.

"이젠 슬슬 초대손님의 이야기를 듣기로 하세."

곤잘로가 말했다.

"오늘 밤의 호스트로서, 그리고 의장으로서 나는 신문하지 않기로 하겠네. 오늘 밤의 초대손님은 고민거리가 있다고 하니, 그것을 우리에게 털어 놓도록 내가 부탁하지."

그는 메뉴 카드 뒤에다 샌드의 얼굴을 그리고 있었다. 바짝 마르고 슬퍼보이는 얼굴은 블러드하운드(개 중에서 후각이 가장 뛰어난 품종)처럼 과장되게 그려져 있었다.

샌드는 헛기침을 했다.

"이 방에서 화제에 오른 것은 모두 비밀에 붙여진다고 들었습니다만, 저어…… ."

트램블이 샌드의 눈길을 더듬으며 눈살을 찌푸렸다.

"헨리라면 걱정 마시오. 헨리는 우리보다 더 믿을 수 있는 사람이니까요. 의심하고 싶으면 다른 사람을 의심하시오."

헨리가 브랜디 글라스를 사이드보드에 늘어 놓으며 조용히 말했다.

"황송합니다."

샌드는 말했다.

"실은 나는 범죄혐의를 받고 있습니다."

트램블이 대뜸 물었다.

"어떤 성질의 범죄입니까?"

트램블은 여느 때 같으면 초대손님을 신문하는 첫말을 꺼냈을 것이다. 그의 눈에는 신문 기회를 절대로 놓치지 않으려는 집념이 서려 있었다.

샌드는 말했다.

"도둑질입니다. 회사 금고에서 얼마쯤의 현금과 유통증권이 없어졌습니다. 나는 금고 번호를 알고 있는 몇 사람 가운데 하나입니다. 게다가 나에게는 아무에게도 들키지 않고 금고로 다가갈 수 있는 기회가 있었지요. 동기도 있습니다. 경마에 실패했기 때문에 돈이 몹시 궁했거든요. 그래서 상황은 내게 몹시 불리합니다."

곤잘로가 몸을 앞으로 내밀었다.

"그러나 그는 결코 하지 않았다네. 그것이 바로 문제일세. 그는 하지 않았단 말이네."

애벌론은 절반쯤 비우고 그 이상은 입대지 않은 글라스를 빙글빙글 돌리며 말했다.

“그렇다면 원칙대로 샌드 씨가 일단 모든 이야기를 하는 게 어떨까.”

트램블이 물었다.

“여보게, 마리오, 자네는 어떻게 그가 하지 않았다는 걸 믿을 수 있나?”

“그가 자신이 하지 않았다고 말하고 있잖나. 그것으로 충분하지. 법정에서는 통하지 않을지도 모르네만, 나를 포함하여 그를 아는 모든 사람에게는 그것이면 충분하네. 그는 오늘날까지 자기에게 불리한 일일지라도 정정당당히 인정해왔고…….”

“내가 물어봐도 괜찮겠지?” 트램블이 물었다.

“당신은 그것을 훔쳤습니까, 샌드 씨?”

샌드는 앉음새를 고쳤다. 그는 파란눈으로 모두를 차례로 둘러본 다음 말했다.

“여러분, 나는 사실대로 말하고 있습니다. 나는 현금 또는 증권을 훔치지 않았습니다. 나는 이렇게 말할 수 있을 뿐, 증거는 없습니다. 하지만 나를 아는 사람이라면 내 말을 믿어줄 겁니다.”

홀스테드가 의심을 털어버리려는 듯이 얼굴을 아래에서 위로 문질러 올리며 말했다.

“샌드 씨, 당신은 꽤 책임 있는 지위에 계신 모양이군요. 회사의 자산이 든 금고에 다가갈 수 있는 입장이니까요. 그런 책임 있는 입장에 계시면서 당신은 경마를 하십니까?”

“경마를 하는 사람은 많습니다.”

“그리고 지겠지요.”

“진다고 생각하며 하지는 않습니다.”

“그러나 일에 지장을 줄지 모른다는 걱정은 없었습니까?”

“나는 운이 좋은 사람입니다. 숙부에게 고용되어 있지요. 숙부는 내 약점을 알고 있습니다. 그러나 내가 거짓말을 하지 않는다는 것도 알고 있습니다. 숙부는 내가 훔쳐낼 동기와 수단을 가졌었다는 것도 알고 있습니다. 내가 빚진 사실도 알고 있지요. 게다가 최근에 내가 경마에서 진 빚을 갚았다는 것도 압니다. 내가 직접 이야기했거든요.

상황증거는 내게 매우 불리합니다. 숙부가 도난된 일에 대해 직접 묻기에 나는 지금 여러분에게 이야기한 대로 똑같이 대답했습니다. 나는 현금 또는 증권을 훔치지 않았다고 했지요. 숙부는 나를 알고 있기 때문에 믿어 주었습니다. ”

“빚은 어떻게 해서 갚았습니까 ? ”

애벌론이 물었다.

“뜻밖의 큰 몫이 맞았지요. 경마에서는 이따금 그런 일이 있습니다. 도난이 발견되기 조금 전이었지요. 그래서 나는 술집에 진 빚도 갚았습니다. 이것 역시 거짓말이 아닙니다. 숙부에게도 그대로 말했지요. ”

“그럼, 동기는 없지 않은가. ”

곤잘로가 말했다.

“그렇다고 말할 수는 없네. 도난은 발견되기 전 2주일 사이에 행해진 것으로 여겨지고 있으니까. 그 2주일 동안 아무도 금고의 그 서랍을 보지 않았지. 물론 범인은 제쳐놓고 말일세. 훔친 다음에 내가 건 말이 이겨서 도둑질할 필요는 없어졌지만, 이미 행차 뒤의 나팔이었다고 해도 별수없지. ”

홀스테드가 말했다.

“혹은 이렇게도 생각할 수 있겠군요. 당신은 그 말을 맞추기 위해 마권을 많이 사야 했으므로 돈을 훔쳤다고 말입니다. ”

“그렇게 많이 사지는 않았습니다. 게다가 밑천은 다른 데서 끌어댔지요. 그야 물론 그런 이야기도 성립될 수는 있겠습니다만."
트램블이 말참견했다.
"하지만 당신은 그 일로 파면되지 않았겠지요. 그리고 숙부님도 당신을 고발하려 하지 않았을 테지요. 그렇지요? …… 숙부님은 경찰에 전혀 연락하지 않았습니까?"
"하지 않았습니다. 그쯤의 피해는 어떻게든 수습할 수 있는데다, 숙부는 경찰이 나를 범인으로 지목할 거라고 생각했기 때문이지요. 숙부는 내가 거짓말하지 않는다는 걸 알고 있습니다."
"그렇다면 대체 무엇이 문제입니까?"
"말하자면 훔칠 수 있는 사람이 달리 없다는 점이지요. 숙부는 내가 훔쳤다고밖에 설명할 수 없다고 생각하고 있습니다. 나 자신이 생각해도 그렇습니다. 달리 설명을 할 수가 없으니 아무래도 맺힌 데가 풀리지 않습니다. 숙부는 나를 의심하고 있으니까요.

앞으로 숙부는 내게서 한시도 눈을 떼려 하지 않을 겁니다. 내 말을 좀처럼 믿으려 하지 않겠지요. 파면되지는 않겠지만 승진할 가망은 없을 것이며, 거북스러워 끝내는 부득이 회사를 그만둬야 할지도 모릅니다. 회사에 머물러 있다 해도 숙부가 힘껏 후원해 주지는 않을 겁니다. 숙부에게 버림받으면 나는 파멸이지요."
루빈이 눈살을 찌푸리며 말했다.
"그래서 여기 오신 거로군요, 샌드 씨. 우리가 미스터리를 푼다는 이야기를 곤잘로에게서 듣고 누가 훔쳤는지 생각해 내라는 거겠지요?"
샌드는 어깨를 움찔했다.
"어떨지 모르겠습니다. 나는 여러분에게 단서가 될 만한 걸 이야기해드릴 수 있을지 어떨지도 자신없으니까요. 하지만 여러분이 이런 일도 있을 수 있다는 이와 비슷한 종류의 이야기를 해주신다면, 비록 그것이 기상천외한 일이라 할지라도 크게 도움되리라 여깁니다.

숙부한테 가서 '이런 식으로 생각할 수도 있지 않겠습니까'라고 말하면 확증이 없더라도, 도난된 것이 나오지 않더라도 나를 의심하는 일만은 없어질 테니까요. 숙부도 내가 범인일지 모른다는 떨떠름한 기분에 언제까지나 시달리지 않아도 되지요."

애벌론이 말했다.

"맞습니다. 좀더 논리적으로 생각해 봅시다. 숙부님 회사에서 일하는 다른 사람들은 어떻습니까? 돈이 몹시 궁색한 사람은 없습니까?"

샌드는 고개를 저었다.

"체포될 위험을 무릅쓸 정도로 말입니까? 글쎄요, 어떨는지요. 그야 물론 빚을 진 사람이 있을지도 모르지요. 또는 협박당하고 있거나, 욕심에 사로잡혔거나, 다만 우발적인 충동 때문에 훔쳤을 수도 있겠지요. 내가 형사여서 그들을 신문하거나 기록을 조사해 볼 수 있다면 얼마나 좋겠습니까, 하지만 실제로는……."

애벌론이 말했다.

"그건 그렇지요. 우리도 그렇게 할 수는 없지요……. 그럼, 당신에게 수단과 동기가 있었다 치고, 그밖에 그런 사람은 또 없습니까?"

"나보다도 쉽게 금고에 다가갈 수 있었던 사람이 적어도 세 사람은 됩니다. 하지만 그 세 사람은 금고 번호를 모릅니다. 금고는 뜯긴 게 아니라 번호를 돌려 열었지요. 숙부와 나 말고는 두 사람이 더 그 번호를 알고 있습니다. 그러나 그 가운데 한 사람은 마침 그 즈음 병원에 입원해 있었고 또 한 사람은 노인으로 회사에 오랫동안 근무해온 믿을 만한 사람입니다. 그를 의심할 수는 결코 없습니다."

마리오 곤잘로가 말했다.

"아아, 그 사람이 수상쩍군."

루빈이 곧 말했다.

"자네는 애거서 크리스티를 너무 많이 읽었어. 현실에서는 대부분의 경우 가장 수상쩍은 사람이 범인이라고 생각하면 틀림 없네."

홀스테드가 말했다.

"여기서는 그런 건 문제가 아닐세. 그리고 뜻도 그다지없어. 지금 필요한 건 순수한 논리적인 추리일세. 샌드 씨로부터 회사 사람 하나하나의 이야기를 빠짐없이 들은 다음 수단이나 동기가 있는 사람을 하나 골라내는 것이 어떨까."

트램블이 말했다.

"무슨 소릴 하나, 자네. 범인이 한 사람이라고 누가 말했나. 안 그런가? 한 사람은 입원해 있었다지. 겉보기에 그럴 듯하군. 세상에는 전화라는 것이 있네. 그래서 공범자에게 전화로 금고 번호를 가르쳐주는 거지."

그러자 홀스테드가 초조하게 말했다.

"알았네, 알았어. 온갖 가능성을 생각해 봐야겠지. 그러노라면 그 가운데 설득력 강한 추리도 나올 걸세. 어쨌든 생각해 낼 수 있는 한의 가능성을 모두 조사해 본다음 샌드 씨가 가장 타당성 있다고 여기는 이야기를 숙부님에게……"

헨리가 여느 때의 사양하는 듯한 말투와는 달리 몹시 빠르고 높은 목소리로 물었다.

"한 마디 해도 괜찮겠습니까?"

모두들 그를 보았다.

헨리는 부드러운 목소리로 되돌아가 말했다.

"나는 흑거미클럽 회원이 아닙니다만……"

루빈이 말했다.

"천만에. 자네는 훌륭한 흑거미클럽 회원일세. 뿐만 아니라 자네는 이 모임이 시작된 이래 오직 한 사람의 개근자이기도 하지."

"그럼, 말씀드리겠습니다만 여러분, 어떤 결론이 나오든 그것을 샌드 씨가 숙부님에게 말씀드리면 이 방에서 주고받은 이야기가 밖으로 새나가는 결과가 됩니다."

어색한 침묵이 감돌았다. 홀스테드가 말했다.

"죄없는 사람의 생애를 망치지 않게 하기 위해 여기서 한 번……."

헨리는 조용히 고개를 옆으로 저었다.

"그리고 다른 몇 분에게도 혐의가 걸리게 됩니다. 그분들도 죄가 없을지 모릅니다."

애벌론이 말했다.

"헨리의 말에도 일리가 있네. 아무래도 해결책은 없는 것 같군."

헨리는 다시 말했다.

"하지만 외부사람을 말려들게 하지 않고 이 모임에서 만족할 만한 단정적인 결론이 나온다면 문제가 다르지요."

트램블이 물었다.

"헨리, 자네는 무언가 짐작가는 게 있나?"

"실은…… 나는 곤잘로 씨께서 식사 전에 말씀하신, 결코 거짓말을 하지 않는 분이 어떤 분인가 하고 매우 흥미를 가지고 있었습니다."

루빈이 말했다.

"새삼스럽게 무슨 말을 하나, 헨리. 자네 자신이 병적일 만큼 정직한 사람 아닌가. 스스로도 잘 알고 있겠지만. 이건 움직일 수 없는 사실일세."

"그럴지도 모릅니다. 하지만 나는 거짓말을 합니다."

루빈이 물었다.

"자네는 샌드 씨를 의심하고 있나? 그가 거짓말하고 있다는 건가?"

그러자 샌드가 노기를 띠고 입을 열었다.

"분명히 말해 두지만……."

헨리는 말했다.

"아닙니다. 샌드 씨께서 하시는 말씀은 모두 사실입니다. 샌드 씨는 현금 또는 증권을 훔치지 않았습니다. 하지만 이치로 따져보아 의심받아도 어쩔 수 없는 입장에 계십니다. 경력에 오점이 찍힐 가능성도 있습니다. 그러나 해결까지는 할 수 없어도 다른 사람들을 납득시킬 만한 다른 이유를 찾아내면 일생을 헛되이 하지 않으셔도 될 겁니다.

그런데 샌드 씨 자신은 앞뒤가 맞는 다른 그림풀이를 생각해 내지 못하셨지요. 그래서 우리들에게 어떤 그림풀이를 해달라고 하시는 겁니다. 여러분, 나는 이 이야기는 모두 정말이라고 확신합니다."

샌드는 고개를 끄덕였다.

"오, 고맙소."

"그렇지만 대체 무엇이 진상일까요? 이를테면 트램블씨. 당신은 늘 늦게 오셔서 '죽어가는 사람에게 스카치 소다를 주게'라고 큰 소리로 말씀하시는 버릇이 있으신데, 나는 그것은 품위 없는 쓸데없는 버릇이라고 봅니다. 그리고 요즘은 얼마쯤 역겹게 여겨지기까지 합니다. 아마 여기 계신 여러분들도 역시 모두 같은 기분이리라고 생각합니다."

트램블의 얼굴이 시뻘개졌다. 그러나 헨리는 굽히지 않고 말을 이었다.

"하지만 여느 경우, 그것이 싫으냐는 물음을 받으면 나는 싫지 않다고 대답할 겁니다. 엄밀히 말한다면 이것은 거짓말입니다. 그러나 나는 그런 우스갯소리 따위는 문제도 되지 않는 다른 이유로 트램블 씨를 아주 좋아합니다. 그러므로 엄밀한 뜻에서 사실을 말씀드린다면, 나는 트램블 씨를 싫다고 말하게 되는 거니까 실제로 크나큰 거짓말이 되고 말지요. 결과적으로 나는 트램블씨가 좋다는 진실을 전달하기 위해 거짓말을 하게 됩니다."

트램블은 입속말로 중얼거렸다.

"나를 좋아한다는 그런 식의 표현을 기쁘게 받아들여야 할지 어떨지 모르겠군, 헨리."

헨리는 달랬다.

"홀스테드 씨의 《일리아드》 제1장의 리머릭만 해도 그렇습니다. 애벌론 씨가 영웅의 이름은 아킬레우스가 옳다고 지적하셨습니다. 그리고 '키' 소리는 Kh가 옳다고 말씀하시려 하자, 루빈 씨는 올바른 이름이 오히려 잘못 받아들여져 리머릭의 해학이 덜 하게 된다고 하셨습니다. 여기서도 역시 진실이 오히려 방해가 되고 있습니다.

샌드 씨는 거짓말이란 자기방어 본능이나 또는 사회적 관습에 사로잡힌 결과라고 말씀하셨습니다. 그러나 자기방어 본능이나 사회적 관습을 모두 덮어놓고 부정할 수는 없습니다. 거짓말이 나쁘다고 한다면, 우리 대신 진짜에게 거짓말을 시켜야 하니까요."

곤잘로가 말했다.

"무슨 말을 하는 건지 도무지 모르겠네, 헨리."

"그럴 리 있겠습니까, 곤잘로 씨. 말을 정확하게 듣는 사람은 드뭅니다. 글자 그대로의 진실은 대개의 경우 거기에 거짓말이 담겨 있습니다. 이 사실은 언제나 주의 깊게 진실만 말하는 사람이 누구보다도 잘 알고 있는 게 아닐까요?"

샌드의 창백한 얼굴에 왠지 붉은기가 감도는 것 같았다. 아니면 넥타이의 붉은색이 광선을 밝게 받은 것일까. 그는 물었다.

"당신은 무슨 말을 하고 싶은 거요?"

"나는 당신에게 한 가지 묻고 싶습니다, 샌드 씨. 물론 여러분이 허락해 주신다면 말입니다."

샌드는 헨리를 노려보며 말했다.

"다른 사람들이 뭐라든 내가 알 바 아니오. 그런 말투에 나는 대답하지 않을지도 모르오."

"대답하지 않으셔도 좋습니다. 내가 말하고 싶은 건, 도둑질을 하진 않았다는 말을 하실 때마다 당신은 반드시 똑같은 말을 쓰신다는 점입니다. 당신이 결코 거짓말을 하지 않는다는 말을 듣고 나는 당신 말에 주의깊게 귀를 기울였습니다. 당신은 반드시 '나는 현금 또는 증권을 훔치지 않았다'고 말씀하셨습니다."

"그게 정말입니다." 샌드는 큰 소리로 외쳤다.

"알고 있습니다. 정말이 아니면 그렇게 말씀하지 않으시겠지요. 여기서 한 가지 묻고 싶습니다. 당신은 혹시 현금 '및' 증권을 훔치지 않으셨는지요?"

한순간 침묵이 감돌았다. 조금 뒤에 샌드는 일어섰다.

"나는 이제 그만 실례하겠습니다. 여기서 한 이야기는 일체 밖에서 하지 않기로 되어 있다는 점을 명심해 주시기 바랍니다, 여러분. 안녕히 계십시오."

샌드가 가버리자 트램블이 말했다.

"아아, 나는 바보짓을 했어."

여기에 대해 헨리는 말했다.

"그렇지 않으십니다, 트램블 씨. 낙심하지 마십시오."

이 이야기는 〈EQMM〉 1972년 10월호에 '결코 거짓말하지 않는 사나이'라는 제목으로 발표되었다. 이 제목은 아무래도 얼빠진 느낌이 들어 여기서는 내가 붙인 본디 제목으로 돌려 놓았다.

이것은 1972년 2월14일에 썼다. 어째서 기억하고 있느냐 하면 내가 유별나게 기억력이 좋기 때문이 아니라, 그때까지 생애에 단 한 번인 수술을 받기 하루 전 병원에서 썼기 때문이다. 그날 더블데이 출판사의 편집자인 랠리 애슈미드가 병문안을 왔다. 나는 원고를 그에게 주며 사람을 시켜 그것을 〈EQMM〉 사무실로 보내달라고 부탁했다.

여느 때 같으면 내가 직접 원고를 가져가 아름다운 엘리너를 놀려댔겠지만——명랑한 부장비서 콘스턴스 딜리엔조와 농담도 했겠지만——입원 중이어서 그럴 수 없다는 전갈도 아울러 부탁했다.

물론 랠리는 내 부탁을 들어주었다. 나는 수술 뒤의 회복을 기다리는 동안 병원에서 원고가 채택되었다는 소식을 들었다. 그 뒤 그다지 할 일이 없을 때 나는 이 작품은 비참한 꼴이 된 나를 동정해서 채택한 게 아닐까하고 고민했었는데 그렇지는 않은 모양이었다. 더튼에서 출간된 연간 최우수 미스터리 선집에 들었으니 만족해도 좋을 것 같다.

그러고 보니, 이 작품이 이 책 속에서 가장 짧은 건 입원해 있을 때 썼기 때문이었다. 의사가 입에 문 메스를 손에 옮겨들고 가운의 넓적다리께에다 쓱쓱 문대는 일을 시작하려는 직전까지 써내야만 했던 것이다.

가거라, 작은 책이여 !

임마누엘 루빈이 듬성듬성 난 턱수염을 노여움으로 떨며 말했다.

"마누라가 또 소를 사왔어."

여자 이야기, 특히 아내에 대한 이야기는 적어도 흑거미클럽이라고 이름 붙여진 이곳에서는 결코 하지 않기로 되어 있었다. 그러나 습관이란 처량한 최후를 맞이하게 마련이다.

그날 밤 초대손님의 초상을 그리며 곤잘로가 물었다.

"자네의 좁은 아파트에 말인가?"

루빈은 발끈해서 말했다.

"내 아파트는 충분히 넓네. 다만 좁아보일 따름이지. 그것도 마누라가 나무조각품이니 도자기니 타일과 청동과 펠트(양털이나 짐승털에 습기, 열, 압력을 가해 만든 것)로 만들어진 소를 복잡하게 늘어놓지 않았다면 그리 좁아 보이지 않을 걸세.

허리 지름이 1피트에서 1인치까지, 아무튼 헤아릴 수 없이 많으니까. 벽이며 선반 할것 없이 마구 장식하거든. 바닥은 발들여 놓을 틈도 없지. 천장에도 늘어져 있으니……."

애벌론은 천천히 글라스를 돌리며 올려다봐야 할 만큼 높은 곳에서 말했다.

"남자의 정력을 나타내는 심볼에 대한 소망이겠지, 그것은."

"나라는 남편이 있는데도 말인가?" 루빈이 물었다.

"자네가 남편이기 때문이지."

곤잘로는 얼른 말하고서 흑거미클럽의 급사 일을 벌써 몇 년째 보고 있는——그가 없으면 안되는——헨리에게서 마실 것을 받아들고 루빈의 심한 반격을 피해 급히 자기 자리로 돌아왔다.

식탁을 사이에 둔 맞은 편에서는 제임스 드레이크가 로저 홀스테드를 붙잡고 "A, B……"라고 말하다가 그대로 입을 다물고 말았다.

"뭐라고?"

홀스테드가 눈썹을 높이 치켜올리자 넓고 하얀 이마에 붉은기가 돌며 주름이 잡혔다.

"언제까지나 C가 없군, 즉 Long time no C(see)."

드레이크는 말하다가 자기 담배 연기에 기침을 했다. 그는 자기 담배에 자주 목이 메이곤 했다.

홀스테드는 씁쓸하게 웃었다.

"이 다음은 더욱 길어질 걸세. 지난 달은 나는 나왔지만 자네는 안 나왔지."

드레이크는 쌀쌀맞게 말했다.

"집안 일 때문이었어. 듣자니 자네는 《일리아드》를 리머릭으로 고쳐 쓰고 있다면서?"

홀스테드는 자랑스럽게 대답했다.

"제1장을 한 편 했지. 《오디세이아》도 했다네."

"제프 애벌론이 나를 보자마자 자네가 옮긴 제1장의 리머릭이라는 것을 들려주더군."

"제2장도 됐네. 들어보겠나?"

"아니, 괜찮아." 드레이크는 말했다.

"이런 것일세.

　　아가멤논의 꿈의 계획은 어긋나

　　잠시 동안에 휘하장병 의기 꺾였네

　　테르시테스는 심한 욕설과 비방을

　　오디세우스는 간언을

　　모여라, 그리스 군 모든 배들이여."

드레이크는 흥미 없는 얼굴로 듣고 있었다.

"마지막 한 줄은 글자가 남아도는군그래."

"이것은 어쩔 수 없었네."

여느 때와는 달리 홀스테드는 성난 얼굴이 되었다.

"제2장에서는 모든 배들에 대해 설명하지 않을 수 없는데, 그러면 액센트가 없는 음절이 3개나 계속된단 말이야. 그래서 어퍼스트러피(생략부호)를 써서 음절을 하나 떨어뜨렸지. 그렇게 하면 열 다섯 부분이 모두 단단장격(短短長格) 이 된다네."

드레이크가 고개를 가로저었다.

"순수주의자는 만족하지 않을 걸세."

토머스 트램블이 얼굴을 험악하게 찌푸리며 말했다.

"알고 있겠지, 헨리. 나는 오늘 제대로 일찍 왔네, 호스트도 아닌데 말이야."

헨리는 고상하게 웃으며 말했다.

"알고 있습니다, 트램블 씨."

"지난번 나에 대해 그런 식으로 말했으니, 오늘은 여러 사람 앞에서 분명히 인정해 주기 바라네."

"인정해 드리고말고요. 하지만 너무 어마어마하게 말씀 안하시는

것이 좋습니다. 어마어마하게 말씀하시면 지각 안하시기 위해서 무
척 애쓰고 계신 것처럼 보이니까요. 그렇게 되면 다음부터 또 지각
하실 거라고 여러분이 생각하게 됩니다. 자연스럽게 하시면 당신이
일찍 오시는 걸 당연한 일로 여기실 테지요. 그래야 다음부터는 스
스럼없이 일찍 오실 수 있게 됩니다. ”
“스카치 소다를 부탁하네, 헨리. 그리고 에둘러하는 말은 거두어줬
으면 좋겠네. ”
실제로 그날 밤 호스트는 루빈이었다. 초대손님은 그의 작품을 다
루는 편집자 가운데 한 사람으로, 반들반들한 동그란 얼굴에 사람좋
아 보이는 웃음을 띠고 있었다. 이름은 로널드 클라인이었다.
대부분의 초대손님과 마찬가지로 그는 식탁에서 오가는 언어의 회
전목마에 잘 올라타지 못하고 있었다.
이윽고 그는 얼굴을 알고 있는 상대를 겨냥하여 말을 꺼냈다.
“머니, 제인이 또 소를 샀다고 ? ”
루빈이 대답했다.
“그렇네. 아마 암소인 것 같아. 초승달 위에 앉아 있으니까. 하지
만 확실하지는 않네. 그런 걸 만드는 사람들은 세밀한 해부학적 표
현에는 좀처럼 주의를 기울이지 않으니까. ”
직인(職人) 같은 몸짓으로 나이프와 포크를 다루며 송아지 요리를
잘게 자르고 있던 애벌론이 그 손길을 멈추며 말했다.
“여유 있는 사람들은 거의 예외없이 수집열에 사로잡히는 모양이
야. 수집에는 여러 가지 재미가 있지. 연구하는 기쁨, 획득에 의한
도취, 감상의 즐거움. 어떤 것에든 즐거움이 있거든. 나는 우표를
모으고 있다네. ”
루빈은 사이를 두지 않고 말했다.
“우표수집은 그야말로 최저라고 할 수 있지. 너무 꾸며 티가 나네.

손바닥만한 작은 나라에서 돈벌이를 위해 색다른 우표를 내놓거든.
도안의 착오니 인쇄 미스 따위가 놀라운 가치를 낳지. 업자와 자본
가가 모든 것을 한 손에 도맡아쥐고서 하고 있단 말이야. 무언가를
수집하려면 그 자체에는 아무런 가치도 없는 것을 모아야 해.”
곤잘로가 말했다.
“내 친구 가운데 자기 책을 모으는 사람이 있지. 지금까지 180권쯤
책을 냈는데 그것의 중판과 개정판은 물론 미국판, 외국판, 하드커
버, 페이퍼백, 북클럽 판, 축쇄판에 이르기까지 모두 모으고 있다
네. 온 방 안이 자기 책으로 메워져 있지. 자기 작품의 완전한 컬
렉션을 가지고 있는 건 세계에서 자기 혼자뿐이라고 자랑한다네.
언젠가는 그 컬렉션에 엄청난 가치가 붙을 거라고 말하고 있지.”
“죽은 다음이겠지.” 드레이크가 매정하게 말했다.
“그는 아마 죽은 척하고 있을 걸세. 그 컬렉션을 억만장자에게 팔
아넘긴 다음 되살아나서 다른 이름으로 다시 책을 쓰려고 할지도
몰라.”
이때 클라인은 다시 한 번 회전목마에 뛰어오르는 시도를 했다.
“어제 어떤 사람을 만났는데, 종이성냥을 모으고 있다더군요.”
곤잘로가 말했다.
“나도 어릴 적에 종이성냥을 모은 적이 있습니다. 큰길의 길섶이며
뒷골목을 찾아돌아다녔지요.”
말없이 먹기만 하고 있던 트램블이 느닷없이 괴상한 소리를 질렀
다.
“그만들 하게, 자네들의 그 시시한 이야기 말이야. 초대손님이 자
꾸만 뭔가 이야기하려고 하는데 모르겠나? 오…… 클라인 씨, 지
금 뭐라고 하셨지요?”
클라인은 멍청한 얼굴을 지었다.

“어제 종이성냥을 수집하고 있는 사람을 만났었다고 했습니다만……
….”
그러자 홀스테드가 기쁜 듯이 말했다.
“종이성냥 수집은 재미있을지도 모르겠군. 만일…….”
트램블이 고함을 질렀다.
“시끄럽네. 나는 그 이야기를 듣고 싶단 말이야.”
그는 주름잡힌 청동상 같은 얼굴을 클라인에게로 돌렸다.
“그 수집가의 이름은 무엇입니까?”
“그런데 그 이름을 똑똑히 기억하지 못하고 있습니다. 점심 식사
자리에서 만났었지요. 그때 처음으로 만났는데, 식탁에 여섯 사람
이 있었습니다. 그 사람이 종이성냥 이야기를 꺼내더군요. 처음에
나는 그 사람의 머리가 조금 이상한 게 아닌가 하고 생각했지요.
그런데 그의 이야기가 끝날 때쯤에는 나도 모아보고 싶은 기분이
들었습니다.”
트램블이 물었다.
“회색 귀밑털이 난 사람 아닙니까? 빨간 것이 섞여 있지요.”
“네, 그렇습니다. 아십니까?”
트램블은 말했다.
“네. 여보게, 머니, 자네가 오늘 밤의 호스트라는 건 잘 알고 있
네. 나는 자네의 특권을 침해하고 싶지 않지만…….”
“싫지 않지만 침해하겠다는 말인가?” 루빈이 물었다.
트램블은 거칠게 말했다.
“아니 그렇지 않아. 나는 자네의 허락을 구하고 있는 걸세. 나는
오늘 밤의 초대손님에게 어제 그 종이성냥 수집가와 함께 지낸 점
심 식사 때의 일을 모두 이야기해 달라고 부탁하고 싶네.”
“그러니까 신문은 생략하자는 건가? 언제부터 신문하는 관례가 깨

어졌나?”

“중대한 일일지도 모르네, 루빈.”

루빈은 못마땅한 표정으로 조금 생각한 다음 말했다.

“좋아. 단 디저트가 끝난 다음에 하게……. 오늘의 디저트는 뭔가, 헨리?”

“자바리오네입니다. 오늘 밤의 이탈리아 식 요리에 맞추었지요.”

“칼로리, 칼로리…….” 애벌론이 나직이 중얼거렸다.

홀스테드는 커피에 설탕을 넣고 소리내어 스푼을 저었다. 맛있는 커피에 무언가를 넣어서 마시는 녀석은 야만인이라고 말하는 루빈의 말을 그는 가볍게 흘려버렸다. 그리고 그는 말했다.

“그러면 톰에게 영광을 돌려주어 우리의 초대손님에게 종이성냥 이야기를 해달라고 부탁드릴까?”

클라인은 모두를 둘러보며 멋적은 웃음을 지었다.

“이야기하는 것은 좋습니다만, 여러분이 흥미를 느끼실지 어떨지 …….”

“나는 흥미가 있습니다.” 트램블이 말했다.

“알았습니다, 이야기하지요. 실은 그 동기가 된 것은 바로 나였답니다. 장소는 53블록의 ‘콕 앤드 불(Cock & Bull)’이었지요…….”

루빈이 말했다.

“제인이 한 번 꼭 그 가게에 가자고 말한 적 있었지. 이름이 수탉과 황소였으니까, 그다지 대단한 곳은 아니었어.”

트램블이 말했다.

“혼 좀 내줘야겠군, 머니. 오늘은 어째서 부인 이야기만 하나? 부인이 그리우면 빨리 돌아가게.”

“아내가 그리워지게 만들 수 있는 사람은 아마 자네뿐일 걸세, 톰.”

트램블이 말했다.

"어서 이야기를 계속하십시오, 클라인 씨."

클라인은 다시 이야기하기 시작했다.

"네. 아까도 말씀드렸듯이 동기는 나 때문이었습니다. 메뉴가 오기를 기다리는 동안 담배에 불을 붙였지요. 그런데 어쩐지 어색한 기분이 들더군요. 왜 그런지 요즘은 식사 때 담배피우는 사람이 적어졌거든요. 지금 이자리에서도 담배를 피우고 계시는 분은 드레이크 씨뿐입니다. 드레이크 씨는 그다지 개의치 않는 것 같습니다만……."

"전혀……." 드레이크는 나직이 말했다.

"하지만 나는 어색했습니다. 그래서 겨우 두세 모금 피우고 꺼버렸지요. 그것이 자꾸만 부끄러운 생각이 들어서 나는 담배에 불을 붙인 종이성냥을 만지작거렸습니다. 어느 레스토랑에나 식탁 위에 놓여 있는 그런 것이었지요."

드레이크가 말했다.

"선전용 성냥이겠지요."

"그러자 그 사람이…… 아아, 생각납니다. 오티웰입니다. 퍼스트 네임은 모르겠지만……."

트램블이 그럴 줄 알았다는 투로 퉁명스럽게 말했다.

"프레드릭입니다."

"잘 알고 계시는군요."

"알고 있습니다. 어쨌든 이야기를 계속하십시오."

"나는 종이성냥을 만지작거리고 있었습니다. 그러자 오티웰이 손을 내밀며 보여달라고 하더군요. 내가 종이성냥을 건네주자 그는 그것을 보고 말했습니다.

　'재미있군요. 디자인은 특별히 독창적이라고 할 수 없지만. 나도

이것을 가지고 있습니다.'

아무튼 그런 뜻의 말을 했습니다. 분명히 기억하고 있지는 못합니다만……."

홀스테드가 생각에 잠기며 말했다.

"재미있군요, 클라인 씨. 적어도 당신은 상대의 말을 정확하게 기억하지 못한다는 것을 스스로 알고 계시는군요. 1인칭으로 씌어진 소설을 보면, 이야기하는 사람은 반드시 다른 사람의 말을 그대로 순서까지 정확하게 기억하고 있지요. 나는 도무지 그것을 믿을 수가 없습니다."

애벌론은 커피를 마시며 진지한 얼굴로 말했다.

"편의상의 문제지. 그러나 나도 3인칭 쪽이 좋은 것 같네. 1인칭으로 쓰면 주인공은, 죽을지도 모를 위험을 겪게 되는 걸 미리부터 알게 되거든……."

루빈이 말했다.

"나도 1인칭 소설을 쓴 적이 한 번 있네. 그 소설에서는 주인공이 죽지."

"웨스턴 송의 《엘파소》도 그렇네." 곤잘로가 말했다.

"그러고 보니 《애크로이……》" 애벌론이 말하려고 하자 트램블이 일어서서 식탁을 쾅 내리쳤다.

"그만들 하게, 자네들. 이제부터 지껄이는 녀석은 죽여 버리겠어. 이것이 중대한 이야기라는 걸 모르겠나?…… 어서 하십시오, 클라인 씨."

클라인은 적잖이 당황했다.

"나로서는 그다지 중요하다고 여기지 않습니다, 트램블 씨. 이야기할 게 별로 없으니까요.

오티웰은 모두에게 종이성냥에 대한 강의를 했습니다. 과연 열중해 있는 사람에게는 여러 가지 관점이 있더군요. 가치 있는 요소가 많았습니다. 예쁘다든가 신기하다는 점뿐만 아니라 사용되었는지 어떤지, 유황에 그은 자국이 남아 있는지 어떤지도 문제가 되더군요.

디자인의 종류며 유황이 발라진 위치, 인쇄 양식과 질이며 뚜껑 뒤에 뭐라고 씌어 있는지 아니면 아무것도 씌어 있지 않는지에 대해서도 많은 이야기를 해주었습니다. 종이성냥 하나에 대해서도 그토록 많은 말을 할 수 있다는 생각이 들 정도로 길게 늘어놓더군요.

이야기는 이게 전부입니다. 다만 오티웰의 이야기가 너무 재미있어서 아까도 말했듯이 나는 정신없이 들었습니다.”

“컬렉션을 보여줄 테니 집으로 오라는 말은 하지 않던가요?”

“네, 하지 않던데요.”

“나는 갔었지요.”

트램블은 문득 말하고 나서 그것을 깊이 후회하는 모습으로 의자등받이에 깊숙이 기댔다.

침묵이 주위를 뒤덮었다. 헨리가 작은 브랜디 글라스를 돌리기 시작하자 애벌론이 좀 머뭇거리며 말했다.

“톰, 죽인다는 위협까지 한 이상 그 수집가의 집이 어땠는지 들려주어야 옳을 것 같네.”

트램블은 깊숙한 의식의 밑바닥에서 떠오르듯 제정신으로 돌아왔다.

“응? 아아…… 그게 아주 기괴한 곳이었다네. 그는 어릴 적부터 종이성냥을 수집했다더군. 내가 들은 바로는, 그도 곤잘로처럼 처음에는 길섶이며 뒷골목을 돌아다니며 주웠는데 그러다가 차츰 고질적인 버릇이 되어버렸다는 거야.

그는 독신이며 하는 일이 없었네. 일할 필요가 없는 거지. 유산을 조금 상속받아 그것을 빈틈없이 운용하고 있었지. 그래서 그는 오로지 한심한 종이성냥만을 위해 살았다네. 그의 집은 종이성냥을 위해 존재하는 거나 다름없었고, 그는 종이성냥의 관리인으로 고용되어 있는거나 마찬가지였지.

특별히 진기한 것들은 벽에 장식되어 있더군. 액자에 넣어져서. 집 안은 홀더며 케이스로 가득차 있었어. 지하도 모두 정리용 캐비닛으로 채워져 종류별, 알파벳 순서로 분류되어 있었지. 온 세계에서 얼마나 많은 종이성냥이 만들어지고 있는지 참으로 믿기 어려울 정도더군. 도안도 많지만 특징적이고 개성 또한 강했어. 그것을 그는 모두 모으고 있더란 말이네.

성냥이 단 두 개비뿐인 작은 게 있는가 하면 팔길이 만큼 긴 150개비들이 성냥도 있었네. 맥주병 모양의 것이며 야구 배트나 볼링 핀 모양을 한 것도 있었지. 아무것도 인쇄되어 있지 않은 게 있는가 하면 안쪽에 악보가 그려진 것도 있었어. 어떤 홀더에는 모두 춘화(春畵)가 그려져 있는 종이성냥뿐이었네.”

“그거 한 번 보고 싶군.” 곤잘로가 말했다.

“그건 또 왜? 오늘날 어디서나 흔히 볼 수 있는 것들 뿐인걸. 단 종이성냥이니까 태워 없애기에 편리하지만 말이야.”

“그것은 검열관의 감각이고.”

“나는 실물 쪽이 더 좋아.”

곤잘로가 대꾸했다.

“자네에게도 한때는 그런 시절이 있었는지 모르겠군.”

“무슨 뜻인가, 자네? 언어 평퐁이라도 하려는 건가? 지금은 진지한 이야기를 주고받는 중일세.”

“하찮은 종이성냥 이야기가 뭐 그리 심각한가?”

"그 까닭을 이제부터 말하지."

트램블은 식탁을 한 바퀴 둘러보았다.

"알겠나, 벽창호 여러분, 여기서 나온 이야기는 절대로 다른 데 가서 하면 안되네."

애벌론이 쌀쌀맞게 말했다.

"물론이지. 잊어버린 사람이 있다면 그것은 자네일걸세. 그렇지 않다면 우리에게 그런 말을 새삼스레 할 필요가 없잖나."

루빈이 대뜸 그 말을 막았다.

"클라인 씨는 이미 알고 있네. 이 방에서 오간 이야기는 어떤 상황에 놓이더라도 다른 데서는 말하면 안된다는 걸 그는 잘 알고 있네. 이 점은 내가 보증하지."

트램블이 말했다.

"좋아, 괜찮겠지. 허용되는 범위에서 최소한도로 이야기하지. 미리 말해 두지만, 클라인 씨가 어제 점심 식사 때의 이야기를 하지 않았다면 나는 결코 이 말을 하지 않았을 걸세. 마음에 걸려 있었던 일, 몇 달 전부터 마음에 걸려 고민해 왔던 일일세. 아니, 실제로는 1년이 넘지. 그런데 오늘 우연히 이 이야기가 나오다니……"

드레이크가 차가운 목소리로 말했다.

"빨리 이야기하든지, 아니면 그만두든지 하게."

트램블은 발끈하며 눈을 비볐다.

"정보가 흘러나가고 있단 말일세."

"무슨 정보? 어디서?" 곤잘로가 물었다.

"그런 건 아무래도 좋아. 나는 굳이 정부의 정보라고 하지는 않겠네. 외국 첩보원이 얽혀 있다고 하지도 않겠어. 산업 스파이일지도 모르네. 또는 뉴욕 메츠의 투구(投球) 사인을 훔치려는 것인지도 모르지. 아니면 지지난달이었던가, 드레이크의 이야기에 나왔던 시

험 커닝에 대한 문제일지도 모르네. 어쨌든 정보누설이라고만 말해
두겠네. 알겠나?”

루빈이 말했다.

“알겠네. 그래, 누가 관계되어 있나? 그 오티웰이라는 사람인
가?”

“그렇다고 생각해도 틀림없을 걸세.”

“그렇다면 강제로 잡아가면 되잖나.”

“증거가 없어. 우리로서는 정보가 그에게 넘어가지 않도록 노력하
는 수밖에 없다네. 그렇다고는 해도, 그것도 우리로서는 나서고 싶
지 않아, 전면적으로는…….”

“어째서?”

“왜냐하면 문제는 누구냐가 아니라 그가 어떻게 그것을 해치웠느냐
하는 것이니까. 방법을 모르는 채 그를 체포하면 누군가가 그 대신
그 일을 맡을 거란 말일세. 누구나 돈에는 약하거든. 우리가 알고
싶은 건 그들의 방법과 운용법일세.”

홀스테드가 눈을 천천히 깜빡이며 물었다.

“어느 정도 짐작가는 바는 있나?”

“종이성냥일세. 달리 또 무엇이 있겠나? 종이성냥밖에 없어. 지금
까지 조사한 바에 의하면, 누설하는 사람이 오티웰인 것만은 확실
해. 그런데 그 오티웰은 종이성냥을 수집하는 괴짜거든. 관계가 있
음에 틀림없네”

“말하자면 그 때문에 종이성냥을 모으기 시작한 것…….”

“아닐세, 컬렉션은 오래전부터 해왔지. 그 점은 의심할 여지가 없
네. 그의 컬렉션은 30년이나 됐으니까. 그런데 그만한 컬렉션을 가
진 그가 정보를 팔아 돈버는 패거리들에게 고용되었다면, 틀림없이
그가 종이성냥을 사용하는 방법을 짜냈을 거란 말이네.”

“어떤 방법일까?” 루빈이 성급하게 물었다.

“그것을 몰라서 이러는 게 아닌가. 하지만 종이성냥임에는 틀림없어. 생각해 보면 종이성냥은 정보전달을 하는데는 아주 안성맞춤이거든.

종이성냥에는 본디 어떤 메시지가 인쇄되어 있지. 알맞은 것을 고르면 아무 손질도 할 필요가 없네. 이를테면 당신이 어제 갔었던 레스토랑이 그렇습니다, 클라인 씨. ‘콕 앤드 불’이라는 곳 말입니다. 종이성냥 뚜껑에 당연히 ‘콕 앤드 불’이라고 씌어 있겠지요?”

“그럴 겁니다. 주의해서 보지는 않았습니다만……”

“그렇게 씌어 있을 겁니다. 그러니까 예를 들어 전번의 메시지를 취소하고 싶을 경우에는 그 종이성냥이나 또는 뚜껑만 떼어서 봉투에 넣어 보내면 어떻게 되겠습니까? 전번 메시지는 ‘콕 앤드 불 스토리(엉터리 이야기)’라는 뜻이 되지 않을까요?”

곤잘로가 말했다.

“그건 순전한 엉터리…… 미안하네, 머니. 자네를 빗대 놓고 하는 말은 아니네. 하지만 톰, 종이성냥은 물론이거니와 종이성냥뚜껑 따위를 보내면 스스로 자기라는 걸 밝히는 결과가 되지 않겠나. 눈에 띄는 짓을 하면 금방 탄로나고 말지.”

“종이성냥을 보내는 정당한 이유가 있으면 그렇다고 할 수 없지.”

“예를 든다면?”

“수집광들이 모두 하고 있는 짓이지. 서신으로 컬렉션을 교환하는 일은 흔히 있어. 종이성냥을 서로 주고받는단 말일세. 동물 종이성냥을 전문적으로 모으고 있는 자는 ‘콕 앤드 불’의 성냥을 자기 컬렉션 속에 넣고 싶어 하겠지. 그래서 그는 나체 여자 종이성냥을 전문적으로 모으는 누구에게 자기 것을 보내주기도 하지 않겠나?”

애벌론이 물었다.

"그럼, 오티웰도 종이성냥을 교환하고 있나?"

"물론이지."

"거기까지 알면서 그가 무엇을 보내고 있는지는 조사해 보지 않았나?"

트램블의 얼굴에 경멸의 빛이 스쳐지나갔다.

"조사했지. 여러 번 조사했다네. 그의 우편물을 빼내 샅샅이 살피고 다시 봉해서 보냈다네."

그러자 루빈이 다른 곳을 바라보며 말했다.

"그렇게 함으로써 미국의 우편제도를 어긴 셈이로군. 뉴욕 메츠의 투구 사인을 훔치는 정도의 이야기라면 대수로운 문제는 아니지만 말일세."

트램블은 말했다.

"바보 같은 소리 말게. 이것은 매우 특수한 경우니, 여보게, 15분쯤은 핀트가 맞지 않는 말을 하지 말아 주기 바라네. 알다시피 내 전문은 암호일세. 정부에서 의논해 오기도 하고, 정부 내부에 아는 사람도 있네. 당연히 그들은 이 문제에 관심을 보이고 있지 않겠나. 메시지가 울타리 너머로 오가는 가십 종류라 해도 정부는 그대로 보아넘기지 않을 걸세. 그렇다고 내가 뭐 그 이상으로 중요한 정보라고 말하는 건 아닐세."

루빈이 물었다.

"어째서? 미국의 전체주의도 거기까지 이르렀나?"

"그다지 어렵게 생각할 건 없네. 정보가 무엇이건 그 전달수단이 밝혀지지 않으면 매우 위험해. 그것이 유효한 수단인데도 그리 대단치 않은 일을 전달하는 데 쓰이고 있다면, 언제 어느 때 그것이 결정적으로 중요한 정보전달에 이용되지 않는다고 장담할 수 없으

니까. 정부는 감시의 눈이 미치지 않는 곳에서 그것이 어떤 방법인
지 해명되지 않은 채 정보수단으로 이용당하게 방치해 둘 수 없지.
이렇게 설명하면 자네도 납득이 되나?"
드레이크가 말했다.
"알았네. 그래서 오티웰의 우편물을 펼쳐 그 속의 종이성냥을 조사
한 결과 무엇을 알아냈나?"
트램블은 나직이 신음했다.
"아무것도 알아내지 못했네. 아무리 들여다봐도 아무것도 나오지
않았어. 뚜껑에 인쇄된 선전문이며 그림을 자세히 분석해 보았으나
아무 뜻도 찾아낼 수가 없었다네."
클라인이 관심을 보이며 물었다.
"이를테면 선전문구의 머리글자가 어떤 말의 철자를 나타내고 있는
지를 조사해 보았단 말씀인가요?"
"6살짜리 아이가 보낸 편지라면 그렇게 했겠지요. 하지만 이 경우
는 더 복잡하게 조사해 보았답니다. 그러나 아무것도 나오지 않았
지요."
애벌론이 느린 목소리로 말했다.
"그가 우송한 종이성냥을 모두 살폈는데 인쇄된 문구에서 아무것도
알아내지 못했다면…… 그것은 양동(陽動)작전일지도 모르겠군."
"종이성냥은 전혀 관계 없다는 말인가?"
"그렇네. 적의 술수에 감쪽같이 속아 넘어간 게 아닐까. 그 사람은
늘 종이성냥을 모으는 순전한 수집가지. 그러니 자기 수집품을 기
회만 있으면 사람들에게 보이고 싶을 게 아닌가. 보고 싶어하는 사
람이면 누구에게나 보이겠지……. 자네는 어떻게 해서 그 사람의
컬렉션을 보게 되었나, 톰?"
"보여줄 테니 오라고 하더군. 내가 비위를 맞춰주었거든."

루빈이 말했다.

"그래서 그가 응했단 말이지. 결과야 어떻게 됐건 당연한 보답이었 겠지. 내 비위는 아예 맞추지 말게, 톰."

"내 편에서 사양하겠네……. 아무튼 제프, 자네 말뜻은 알겠네. 그 는 어제도 클라인 씨에게 종이성냥 이야기를 했네. 누구에게나 하 고 있지. 퀸즈 구까지 따라가겠다는 사람이면 누구에게나 컬렉션을 보여줄 걸세. 그래서 나는 아까 클라인 씨에게 보러 오라고 권하더 냐고 물었지. 그는 의기양양하게 자기 컬렉션에 대해 사람들에게 지껄여대고 있으며, 과시욕도 강하네. 때로는 그것을 보여주기도 하지.

그러므로 자네는 그가 종이성냥과는 전혀 관계 없는 다른 방법을 썼다 해도 놀랄 건 없다고 말하고 싶은 거지? 안 그런가?"

"맞네." 애벌론이 말했다.

"틀렸어. 나는 그렇게 생각지 않네. 그의 수집병은 아주 고질적이 어서 인생에 종이성냥 말고는 아무것도 없다는 식일세. 현재 위험 한 일을 하고 있으면서도 굳이 그런 일을 해야 할 이데올로기 따위 는 없단 말일세. 고용돼 일하고 있으면서도 고용주에게 충성을 다 하고 있는 건 아니지. 국가건 기업이건 지역적인 세력이건. 그렇다 고 해서 나는 이 가운데 어느 하나라고 말하는 건 아닐세.

아무튼 그는 그런 데는 관심이 없어. 그의 관심은 종이성냥에만 쏠려 있지. 그는 자기의 모든 것이라 할 수 있는 종이성냥의 새로 운 사용법을 짜냈네. 그것이야말로 그에게는 더할 나위 없는 기쁨 이라네."

아까부터 생각에 잠겨 있던 드레이크가 얼굴을 들고 물었다.

"그런데 여보게, 그는 한번에 종이성냥을 몇 개나 우송하나?"

"그건 뭐라고 잘라말할 수 없군그래. 지금까지 조사한 바에 의하면 최고가 8개였네. 그리고 실제로 그리 자주 우송하지 않아.”

“그런가. 종이성냥 몇 개로 과연 어느 정도의 정보를 보낼 수 있을까? 읽어서 대뜸 알아볼 수 있는 직접적인 메시지는 쓰지 않겠지. 저번 메시지를 취소하는 데 ‘콕 앤드 불’의 종이성냥을 보낼 정도라면 자네가 아닌 우리 조카아이라도 뜻을 알 수 있을 걸세. 아마 더 복잡한 거겠지. 예를 들어 종이성냥 하나가 하나의 단어를 나타낸다거나 또는 단 한 글자를 나타낼지도 모르지. 그렇다면 어느 정도나 전달할 수 있을까?”

트램블은 좋지 않은 기분으로 말했다.

“꽤 많은 것을 전할 수 있지. 이럴 경우 어느 정도의 정보가 필요하다고 생각하나, 자네는? 백과사전만큼이라고 생각하나? 정보를 필요로 하는 사람은 본디 이미 많이 알고 있는 법일세. 그 키포인트가 빠져 있는 거지. 그들은 그것을 알고 싶어하는 걸세.

예를 들어 제2차 세계대전 무렵을 회상해 보게. 독일은 미국이 어떤 엄청난 일을 하고 있다는 걸 어렴풋이 알고 있었네. 그러던 참에 정보가 들어왔지. 단 두마디, ‘원자폭탄’. 독일로서는 그 이상 무엇이 필요하겠나? 물론 그 즈음 원자폭탄은 존재하지 않았지만. 그러나 고등학교를 나온 독일인이라면 이 두 마디가 무엇을 뜻하는지 이해했을 걸세. 하물며 독일의 과학자라면 대뜸 알아차리지 않겠나.

거기에 두 번째 정보가 들어가네. ‘테네시 주 오크리지’. 이 두 메시지를 합쳐서 글자로 만들면 겨우 스무자쯤에 지나지 않네. 이로써 세계의 역사는 달라졌을지도 모르네.”

곤잘로가 감탄하듯 물었다.

“그러니까 그 오티웰이라는 자가 그런 정보를 전달하고 있다는 건가?”

트램블은 신경질적으로 말했다.

"아닐세! 그런 뜻이 아니야. 그는 하찮은 존재에 지나지 않아. 거물이라면 내가 여기서 이런 이야기를 하겠는가? 어떤 것이든 전달할 수 있어서 중대한 경우에도 이용할 수 있는 운용법에 대한 이야기를 하고 있는 걸세. 그러므로 밝혀내야만 해. 게다가 내 체면과도 관계가 있거든. 그가 종이성냥을 쓰고 있다는 사실을 알면서도 그것을 증명할 수 없으니 내가 가만히 참을 수 있겠나?"

곤잘로가 물었다.

"종이성냥 안쪽에다 불에 쬐면 글자가 나오는 약품을 바르지 않았을까?"

"물론 그것도 조사해 보았지. 그러나 아무것도 나오지 않았어. 그런 거면 뭣하러 종이성냥을 쓰겠나? 여느 편지지로도 되고, 그편이 더 눈에 띄지 않을 텐데. 이것은 심리학 문제일세. 오티웰이 종이성냥을 쓰고 있는 것으로 보아 종이성냥으로만 할 수 있는 방법을 이용하고 있음에 틀림없네. 그러니 어떤 형태로든 이미 종이성냥에 씌어진 메시지를 이용하고 있을 걸세."

클라인이 입을 열었다.

"지금까지 그가 우송한 종이성냥 리스트가 있겠지요. 그 사본이 있으면 여기서 모두 함께 보고……."

트램블이 말했다.

"나도 이해하지 못한 암호를 풀자는 겁니까? 코넌 도일이 셜록 홈즈를 스코틀랜드야드와 대결시킨 이래 아무래도 전문가는 무능하다고 여기는 풍조가 생긴 것 같군요. 분명히 말하지만, 내가 해독하지 못했다면……."

애벌론이 말했다.

"자, 이쯤에서 슬슬 헨리의 의견을 들어보기로 할까."

60대인데도 주름 하나 없는 얼굴에 관심을 드러내며 열심히 귀기울이고 있던 헨리는 희미하게 웃으며 고개를 저었다.

그러나 트램블은 뭔가 깊이 생각하는 표정으로 말했다.

"헨리, 헨리를 잊고 있었군. 정말이네, 제프. 헨리는 여기서 으뜸가는 민완가인데 말이야. 사실 이것은 칭찬의 말이지만, 여긴 모두 어쩔 수 없는 저능한 자들뿐이니.

헨리, 자네는 착실한 사람일세. 욕심에 눈이 멀지 않고 속임수를 꿰뚫어 볼 수 있겠지. 자네는 어떻게 생각하나? 이 오티웰이라는 자가 그런 종류의 일과 관련을 맺고 있다면, 종이성냥이 아니고는 안 될 방법을 쓰고 있다고 생각하겠나? 아니면 그렇지 않다고 여기겠나?"

헨리는 몇 개 남아 있던 접시를 치우며 말했다.

"네, 트램블 씨. 나도 그렇게 생각합니다."

트램블은 싱긋 웃었다.

"자, 절대로 신용할 수 있는 사람이 이렇게 말했네."

루빈이 훼방을 놓았다.

"자네 말에 찬성했으니 신용하는 거겠지."

헨리가 말했다.

"엄밀히 말한다면 전부 찬성하지는 못하겠습니다, 트램블 씨."

"호오." 루빈이 말했다. "이번엔 어떤가, 톰?"

"늘 그렇게 생각하지만 자네는 잠자코 있을 때가 가장 좋아."

헨리가 물었다.

"저, 한 말씀 의견을 드려도 괜찮겠습니까?"

루빈이 말했다.

"잠깐만, 호스트는 나니까 여기는 나에게 맡겨주게. 진행에 대해 한 마디 하겠네. 의장으로서의 나는 헨리에게 의견을 내놓도록 하겠네. 다른 사람들은 잠자코 듣기만 하게. 다만 헨리의 질문에 대답하는 경우나 이야기 흐름에 직접 또는 정당하게 관련 있는 질문을 하고 싶은 경우만은 괜찮네. 특히 톰톰(인도 등의 큰북)의 째진 북은 명심하고 조용히 해주기 바라네."

"고맙습니다, 루빈 씨. 나는 모임 때마다 여기서 여러 이야기를 빠짐없이 매우 흥미깊게 들어왔습니다. 여러분이 서로 기탄없이 말을 주고받으며 즐기신다는 것은 잘 알 수 있습니다. 그런데 여러분은 초대손님으로 오신 분을 놀림감으로 삼지는 않는 대신 무시해 버리는 경향이 있으십니다. 초대손님의 이야기를 주의깊게 듣지 않으십니다."

"우리들에게 그런 점이 있나?" 애벌론이 물었다.

"네. 이를테면 애벌론 씨, 오늘 이야기만 하더라도 여러분은 중요한 점을 못 듣고 넘기신 듯합니다. 엄밀히 말하면 나는 이렇게 버젓이 나설 입장이 아니므로 초대손님을 포함한 여러분의 이야기를 가만히 듣고만 있었습니다.

그런데 내 귀에는 여러분의 귀에 들어가지 않는 사실이 들어오는 것 같습니다. 루빈 씨, 내가 클라인 씨에게 몇 가지 여쭈어보아도 되겠습니까? 아무 쓸모없는 질문일지도 모르겠습니다만, 어쩌면 그렇지 않을 수도 있으니까요……"

"물론 얼마든지 물어도 좋아. 어차피 신문받게 되어 있으니까. 어서 물어보게나."

헨리는 온화하게 바로잡았다.

"이것은 신문이라고 할 수는 없습니다. 클라인 씨……"

"어서 말하시오, 헨리."

클라인은 갑자기 자기에게 관심이 쏠려 기분이 좋은 듯했다.

"아주 하찮은 일입니다, 클라인 씨. 어제 점심 식사 때 이야기를 하며 이런 말씀을 하셨습니다. 그 말씀을 그대로 되풀이할 수는 없습니다만, 처음에 클라인 씨께서는 그 사람의 머리가 이상한 것 같이 여겼다, 그런데 이야기가 너무 재미 있어서 다 듣고 난 뒤에는 자신도 종이성냥을 모아보고 싶은 생각이 들었다고 하셨습니다.”
클라인은 고개를 끄덕였다.
“그랬었지요, 실없는 이야기지만. 그렇게 할 수는 없을 테니 말이오, 내 말은 스파이 행위가 아니라 그의 굉장한 컬렉션을 가리키는 거요만…….”
“네. 그러나 이야기를 하실 때 내가 받은 인상은 클라인 씨께서는 곧 수집을 시작하고 싶은 충동을 받으신 듯한 느낌이 들었습니다. 혹시 식사하신 뒤 ‘콕 앤드 불’의 종이성냥을 가지고 돌아가시지 않으셨습니까?.”
“맞소, 지금 생각하면 우습지만 가지고 돌아왔지요.”
“어느 식탁에서 가져가셨습니까?”
“내가 앉았던 식탁에서였소.”
“당신이 가지고 계시다가 오티웰에게 건네준 그 종이성냥이었습니까? 오티웰이 이야기를 끝내고 그것을 식탁에 도로 놓은 다음 당신이 집으셨습니까?”
클라인은 갑자기 방어하는 자세를 취했다.
“그렇소, 그다지 나쁠 게 없지 않소, 종이성냥은 손님을 위해 내놓은 것이니까.”
“물론 나쁠 건 없지요, 여기에도 종이성냥이 있습니다. 여러분 마음대로 가지고 가셔도 좋습니다. 그런데 클라인 씨, 그 종이성냥을 그 뒤 어떻게 하셨습니까?”
클라인은 고개를 조금 갸우뚱했다.
“글쎄, 어떻게 했는지 기억나지 않소, 윗옷 주머니나, 코트를 벽에서 내려 그 주머니에 넣지 않았을까요.”

“댁에 가셔서는 어떻게 하셨습니까?”

“아무렇게도 하지 않았소. 깨끗이 잊어버렸으니까. 머니 루빈이 부인의 소 컬렉션에 대한 이야기를 할 때까지 종이성냥 생각은 떠오르지도 않았다오.”

“지금 입고 계신 웃옷은 어제 입었던 게 아니겠지요?”

“그렇소. 하지만 코트는 같은 것이오.”

“주머니에 종이성냥이 들어 있는지 확인해 주시겠습니까?”

클라인은 흑거미클럽 전용 클로크룸으로 갔다.

트램블이 물었다.

“무슨 생각을 하는 건가, 헨리?”

“아닙니다. 어쩌면 틀릴지도 모릅니다. 크나큰 우연에 기대고 있습니다만, 이미 오늘 밤은 크나큰 우연이 있었으니까요.”

“무슨 말인가?”

“클라인 씨께서 당신이 은밀히 조사하고 계신 사람과 식사를 하셨고, 게다가 그 다음날 그 사실을 당신이 아시게 되었으니 말입니다. 한번에 두 가지 우연을 바라는 건 너무 염치 좋다고 할 수 있지만요.”

클라인이 조그만 종이성냥을 높이 쳐들고 기쁜 듯이 돌아왔다.

“있소, 있소. 여기 있소.”

그는 그것을 식탁 위에 내던졌다. 모두의 눈길이 일제히 쏠렸다. 종이성냥뚜껑에 고풍스러운 글씨체로 ‘콕 앤드 불’이라 씌어 있고, 황소의 뿔 한쪽에 수탉이 올라 앉은 그림이 조그맣게 그려져 있다.

곤잘로가 손을 뻗었다.

헨리가 그것을 막았다.

“잠깐만 기다리십시오, 곤잘로 씨. 아직은 어느 분도 손대지 마십시오……. 클라인 씨, 이것이 그 식탁 위에 있었던 종이성냥입니까? 당신이 담뱃불을 붙였고, 오티웰이 유황이 발라진 위치며 그 밖의 여러 가지를 설명한 그 종이성냥입니까?”

“그렇소.”

“오티웰이 식탁 위에 돌려놓자 당신이 집어들으셨겠지요?”

“그렇소.”

“담배에 불을 붙일 때 종이성냥에 성냥이 몇 개 있었는지 기억하십니까?”

클라인이 눈을 크게 떴다.

“그건 모르오. 그런 건 생각해 보지도 않았소.”

“어쨌든 당신은 그것에서 성냥을 한 개비 뜯어 담배에 불을 붙이셨겠지요?”

“그랬었지요.”

“말하자면 그것이 새 성냥이었다 해도 지금은 성냥이 한 개비 없는 상태겠군요. 이것은 여느 종이성냥과 같은 듯하니 아마 30개비일 겁니다. 그러니까 지금 거기에는 많아야 29개비 있겠지요. 또는 보다 적을지도 모릅니다.”

“그럴 테지요.”

“거기에 지금 성냥이 몇 개비 있는지 세어 봐주시겠습니까?”

클라인은 종이성냥 뚜껑을 천천히 열었다. 찬찬히 들여다보더니 그는 말했다.

“이것은 하나도 쓰지 않았군요. 30개비 모두 있소. 다시 세어볼까…… 역시 30개비요.”

“그러나 그것은 식탁에 있었던 종이성냥이겠지요. 그것으로 담배에 불을 붙이셨잖습니까. 다른 식탁에서 가져오신 건 아니겠지요?”

“물론 이것은 내가 있던 식탁에서 가져온 거요. 나는 그렇게 생각하오.”

“좋습니다. 여러분, 보고 싶으시면 어서 보십시오. 보면 아시겠지만, 유황에 긁힌 자국이 없습니다. 성냥이 쓰인 흔적은 하나도 없습니다.”

트램블이 물었다.

“그렇다면 오티웰이 이 종이성냥을 식탁 위에 있던 것과 바꿔치기했단 말인가?”

“그 사람이 정보를 나른다는 말을 들었을 때 나는 문득 그런 일도 있지 않을까 생각했습니다, 트램블 씨. 오티웰이 종이성냥을 이용할지도 모른다는 트램블 씨의 생각에 나는 찬성합니다. 심리적으로 수긍이 가는 일이니까요. 그러나 나는 양동작전일지 모른다는 애벌론 씨의 의견에도 찬성합니다. 다만 애벌론 씨는 그 양동작전의 미묘한 점을 못 보고 넘기신 것 같습니다.”

애벌론이 한숨을 쉬며 말했다.

“나에게는 못된 마음이 있어서 보이지 않는 모양이로군. 나 자신도 알고 있네.”

헨리가 말했다.

“주로 수집 및 우편으로 종이성냥을 교환하는 일로서, 오티웰은 당신의 주의를 거기에 못박아 둔 것 같습니다, 트램블 씨. 그러나 나로서는 아무래도 오티웰이 반드시 컬렉션만을 위해 종이성냥에 열중해 있다고 말할 수 없을 것 같군요.

오티웰은 고급 레스토랑에서 자주 식사했을 텐데, 거기에는 늘 식탁에 성냥이 있습니다. 다른 사람들과 함께 있을 때라도 식탁 위에 있는 것을 다른 종이성냥과 바꿔치기하는 일은 그리 어렵지는 않습니다. 여러 사람들과 함께 오티웰이 식탁을 떠난 뒤 그의 한패가 그것을 집으면 될 테니까요.”

그러자 루빈이 비꼬는 투로 말했다.

"이 경우는 그럴 수가 없지."

"그렇습니다. 이 경우는 그럴 수 없었습니다. 여러 사람이 가버린 뒤 식탁에는 종이성냥이 없었습니다. 그렇다면 좀 염려가 되는군요. 누구에게 미행당하지는 않으셨습니까, 클라인 씨?"

클라인은 펄쩍 뛰었다.

"그런 일은 없었소. 아니, 적어도 그런 것 같지는 않았소."

"소매치기를 당하진 않으셨는지요?"

"그런 일도 없었소! 전혀 짐작가지 않소."

"그렇습니까. 그렇다면 누가 가지고 갔는데 모르셨겠지요. 무리도 아닙니다. 그 자리에는 당신과 오티웰 말고도 네 분이나 계셨다고 하니까요. 웨이터가 치웠을지도 모르고, 또는 종이성냥 하나쯤 없어졌다고 해서 그것을 되찾기 위해 위험을 무릅쓸 필요까지는 없다고 판단했는지도 모르지요. 아니면 내 생각이 처음부터 틀렸을지도 모르고요."

트램블이 말했다.

"걱정할 필요는 없습니다, 클라인 씨. 한동안 감시를 붙여두도록 손을 써 둘테니."

그는 계속 말했다. "자네 말은 알겠네, 헨리. 어느 레스토랑에 가든지 종이성냥은 얼마든지 있네. 모두 같은 것들이지. 오티웰은 그것을 미리 두세 개 가지고 있었겠지. 필요하면 한 다스라도 가질 수 있을 걸세. 그것을 식탁에서 바꿔치기하는 걸세. 아무도 알아차리지 못할 테고 관심도 없겠지. 말하자면 자네는 그 바꿔치기된 종이성냥이 정보를 나른다고 말하고 싶은 건가?"

헨리는 말했다.

"당연히 있을 수 있는 일이라고 생각합니다."

홀스테드가 입 속으로 중얼거렸다.

"가거라, 작은 책이여. 나의 조용한 집에서 나는 너를 흐름으로 떠나보내련다…… 어서 가거라. 로버트 사우디일세."

트램블은 홀스테드가 낮게 암송하는 시를 묵살하며 말했다.

"하지만 어떻게 해서?"

그는 종이성냥을 집어 앞뒤로 몇 번 뒤집어보며 살폈다.

"이건 다른 것과 똑같은 하나의 종이성냥에 지나지 않아. 뚜껑에 '콕 앤드 불'이라고 씌어 있네. 그리고 주소와 전화번호. 이 종이성냥 어디에 정보가 있단 말인가?"

"있을 만한 데를 찾아야지요."

헨리가 말했다.

"무슨 뜻인가?"

트램블이 물었다.

"아까 말씀하신 대로입니다. 당신은 오티웰이 종이성냥이라야만 되는 방법을 쓰고 있을 거라고 하셨습니다. 나도 그렇게 생각합니다. 그렇다면 종이성냥으로 전할 수 있는 메시지란 대체 뭘까요? 대개 종이성냥에 있는 건 단순한 문구입니다. 그러나 그런 거라면 오트밀 상자 뚜껑에서 잡지의 뒤표지에 이르기까지 얼마든지 있지요."

"맞아. 그렇다면?"

"종이성냥이 종이성냥인 까닭은 그 속에 성냥이 있기 때문입니다. 여느 종이성냥에는 30개비의 성냥이 나란히 들어 있습니다. 그러나 아시다시피 그 원리는 간단합니다. 2장의 마분지지요. 그 양쪽에서 15개비씩 성냥이 뻗어 있을 뿐입니다. 뚜껑을 연 쪽에서 뒤쪽 줄을 우선 왼쪽에서 오른쪽으로 세어보고, 다음에는 앞줄을 그와 똑같이 해보면 어떨까요. 성냥 하나하나는 1에서 30까지의 숫자에 들어 맞습니다."

트램블이 말했다.

“그야 그렇지. 그러나 성냥이란 모두 똑같아서 다른 종이성냥의 성냥도 마찬가지일세. 이 종이성냥의 성냥은 흔해 빠진 여느 것이네.”

“그렇긴 합니다만, 성냥이 언제나 그대로 있는 건 아니잖습니까. 예를 들어 아무거라도 좋으니 한 개비 뜯는다고 합시다. 한 개비씩 뜯는다면 서른 가지 방법으로 뜯을 수 있다는 이야기가 됩니다. 두 개비, 세 개비를 뜯으면 그만큼 다른 방법으로 뜯을 수가 있지요.”

“한 개비도 뜯겨 있지 않네.”

“예를 들면 그렇다는 말입니다. 성냥을 뜯는 건 식별방법으로는 좀 소견머리없는 방법입니다. 성냥대가리에 작은 구멍이나 긁힌 자국이 있다든지, 또는 자외선을 받으면 빛을 내는 형광도료로 슬쩍 표시해 놓았다든지 하면 어떨까요. 성냥은 30개비입니다. 아무것도 표시하지 않은 것에서부터 30개비에 다 표시해 놓은 것까지 모두 몇 가지 종류로 짜맞출 수 있다고 여기십니까?”

홀스테드가 말참견했다.

“그것은 2의 30곱…… 아아, 10억이 넘겠는걸. 10억일세, 백만이 아니야. 게다가 종이성냥뚜껑 부분의 표시까지 넣으면 그 곱인 20억 가지로 짜맞출 수 있겠군.”

헨리가 말했다.

“그렇다면 하나의 종이성냥이 0에서 20억까지의 어떠한 숫자도 나타낼 수 있으니 그 숫자는 꽤 많은 정보를 암호화하여 전달할 수 있지 않을까요.”

트램블이 생각에 잠기며 말했다.

“여섯 마디 정도가 아니군. 그렇다!”

트램블은 벌떡 일어났다.

“그 종이성냥을 주게 나는 이만 실례하겠네.”

그는 클로크룸으로 달려갔다. 그리고 어느새 코트의 한쪽 소매에 팔을 꿰며 돌아왔다.

“클라인, 채비를 하고 함께 가주시오. 당신의 진술이 필요합니다. 성가시게 하지는 않겠습니다.”

헨리가 말했다.

“내가 틀렸는지도 모릅니다.”

“틀렸는지도 모른다고? 자네 말은 맞아. 의심할 여지가 없어. 자네에게는 이야기하지 않은 게 있는데도 모두 앞뒤가 맞아…… 헨리, 이런 일을 정식으로 해볼 생각은 없나? 다시 말해서 직업으로 말이야.”

루빈이 외쳤다.

“여보게, 헨리를 우리에게서 빼앗아가지 말게.”

그러자 헨리는 당황하는 기색도 없이 말했다.

“걱정 마십시오, 루빈 씨. 나는 여기가 훨씬 즐겁습니다.”

이 이야기는 조금 더 짧은 형태로 〈EQMM〉 1972년 12월호에 발표되었다. ‘종이성냥 수집가’라는 제목이었다. 이 잡지가 붙인 제목이 나를 맥빠지게 했다.

그러나 이것은 독자의 판단에 맡기기로 하겠다. ‘가거라, 작은 책이여!’라는 것은 초서의 한 작품 가운데 첫머리며, 로버트 사우디가 쓴 시의 한 구절이다. 사우디의 한 구절에 대하여는 바이런 경이 멋들어진 익살의 말을 했다. 그러므로 이것은 영문학사적으로 가치 있는 한 구절이다. 그뿐만이 아니다. ‘작은 책(little book)’ 즉 종이성냥(match book)이 정보를 띠고 보내진다는 이 이야기의 주제를 이 한 구절은 참으로 뚜렷하게 표현하고 있다.

그러므로 '종이성냥 수집가'를 본디 제목 '가거라, 작은 책이여!'
로 돌려놓는 건 나의 온 인류에 대한 의무가 아닐까?.

나는 그렇다고 믿는다.

그런데 나는 이걸 처음 썼을 때 2^{30}(즉 2를 30번 곱한 수)을 주제
넘게도 암산으로 해서 내놓았다. 역시 내 계산은 조금 틀려 있었다.
자업자득이다. 밀드리드 L. 스토버라는 젊은 여성으로부터 나는 편지
를 받았다. 그 편지에는 세심한 주의를 기울인 곱셈의 정확한 답이
적혀 있었다. 관심 있는 분을 위해 여기에 적어두기로 한다. 2^{30}＝1,
073,741,824이다. 스토버 양에게 감사하는 바이다.

일요일 아침 일찍

제프리 애벌론은 자기 자리에서 두 잔째 글라스를 천천히 빙빙 돌리고 앉아 있었다. 글라스의 술은 아직 절반도 줄어들지 않아 그는 내려놓기 전에 한 모금 더 마실 참이었다. 그는 우울한 얼굴을 하고 있었다.

그는 말했다.

"내가 기억하는 한 흑거미클럽 모임에 초대손님이 없는 것은 오늘이 처음인 것 같아."

아직도 까만 애벌론의 눈썹——콧수염과 가지런히 자른 턱수염은 나이와 더불어 잿빛으로 변해 관록이 붙었지만——이 꿈틀꿈틀 떨고 있는 것 같았다.

로저 홀스테드가 냅킨을 탁 소리를 내어 한 번 털고는 무릎 위에 펼치며 말했다.

"아아, 그것은 오늘 밤의 호스트인 내가 초대손님을 부르지 않기로 했으니 군소리 말게. 게다가 그렇게 결정지은 데는 내 나름의 이유가 있다네."

그는 넓은 이마에 손바닥을 대고 이미 몇 년 전부터 없어진 앞머리 부분의 머리카락을 쓸어 올리는 것 같은 동작을 했다.

임마누엘 루빈이 말했다.

"사실 초대손님을 꼭 데려와야 한다는 규정은 없네. 절대로 지켜야 할 오직 한 가지 점은 이 자리에 여자를 참석시켜서는 안된다는 것뿐일세."

토머스 트램블이 언제 보아도 햇빛에 그을린 듯한 얼굴을 비스듬히 쳐들고 나직이 말했다.

"여자는 회원이 될 수 없어. 하지만 초대손님이 여자여서는 안된다는 규정은 없겠지?"

루빈이 듬성듬성 난 턱수염을 흔들며 말했다.

"그건 틀리네. 초대손님은, 누구든 엑서피시오(exofficio—직권상) 회식 멤버기 때문에 규칙을 지켜야 하네. 그러니 여자는 안된다는 것도 해당되지."

마리오 곤잘로가 말했다.

"그건 그렇고, 엑서피시오란 무슨 소리인가. 전부터 누구에게든 물어보려고 했었네."

헨리는 벌써 코스의 첫 요리를 차려놓기 시작하고 있었다. 향신료가 든 치즈를 채워서 길게 만 파스타를 삶아 소스를 끼얹은 것인 듯했다.

잠시 뒤에 루빈이 말했다.

"아무래도 내가 보건대 이것은 파스타를 만 속에……."

그러나 식탁의 화제는 이미 잡담으로 옮겨가고 있었다. 홀스테드는 화제가 끊어진 사이를 재빠르게 틈타 《일리아드》 제3장의 리머릭을 피력하려고 했다.

트램블이 말했다.

"적당히 해두게, 로저. 모임 때마다 그것을 하나씩 들려줄 셈인가?"

그러자 홀스테드는 기대하는 바가 있다는 듯 말했다.

"아암, 그럴 작정이네. 그래야만 도중에 그만두는 일도 없을 테고, 식탁의 화제는 지적인 거라야만 되거든……. 아아, 헨리. 오늘 밤 요리가 스테이크라면 살짝 구운 것으로 주게."

헨리는 글라스에 물을 따르며 대답했다.

"오늘 밤은 송어입니다, 홀스테드 씨."

"그거 참, 근사하군. 그럼, 이것을 들어보게.

　　메넬라오스는 뛰어난 장사
　　파리스는 도망치며 돌아본다
　　메넬라오스의 원한의 칼
　　헬렌을 건 일대일의 승부
　　여신 아프로디테 이 승부를 가리다."

곤잘로가 물었다.

"대체 그게 무슨 뜻인가?"

애벌론이 설명했다.

"제3장에서는 그리스 군과 트로이 군이 메넬라오스와 파리스의 일대일 승부로 결말을 보게 되네. 파리스는 메넬라오스의 아내 헬렌을 꾀어냈지. 이것이 트로이 전쟁의 원인이었다네. 승부는 메넬라오스의 승리로 끝났는데, 아프로디테가 거의 죽어가는 파리스를 채어가지……. 아프로디테 대신 비너스를 쓰지 않은 게 좋군, 로저. 로마 이름을 쓰면 곤란하거든."

홀스테드는 볼이 미어지도록 요리를 입에 잔뜩 넣고 씹으며 말했다.

"운율이 너무 형식에 치우치지 않도록 애썼지."

제임스 드레이크가 물었다.

"자네는 《일리아드》를 읽은 적이 없나, 마리오?"

마리오 곤잘로가 말했다.

"나는 그림장이잖나. 눈을 소중히 해야 하거든."

식탁에 디저트가 놓여질 때 홀스테드가 말했다.

"이쯤에서 내 생각을 이야기하기로 하지. 지난번까지 네 번의 모임에서는 모두 범죄가 화제에 올랐고, 서로 이야기를 주고받음으로써 그 수수께끼가 풀렸었지."

드레이크가 담배를 비벼끄며 말했다.

"헨리 덕분이었네."

"알고 있어, 헨리 덕분이었다는 것은. 하지만 어떤 종류의 범죄였지? 쩨쩨한 범죄였잖은가. 첫모임 때는 나는 없었지만 아마 도둑질이었다지? 그것도 그리 대수로운 도둑질이 아닌 것 같더군. 그 다음은 더욱 시시했어. 하필이면 시험의 커닝이라니."

그러자 드레이크가 투덜거렸다.

"그것은 그리 간단히 처리할 문제가 아니었네."

"그렇긴 해도 굉장한 일은 아니었어. 세 번째는 나도 여기 있었지만 이것 역시 도둑질이었네. 좀 나은 이야기였긴 했지만 말이네. 그리고 네 번째는 스파이 사건 같은 거였지."

트램블이 말했다.

"한 마디 해두겠네만, 그건 굉장한 일이었다네."

홀스테드는 부드러운 목소리로 말했다.

"그야 그랬겠지. 하지만 폭력 사건은 한 번도 화제에 오르지 않았어. 살인 말이야."

"무슨 뜻인가, 살인이라니?"

"초대손님이 올 때마다 우리는 쩨쩨한 범죄 이야기나 듣게 되네.

되는 대로 초대손님을 데려오기 때문이야. 우리는 재미있는 범죄 이야기를 할 만한 사람을 골라 데려온 적이 없었어. 범죄 이야기가 나올지 어떨지조차 모르는 거지. 그들은 다만 초대손님에 지나지 않으니까."

"그래서?"

"그래서 말인데, 오늘은 여기 이렇게 여섯 사람이 다 모였네. 초대 손님은 없지. 이 가운데 한 사람쯤 의문의 살인 사건을 알고 있어 서……."

루빈이 진절머리난다는 듯이 말했다.

"흥, 애거서 크리스티에 물들었군. 모두가 돌아가며 기괴한 사건 이야기를 하면 미스 마플이 그들을 대신해서 수수께끼를 풀어주지 ……. 허어, 여기서는 헨리로구먼."

홀스테드가 멋적은 얼굴로 말했다.

"말하자면 그런 것은 이미……."

"살려줍쇼일세." 루빈이 허풍을 떨며 말했다.

홀스테드는 말했다.

"그야 자네는 작가니까 그렇지만. 나는 살인 미스터리 소설 따위는 읽지 않네."

루빈이 말했다.

"자네는 손해를 보고 있네. 그리고 그것은 자네가 얼마나 어리석은 가를 나타내는 증거일세. 자네는 수학자잖나. 본격적인 미스터리는 무엇보다도 우선 수학적인 수수께끼라네. 그리고 평범한 이야기보 다도 훨씬 다루기 어려운 복잡한 소재로 꾸며져 있어야 하지."

트램블이 말했다.

"자, 잠깐만 기다리게. 모처럼 이렇게 모였으니 살인 사건 이야기 가 없는지 생각해 보는 것도 좋잖겠나."

홀스테드가 몸을 앞으로 내밀었다.

"자네가 어떨까? 자네는 암호인지 뭔지 정부와 관계 있는 일을 하고 있잖나. 살인 사건과 관계 있는 일도 틀림없이 있을 것 같네. 이름은 대지 않아도 좋아. 이 방에서 나왔던 이야기는 결코 벽 밖으로 새나가지 않으니까."

"그런 말을 할 것까지도 없네. 살인 사건에 대해서는 아는 게 없네. 암호에 대해서라면 재미있는 이야기가 있지만 말일세. 하지만 자네가 생각하는 것과는 다르니……."

"자네는 어떤가, 로저? 자네가 말을 꺼낸 것으로 보아 뭔가 그럴싸한 게 있을 듯하군. 수학적인 살인이라든가 뭐 그런 것."

홀스테드는 골똘히 생각에 잠기며 말했다.

"아닐세. 나는 한 번도 살인 사건에 휘말린 적이 없는 것 같네."

"없는 것 같다고? 단언은 못하나?" 애벌론이 물었다.

"아니, 그렇지는 않아. 자네는 어떤가, 제프? 자네는 변호사 아닌가."

애벌론은 분명 유감스러운 듯이 고개를 저으며 말했다.

"변호사긴 해도 살인범이 의뢰인인 경우와는 다르네. 내 전문은 특허를 둘러싼 분쟁이니까. 헨리에게 물으면 어떨까. 말하는 투로 보아 헨리는 우리보다 훨씬 범죄에 대해 많이 알고 있는 것 같으니 말일세."

헨리는 익숙한 솜씨로 커피를 따르며 조용히 말했다.

"유감스럽게도 내 경우는 이론에 지나지 않습니다. 다행히 나는 살인과 연관됐던 적이 아직 한 번도 없습니다."

홀스테드가 말했다.

"아니, 여섯 사람이나 모여 있으면서——일곱 사람이지, 헨리까지——살인 사건 이야기 하나 나오지 못하나?"

드레이크는 어깨를 움츠렸다.

"내가 하는 일은 늘 죽음의 위험과 가까이 있네. 나자신은 실험실에 있기 때문에 직접 맞닥뜨리는 경험은 겪지 않지만, 독약이니 폭발이니 감전 등으로 죽은 사람이 나온 예가 지금까지 무척 많다네. 최악이지, 무지에서 오는 살인이지만 말이야. 여하튼 이야기할 만한 것은 하나도 없네."

트램블이 말했다.

"자네 아주 얌전하군, 머니. 파란만장한 경력을 자랑하는 자네가 사람 하나쯤 죽인 적도 없다는 건가?"

루빈이 말했다.

"있다고 할 수 있다면 유쾌하겠지. 특히 지금 같은 경우에는 말일세. 그러나 나는 도무지 그럴 필요가 없다네. 나는 실제로 사람에게 손대지 않고도 어떤 범죄든 멋들어지게 해치울 수 있거든. 아 참, 생각나는군……."

이때 여태껏 입을 굳게 다물고 있던 마리오 곤잘로가 느닷없이 말했다.

"나는 살인 사건에 관련된 적이 있었다네."

"호오, 어떤 사건인가?" 홀스테드가 물었다.

곤잘로는 침통한 표정으로 말했다.

"누이동생이었네. 벌써 3년이나 지났군. 내가 흑거미클럽에 들어오기 전의 일이었지."

"안됐군." 홀스테드가 말했다. "말하고 싶지 않겠지."

"아니, 상관없네."

마리오는 어깨를 움찔하며 말하고 나서 크게 튀어나온 눈으로 모두의 얼굴을 하나하나 차례로 둘러보았다.

"그런데 이야기할 게 그다지 없네. 미스터리는 없었으니까. 흔히 있는 일이었지. 그런 일이 있기 때문에 이 뉴욕은 재미있는 거리지. 아파트에 침입하여 도둑질을 하고 누이동생을 죽였다네.”

“범인은?” 루빈이 물었다.

“모르지. 마약중독자의 짓이었을 걸세. 그 부근에서는 늘 있는 일이니까. 누이동생이 남편과 살고 있던 아파트는 그 해에도 이미 네 번이나 강도 침입사건이 있었다네. 누이동생이 당한 건 4월 끝무렵이었어.”

“그럴 때마다 사람이 죽었나?”

“그렇지는 않았네. 빈틈없는 놈이면 사람 없는 아파트를 노리니까. 누가 있다 해도 위협하거나 묶어둘 뿐이었네. 그런데 마지는 어리석게도 저항을 했어. 마구 설친 모양이야. 집안은 온통 뒤집혀져 있었지.”

곤잘로는 고개를 설레설레 내저었다.

홀스테드는 잠시 말을 머뭇거리다가 물었다.

“그래, 범인은 잡았나?”

곤잘로는 두 눈에 떠오른 모멸의 빛을 감추려 하지도 않고 홀스테드를 보았다.

“경찰이 범인을 찾기라도 했는 줄 아나? 그런 것은 그저 늘 있는 일에 지나지 않는다네. 아무도 어쩔 수 없거니와 아무도 마음쓰지 않아. 비록 범인이 잡혔다 한들 무슨 소용 있겠나? 그렇다고 마지가 살아서 돌아오나?”

“범인을 잡으면 다른 사람들에 대한 본보기가 될 수 있잖겠나”

“그런 짓을 하는 질 낮은 비열한 녀석들이 너무 많아.”

곤잘로는 깊은 한숨을 쉬었다.

“그렇군, 차라리 여기서 모두 다 털어놓고 마음을 가볍게 하는 편이 나을지도 모르겠어. 실은 모두 내 탓이었다네. 다시 말해서 내가 아침 일찍 일어난 게 화근이었지. 내가 일찍 일어나지만 않았더라면 아마도 마지는 아직 살아 있을 테고, 앨릭스도 지금처럼 타락하지는 않았을 걸세."

"앨릭스라니?" 애벌론이 물었다.

"내 매제지. 죽은 마지의 남편일세. 좋은 녀석이야. 솔직히 말해서 나는 마지보다 그를 더 좋아했던 것 같아. 누이동생은 나를 인정하지 않았었지. 누이동생은 그림장이란 인생의 패배자라고 생각하고 있었으니까. 물론 내가 어느 정도 온전한 생활을 하게 된 다음부터는…… 아니, 그렇게 된 다음에도 누이동생은 나를 인정해 주지 않았어. 죽은 사람을 나쁘게 말하고 싶지는 않지만 누이동생은 마지막까지 나에게는 아주 질색인 존재였다네. 하지만 누이동생은 앨릭스와는 잘 지내고 있었지."

"그림장이가 아닌 모양이군?"

애벌론은 질문의 책임을 혼자 도맡고 있었다. 다른 사람들도 기꺼이 그에게 맡기고 있었다.

"물론이지. 누이동생과 만났을 때는 알 수 없는 떠돌이였어. 그런데 결혼한 뒤부터 누이동생이 바라는 대로 되어가더군. 그에게 누이동생은 활기를 불어넣어 주는 꼭 필요한 존재였지. 두 사람은 서로를 필요로 했어. 누이동생은 남편을 보살펴주는 일로서……."

"아이는 없었나?"

"으음, 성공하지 못했지. 한 번 유산했는데, 몸에 무슨 지장이 생겼는지 그 뒤로 아이를 낳지 못하게 됐다네. 하지만 그런 일은 아무래도 좋았어. 앨릭스는 누이동생에게 있어 어린아이나 다름없었으니까.

녀석은 그 무렵이 전성기였지. 누이동생과 결혼한 달에 취직을 했고, 그 뒤 승진도 했네. 제법 착실하게 해나가더군. 그래서 그런

쓰레기통 같은 데서 어디 다른 곳으로 옮겨 가려고 하던 참이었다
네.

　앨릭스도 안됐지만 나와 마찬가지로 책임이 있지. 정확히 말한다
면 그는 죄가 무거워. 왜냐하면 누이동생이 살해된 그 시간에 그는
집을 비우고 있었다네. ”
“그럼, 그때 아파트에 없었단 말인가 ? ”
“그렇네. 그 자리에 있었다면 강도 따위는 쫓아버렸겠지. ”
“어쩌면 자기가 살해됐을지도 모르지. ”
“만일 그가 있었다면 강도는 그대로 달아났을 테고 마지는 무사했
을 걸세. 사실 앨릭스가 이러쿵저러쿵 추측해서 말하는 것을 나는
들었네. 아무리 생각해도 그날 그가 아파트에 있었다면 누이동생은
살해되지 않았을 것 같아.

　그 뒤 그는 마음 아파하며 마리화나를 피우기 시작했고, 지금은
옛날의 떠돌이로 다시 돌아갔다네. 나도 돈의 여유가 있을 때는 얼
마쯤 융통해 주곤 하지. 앨릭스는 가엾게도 이것저것 심부름 같은
일을 하며 지내고 있는 모양이야.

　누이동생과 함께 지낸 5년 동안은 장래에 대한 희망도 밝아서 아
주 의욕에 가득차 있었지. 그는 상당한 수완가였다네. 그러나 지금
은 아무 쓸모가 없게 되었어. 솜씨를 발휘할 장소가 없거든. ”
곤잘로는 고개를 내저었다.
“내가 참을 수 없는 건 피해자가 아무 의미도 없는 희생을 당한 점
일세. 겨우 10달러나 15달러를 가져가기 위해 살인한 셈이니 말이
야.

　그건 그렇고, 적어도 마지는 고통받지 않고 죽은 것 같긴 해. 나
이프로 한 번 푹 찔렸을 뿐이니까. 그런데 앨릭스는 그 뒤로 하루
도 괴로워하지 않은 날이 없다네. 어머니도 무척 괴로워했지. 나도

그 때문에 아주 괴롭다네.”

홀스테드가 말참견했다.

“아, 만일 이야기하고 싶지 않다면……. ”

“아니, 괜찮아…… 밤에는 흔히 그 일을 생각하곤 하지. 그날 아침 일찍 일어나지만 않았더라면……. ”

트램블이 말했다.

“자네는 아까도 그렇게 말했어. 그날 자네가 일찍 일어난 일이 사건과 무슨 관계가 있나? ”

“나를 알고 있는 사람이라면 그 점을 생각하지. 즉 나는 날마다 아침 8시 정각에 일어난다네. 5분도 틀린 적이 없어. 나는 침대 옆에 시계를 놓을 필요도 없다네. 시계는 늘 부엌에 놓아둔 채로지. 무언가 몸의 리듬과 관계가 있는 것 같아. ”

드레이크가 누구에게랄 것 없이 중얼거렸다.

“생물시계인가. 나도 그랬으면 좋겠네. 아침에 일어나는 게 아주 질색이라서 말이야. ”

“내 몸 속의 시계는 절대로 틀리지 않아. ”

곤잘로의 목소리에는 그 자리의 공기에 어울리지 않게 자랑스러워하는 울림이 담겨 있었다.

“전날 밤 잠자리에 늦게 들었다 해도, 예를 들어 새벽 3, 4시에 잠들었다 해도 틀림없이 8시에는 잠에서 깨어난다네. 일요일도 마찬가지지. 일요일 아침엔 늦잠을 자도 좋으련만 눈이 말을 안 듣고 떠지니 어쩔 수 없지. ”

“그렇다면 그것은 일요일 아침의 일이었단 말인가? ”

곤잘로는 고개를 끄덕였다.

“맞아. 자고 있었다면 괜찮겠지. 일요일 아침에 문을 두드려 깨우거나 하지 않는 편이 좋다고 사람들이 생각해 주었다면 좋았으련만, 그렇지 못했지. 일요일에도 내가 아침 일찍 일어나 있다는 것을 모두들 알고 있거든."

"거참, 어처구니없는 이야기로군."

드레이크는 아침 일찍 일어나는 일이 얼마나 괴로운지 잘 알고 있었다.

"자네는 그림장이니까 시간이 자유롭지 않은가. 무엇때문에 그토록 일찍 일어나나?"

"아침에 가장 일이 잘되거든. 게다가 나는 시간에 몹시 신경을 쓰는 성질이라네. 언제나 시계를 들여다보며 사는 건 아니지만 지금 몇 시인가를 늘 알고 있지 않으면 마음 놓이지 않지.

내 시계는 마치 내 버릇을 잘 알고 있는 것 같아. 그일이 있은 뒤, 즉 마지가 살해된 뒤 나는 사흘 동안 집을 비웠었지. 그런데 돌아와서 보니 시계가 8시에 멎어 있는 게 아닌가. 일요일 밤이었는지 월요일 아침이었는지 확실히는 알 수 없지만, 시계는 8시를 가리키고 있더군. 마치 8시가 기상시간이라는 것을 시계 자체가 명심하고 있는 듯이 말이야."

곤잘로는 말을 끊고 생각에 잠겼다. 아무도 입을 열려고 하지 않았다. 헨리는 완전히 무표정한 얼굴로 작은 브랜디 글라스를 식탁에 늘어놓았다. 헨리의 입술은 조금 굳게 다물어져 있었다.

이윽고 곤잘로는 말했다.

"이상한 이야기지만 그 전날 밤 나는 전혀 잠을 이룰수가 없었네. 이렇다할 이유는 하나도 없었는데 말이야. 나는 1년 가운데 4월 끝 무렵의 벚꽃이 필 즈음을 가장 좋아한다네. 나는 풍경화가가 아니지만 그 무렵이 되면 흔히 공원에 가서 스케치를 하지. 그날은 날씨도 좋았어. 따뜻한 날씨의 토요일이었음을 나는 기억하고 있네. 그해 들어 처음으로 기분 좋은 주말이었어. 일도 순조롭게 잘 진행

되었지.

그러므로 그날 기분이 언짢아질 이유는 하나도 없었다네. 그런데도 어쩐지 자꾸만 초조한 기분이 들어 견딜 수 없더군. 11시 뉴스가 시작되기 전에 텔레비전을 끈 기억이 나네. 뉴스를 듣고 싶지 않았지. 왜 그런지 나쁜 뉴스가 있을 것 같은 느낌이 들더군. 분명 그랬어. 지어낸 이야기가 아니야. 나는 신비주의자가 아니니까. 하지만 육감이 알려준 거지. 그 까닭은 알 수 없지만."

루빈이 말했다.

"소화가 잘 되지 않았던 게 아니었을까."

곤잘로는 두 손을 펴고 그 말을 환영하는 듯한 시늉을 해보였다.

"좋아. 소화불량이든 뭐든 상관없네. 여하튼 나는 11시 전에 텔레비전을 껐네. 그리고 부엌에 가서 시계태엽을 감아주었지. 늘 밤에 감아주고 있었으니까. 그리고 혼잣말을 지껄였지. '이렇게 일찍 잠들 수 없을 텐데' 하고. 그러나 나는 침대 속으로 들어갔네.

역시 너무 일렀어. 잠을 이룰 수가 없더군. 여러 번 몸을 뒤척이며 생각에 잠기곤 했었지. 무슨 생각을 했었는지는 기억나지 않네. 사실은 그때 일어나 일을 하거나 책을 읽거나 심야영화를 보거나 했더라면 좋았을 거야. 그런데 나는 일어나지 않았어. 여떻게 해서든 그대로 잠들어보려고 마음먹었거든."

"그건 왜?" 애벌론이 물었다.

"글쎄 말이야. 그때는 그렇게 해야만 한다고 생각을 했었네. 여하튼 나는 그날 밤의 일은 똑똑히 기억하고 있네. 이렇게 자지 않고 있으면 내일 아침에 늦잠을 자게 되겠다고 생각했지. 하지만 아침 그 시간이면 반드시 잠에서 깨어나리라는 걸 나는 알고 있었다네. 그리하여 새벽 4시쯤 잠들었을 걸세. 그런데도 8시에 침대에서 기어나와 아침 식사 준비를 했지.

그날도 날씨가 좋았어. 공기가 맑고 싸늘했지. 그리고 낮에는 봄 날씨답게 따뜻할 것 같더군. 여름의 더위와는 다르게 말이야. 여하튼 그날도 좋은 날씨였어. 지금도 늘 마지를 생각하면 좀더 사랑해 주었어야 했다는 마음으로 괴로워진다네. 그야 뭐 다툰 일은 그다지 없었지만 남매로서 다정하다고 할 수는 없었거든. 솔직히 말해서 나는 누이동생을 만나기 위해서라기보다는 앨릭스를 만나기 위해 찾아가곤 했었지. 그런데 그때 벨이 울렸어.”

홀스테드가 물었다.

“벨? 전화벨 말인가?”

“맞아. 일요일 아침 8시에 말이네. 이쪽이 8시면 반드시 깨어 있다는 걸 모른다면 아무도 전화를 걸지 않을 시각에 말일세. 내가 곤히 자고 있는데 깨웠다고 하며 수화기에다 대고 화난 목소리로 욕이라도 한 마디 했더라면 사태는 또 달라졌을지도 모르네.”

“누구였나, 그 전화 건 사람은?” 드레이크가 물었다.

“앨릭스였네. 단잠을 방해하지 않았느냐며 일찍 전화한 것을 몹시 미안해 하더군. 그렇지 않다고 나는 대답했지. 그러자 시간을 묻더군. 나는 시계를 보며 ‘8시 9분 조금 지났어. 물론 나는 깨어 있었네’ 라고 대답했지. 나는 뭐랄까, 좀 자랑스럽더군.

그랬더니 그가 우리집으로 가도 좋으냐고 하지 않겠나. 마지와 다투고 집에서 나왔는데, 그녀의 기분이 괜찮아질 때까지 돌아가고 싶지 않다는 거였네. ……나는 아내 따위가 없어서 다행이라고 생각했지.

그건 어쨌든 그때 거절했더라면, 지난밤 잠을 못 잤으므로 늦게까지 자야겠으니 오지 말라고 했더라면 그는 자기 아파트로 돌아갔을 걸세. 달리 갈 만한 곳이 없었으니까. 그랬더라면 아무 일도 일어나지 않았을 걸세. 그런데 마음착한 마리오는 아침 일찍 일어나

는 것을 무척 자랑스럽게 여기고 있어서 '어서 오게. 달걀과 커피
쯤은 대접할 수 있으니까' 라고 대답했지. 마지가 일요일에 아침
식사를 차려줄 여자가 아님을 나는 알고 있었기 때문에 앨릭스가
시장하리라 생각했던 걸세. 그는 10분쯤 뒤에 왔네. 8시 30분쯤
나는 스크램블드 에그와 베이컨을 만들어주었지. 그래서 결국 마지
는 아파트에서 혼자 살인자들을 기다리게 되었던 걸세."
트램블이 물었다.
"자네 매제는 아내에게 어디 간다는 말을 하지 않고 나왔나?"
곤잘로가 대답했다.
"말하지 않았을 걸세. 그는 아마 울컥해서 어디로 갈 것인지 정하
지도 않고 뛰쳐나왔겠지. 그러다가 내 생각이 났던 모양이네. 비록
처음부터 내게 올 작정이었다 해도 누이동생에게는 말하지 않았을
거야. 혼 좀 나보라는 기분에서 말이야."
트램블이 말했다.
"그랬겠군. 그래서 마약환자들이 와서 문을 두드리자 자네 누이동
생은 남편이 돌아온 줄 알고 열었겠군. 문은 잠겨 있지 않았던 모
양이지?"
"잠겨 있지 않았다네." 곤잘로가 대답했다.
드레이크가 고개를 갸우뚱했다.
"일요일 아침이란, 마약환자들이 약값을 벌러 다니는 시간치고는
좀 이상하지 않나."
루빈이 말했다.
"아닐세. 그들에게는 아침이고 밤이고 없지. 마약에 대한 갈증은
시간과 관계 없다네."
그러자 애벌론이 문득 생각난 듯이 물었다.
"다툰 이유는 무엇이었나? 앨릭스와 마지 말일세."

"글쎄, 그것은 모르겠군. 대수로운 일은 아니었겠지. 앨릭스가 업무상 어떤 실수를 저질러 좋지 않은 모습을 보인 게 아닌가 싶네. 그것이 마지로서는 견딜 수 없었겠지.

어쨌든 나는 그들이 다툰 원인조차 모르고 있네. 그것이 무엇이건 누이동생이 남편에 대해 느끼고 있던 자랑스러움을 몹시 상하게 만들었음에는 틀림없네. 그래서 누이동생은 심하게 굴었던 것 같아.

게다가 더욱 나쁘게도 앨릭스는 누이동생의 말을 아무렇지도 않게 들어넘기지 못했지.

우리가 어릴 때도 늘 그랬었다네. 그러나 나는 '그래, 마지. 네 말이 맞아' 라고 대꾸하며 지냈었지. 그러면 누이동생은 하고 싶은 말을 다한 다음 마음을 가라앉히곤 했어.

그런데 앨릭스 녀석은 꼭 변명하려든단 말이야. 그래서 사태가 더욱 꼬여들고 말지. 그때도 전날 밤새도록 다투었던 모양이야…… 지금에 와서는 그렇게 기를 쓰고 다투지 않았더라면 집에서 뛰쳐나오는 일도 없었을 테고, 뛰쳐나오지 않았다면 아무 일도 일어나지 않았을 거라고 말하지만 말일세. "

애벌론이 말했다.

"'행동이 말을 한다'인가. 저렇게 했더라면, 이렇게 했더라면 하고 후회한들 무슨 소용 있겠나. "

"물론이지. 하지만 어쩌겠나. 아무튼 그들은 잠도 제대로 못 자며 밤을 새웠어. 나도 잠을 자지 못했지. 어떤 텔레파시로 연결되어 있지 않았나 하는 생각이 들 정도였다네. "

"그럴 수가……. " 루빈이 말했다.

"우리는 쌍둥이였거든. " 곤잘로가 정색을 하고 말했다.

"이란성 쌍둥이 아닌가? " 루빈이 물었다. "그 양복 아래가 여자라면 이야기는 다르지만."

"그게 어떻다는 건가?"

"텔레파시가 통하는 건 일란성 쌍둥이끼리의 경우에 한하지. 하긴 그것도 터무니없는 이야기지만 말일세."

"어쨌든 앨릭스는 우리집에 와서 함께 식사를 했네. 식욕이 그다지 없는 모양이더군. 그는 내 어깨에 기대 엉엉 울었다네. 마지가 이따금 심하게 군다면서 말이야. 나는 안됐다는 기분이 들어 그를 위로했지. 그런 경우 흔히 쓰는 말로 말이야.

'여보게, 자네는 마지 말을 너무 심각하게 받아들이는 것 같아. 그애에게는 그런대로 좋은 점도 있다네.'

2시간쯤 지나면 기분이 나아져서 집으로 돌아가 화해할 줄로 나는 알았네. 그러면 공원에 가서 스케치를 하든지 다시 침대 속으로 기어들어가 잠을 자야겠다고 생각했었지. 그런데 2시간쯤 뒤에 다시 전화가 울리더군. 경찰이었지."

홀스테드가 물었다.

"앨릭스가 자네 집에 있는 걸 어떻게 알았을까?"

"그런 것은 몰랐어. 경찰은 나에게 전화한 것이었다네. 나는 그녀의 오빠니까. 그래서 나와 앨릭스가 가서 시체를 확인했지.

얼마 동안 앨릭스는 마치 죽은 사람 같은 얼굴을 하고 있더군. 누이동생이 죽었기 때문만은 아니었어. 두 사람은 아주 심하게 난투극을 벌였던 모양일세. 이웃에 들렸었겠지. 그런데 아내가 살해되었으니 맨 먼저 의심받는 건 물론 남편이 아니겠나.

경찰은 당연히 앨릭스를 취조했지. 그는 부부싸움을 한 이야기며 집에서 뛰쳐나와 우리집에 간 이야기 등을 빠짐없이 했네."

"혐의를 완전히 벗지는 못했겠군." 루빈이 말했다.

"우리집에 왔었던 것은 내가 증언했어. 8시 20분 내지 25분에 와서 그 뒤 내내 나와 함께 거기 있었다고 증언했네. 살인은 9시에 일어났다네."

"그렇다면 목격자가 있었나?" 드레이크가 물었다.

"아니, 그런 사람은 없었어. 다만 소리를 들었다는 사람이 있었어. 아래층의 주인이 가구 뒤집히는 소리며 비명을 들었다네. 물론 아무도 범인을 보지는 못했다네. 쇠가 잠긴 문 너머로 귀기울여 들었다더군. 어쨌든 무슨 소리가 들렸는데, 그것이 9시쯤이었다는 거야. 이 점에 대한 이웃의 증언은 모두 일치되고 있네.

경찰로서는 그 증언으로 일단 결정을 본 셈이지. 그쯤 되면 남편이나 하수인 아니면 좀도둑이나 마약환자라는 결론이 내려지게 마련이니까.

앨릭스와 나는 밖으로 나왔네. 그는 몹시 취했고, 나는 이틀쯤 그와 함께 지내주었지. 혼자 있게 내버려둘 상태가 아니었거든. 이야기란 이것뿐이네."

트램블이 물었다.

"요즘도 앨릭스를 만나나?"

"가끔. 몇 번에 한 번쯤씩 돈을 빌려주기도 하지만, 돌려받을 생각은 없네. 마지가 살해된 다음 주일에 그는 직장에서도 나왔다네. 그 다음부터 착실한 일은 하지 않는 모양이야, 그는 말하자면 쓸개가 빠지고 말았지……자기 자신을 나무라고 있는 거라네.

어째서 그는 누이동생과 다투어야만 했을까? 어째서 집에서 뛰쳐나와야만 했을까? 어째서 우리집에 와야만 했을까? 이것 모두 일세. 살인 사건임에는 틀림없으나 미스터리와는 거리가 먼 이야기일세."

잠시 동안 아무도 입을 열지 않았다. 이윽고 홀스테드가 말했다.

"어떨까, 마리오. 여기서 우리가 그 사건에 대해……."

"화제로 삼자는 건가? 좋아. 얼마든지 화제로 삼고 즐기게. 질문이 있으면 성의껏 대답하겠네. 하지만 살인자에 대해서는 이야기할 게 아무것도 없네."

홀스테드가 망설이며 말했다.

"바로 그 점 일세. 아무도 그럴 듯한 사람을 못 보았잖나. 누구인지 모르지만, 어떤 마약환자가 침입해 누이동생을 살해했다는 건 하나의 억측에 지나지 않아 어쩌면 더 큰 다른 이유가 있는 자의 소행일지 모른다고 생각할 수 있지. 그 남자는 어차피 의심받는 건 마약환자일 테니까 자기는 안전하다고 여겼는지도 몰라. 아니, 남자라고만 할 수도 없지."

마리오 곤잘로는 눈살을 찌푸렸다.

"다른 누구라는 말인가?"

홀스테드가 물었다.

"자네 누이동생에게 적은 없었나? 돈이 있어서 누군가가 노리고 있지 않았을까?"

"돈? 있었다 해도 그것은 모두 은행에 맡겨두었고, 물론 고스란히 앨릭스의 것이 되었지. 아니, 본디 그의 것이었다고 할 수 있네. 두 사람은 무엇이든지 공동명의로 해두고 있었으니까."

애벌론이 물었다.

"치정관계 같은 건 없었을까? 자네 누이동생이 바람을 피우지 않았을까? 또는 남편 쪽이 바람을 피우고 있지 않았을까? 어쩌면 부부싸움의 원인이 그것이었을지도 모르네."

"그래서 그가 내 누이동생을 죽였다는 건가? 누이동생이 살해되었을 때 그는 우리집에 있었네."

"반드시 그가 죽였다는 건 아닐세. 누이동생의 정부였을지도 모르고 그의 애인이었을지도 몰라. 남자였다면 누이동생의 마음이 변했기 때문일 테고, 여자였다면 자네 매제와 살고 싶어서 그랬을지도 모르지."

마리오는 고개를 저었다.

"마지는 요부 타입이 아닐세. 앨릭스하고 용케도 잘해 나가고 있다고 나는 늘 감탄하고 있었지. 아니, 그런 뜻에서는 잘해 나가고 있지 못했을지도 모르지만."

트램블이 갑자기 흥미를 보이며 물었다.

"앨릭스가 그 점에 대해 불만을 털어 놓던가?"

"아닐세. 그도 그다지 정열가라고는 할 수 없는 편이라네. 실제로 앨릭스는 아내를 잃은 지 벌써 3년이나 되는데도 아직 홀아비로 지내고 있으니까. 그리고 그동안 여자와 교제도 전혀 없었다네. 그 점은 내가 보증하지. 그리고 자네들이 물을 것 같아 내 편에서 먼저 말하네만, 남자와의 교제도 없었네."

루빈이 말했다.

"잠깐만 기다리게. 두 사람이 다툰 진짜 원인이 무엇인지 아직 모르지 않는가. 무언가 업무상의 문제라고 했지? 실제로는 본인이 이야기했는데 자네가 그 내용을 잊어버린 건지, 아니면 전혀 듣지 못한 건지 어느 쪽인가?"

"자세한 이야기는 해주지 않았고, 나도 억지로 캐묻지 않았네. 나로서는 마찬가지니까."

루빈이 말했다.

"그럴 테지. 그럼, 이렇게 생각해 보면 어떨까? 그것은 업무상의 어떤 큰 문제였다고. 예를 들어 앨릭스가 5만 달러의 돈을 훔쳤고, 그 일을 마지가 몹시 나무랐기 때문에 다투게 되었다고 말일세. 또는 마지가 횡령하라고 부추겼으나 앨릭스가 겁을 먹었기 때문에 다투게 되었다고도 생각해 볼 수 있지. 어쩌면 그 5만 달러가 아파트에 있었는데, 그것을 아는 어떤 사람이 마지를 죽이고 돈을 훔쳐갔는지도 모르네. 그런데 앨릭스는 그 사실을 자기 마음 속에만 간직하고 있는 게 아닐까."

곤잘로가 긴장하며 물었다.

"어떤 사람이라니, 누구 말인가? 어디의 누구란 말인가? 앨릭스는 그런 사람이 아니네."

"그야 알 수 없지." 드레이크가 리듬을 붙여가며 말했다.

"아닐세. 앨릭스는 정말 그런 짓을 할 사람이 아니네. 무엇보다도 그가 그런 짓을 했다면 근무처에서 가만히 있을 리 없네. 도저히 감추어 둘 수가 없잖겠나."

트램블이 말했다.

"아파트 안에서의 대립문제를 생각해 보면 어떨까. 이웃끼리 사이가 나쁠 수도 있지 않겠나. 누군가 마지를 미워하는 사람은 없었나? 미워하는 마음이 심해져서 마침내 죽이고 말았다고 말일세."

"그렇지는 않을 걸세. 그토록 심각했었다면 당연히 내 귀에 들어왔겠지. 마지는 그런 이야기를 마음 속에 담아두지 못하는 성격이었다네."

드레이크가 입을 열었다.

"자살은 아니었을까? 남편이 몹시 화내며 자기를 버리고 나가 버렸으니 말이야. 아주 영원히 나간다고 했을지도 모르지. 그래서 아내는 이성을 잃었고, 이제는 희망이 없다는 속단을 내려 발작적으로 목숨을 끊었을지도 모르네."

곤잘로가 말했다.

"흉기는 부엌의 식칼이었다네. 그 점이 문제지. 더욱이 마지는 자살할 타입이 아니야. 누구를 죽였다면 모르지만 실수로라도 스스로 자기를 죽이진 않아. 그리고 만일 자살이었다면 난투극을 벌인 소리며 비명은 어떻게 설명하나? ”

드레이크가 말했다.

“첫째로, 남편과 싸울 때 이미 온 방 안이 뒤집혀져 있었을지도 모르네. 둘째로, 남편을 곤경에 몰아 넣으려고 그녀는 살해된 것으로 꾸몄을지도 몰라. 상처받은 아내는 말한다. 복수하리라고, ”

곤잘로는 진절머리난다는 듯이 말했다.

“농담은 그만두게. 마지는 어느 모로 보나 그런 짓을 할 여자가 아닐세. ”

드레이크가 말했다.

“그야 알 수 없지. 남의 일이란 아무도 모르는 법이니까. 비록 쌍둥이라 할지라도 말일세. ”

“무슨 말을 하든 마지는 그런 짓을 할 여자가 아니라고 주장하겠네. ”

트램블이 말했다.

“언제까지 이런 말이나 하며 시간을 헛되이 보낼건가. 이런 일은 빨리 서둘러 전문가에게 물어보면 될걸, 헨리. ”

헨리는 억지로 은근한 관심을 나타내보였다.

“네, 트램블 씨. ”

“이쯤에서 모두에게 설명해 주지 않겠나? 곤잘로 씨의 누이동생을 죽인 사람은 누구인가? ”

헨리는 눈썹을 조금 치켜올렸다.

“나는 전문가로 자처할 생각은 추호도 없습니다, 트램블 씨. 하지만 당신을 비롯한 여러분이 지금까지 내놓으신 의견은 외람되오나 잘못되어 있다고 말씀드리지 않을 수 없습니다.

내 생각으로는 이 경우 경찰의 견해가 옳다고 봅니다. 남편이 범인이 아니라면, 이것은 강도의 짓일 겁니다. 오늘날 강도질을 하는 건 돈이나 돈으로 바꿀 수 있는 게 필요한 마약환자라고 보아서 틀림없으니까요. ”

“실망했네, 헨리. ” 트램블이 말했다.

헨리는 희미한 미소를 지었다.

그러자 홀스테드가 말했다.

“그럼, 슬슬 다음번의 호스트를 정하고 헤어지기로 할까. 역시 초대손님은 반드시 데려오는 게 좋을 것 같네. 내 생각이 빗나간 것 같아. ”

“시시한 이야기여서 미안했네. ” 곤잘로가 말했다.

홀스테드는 다급하게 변명했다.

“그런 뜻으로 한 말이 아닐세. ”

“알았네. 자, 이제 이 이야기는 잊어버리세. ”

모두들은 자리에서 일어났다. 마리오 곤잘로가 맨 나중에 일어섰다. 누가 가만히 어깨를 두드렸으므로 그는 돌아보았다. 헨리였다.

“곤잘로 씨, 조용히 말씀드릴 게 있습니다. 다른 분의 귀에는 들어가지 않도록 말이지요. 매우 중대한 일입니다. ”

곤잘로는 잠시 헨리의 얼굴을 뚫어지게 본 다음 대답했다.

“알았네. 일단 밖으로 나가 모두와 작별한 다음 택시를 탔다가 다시 이리로 돌아오겠네. ”

10분 뒤 그는 돌아왔다.

“뭔가, 누이동생 일에 대해서인가, 헨리 ? ”

“실은 그렇습니다. 따로 말씀드리는 편이 좋을 것 같아서요. ”

“호오, 그렇다면 안으로 다시 들어가세. 아무도 없을 테니까. ”

“안됩니다. 그 방에서 주고받은 이야기는 무엇이건 밖에서 되풀이해선 안되니까요. 내 생각으로는, 이 일은 비밀에 붙여두어서는 안됩니다. 그저 흔히 있는 나쁜 짓이라면 나도 모르는 척하겠습니다

만, 살인은 그럴 수 없지요, 이리로 오십시오, 이야기할 만한 장소
가 있으니까요.”

헨리는 곤잘로를 한구석으로 안내했다. 이미 시간이 늦어서 레스토
랑에는 손님이 거의 없었다. 헨리는 목소리를 낮추어 물었다.

“나는 아까 이야기를 다 들었습니다만, 확인을 하기 위해 몇 가지
더 물어보아도 좋겠습니까?”

“좋고말고, 얼마든지 물어보게.”

“틀림없이 4월 끝무렵 토요일에 초조한 기분으로 11시 뉴스가 시
작되기 전 잠자리에 들었다고 말씀하셨지요?”

“맞아, 11시 조금 전이었네.”

“그러니 뉴스를 보지 못하셨겠지요?”

“으음, 타이틀도 보지 않았네.”

“그리고 그날 밤 잠을 이루지 못했다고 하셨는데, 침대에서 한 번
도 나오지 않으셨습니까? 화장실에도 부엌에도 가지 않으셨는지
요?”

“으음, 가지 않았네.”

“그리고 여느 때와 같은 시간에 깨어나셨다지요?”

“그랬지.”

“그 점입니다, 곤잘로 씨. 한 가지 마음에 걸리는 일이 있습니다.
몸 속의 생물시계 작용으로 아침마다 정확히 일정한 시간에 깨어나
는 분은 1년에 두 번 깨어나는 시각이 틀리게 됩니다.”

“뭐라고?”

“이 주(州)에서는 1년에 두 번 시간이 달라집니다. 서머 타임이 시
작될 때와 그것이 끝날 때입니다. 그러나 생물시계는 그리 급속히
바뀌어지지 못합니다.

곤잘로 씨, 서머 타임은 4월의 마지막 일요일부터입니다. 일요일

오전 1시에 시계를 2시로 돌려 맞추어야 합니다. 그런데 당신은 11시 전에 시계태엽을 감아주었습니다. 그때 한 시간 돌려 놓았다는 말씀이 없었습니다. 그리고 잠자리에 들었으므로 밤새도록 시계에 한 번도 손대지 않으셨지요. 다음날 아침 8시에 잠에서 깨어났다고 말씀하셨는데, 그것이 실제로는 9시였습니다. 내가 틀렸나요?"

곤잘로는 신음했다.

"아니, 자네 말이 맞네……"

"경찰의 전화를 받고 나가신 다음 며칠 동안 집으로 돌아가지 않으셨다지요. 그리고 돌아가셨을 때 시계는 물론 멎어 있었지요. 그러니 1시간 늦어 있다는 걸 아실 리 없었겠지요. 그리고 올바른 시간으로 다시 맞추셨으니 시간이 틀렸었다는 걸 끝내 모르셨을 겁니다."

"생각해 본 적도 없네. 정말 자네 말이 맞아."

"경찰은 그 점을 알아차렸어야만 했습니다. 요즘은 흔해빠진 범죄는 모조리 마약환자의 짓으로 가볍게 처리해 버리는 경향이 있습니다. 당신의 매제는 알리바이를 제공하셨습니다. 경찰은 무난하게 여겨져 그것을 그대로 받아들였지요."

"그럼, 자네는 내 매제가……"

"있을 수 없는 일은 아닙니다. 부부싸움을 한 뒤 당신 매제가 부인을 죽인 것은 이웃의 증언으로도 알 수 있듯이 아침 9시였습니다. 이것은 미리부터 계산되어진 일은 아닌 듯합니다.

그런데 죽인 다음 당황함 속에서 당신 생각이 났겠지요. 여기가 그의 빈틈없는 점입니다. 시간을 묻자 당신은 8시 9분 조금 지났다고 대답하셨습니다. 그래서 그사람은 당신이 시계를 맞추어놓지 않았음을 알았습니다. 9시 9분이라고 하셨더라면 그 사람은 아마 줄

행랑쳤겠지요.”

“하지만 헨리, 무엇 때문에 녀석이 그런 엄청난 짓을 했을까?”

“부부 사이란 알 수 없는 겁니다. 누이동생께서 지나치게 요구를 하셨을지도 모릅니다. 듣건대 당신의 생활태도를 인정하려 들지 않으셨다고 하니, 그것으로 미루어 짐작할 수 있지 않을까요. 그 때문에 당신은 누이동생을 그다지 좋아하지 않으셨다지요.

그러니 아마 결혼 전의 남편 생활태도에도 불만이 있으셨던 게 아닐까요. 그 사람은 떠돌이였다고 하셨습니다. 누이동생께서는 그 사람을 착실한 회사원으로 만드셨지만, 본인은 그것이 성미에 안 맞았을 겁니다.

그 불평불만이 심해져서 마침내 폭발해 부인을 죽인 다음 다시 본디의 떠돌이 생활로 돌아갔겠지요. 당신은 마음의 상처라고 생각하십니다만, 어쩌면 본인은 후련한 기분일지 모릅니다.”

“그럼 어떻게 한담?”

“그것은 내가 말씀드릴 일이 아닙니다. 입증하기가 무척 어려우실 겁니다. 3년 전에 시계를 맞추지 않은 것을 정말로 생각해 낼 수 있으시겠습니까? 변호사는 반대신문에서 이 점을 매섭게 따지겠지요.

그러나 한편 매제에게 그 점을 따져 물으면 죄를 인정할지 모릅니다. 경찰에 연락해야 할지 어떨지는 당신 자신이 생각하십시오.”

“내가?” 곤잘로는 머뭇거리며 물었다.

헨리는 조용히 말했다.

“친누이동생의 일이잖습니까.”

이것은 〈EQMM〉 1973년 3월호에 〈생물시계〉라는 제목으로 발표되었다.

잡지사에서 붙인 이 제목은, 나로서는 독자가 그냥 지나쳐봐주었으면 좋겠다고 여기는 곳에 빛을 들이비춘 격이다. 바로 거기에 이 수수께끼의 열쇠가 있으니까. 제목을 보고 독자가 그 점에 주의를 쏟으면 내 손바닥 속을 깡그리 꿰뚫어보고 말 것이다.

그래서 나는 본디대로 〈일요일 아침 일찍〉이라는 제목으로 돌려놓았다. 이 제목은 사실을 말하고 있는 것이므로 나는 결코 교활하지 않다. 그러면서도 이 제목은 적당히 중립을 지키므로, 내 수수께끼의 속뜻이 드러나지 않을 만한 여지가 충분히 있다.

The Obvious Factor

뚜렷한 요소

토머스 트램블은 뭔가 기쁜 표정으로 식탁을 한바퀴 둘러 보았다.

"아, 적어도 자네는 비슷하지도 않은 펜화 초상화를 선물받지 않아도 되겠군. 오늘은 우리의 전속화가가 참석하지 않았으니까 말이야, 헨리."

트램블의 굵고 탁한 목소리의 여운이 사라지기도 전에 헨리는 그의 옆에 서 있었다. 눈이 맑고 주름없는 얼굴에는 아무 거북스러움도 걱정도 없어보였다. 트램블은 헨리가 내미는 쟁반에서 스카치 소다를 받아들며 물었다.

"마리오에게서 연락이 있었나, 헨리?"

헨리는 조용히 대답했다.

"아뇨, 없었습니다."

제프리 애벌론은 절반쯤 비운 두 잔째 글라스를 조용히 돌리고 있었다.

"지난달에는 살해된 그의 누이동생 이야기를 했으니까 어쩌면……."

그는 끝까지 말하지 않고 자기 자리에 글라스를 가만히 내려놓았
다. 흑거미클럽의 저녁 식사가 지금 막 시작되려는 참이었다.

이날 밤의 호스트인 트램블은 윗자리의 팔걸이의자에 앉아 있었다.

"회원들의 얼굴을 모두 익혔나, 보스? 내 오른쪽이 제임스 드레이
크, 화학자지만 화학보다도 서푼짜리 소설에 더 조예가 깊지. 그러
나 뭐 대단치는 않아. 다음이 제프리 애벌론. 법정 따위는 한 번도
들여다본 적이 없는 변호사라네. 그 다음이 임마누엘 루빈. 잡담을
지껄이며 그 사이사이에 무언가 쓰는 작가지. 이것은 무슨 말이냐
하면, 결국 아무것도 쓰지 않는다는 걸세. 다음이 로저 홀스테드…
… 오늘 또 설마 리머릭을 억지로 들려주지는 않겠지?"

그러자 트램블의 초대손님이 입을 열었다.

"리머릭?"

매우 듣기좋은 목소리였다. 가벼우면서도 잘 울리는 목소리로 그는
자음을 하나하나 또렷이 발음했다. 왼쪽 관자놀이에서 오른쪽 관자놀
이에 걸쳐 가지런히 다듬어 깎은 하얀 수염이 나 있었다. 머리도 희
다. 그리고 하얀머리와 수염으로 테두리한 그의 싱싱한 얼굴은 분홍
색으로 빛나고 있었다.

"그렇다면 시인입니까?"

그 말을 듣고 트램블이 아주 업신여기는 듯한 어조로 말했다.

"시인? 자기는 수학자라고 하지만, 그것 역시 의심스럽다네. 그는
《일리아드》의 각 장을 리머릭으로 고쳐쓴다고 법석이라네."

홀스테드가 타고난 부드러우나 성급한 목소리로 말했다.

"《오디세이아》도 할 생각이네. 어쨌든 오늘은 놓고 왔네."

"잘했어. 하지만 자네의 시는 들을 수 없네. 오늘은 자네의 낭독을
금지하겠네. 호스트의 특권일세."

애벌론이 매우 꼼꼼해보이는 얼굴에 불만의 표정을 띠고 말했다.

"여보게, 그러지 말게. 변변치 못할지는 모르지만 낭독하도록 해주게. 1분 이상 걸리지 않을 테고, 나는 무척 재미있게 여기니까."
트램블은 그의 항의를 묵살했다.
"자네들은 내 초대손님에 대해 이미 잘 알겠지? 닥터 보스 엘드리지. 학위를 가지고 있네. 드레이크도 박사일세, 보스, 하긴 여기서 늘 우리 모두가 회원이라는 것으로서 박사 칭호를 얻고 있지만 말일세."
그는 글라스를 들고 올드 킹 콜에 대해 한 달에 한 번씩 바치는 축배를 올렸다. 회식은 정식으로 시작되었다.
홀스테드가 드레이크에게 살짝 귀엣말을 속삭인 다음 한장의 종이쪽지를 그에게 건네주었다. 드레이크는 일어서서 그것을 낭랑한 목소리로 읽었다.

　어리석도다, 티키아인
　제우스의 위력을 빌려 쏘아대는 화살
　트로이의 신의는 땅에 떨어지다
　판다로스가 지나치게 덤비어 저지른 실수
　신에 맹세한 화평 깨어져 슬프도다.

트램블이 말했다.
"여보게, 읽지 말라고 했잖나."
홀스테드가 대꾸했다.
"나더러 읽지 말라고 했지. 지금 읽은 사람은 드레이크네."
애벌론이 말했다.
"마리오가 없어서 유감이군. 그가 있었다면 그게 뭐냐고 했을 텐데."

루빈이 말했다.

"사양 말게, 제프. 내가 모르는 척해 줄 테니 자네의 자랑거리인 그 설명을 들려주게나."

그러나 애벌론은 짐짓 점잔을 빼며 입을 다물고 헨리가 애피타이저를 식탁에 늘어놓기를 기다렸다.

루빈은 늘 그렇듯이 수상쩍어하는 눈길로 그것을 지켜보고 있었다. 그는 말했다.

"이런 것은 좋지가 않아. 이렇게 잘게 썰어 마구 섞어놓으면 무엇이 들었는지 알 수가 있어야지."

헨리가 말했다.

"몸에 좋은 겁니다."

드레이크가 말했다.

"헨리의 말이 틀림없네. 그가 몸에 좋다고 하는 이상 사람에게 해로울 리가 없지."

애벌론이 말했다.

"한 번 먹어보게. 꽤 먹을 만하다네."

루빈은 한 입 먹어보고 얼굴을 찌푸렸다. 그러나 나중에 보니 그의 접시는 깨끗이 비어 있었다.

엘드리지 박사가 물었다.

"이 리머릭에는 주석이 필요합니까, 닥터 애벌론? 어떤 색다른 수수께끼가 있는 겁니까?"

"아닙니다. 그렇지는 않지요. 아참, 그리고 닥터라고 부르실 필요는 없습니다. 그것은 격식을 차릴 경우에만 쓰니까요. 이 모임의 익살에 장단을 맞춰주시는 것은 매우 기쁩니다만.

마리오는 《일리아드》 따위를 읽어본 적이 전혀 없답니다. 요즈음은 그런 것을 읽는 사람이 아마도 거의 없을 겁니다."

"판다로스는 사랑의 징검다리를 놓은 사람이었습니다. 아마 뚜쟁이니 주선이니 하는 뜻의 '판다'라는 말은 여기서 비롯된 것이겠지요. 지금 그 리머릭에 판다로스가 지나치게 덤비어 그만 실수를 했다는 대목이 그것을 말해주고 있습니다."

그러자 애벌론은 기쁨을 감추지 못하고 말했다.

"아, 아닙니다. 당신이 말씀하시는 것은 중세의 이러스 전설이지요. 셰익스피어가 여기서 힌트를 얻어 《트로이러스와 크레시다》를 썼습니다. 거기서 판다로스는 중간 역할을 하지요.

《일리아드》에서의 판다로스는 리키아 인이며 사수입니다. 그가 휴전 중에 메넬라오스를 쏘았지요. 지나치게 덤볐다는 건 바로 그것을 가리킵니다. 다음 장에서 판다로스는 그리스의 전사 디오메데스에게 살해됩니다."

엘드리지는 힘없이 웃었다.

"호오, 망신을 당하기란 참으로 쉬운 일이로군요."

루빈이 말했다.

"본인이 그것을 바라고 있다면 말이지요."

그리고 그는 때마침 가져온 런던 브로일을 보고 싱긋 웃었다. 루빈은 빵에 버터를 발라 입에 넣었다. 그렇게함으로써 그는 소의 옆구리살로 만든 그 스테이크의 먹음직스러움을 보며 즐기는 시간을 벌려는 듯했다.

홀스테드가 말했다.

"실은 요즈음 몇 번에 걸친 모임에서 우리는 여러 가지 수수께끼를 풀었답니다. 아주 멋들어진 솜씨로."

트램블이 말했다.

"우리야 한심했지. 멋지게 수수께끼를 푼 사람은 헨리였네."

홀스테드가 단정한 얼굴을 확 붉히며 말했다.

"우리라는 것은 헨리를 포함해서 말한 걸세."

엘드리지는 눈살을 모았다.

"헨리?"

트램블이 말했다.

"이 모임의 존경해 마지않는 급사로, 흑거미클럽의 명예회원이지요."

헨리는 글라스에 물을 따르며 말했다.

"영광입니다."

"영광이라니, 천만에. 자네가 시중들어 주지 않으면 나는 이런 모임에 나오지도 않네, 헨리."

"황송합니다."

그 뒤 엘드리지는 무언가 골똘히 생각에 잠겨 모두의 대화에 귀를 기울이고 있었다. 대화는 늘 그랬듯이 점점 떠들썩해지기 시작했다. 드레이크는 비밀첩보원 X와 공작원 5의 분명치 않은 구별에 대해 이야기했다. 그리고 루빈은 그 자신만이 알고 있는 어떤 이유 때문에 반론을 펴고 있었다.

그러자 드레이크가 좀 쉰 듯한 목소리를 결코 높이지 않으며 말했다.

"공작원 5는 변장하고 있었을지도 모르지. 그 점은 굳이 부정하지 않겠네. 그러나 '천의 얼굴을 가진 사나이'는 비밀첩보원 X였어. 말보다 증거로써, 그 사실이 실려 있는 잡지를 제록스로 복사해서 보내주겠네."

그는 수첩을 꺼내 메모를 했다.

루빈은 형세가 좋지 않음을 깨닫고 곧바로 방향을 돌렸다.

"어쨌든 변장이라는 건 전혀 거짓말이야. 변장으로 감출 수 없는 게 얼마든지 있으니까. 서 있을 때의 모습, 걸음걸이, 목소리, 그밖에 스스로도 알지 못하는 버릇 등이 얼마든지 있지. 자기 자신이 모르니까 감출 수도 없는 걸세. 변장할 수 있었다면 그것은 아무도 보고 있지 않았기 때문일 테지."

엘드리지가 말참견했다.

"다시 말해서 사람은 자기를 속인다는 말씀이로군요."

"맞습니다. 사람은 모두 속고 싶어하는 셈이지요."

아이스크림 파페이(생크림이나 달걀에 설탕을 넣어 얼린 것)가 나왔다. 조금 뒤 트램블이 스푼으로 글라스를 두드렸다.

"신문할 시간이네. 나는 오늘 호스트니까 대신문관으로서의 발언을 그만두겠네. 머니, 자네가 대신 이 명예로운 역할을 맡아주지 않겠나?"

루빈이 사이를 두지 않고 물었다.

"닥터 엘드리지, 당신은 무엇으로써 당신의 존재를 정당하다고 여기십니까?"

"내가 사실과 오류를 구별하려 노력하고 있는 사실에 의해서입니다."

"당신은 그런 일들을 성공적으로 해내고 있다고 생각하십니까?"

"더욱 완벽해야 하겠지요. 그러나 허용되는 한 나는 성공하고 있다고 여깁니다. 사실과 오류를 구별하려는 소망은 누구나 모두 가지고 있습니다. 우리는 모두 그것을 시도하고 있습니다.

홀스테드 씨의 리머릭에 나오는 판다로스의 행위에 대한 내 해석은 잘못된 것이었습니다. 애벌론 씨가 내 잘못을 바로잡아 주셨습니다. 변장에 대한 일반적인 견해는 잘못이라고 당신은 말씀하셨습니다. 그리고 그 잘못을 바로잡으셨습니다. 잘못을 알았을 때 나는 될 수 있으면 그것을 바로잡으려고 노력합니다. 그러나 그것이 반드시 쉬운 일은 아니지요."

"당신은 어떤 방법, 어떤 형식으로 잘못을 바로잡습니까? 당신은 당신의 직업을 어떻게 설명하겠습니까?

"나는 이상심리학 부교수입니다."

"어느 대학의……."

루빈이 물으려고 했다.

애벌론이 잘 울리는 목소리로 단호하게 가로막았다.

"실례하겠네, 머니. 지금 닥터 엘드리지가 한 대답은 일종의 기피가 아닐까. 자네는 직업을 물었는데 그는 지위를 댔으니 말일세. ……닥터 엘드리지, 당신은 당신의 시간 가운데 가장 많은 부분을 무엇을 위해 쓰십니까?"

"초심리학적 현상을 연구하고 있습니다."

"허, 참."

드레이크가 불쑥 말하고는 담배를 비벼껐다.

엘드리지는 물었다.

"당신은 그런 것은 인정하지 않으신단 말씀입니까?"

엘드리지의 표정에는 조그마한 동요도 나타나 있지 않았다. 그는 헨리를 돌아보며 말했다.

"아니, 됐소, 헨리. 커피는 충분히 마셨소."

그 목소리는 냉정하기 짝이 없었다.

헨리는 커피 잔을 들어올려 비어 있음을 알리는 루빈 쪽으로 갔다.

드레이크가 말했다.

"인정하고 않고의 문제가 아닙니다. 나에게 말하라 한다면 그것은 시간낭비입니다."

"어째서지요?"

"텔레파시니 예지능력이니 하는 것이겠지요?"

"그렇습니다. 그리고 유령이며 심령현상도 연구하고 있습니다."

"그렇습니까. 지금까지 설명이 불가능한 일에 맞닥뜨린 적이 있습니까?"

"설명이라니요? 예를 들어 유령이라면 '네, 저것은 유령입니다'하고 설명할 수가 있는데, 당신 말씀은 그런 뜻인가요?"

루빈이 끼어들었다.

"여기서 드레이크를 편드는 건 본의가 아닙니다만, 그가 묻고 있는 것은 아시다시피 지금까지 확립된 아주 일반적 과학의 법칙에 의해서는 설명할 수 없는 현상과 맞닥뜨린 적이 있느냐는 겁니다."

"그런 현상과는 늘 마주치고 있습니다."

"설명할 수 없는 현상과?" 홀스테드가 말참견했다.

엘드리지는 조용히 고개를 끄덕이며 말했다.

"그렇습니다. 매달 설명할 수 없는 어떤 현상이 내 앞에 나타납니다."

손에 잡힐 듯 뚜렷한 불신을 머금은 짧은 침묵이 흘렀다.

애벌론이 물었다.

"그렇다면 당신은 그런 초자연적인 현상을 믿고 계시단 말씀입니까?"

"물리학 법칙에 어긋나는 일이 일어난다고 여기느냐는 뜻의 질문이라면, 아니라고 대답하겠습니다. 또한 내가 물리학 법칙에 대해 알아야 할 것을 모두 알고 있다고 스스로 생각하느냐는 질문이라면, 이것 역시 아닙니다. 그리고 물리학 법칙에 대해 알아야 할 것을 모두 아는 사람이 이 세상에 있다고 생각하느냐는 물음에도 역시 아니라고 대답하겠습니다."

드레이크가 말했다.

"답변 기피로군요. 당신은 텔레파시라는 것이 현실적으로 존재하므로, 현재 일반적으로 받아들여지고 있는 물리학 법칙은 그것에 의해 바로잡아져야 한다는 것을 밝힐 만한 증거를 제시할 수 있습니까?"

"나는 그렇다고 잘라 말할 수는 없습니다. 아주 세밀한 이야기 속에도 전혀 의식적이 아닌 잘못이며 과장이며 오인, 또는 처음부터 사람을 속이려는 거짓 등이 있다는 걸 나는 잘 알고 있으니까요. 그러나 그런 것을 모두 인정하고 난 다음에도 여전히 아무래도 좋다며 내버려둘 수 없는 일에 맞닥뜨리는 일이 종종 있지요. 내가 하는 일은 꽤 까다롭습니다. 때로는 예사로운 설명으로는 도저히 처리할 수 없는 일이 있답니다. 일반적으로 알려진 것과는 전혀 다른 무엇이 우주를 지배하고 있다고 여겨야만 할 때가 있습니다. 나는 그것을 인정하지 않을 수 없지요.

그러나 나는 갈피를 잡지 못합니다. 너무도 빈틈없이 꾸며진 사기, 또는 너무도 교묘하게 감추어진 잘못 때문에 나는 애먹고 있으며 아무 의미 없는 엉터리를 그야말로 황금 같은 진실로 여기고 있는지도 모릅니다. 그래도 괜찮을까 하고 나는 때때로 생각합니다. 루빈 씨 말씀대로 나도 속는 일이 전혀 없는 건 아닙니다."

트램블이 말했다.

"머니 식으로 말한다면, 자네는 속고 싶어하고 있는 셈이네."

"어쩌면 그럴지도 모르지. 누구에게나 극적인 것이 진실이기를 바랄 때가 있으니까. 모두들 별에게 소원을 빌고 싶어하지. 불가사의한 능력을 지니고 싶어하며 여자로부터 덮어놓고 환영받고 싶어하네…… 아무리 이성적이고 합리적인 척해도 마음 속 어딘가에는 그런 것을 믿으려는 부분이 있다네."

"나는 다르오." 루빈이 딱잘라 말했다. "나는 나 자신을 속인 적이 지금까지 한 번도 없습니다."

"호오……."

엘드리지는 생각에 잠기며 루빈을 쳐다보았다.

"다시 말해서 당신은 어떤 상황에서도 초심리학적 현상이 실제로 일어나고 있다는 걸 믿지 않는다는 겁니까?"

"그렇게 말하지는 않았습니다. 다만 그것을 믿으려면 뚜렷한 증거가 있어야 한다는 거지요. 지금까지 여러 가지로 설명된 것에 대한 더할 나위 없이 뚜렷한 증거 말입니다."

"다른 분들은 어떻습니까?"

드레이크가 대답했다.

"우리는 모두 합리주의자입니다. 하기야 마리오 곤잘로는 어떨지 모르겠습니다만. 오늘 오지 않았거든요"

"자네도 그런가, 톰?"

트램블의 주름많은 얼굴이 실룩이며 비뚤어졌다.

"지금까지 자네에게서 들은 이야기는 하나같이 모든 믿을 수가 없네, 보스. 새삼스럽게 자네의 이야기로 생각이 달라지지는 않을 걸세."

"지금까지 내가 한 이야기는 나 자신도 믿을 수 없는 일들뿐이었지, 톰. 그러나 이번은 다르네. 자네에게 들려 준 적이 없는 이야기를 해주지. 실은 우리 학부 사람들 말고는 아직 아무도 모르는 일이라네. 그 이야기를 이제부터 하려고 마음먹었네.

만일 여기 계시는 여러분이 기본적인 과학적 우주관을 바꾸지 않아도 되는 설명을 생각해내 주신다면 나도 크게 도움이 되겠습니다."

홀스테드가 물었다.

"유령 이야기입니까?"

"아니오, 유령 이야기가 아닙니다. 다만 모든 과학의 바탕이라고 할 만한 원인과 결과의 원칙을 부정하는 한낱 이야기에 지나지 않습니다. 바꾸어 말하면, 시간은 늘 미래를 향해 일정한 방향으로 흐르며 결코 거꾸로 흐르는 법이 없다는 개념을 부정하는 이야기입니다."

그러자 루빈이 대뜸 말했다.

"실제로 소립자(素粒子)의 레벨에서 시간 흐름은……."

"시끄럽네, 머니." 트램블이 말했다. "보스의 이야기를 잠자코 듣게나."

헨리는 모두 앞에 브랜디 글라스를 조용히 놓았다. 엘드리지는 무심히 그것을 집어들어 냄새를 맡고는 헨리에게 고개를 끄덕여보였다. 헨리는 점잖게 조금 웃어보였다.

앨드리지는 말했다.

"이상한 일입니다만, 특수한 능력을 지녔다고 주장하거나 또는 주위 사람들로부터 그렇다는 말을 듣는 사람 가운데에는 압도적으로 여자가 많습니다. 그리고 대부분의 경우, 이렇다할 교육을 받지 못하고 사회적 지위도 거의 없으며 지적 능력이 풍부하지 못한 여자입니다.

뭐라고 할까요, 당연히 여러 측면으로 분산되어 있어야 할 그 사람 인격의 어떤 것을 특수한 능력이 모조리 삼켜버리고 있는 듯한 느낌입니다. 또는 그런 특수능력이 여자에게서 보다 더 표면화되기 쉽다고 할 수 있기 때문일지도 모르겠습니다만.

이제부터 어떤 인물에 대해 이야기하겠는데, 여기서는 메리라고 부르기로 합시다. 물론 이것은 본디 이름이 아닙니다. 그녀는 현재 조사를 받고 있는 중이므로, 세상 사람들의 관심을 끌게 되면 치명적이 될지도 모른다는 생각이 들기 때문입니다. 아시겠지요?"

트램블이 얼굴을 잔뜩 찌푸렸다.

"무슨 말을 하는 건가, 보스. 여기서 오간 이야기는 결코 이 벽 바

같으로 새나가지 않는다고 했잖나. 쓸데없는 데 신경쓰지 말게.”
그러나 엘드리지는 시치미뗀 얼굴로 말했다.
“뜻하지 않은 사고도 있을 수 있지. 어쨌든 메리라고 해두세.

　메리는 초등학교도 제대로 못 나왔습니다. 슈퍼마켓에서 일하며 그럭저럭 살아가고 있었지요. 여자로서의 매력이 전혀 없어 아무도 그녀를 거기에서 채어가려고 하지 않았습니다.

　그편이 나을지도 모르지요. 왜냐하면 그녀는 꽤 쓸모 있어서 아낌을 받고 있었기 때문입니다.

　덧셈도 제대로 못하고, 머리아픈 병이 있어 발작이 일어나면 구석방에 틀어박혀버렸으며 그럴 때는 어떤 불길한 예감에 사로잡혀 영문을 알 수 없는 말을 중얼거려 다른 종업원들에게 겁을 주었는데도 아낌을 받고 있었다니 뜻밖이지요. 아무튼 슈퍼마켓에서는 결코 그녀를 놓치려고 하지 않았습니다.”
루빈이 물었다.
“어째서지요?”
그는 모든 일에 의심을 품기로 결심한 사람 같았다.
“왜냐하면 그녀는 슈퍼마켓의 물건을 슬쩍 훔쳐가는 좀도둑을 잘 잡아냈기 때문입니다. 요즘 좀도둑은 슈퍼마켓 하나를 파산시켜 버리는 수도 있으니까요. 그러나 메리에게 특별한 지혜가 있다거나 눈이 유별나게 좋은 건 아닙니다. 끈질기게 쫓아가 좀도둑을 붙잡는 것도 아닙니다. 다만 그녀는 남자건 여자건 물건을 슬쩍 훔치는 자가 가게에 들어오면 단번에 알아내는 겁니다. 전혀 만난 적 없는 사람인데도 말이지요. 실제로 상대가 가게에 들어오는 것을 보지 못했는데도 어김없이 알아낸단 말입니다.

　처음 몇 번은 메리가 직접 그 좀도둑의 뒤를 밟았지요. 그러다 차츰 히스테리 증상을 일으키게 되었고, 마침내 중얼거리는 버릇이 시작되었습니다. 슈퍼마켓 지배인은 마침내 두 가지를, 즉 메리의 기묘한 행동과 좀도둑을 연결시켜 생각하게 되었지요. 그래서 지배인은 그녀의 발작과 좀도둑을 주의깊게 관찰했던 겁니다. 그녀가 결코 틀리지 않는다는 걸 아는 데는 얼마 걸리지 않았습니다.

피해는 눈에 띄게 줄었습니다. 그 슈퍼마켓은 환경이 나쁜 곳으로 정평나 있었는데, 차츰 피해가 전혀 없게 되었습니다. 그것은 당연히 지배인의 공로로 돌아갔지요. 그러나 그 내막은 감춰두었었나 봅니다. 메리를 빼앗기지 않기 위해서.

그런데 지배인은 문득 무서운 생각이 들었습니다. 메리가 좀도둑이라며 가리킨 상대가 실은 아무것도 훔치지 않았던 적이 있었던 겁니다. 그러나 그 남자는 결국 나중에 총싸움에 휩쓸려들었지요. 지배인은 내가 하고 있는 연구에 대해 얼마쯤 알고 있기에 나를 찾아왔습니다. 그리고 나중에는 메리를 데려왔지요.

우리는 그녀에게 정기적으로 대학에 찾아오도록 했습니다. 물론 보수를 주었지요. 충분히 지불했다고는 할 수 없으나 그녀 쪽에서도 그리 많이 바라지 않았습니다. 메리는 20살쯤의 어딘지 침울해 보이는 우둔한 여자였습니다. 그리고 자기의 머릿속에서 일어나고 있는 일에 대해 잘 이야기하려 하지 않더군요. 아마도 어렸을 때 이상한 말을 한다고 해서 몹시 시달림받았던 모양입니다. 그래서 조심성 많은 사람이 되었던 거지요.”

드레이크가 물었다.

“말하자면 그녀는 프리코그니션(豫知) 능력을 지니고 있었단 말인가요 ?”

엘드리지는 대답했다.

“프리코그니션이란 라틴어로, 무엇이 일어나기 전에 그것을 안다는 뜻이지요. 메리는 실제로 무슨 일이 일어나기 전에 그것을 이미 알고 있으니 달리 나타낼 말이 있겠습니까?

　그러나 그녀는 싫은 일만을 미리 알게 됩니다. 골치 아픈 일이라든가 무서운 일 같은 것을 미리 알게 되니, 그녀의 인생은 틀림없이 지옥과도 같을 겁니다. 혼란을 일으키거나 공포를 느낌으로써 그녀는 시간의 장벽을 넘는 거지요."

홀스테드가 말했다.

"그 경계조건을 설정합시다. 그녀는 무엇을 감지하느냐, 시간적으로 얼마 전의 사물을 예지하느냐, 공간적으로는 얼마나 떨어진 장소의 일을 예지하느냐……."

"그녀로부터 그다지 많은 것을 알아내지는 못했습니다. 그녀의 능력은 언제 어느 때나 자유로이 끌어낼 수 있는 것도 아니었고, 아무래도 우리에게 오면 그녀는 긴장을 했으니까요. 그러나 지배인이 들려준 이야기와 우리가 지금까지 알아낸 사실을 합쳐 생각해 보면, 아마도 그녀는 일어나기 몇 분 전의 일은 예지하지 못하는 것 같습니다. 30분에서 1시간 전이 한도인 것 같습니다."

루빈이 콧소리를 흥 울렸다.

엘드리지는 부드럽게 말을 이었다.

"몇 분 전이란 1세기 전과도 맞먹습니다. 이치상으로는 같은 거지요. 원인과 결과의 원칙이 침범당하고 있고 시간의 흐름은 역행되고 있으니까요. 그러나 공간적인 간격에는 한계가 없는 것 같았습니다.

　그녀에게 무언가 말을 시킬 수 있을 때는 아무 연결도 없는 토막적인 말을 우리는 해석하며 듣는데, 그녀의 머릿속에는 언제나 어떤 무서운 영상이 어른거리고 있는 듯합니다. 그것이 이따금 한순간 벼락을 맞은 듯 번쩍 빛나므로, 그녀는 예지한다고 할지 감지한다고 할지 아무튼 무엇인가를 알게 되는 거지요. 이제 막 일어나려는 일, 또는 그녀가 두려워하고 있는 일이 그녀에게 똑똑히 보이는 겁니다. 예를 들면 아까 말한 물건을 슬쩍 훔치는 일 같은 경우 말이지요.

그런데 경우에 따라 그녀는 매우 먼 곳에서 일어나려 하는 일도 예지합니다. 사건이 비참하면 할수록 그녀는 보다 먼 곳의 일을 예지할 수 있습니다. 온 세계 어느 곳이건, 만일 핵폭탄이 터지려고 한다면 그녀는 그것을 미리 알아낼 거라고 여겨집니다.”

루빈이 말했다.

“그녀는 뜻을 알 수 없는 말을 중얼거리겠지요. 그것을 당신은 적당히 풀이하며 듣는 셈이군요. 신탁받은 예언자가 중얼거리는 말을 뜻이 통하는 말로 고쳐들었다는 예는 역사를 통해 얼마든지 볼 수 있습니다.”

“그 말씀이 맞습니다. 그래서 나는 똑똑히 알아들을 수 없는 대목은 모두 무시해 버리고 있습니다. 적어도 그다지 심각하게 여기지 않으려고 합니다.

물건을 훔치려는 좀도둑을 몇 번 잡아낸 일도, 나는 그 자체로서는 그다지 중요하게 여기지 않았을 정도입니다. 그녀는 육감이 뛰어나 좀도둑 특유의 어떤 자세나 눈초리, 어떤 종류의 살기, 그리고 무언가 수상쩍은 것을 느낄 수 있었기 때문인지도 모르니까요. 아까 루빈 씨가 말씀하신 변장으로는 감출 수 없는 종류의 것이지요. 그런데 말입니다……”

“그런데?” 홀스테드가 재촉하듯 물었다.

“아, 잠깐만 실례하겠습니다.” 엘드리지는 말했다.

“헨리, 역시 커피를 한 잔 더 마셔야겠소.”

“네, 얼마든지 드십시오.” 헨리는 말했다.

엘드리지는 커피가 잔 속에서 위로 올라오는 것을 바라보고 있었다.

"당신은 초자연현상을 어떻게 생각하오, 헨리 ?"

헨리는 대답했다.

"이렇다할 일정한 견해는 없습니다. 믿기지 않는 일이 있으면 믿고 있을 뿐입니다. "

"좋아 ! 당신은 신뢰할 수 있겠소, 여기 있는 편견과 선입관에 젖은 합리주의자들과는 다르다고 할 수 있소. "

드레이크가 말했다.

"그 다음을 어서 들어봅시다. 당신은 결정적인 대목에서 우리를 내동댕이쳤습니다. "

"천만에요, 나는 다만 메리를 그다지 심각하게 다루지 않았다는 것을 말하고 싶었던 겁니다. 그런데 어느 날 갑자기 그녀가 몸을 뒤틀며 숨을 헐떡이기 시작했습니다. 숨을 헉헉 몰아쉬며 뭐라고 말하는 것이었어요. 그런 일은 흔히 있었지만, 이때는 잘 들어보니 '엘드리지, 엘드리지' 하는 게 아니겠습니까. 그녀는 차츰 날카롭고 새된 목소리가 되어갔습니다.

나는 나를 부르는 줄 알았는데, 그렇지 않았습니다. 내가 대답해도 상대하지 않았지요, '엘드리지 ! 엘드리지 !' 라고 거듭 소리치는 것이었습니다. 그러더니 그녀는 다시 외치기 시작하더군요, '불이야 ! 큰일났다 ! 불이 붙는다. 살려줘, 엘드리지 ! 엘드리지 !' 그밖에도 여러 가지 말을 했지만, 요컨대 그런 뜻의 말을 여러번 되풀이했습니다. 30분쯤 계속 말입니다.

우리는 어떻게 해서든 그 뜻을 알아내려 애썼습니다. 물론 불필요한 방해를 해선 안된다는 생각에서 너무 큰소리로 부르거나 하지는 않았습니다. 하지만 나는 여러번 '장소는 ? 어디 ?' 하고 물었지요.

단편적으로 알아들은 낱말로 짐작할 수 있었습니다만 아무래도 샌프란시스코를 가리키는 것 같았습니다. 말할 나위 없이 3천 마일이나 떨어진 곳입니다. 아무리 생각해 보아도 골든게이트브리지는 다른 곳에 없습니다. 한 번은 크게 발작을 일으켰는데, 그때 그녀가 여러번 '골든게이트'라고 외쳤던 겁니다. 나중에 물어보니 그녀는 골든게이트브리지라는 말은 들은 적도 없고, 샌프란시스코에 대해서도 거의 모르고 있었습니다.

토막토막 알아들은 말을 종합해서 생각해 보면, 아무래도 이런 것 같았습니다. 샌프란시스코의 어느 곳에 낡은 아파트가 있다. 골든게이트브리지에서는 엎드리면 코닿을 곳이다. 그 아파트가 불에 탔다. 불이 났을 때 건물 안에 모두 23명의 주민이 있었는데, 그 가운데 5명이 미처 빠져나오지 못해 죽었다. 5명중 한 명은 어린아이다."

홀스테드가 말했다

"그래서 조사해 보았더니 샌프란시스코에서 정말로 화재가 났었고, 어린아이 1명을 포함한 5명이 불에 타 숨졌다는 겁니까?"

"그렇습니다. 그런데 묘하더군요. 죽은 5명 가운데 소프로니아 라티머라는 여자가 있습니다. 그 부인은 일단 무사히 달아날 수 있었는데 8살 난 자기 아들이 빠져나오지 못했음을 알고 다급하게 아이의 이름을 부르며 불타고 있는 아파트로 다시 뛰어들어 갔답니다. 그 아이의 이름이 엘드리지였지요. 그 부인이 연기에 싸여 죽어가면서 뭐라고 외쳤는지 이로써 알 수 있을 겁니다.

엘드리지라는 이름은 그리 흔치 않습니다. 새삼스레 말할 필요도 없겠지요. 그래서 나는 메리가 다름 아닌 바로 그 이름에 감응——즉 나와의 연결에 의해서지요——하였고, 또한 매우 비참한 상황이었기 때문에 이 사건을 예지하지 않았나 생각했습니다."

루빈이 물었다.

"달리 해석할 방법이 없다는 겁니까?"

"그렇습니다. 무지몽매한 여자가 대체 어떻게 화재에 대해 자세히, 그것도 모두 정확하게 3천 마일이나 떨어진 곳에서 미리 알 수 있었을까요. 우리는 실제로 화재상황을 자세히 조사해 보았거든요."

루빈은 말했다.

"3천 마일이라는 게 뭐 그리 대단합니까. 요즘은 그쯤 거리는 아무것도 아니지요. 광속으로는 겨우 60분의 1초입니다. 그녀는 화재에 관한 뉴스를 라디오나 텔레비전을 통해 알아내어, 아마 텔레비전이었겠지요. 당신에게 이야기한 게 아닐까요? 특히 그 이야기를 고른 것은 엘드리지라는 이름 때문이었겠지요. 당신이 틀림없이 기뻐하리라고 여겼을 겁니다."

"어째서?" 엘드리지는 물었다. "어째서 그녀가 그런 사기를 칩니까?"

"어째서라니……."

루빈은 한순간 허를 찔린 듯 머뭇거리다가 곧 큰 소리로 말했다.

"그런 패거리들과 오랫동안 사귀어보고도 모르십니까? 그런 패거리들은 어떻게 해서든 사람을 등치려고 하지요. 사람을 감쪽같이 속이면 자기가 위대해진 것 같은 기분이 드는 경우가 있지 않습니까. 그리고 이 점을 잊어서는 안됩니다. 장사가 된다는 것 말입니다."

엘드리지는 잠시 생각한 다음 고개를 저었다.

"그녀에게는 그런 일을 해치울 만한 머리가 없습니다. 사기꾼이란 머리가 좋지 않으면 될 수 없습니다. 더구나 일류 사기꾼이 되려면 더욱 그렇지요."

트램블이 말참견했다.

"하지만 보스, 그녀가 반드시 혼자 했다고 할 수는 없지 않겠나.
공범자가 있을 수도 있지. 그자가 줄거리를 생각해 내고 그녀가 히
스테리를 꾸며댔는지도 모르네."

엘드리지는 조용히 물었다.

"만일 공범자가 있다면 누구일 것 같나?"

트램블은 어깨를 움츠렸다.

"그거야 모르지."

애벌론이 헛기침을 했다.

"나는 톰을 지지하는 데 한 표를 던지겠소. 공범자는 슈퍼마켓의
지배인일 겁니다. 지배인은 그녀가 좀도둑을 꿰뚫어보는 능력이 있
음을 알고 있었으므로 이야기를 좀더 멋들어지게 꾸며냈겠지요. 틀
림없습니다. 그러다가 텔레비전에서 화재 뉴스를 보고 엘드리지라
는 이름이 나오자 곧 그녀에게 가르쳐준 겁니다."

"그녀에게 가르쳐주는 데 얼마큼의 시간이 걸린다고 생각하십니
까? 이제까지도 여러 번 말했듯이 그녀는 머리가 좀 모자랍니다."

루빈은 사이를 두지 않고 말했다.

"그다지 어려울 게 없지요. 뜻을 알아들을 수 없는 말을 토막토막
내뱉었다고 하셨지요. 그러니 중심어만 몇 개 가르쳐주면 됩니다.
'엘드리지' '화재' '골든게이트' 등을 말입니다. 그녀는 그것을 마구
되풀이합니다. 그러면 당신 같은 학식이 풍부한 초심리학자들이 적
당히 해석해 주지요."

엘드리지는 고개를 한 번 크게 끄덕인 다음 말했다.

"재미있는 의견이군요. 그러나 그녀에게 가르쳐줄 시간이 없었습니
다. 여기가 바로 그것이 예지임을 드러내는 점입니다. 나는 그녀가
발작을 일으킨 시각과 샌프란시스코에서 화재가 일어난 시각을 정
확히 알고 있습니다. 화재가 일어난 시각과 그녀가 발작을 일으킨

시각은 거의 들어맞고 있었습니다. 마치 실제로 화재가 일어났으니 이미 이것은 예지의 문제가 아니므로 메리와 화재의 접촉은 끊겼다고나 하는 듯이 말입니다.

그러므로 그녀에게 가르칠 시간 따위는 있을 리 없지요. 뉴스가 온 나라 안에 텔레비전으로 방영된 것은 밤이었습니다. 나는 그 뉴스에 의해 비로소 정말로 화재가 있었음을 알았고 본격적인 조사에 나섰던 겁니다."

홀스테드가 말했다.

"잠깐, 시차(時差)는 어떻습니까. 뉴욕과 샌프란시스코는 3시간의 시차가 있습니다. 공범자가 샌프란시스코에 있어서……."

엘드리지는 눈을 둥그렇게 떴다.

"공범자가 샌프란시스코에 있다고요? 대륙의 끝과 끝에 다리를 걸친 공동모의란 말씀인가요? 그리고 말씀드립니다만, 시차에 대해서는 나도 잘 알고 있습니다. 메리의 발작이 가라앉을 무렵 화재가 일어났다고 말했습니다만, 그것은 시차를 계산에 넣고서 한 이야기입니다. 메리의 발작은 동부 표준시간으로 오후 1시 15분쯤이었습니다. 그런데 샌프란시스코에서 화재가 일어난 것은 태평양 표준시간으로 오전 10시 45분쯤이었지요."

드레이크가 말했다.

"이런 것은 어떨까요."

"말씀해 보십시오."

"아까부터 하신 말씀 속에 여러 번 나왔습니다만, 그녀는 교육을 못 받았고 머리도 모자란다고 하셨습니다. 그리고 이따금 발작도 일으킨다는데 어쩌면 간질이 아닐까요?"

"아니오, 그렇지 않습니다." 엘드리지는 딱잘라 말했다.

"그럼, 예언자의 발작이라고 해도 좋습니다. 그녀는 중얼중얼거리기도 하고 터무니없는 말을 지껄이기도 하며 외치기도 한다지요. 몸을 뒤틀며 온갖 짓거리를 하지만 어느 경우에도 결코 뚜렷한 말을 하지는 않습니다. 그녀가 뭔가 말 비슷한 소리를 내면 그것을 당신이 해석하여 전체를 이음으로써 뜻을 알아내는 거지요. 이를테면 그녀가 뭐라고 말했는데 그것이 '원자폭탄'이라고 들릴 수도 있지요. 그러니 지금 이야기에서 당신이 '엘드리지'라고 들으셨다지만 어쩌면 '오크리지'라고 해석해도 좋았을지 모릅니다."

"골든게이트는 어떻습니까?"

"'쿠든트 겟(couldn't get)'이라고 들었다면 어떤 다른 뜻을 끌어낼 수 있었을지도 모르지요."

"그다지 나쁘지 않군요. 다만 우리는 그런 신들린 상태에 있는 사람이 하는 말은 매우 알아듣기 힘들다는 것을 잘 알므로, 이 점에 있어 문명의 이기(利器)를 빈틈없이 활용하고 있습니다.

우리는 그녀와의 대화를 늘 녹음합니다. 이때도 녹음을 했으므로, 여러 번 되풀이 들어보았습니다만 '엘드리지'라고 부른 것임에는 틀림없습니다. '오크리지'는 아닙니다. '쿠든트 겟'이 아니라 '골든게이트'였고요. 다른 여러 사람에게도 들려주었습니다만, 이 점은 누가 들어도 같았습니다.

게다가 우리는 그녀 말을 알아듣고 화재상황을 자세히 재현했는데, 그것은 실제의 자료를 알기 전 일이었지요. 사실과 대조했을 때 고쳐야 할 점은 하나도 없었습니다. 세밀한 부분까지 완전히 사실과 똑같았습니다."

긴 침묵이 식탁을 뒤덮었다.

이윽고 엘드리지가 다시 말했다

"이와 같이 메리는 3천 마일이나 떨어진 곳에서 일어난 화재를 30분 전에 예지했던 겁니다. 더구나 화재상황은 세밀한 점에 이르기까지 그녀가 말한 그대로였습니다."

드레이크가 석연치 않은 듯한 태도로 물었다.

"당신은 믿으십니까? 틀림없는 예지능력이라고 생각하십니까?"

"믿지 않으려 하고 있습니다. 그러나 굳이 믿지 못할 어떤 이유가 있습니까? 이런 일을 믿는 어리석은 짓은 하고 싶지 않지만, 믿지 않을 수 없잖습니까?

어디서 나는 자신을 속이고 있는 걸까요? 이것이 예지가 아니라면 대체 무엇일까요? 실은 여기 오면 뭔가 납득될 만한 설명을 들을 수 있지 않을까 하는 은근한 기대를 품고 왔습니다만."

잠시 침묵이 찾아왔다.

엘드리지는 말을 이었다.

"이렇게 되면 셜록 홈즈의 위대한 격언을 인용하지 않을 수 없군요. '불가능을 모두 없앤 다음에 남는 것이야말로 비록 아무리 있을 수 없는 일이라 할지라도 진실이다.' 이 경우 어떤 방법으로든 사실을 꾸며내는 게 불가능하다면 남는 진실은 예지능력밖에 없다는 이야기가 됩니다. 그렇게 생각하지 않습니까?"

침묵은 더욱 무겁게 모두를 짓눌렀다. 그러자 트램블이 느닷없이 큰 소리를 질렀다.

"아니, 저거 보게. 헨리가 싱글거리고 있지 않은가. 아직 아무도 그의 의견을 묻지 않았지. 어떤가, 헨리?"

헨리는 헛기침을 했다.

"겉으로 드러내려고 한건 아닌데, 엘드리지 씨가 인용하신 말에 그만 웃음이 터져나오고 말았습니다. 여러분이 엘드리지 씨의 이야기를 믿으려 하시는 것처럼 보여서 말입니다."

루빈이 얼굴을 찌푸리며 말했다.

"믿고 안 믿고도 없지 않나."

"그러실 테지요. 그런데 나는 토머스 제퍼슨 대통령의 말이 문득 생각났습니다."

"어떤 말인데?" 홀스테드가 물었다.

"루빈 씨께서는 아시리라고 생각합니다만……."

"알고 있겠지. 하지만 이 경우에 어울리는 말이라면 무엇일까? 독립선언서인가?"

"그렇지 않습니다."

헨리가 말하는데 트램블이 거친 목소리로 가로막았다.

"스무고개는 그만하게, 머니. 헨리, 자네는 무슨 말을 하고 싶은가?"

"바로 그 점입니다만, '불가능을 모두 없앤 다음에 남는 것이야말로 비록 아무리 있을 수 없는 일이라 할지라도 진실이다'라는 말은 실제로 고려되어야 할 점이 모두 고려됐다는 가정 하의 말이므로 보통 경우엔 좀처럼 그렇게 말할 수 없습니다.

예를 들어 여기서 열 가지 요소를 생각했다고 하십시다. 그 가운데 아홉까지는 틀림없이 불가능했습니다. 그렇다면 열 번째 요소는 아무리 있을 수 없는 일이라도 진실일까요? 만일 열 한 번째, 열 두 번째, 열 세 번째의 요소가 있다면 어떨까요?"

애벌론이 정색을 하고 물었다.

"그런, 우리가 생각지 못한 요소가 있다는 건가?"

헨리는 고개를 끄덕였다.

"그런 것 같습니다."

애벌론은 고개를 저었다.

"그런 건 있을 것 같지 않은데."

"아주 뚜렷한 요소입니다. 그 어느 것보다도 뚜렷합니다."

홀스테드가 무척 답답한 듯이 큰 소리로 말했다.

"그것이 무엇이냐고 묻고 있지 않나. 어서 말해 보게."

"우선 첫째로, 지금의 그 이야기처럼 3천 마일이나 떨어진 데서 일어난 화재상황을 미리 자세히 말할 수 있는 젊은 여자의 능력을 설명하려면, 예지능력이라는 게 없으면 불가능하다는 이야기입니다. 그런데 예지능력도 역시 불가능한 것이라고 생각한다면 어떨까요. 그렇게 되면……."

루빈이 듬성듬성 난 수염을 떨며 자리에서 일어섰다.

두꺼운 렌즈의 안경 너머에서 그의 눈이 묘하게 커져갔다.

"그것이다! 화재는 계획적인 것이었어. 그녀는 몇 주일 전부터 특별훈련을 받고 있었지. 공범자는 샌프란시스코에 가서 미리 의논한 대로 행동한 걸세. 그녀는 이제부터 일어날 일을 미리 알고 예언했지. 공범자는 그녀가 예언한 대로 해치운 걸세."

헨리가 말했다.

"고의적으로 5명의 희생자를 내는 일을 꾸몄단 말씀입니까. 그 가운데에는 8살 난 남자아이도 있었습니다."

루빈은 말했다.

"설마 인류의 미덕을 믿게 되었다는 말은 아니겠지, 헨리. 자네는 나쁜 짓에 대해 남달리 민감하잖나."

"하찮은 나쁜 짓에 대해서는 그렇습니다. 거의 모든 사람들이 못 보고 넘길 만한 일이라면 말이지요. 그러나 변덕스러운 예지능력을 입증하기 위해 누군가가 일부러 그런 끔찍스러운 복수 살인을 꾸몄으리라고는 생각할 수 없습니다. 더구나 23명의 주민 가운데 18명이 빠져나왔고, 특정의 5명이 숨지는 화재를 일으키려면 그야말로 예지능력의 도움이 필요하겠지요."

그러나 루빈은 고집스럽게 우겨댔다.

"5명을 가두는 방법은 얼마든지 있네. 요술로 카드를 한 장 빼내듯이……. ”

엘드리지가 생각에 잠긴 표정으로 말했다.

“여러분! 화재의 원인을 아직 말씀드리지 않았지요? ”

그는 식탁을 한 바퀴 둘러보고 자기에게 관심이 쏠려 있음을 확인한 뒤 입을 열었다.

“화재 원인은 벼락이었습니다. 미리 정해진 어떤 시간에 어떻게 벼락이 떨어지게 할 수 있습니까? ”

그는 불가능함을 나타내듯 두 손을 펼쳐보였다.

“나는 정말이지 이 문제로 지난 몇 주일 동안 머리를 앓고 있습니다. 나는 예지 따위는 믿고 싶지 않습니다. 그러나…… 아, 이러니 당신의 생각도 맞지 않는다고 할 수 있잖겠소, 헨리. ”

“천만의 말씀입니다, 엘드리지 씨. 이로써 뚜렷해졌습니다. 틀림없습니다. 메리와 화재 이야기가 나오면서부터 당신이 하시는 말씀을 들으면 들을수록 사기를 꾸밀 여지는 없고 예지라는 게 일어났었다고 생각하지 않을 수 없었습니다.

그런데 만일 예지라는 것 역시 불가능하다면 남은 답은 오직 하나입니다. 엘드리지 씨, 지금 하신 이야기는 모조리 지어낸 겁니다. ”

흑거미클럽 회원은 약속이라도 한 듯이 놀라움의 소리를 질렀다. 애벌론이 외친 “헨리! ”라는 목소리는 유독 더 컸다.

그러나 엘드리지는 의자등받이에 기댄 채 자못 유쾌한 듯이 웃었다.

“네, 지금 한 이야기는 모두 지어낸 겁니다——처음부터 끝까지. 나는 당신들, 이른바 합리주의자들이 초심리현상을 믿으려고 열심인 나머지 그 흥분에 찬물을 끼얹기보다는 오히려 뚜렷한 사실을 일부러 못본 체하지는 않을까 하여 그 점을 시험해 보고 싶었던 것입니다. 어떻게 알아차렸소, 헨리?"

"처음부터 그것은 하나의 가능성이리라고 생각했습니다만, 당신이 잇달아 새로운 사실을 내놓고는 그 대답을 부정하시는 것을 듣고 나는 차츰 확신했습니다. 벼락이 떨어졌다는 이야기가 나오자 나는 이제 틀림없다고 여겼지요. 화재 원인으로서는 매우 드문 일이고 또한 인상적이므로 이야기 첫머리에 그 말이 나와도 이상할 건 없었습니다. 그런데 맨 나중에 나왔다는 건 조금 남아 있는 가능성을 없애기 위해 그 자리에서 생각해 내신 것이었기 때문입니다."

엘드리지가 정색을 하고 물었다.

"처음부터 하나의 가능성이리라고 여겼다는 건 무슨 뜻이오? 내가 거짓말쟁이처럼 보였단 말이오? 당신은 메리가 좀도둑을 꿰뚫어 보듯 얼굴을 보고 거짓말쟁이를 가려내오?"

"아닙니다. 어떤 경우에나 그것은 늘 하나의 가능성입니다. 언제나 그 사실을 염두에 두고 조심해야 합니다. 제퍼슨 대통령의 말이 생각난 것도 실은 그 때문이었습니다"

"어떤 말이오?"

"1807년에 예일 대학의 벤저민 실리먼 교수가 운석(隕石)이 떨어지는 것을 보았다고 보고했습니다. 아직 과학자들 사이에서는 운석의 존재를 인정하지 못하고 있던 시절이었지요. 매우 역량이 풍부한 합리주의자며 민완가였던 토머스 제퍼슨은 그 보고를 듣고 말했습니다.

'돌이 하늘에서 내려왔다는 이야기를 믿기보다 양키 학자 선생이 거짓말쟁이라는 걸 믿겠소.'"

애벌론이 사이를 두지 않고 말했다.

"그러나 제퍼슨은 틀렸었네. 실리먼의 말은 거짓이 아니었지. 실제로 돌은 하늘에서 떨어졌거든."

헨리는 조금도 당황하지 않고 대답했다.

"맞습니다, 애벌론 씨. 그렇기 때문에 이 말은 후세에 남은 겁니다. 그러나 도저히 있을 수 없는 일이 전해져오고, 더욱이 그 대부분이 증명되지 못한 채 끝나 버렸음을 생각할 때 나는 역시 승산이 있다고 보았던 겁니다."

이 이야기는 〈EQMM〉 1973년 5월호에 본디 제목 그대로 발표되었다. 이 이야기의 수수께끼풀이가 '공명정대하지 않다'고 여기는 독자는 우선 없으리라고 생각한다. 현실세계에서 수많은 초자연적 현상이 보고되고 있으나, 그것은 모두 고의적 또는 무의식 속에서 사실을 곡해한 결과다. 나는 어떤 초자연적인 사건이 현실에서 일어났었다는 내용으로 끝나는 미스터리에는 아주 신물이 난다.

나로서는, 모든 불가능이 제거된 다음에 남는 게 초자연이라면 그것은 누군가가 허위주장을 하고 있다고 본다. 그것을 반대로 보고 크게 활용하면 되는 것이다.

가리키는 손가락

그날의 흑거미클럽 모임은 루빈과 트램블이 정면으로 대립할 때까지 그다지 활기가 없었다.

마리오 곤잘로가 맨 처음 왔다. 왠지 우울해 보였고 무슨 고민이 있는 것 같았다.

곤잘로가 도착했을 때 헨리는 아직도 식탁을 차리고 있는 중이었다. 그는 그 손길을 멈추고 말을 건넸다.

"어떻게 지내셨습니까?"

다소곳한 헨리의 눈길에는 은근한 정이 담겨 있었다.

곤잘로는 어깨를 움츠렸다.

"그럭저럭 지냈네. 지난번에는 오지 못해 유감이었어. 실은 마침내 경찰에 신고할 결심을 했거든. 그런 일도 있고 해서 얼마 동안은 이런 곳에 나오고 싶은 마음이 일지 않았다네. 경찰이 무엇을 할 수 있을지 모르겠지만, 여하튼 그들에게 맡겨버렸지. 자네 말을 듣지 않았더라면 좋았을 거라고 생각할 때도 있다네."

"말씀드리지 말았어야 했나 보군요."

곤잘로는 어깨를 움츠렸다.

"여보게, 헨리. 나는 이 모임의 회원에게 모든 자초지종을 전화로 알렸다네."

"그럴 필요가 있었을까요?"

"있었지. 나 혼자 마음 속에 간직하고 있으면 숨이 막힐 것만 같았거든. 그리고 자네가 그 수수께끼를 풀지 못했다고들 생각할까봐 말해 버렸지."

"그럴 필요까지는 없으셨는데요."

다른 회원들도 잇달아 나타나 곤잘로를 보고 반갑게 인사했다. 그들은 모두 곤잘로의 죽은 누이동생에 대해서는 의식적으로 말을 피했다. 인사가 끝나자 모두들 어색하게 입을 다물고 있었다.

이날 밤의 호스트인 애벌론의 타고난 위엄 있는 모습은 그 역할 때문에 한층 더 무게 있어 보였다. 그는 술을 한 잔 마시고 초대손님을 소개했다.

꽤 잘생긴 젊은이로 검은 머리가 조금씩 엷어지기 시작하고 있었다. 그리고 숱많은 멋진 수염은 유행이 바뀌어 끝을 왁스로 다듬을 때가 오기를 기다리고 있는 것 같아 보였다.

애벌론이 말했다.

"사이먼 레비를 소개하겠네. 과학평론가로, 빛나는 재능의 소유자일세."

임마누엘 루빈이 곧바로 말했다.

"레이저(빛의 증폭장치)에 관한 책을 쓰셨지요. 제목이 《새로운 빛》이던가요?"

레비는 뜻밖의 독자를 만난 저자의 기쁨을 드러냈다.

"네. 읽으셨습니까?"

루빈은 늘 변하지 않는 5피트 4인치의 몸을 6피트의 자의식으로

부풀리고 두꺼운 안경 너머로 거드름을 피우며 상대를 보았다.

"읽었지요, 매우 재미있었습니다."

레비는 힘없이 미소를 거두었다. '매우 재미있었다'는 감상이 기대에 어긋난 것인 모양이다. 애벌론이 말했다.

"로저 홀스테드는 오늘 오지 못한다네. 잠시 뉴욕을 떠난다고 하더군. 유감스럽다고 말하며, 마리오에게 안부 전해 달라고 했네."

트램블이 입을 찡그리며 비웃는 투로 말했다.

"오늘은 리머릭을 듣지 않아도 되겠군."

곤잘로가 말했다.

"지난 달에 나는 못 들었는데, 재미있었나?"

애벌론이 자못 진지하게 말했다.

"자네는 아마 이해하지 못했을 걸세, 마리오."

"호오, 그토록 잘되었나?"

그 다음에는 낮은 목소리의 쑤군거림이 이어졌다. 그러다가 어떤 계기에서인지 유니언 조령(條令)이 화제에 올랐다. 어째서 그런 화제가 나왔는지 루빈도 트램블도 전혀 기억하지 못했다.

트램블은 식탁을 둘러싼 대화치고는 지나치게 큰 소리로 말했다.

"잉글랜드, 웨일스, 스코틀랜드를 연합 왕국으로 하는 유니언 조령은 1713년 위트레흐트 조약 때 제정되었지."

그러자 루빈이 듬성듬성 난 연한 갈색 수염을 노여움으로 떨며 대꾸했다.

"아니, 그렇지 않아. 유니언 조령이 가결된 건 1707년이었네."

"그럼, 자네는 위트레흐트 조약이 1707년에 조인됐다는 말인가? 터무니없는 소리 집어치우게."

루빈은 깜짝 놀랄 만큼 큰 소리로 말했다.

"그렇지 않아, 그렇다는 말은 하지 않았어. 위트레흐트 조약은

1713년일세. 자네는 우연히 맞춘 거지. 자네가 어떻게 우연히 맞췄는지 신이 아닌 몸으로는 알 길이 없지만 말이야. ”

“위트레흐트 조약이 1713년이라면 유니언 조령도 그렇다고 할 수 있잖은가. ”

“틀리네. 그렇지 않아. 위트레흐트 조약과 유니언 조령은 전혀 관계 없어. 유니언 조령은 1707년 일세. ”

“말이 통하지 않는군. 자네는 유니언 조령과 유니언 슈트(콤비네이션 셔츠)의 구별도 못하는 모양이군. 5달러씩 걸까 ? ”

“좋아. 여기 5달러 있네. 자네도 내놓게. 아니면 삯일의 주급을 이쪽으로 돌리겠나 ? ”

두 사람은 일어서서 그 가운데 앉은 제임스 드레이크의 머리 위로 덮치듯이 서로 턱을 내밀었다. 드레이크는 어디서 바람이 부느냐는 듯 마지막 감자에 사워 크림(샐러드 드레싱의 한 가지)을 발라 입으로 가져가고 있었다. 드레이크는 말했다.

“두 사람 모두 바보 같군. 고함이나 지른다고 되나. 조사해 보면 될 텐데 말이야. ”

“헨리 ! ” 트램블이 외쳤다.

헨리는 재빨리 컬럼비아 백과사전 제3판을 한 권 내놓았다.

애벌론이 말했다.

“호스트의 특권일세, 공평한 방청자로서 내가 찾아보지. ”

그는 두꺼운 백과사전의 책장을 들추었다.

“유니언, 유니언이라, 유니언 조령. ”

이윽고 그는 그 항목을 찾아냈다.

“1707년. 머니가 이겼군. 톰, 지불하게. ”

“뭣이 ? ”

트램블은 몹시 화를 냈다.

"잠깐 보여주게."

루빈은 식탁에 놓인 2장의 5달러 지폐를 살짝 집어들고 의기양양한 목소리로 말했다.

"좋은 참고서지, 컬럼비아 백과사전은. 한 권 속에서 무엇이든지 찾을 수 있는 사전으로서는 세계에서 으뜸간단 말이야. 브리태니커보다 훨씬 쓸모 있어. 아이작 아시모프를 위해 페이지를 제공하는 건 쓸데없는 일이라고 말하는 자도 있긴 하지만."

"누구라고?"

곤잘로가 물었다.

"아시모프일세. 내 친구로 SF작가지. 그는 병적일 만큼 자만심이 강해서 파티에도 이 백과사전을 들고 간다네. 그리고 이렇게 말하지. '콘크리트에 관해서라면 컬럼비아 백과사전의 내 항목에서 249페이지 뒤에 아주 자세한 설명이 실려 있지. 자, 여기일세.' 그리고는 자기의 항목을 보인다네."

곤잘로가 웃었다.

"마치 자네 같군, 머니."

"그런 말을 그에게 해보게, 맞아죽을걸. 내가 먼저 죽이지 않는다면 말일세."

사이먼 레비가 애벌론에게 물었다.

"이 모임에서는 늘 이런 식으로 서로 다투기만 하나, 제프?"

애벌론은 말했다.

"토론은 늘 벌이지. 그러나 여느 때는 내기니 참고서니하는 단계까지 이르지 않아. 그러나 거기까지 이르면 헨리가 늘 대기하고 있지.

여기에는 컬럼비아 백과사전뿐 아니라 성서도 준비되어 있다네. 킹 제임스의 흠정역 성서와 근대 영어역 성서 두 가지가 있지. 그리고 웹스터 사전. 물론, 생략이 없는 제2판일세. 그리고 웹스터 인명사전과 지명사전. 기네스북. 블류워의 인용구 전설사전. 셰익스피어 전집. 흑거미클럽의 문고일세. 헨리는 관리인이고, 그러므로 대개의 토론은 이것들에 의해 해결된다네.”

“묻지 말걸 그랬군.” 레비가 말했다.

“어째서?”

“셰익스피어가 나오니 메슥거려서…….”

“셰익스피어에게?”

애벌론은 한심한 녀석이라는 듯한 표정으로 초대손님의 얼굴을 보았다.

“그렇다네. 지난 2달 동안 나는 셰익스피어하고만 지냈거든. 처음부터 읽고 끝에서부터 읽으며 이잡듯 샅샅이 훑었으니, 이제 또 ‘어째서 결혼을’이니 ‘미쳐버린 호저’니 하고 나오면 정말 토해버릴 것만 같네.”

“그거 참, 안됐군. 아, 잠깐만 헨리, 디저트는 아직 멀었나?”

“네, 이제 곧. 쿠페 오 맬런입니다.”

“좋아……, 사이먼, 디저트나 먼저 드세. 그 다음에 다시 계속하지.”

10분쯤 뒤 애벌론은 스푼으로 글라스를 두드려 모두에게 조용히 하기를 요구했다.

“호스트의 권한일세. 언제나처럼 이제 신문시간이 되었는데, 이미 우리의 초대손님은 지난 2개월 동안 셰익스피어 연구에 정열을 기울이고 있었다는 뜻을 드러냈으니 우리로서는 그 점을 추구해야 한다고 생각하네. 톰, 신문의 영광을 짊어지겠나?”

트램블은 통명스럽게 물었다.

“셰익스피어? 새삼스럽게 누가 셰익스피어를 좋아한다고 그러나?"

5달러를 빼앗긴 억울함이 아직 가시지 않아, 루빈의 얼굴에 드러난 더할 나위 없이 기뻐하는 표정이 오히려 그를 고집스럽게 만든 모양이었다.

그러나 애벌론은 물러서지 않았다.

"호스트의 권한일세."

"쳇, 알았네. 레비 씨, 과학평론가인 당신에게 있어 셰익스피어란 무엇입니까?"

레비는 완전한 브루클린 사투리로 대답했다.

"아무것도 아닙니다, 과학평론가로서는. 다만 그에게서 3천 달러를 찾고 있을 따름입니다."

"셰익스피어 속에서?"

"셰익스피어 어딘가에 있을 겁니다. 유감스럽게도 아직 운을 만난 것 같지는 않습니다만……."

"좀 수수께끼 같은 말씀이군요, 레비 씨. 셰익스피어의 어디에 3천 달러가 있으며, 그것을 아직 찾지 못했다는 건 대체 무슨 뜻입니까?"

"그 이야기를 하려면 골치아파집니다."

"하지만 듣고 싶은데요. 우리는 그런 일로 여기 모인 거니까요. 오래 전부터의 불문율로, 이 방에서 주고받은 이야기나 행위는 어떤 상황에서도 결코 다른 사람에게 말하지 않도록 되어 있습니다. 그러니 마음놓고 말씀하십시오. 이야기가 따분하면 이쪽에서 스톱을 걸 겁니다. 그 점은 염려 마십시오."

레비는 두 손을 폈다.

"알았습니다. 하지만 그전에 홍차를 마시게 해주십시오."

"네, 헨리가 지금 또 하나의 포트를 가지고 오는군요. 당신은 아직 커피를 마시는 데까지 진화하지는 않으신것 같으니까, 헨리!"

"네." 헨리는 나직이 대답했다.

트램블이 말했다.

"그가 돌아올 때까지 이야기를 시작하지 마십시오. 헨리도 모두 다 들어야 하니까요."

"저 급사 말입니까?"

"그는 회원이랍니다. 우리들 가운데 가장 우수하지요."

헨리가 새로 홍차 포트를 날라왔다. 레비는 이야기를 시작했다.

"이것은 말하자면 유산 문제입니다. 집이 어떠니 몇 백만 달러의 보석이 어떠니 하는 어마어마한 일은 아닙니다. 그저 3천 달러의 문제에 지나지 않습니다. 그리고 반드시 필요한 것도 아닙니다. 그러나 손에 들어오면 나쁘지는 않지요."

"유산이라니, 누구의?" 드레이크가 물었다.

"아내의 아버지입니다. 2개월 전 76살로 세상을 떠났지요. 5년쯤 우리집에서 함께 사셨답니다. 시중들기가 좀 힘들었지만, 좋은 노인이고 더욱이 아내의 아버지였으므로 대개 아내가 보살펴 드렸지요. 우리가 돌봐 드리는 것에 대해 장인은 은근히 고마워하고 있었습니다. 다른 친척이 없으니 우리가 떠맡지 않으면 양로원으로 갈 수밖에 없었지요."

"그래, 그 유산은?" 트램블이 성급하게 물었다.

"장인은 유복한 편이 아니었으나 그래도 몇 천 달러쯤은 가지고 계셨습니다. 우리집으로 처음 오셨을 때, 3천 달러쯤 되는 유통증권이 있으니 죽으면 너희들에게 주겠다고 하셨습니다."

"죽으면이라니, 무슨 뜻입니까?" 루빈이 물었다.

"귀찮은 존재로 취급될까봐 그랬다고 여겨집니다. 친절하게 해주면 그 감사의 표시로 3천 달러 주겠다는 뜻이었겠지요. 위급할 때 보살펴주면 채권을 주겠다, 그러나 내쫓으면 주지 않겠다는 게 장인의 마음이었을 겁니다.

장인은 그것을 여러 곳에 숨겨두었습니다. 노인이란 묘한 생각을 하는 법이지요, 우리가 찾아낼 것 같은 생각이 들면 숨긴 곳을 이따금 바꾸는 것이었습니다. 물론 우리는 금방 찾아냈지만 모르는 척했고 결코 손대지 않았습니다.

꼭 한 번만은 예외였지요, 장인이 채권을 세탁물바구니에 숨겨두었습니다. 할 수 없이 그것을 돌려주며 어디 다른 데 숨겨두라고 했지요, 그렇게 하지 않으면 언젠가는 세탁기 속에 던져질 거라고 말입니다.

바로 그 무렵이었습니다, 장인이 첫번째 발작을 일으켜 쓰러진 것은. 하지만 우리가 채권을 발견한 일과는 관계없습니다. 어쨌든 한 번 쓰러진 다음부터 장인은 좀 돌봐 드리기가 힘들게 되었지요, 늘 기분이 좋지 않았고 말수도 부쩍 줄어들었습니다. 오른쪽 다리가 부자유스러워지자 자기는 오래 가지 못한다고 느끼신 모양입니다. 그 뒤 장인은 어딘지 아주 좋은 곳을 알아내어 거기다 채권을 숨긴 것 같았습니다. 그 뒤부터 우리 눈에 띄지 않았으니까요, 하긴 우리는 그다지 마음쓰지 않았지요, 때가 오면 가르쳐주시리라고 생각했거든요,

그런데 2개월 전쯤, 내 둘째딸 줄리어가 달려와 할아버지가 긴의자에 누워 계시는데 이상한 것 같다고 말하는 것이었습니다. 나는 부리나케 거실로 가보았지요, 또 쓰러지셨다는 걸 단박에 알 수 있었습니다. 의사를 불렀더니 오른쪽이 반신불수가 되었다고 하더군요, 말도 못하게 되었지요, 입술을 움직여 목소리는 낼 수 있으나 무슨 말인지 알아들을 수가 없었습니다.

장인은 자꾸 뭐라고 하며 왼팔을 움직였습니다. 그래서 내가 '아

버님, 무슨 말씀을 하고 싶으십니까?' 라고 물었더니 가까스로 고개를 조금 까딱거렸습니다. 내가 '무슨 말씀입니까?' 하고 물었으나 대답하지 못했습니다. 그래서 내가 '채권에 대해서인가요?'라고 다시 묻자 장인은 또 고개를 조금 까딱거렸습니다. '우리에게 주시겠단 말씀입니까?' 하고 내가 묻자 장인은 다시 고개를 끄덕이며 무언가를 가리키는 듯한 동작을 했습니다. '어디 있습니까?' 하고 물었더니 장인은 떨리는 왼손으로 무엇인지를 가리키려고 애쓰는 것이었습니다. 나는 '어디를 가리키려고 그러시는 겁니까?' 하고 물을 수밖에 없었습니다. 장인은 대답하지 못했지요. 다만 떨리는 손으로 안타까운 듯이 무언가를 가리킬 뿐이었습니다.

무언가를 말하고 싶은데 말하지 못하는 괴로움이 그 얼굴에 뚜렷했습니다. 나는 장인이 가엾어 견딜 수가 없었습니다. 장인은 우리에게 감사의 표시로 채권을 주고 싶은데 그렇게 하지 못한 채 죽어가고 있었습니다.

아내 캐럴라인은 울며 '가만히 내버려두세요, 여보' 하고 말했습니다. 그러나 나는 내버려둘 수 없었지요. 절망 속에서 세상을 떠나게 할 수는 없었습니다. 그래서 나는 '가리키고 계시는 쪽으로 의자를 옮겨보겠습니다' 하고 말했지요. 캐럴라인은 내키지 않는 눈치였으나 노인은 연방 고개를 끄덕이는 것이었습니다. 캐럴라인이 다리 쪽을 쥐고 나는 머리 쪽을 잡아 긴의자를 살살 움직였습니다. 급히 움직여 덜컹거리지 않도록 조심하면서. 장인은 결코 몸무게가 가볍지 않았습니다.

그러는 동안에도 장인은 내내 무언가를 가리키고 계셨지요. 우리가 긴의자를 날라가는 쪽으로 목을 비틀며 신음 소리를 냈습니다. '거기다, 거기. 아니 이쪽이다' 하는 듯이 말입니다. 그래서 우리도 '더 오른쪽입니까, 아버님?' '더 왼쪽입니까?' 하고 물었지요. 그러면 이따금 고개를 끄덕이는 것이었습니다. 그리하여 마침내 책장 앞까지 왔습니다. 장인은 천천히 고개를 돌리더군요. 손을 뻗어 도와드리고 싶었으나 아프게 해서는 안된다는 생각이 들어 참았지요. 장인은 그럭저럭 스스로 목을 돌리더니 책들을 한참 동안 뚫어지게 보고 있다가 왼손을 움직여 어떤 책 있는 곳에서 멈추었습니다. 그것은 키트레지 판 셰익스피어 전집이었습니다.

‘셰익스피어 말입니까, 아버님 ? ’ 나는 물었습니다. 장인은 대답하지 않았습니다. 고개를 끄덕이려고도 하지 않았지요. 그러나 그 얼굴은 편안해 보였고 무언가 말하려고 애쓰지도 않았습니다. 내 목소리는 이미 들리지 않았으리라고 생각합니다. 입의 왼쪽 절반이 싱긋 웃는 것 같았으나 그뿐이었습니다. 의사가 와서 유해를 실어 갔습니다. 우리는 장례 치를 준비를 했지요. 장례식이 끝난 다음 비로소 우리는 셰익스피어 전집에 대해 생각하게 되었습니다. 서두를 필요도 없었고, 장례식도 끝내기 전에 유산에 손댄다는 게 망설여졌기 때문이었지요.

나는 셰익스피어 전집 속에 채권이 있는 곳을 가리키는 무언가가 있을 거라고 생각했습니다. 이것이 첫번째 충격이었지요. 한 페이지 한 페이지 모두 뒤져보았으나 아무것도 나오지 않았습니다. 종이 조각 하나, 메모지 하나 나오지 않았답니다. ”
곤잘로가 말했다.
“책등도 보았습니까 ? 페이지가 아교로 붙여진 곳과 뒤 표지 사이 말입니다. ”
“아무것도 없었습니다. ”
“누군가가 훔쳐갔을 가능성은 ? ”
“어떻게 그럴 수가 있겠습니까. 알고 있는 건 나와 캐럴라인뿐인데요. 무언가를 도둑맞은 흔적도 없었지요. 그래서 결국 책의 글 속에 열쇠가 있는 모양이라고 여기게 되었지요. 문장 속에, 다시 말해서 희곡 속에 말입니다. 이것은 캐럴라인의 생각이었습니다. 그래서 2개월 동안 나는 셰익스피어의 희곡, 소네트, 그밖의 시를 모두 빠짐없이 두 번씩 읽었습니다. 그러나 아무 소득도 없었습니다. ”

그러자 트램블이 퉁명스럽게 말했다.

“셰익스피어와는 상관없을지도 모르겠군요. 열쇠 따위는 잊어버리시오. 어쨌든 집 안 어딘가에 있겠지요. ”

“그렇다고 할 수만은 없습니다. 은행 금고에 넣어 두었을지도 모릅니다. 장인은 처음 쓰러진 다음에는 나다니시기도 하셨으니까요. 세탁물바구니에 있는 것을 우리가 찾아낸 다음부터 집 안에 두어서는 마음놓이지 않는다고 생각하셨을지도 모릅니다. ”

“그럴지도 모르겠군요. 하지만 집 안에 절대로 없다고 할 수는 없지요. 어쨌든 찾아봐야 하지 않겠습니까 ? ”

“찾아보았지요. 적어도 캐럴라인은 찾아보았습니다. 우리는 분담을 했지요. 아내는 집 안을 찾아보았습니다. 꽤 큰 집이거든요. 그래서 장인을 돌봐 드릴 수 있었지만요. 그리고 나는 셰익스피어에 전념했습니다. 그러나 두 사람 모두 헛수고로 그쳤답니다. ”

눈살을 찌푸리고 생각에 잠겨 있던 애벌론이 얼굴을 들고 말했다.

“우리 한 번 논리적으로 생각해 보세. 사이먼, 자네 장인은 유럽 태생이라고 했지, 아마 ? ”

“그렇다네. 제1차 세계대전이 일어나기 직전 아슬아슬하게 미국으로 건너올 수 있었지. 그때가 10대였었다고 하더군. ”

“그렇다면 정규교육은 받지 못했겠군그래. ”

“전혀 못 받았지. 양복점 사환으로 일하며 기술을 배워 자기 가게를 차려 그만둘 때까지 양복점을 경영하셨지. 교육은 거의 받지 못했네. 다만 제정 러시아에서 유대인들이 대대로 이어받아온 종교적인 교육만은 몸에 지니고 계셨지만 말일세."

"그렇다면 셰익스피어 희곡에 열쇠가 있다고 생각하는 것은 잘못된 것인지도 모르겠군. 셰익스피어와는 인연이 먼 게 아닐까?"

레비는 이마에 주름을 잡으며 의자등받이에 몸을 기댔다. 헨리가 조금 전 식탁 위에 놓은 작은 브랜디 글라스에 그는 아직 손도 대지 않고 있었다. 그것을 이제야 집어들더니 손가락 끝으로 글라스 다리를 쥔 채 흔들어 입에 대지도 않고 식탁에 도로 놓았다.

그는 조금 쌀쌀한 목소리로 말했다.

"그런데 그렇지 않다네, 제프. 확실히 교육은 받지 못했지만 장인은 머리가 좋았고, 게다가 굉장한 독서가였다네. 성서는 모두 암송할 수 있었고 《전쟁과 평화》는 10대 때 읽었다더군. 셰익스피어도 읽고 계셨지. 한 번은 공원에서 《햄릿》을 공연하기에 보러 갔었는데, 장인이 나보다 훨씬 잘 이해했고 재미있어 했다네."

루빈이 느닷없이 기세좋게 말했다.

"나는 두 번 다시 《햄릿》을 볼 생각이 없네. 햄릿다운 햄릿 배우가 나오지 않는 한. 그는 뚱보라야 해."

"뚱보라고?" 트램블이 노기를 띠며 물었다.

"맞아, 뚱보지. 마지막 장면에서 왕비가 햄릿에 대해 말하는 대사가 있지. '저애는 뚱보고 숨을 헐떡이는 기질이어서……' 셰익스피어가 햄릿을 뚱보라고 한 이상……"

"그것은 어머니의 대사지, 셰익스피어가 그렇게 말한 건 아니네. 그다지 머리가 좋지 않은 과잉보호하는 어머니의 전형적인 말투……"

애벌론이 식탁을 쾅 내리쳤다.

"그런 토론은 다른 곳에 가서 하게."

그는 레비를 돌아보았다.

"자네 장인은 어느 나라 말로 된 성서를 읽고 계셨었나?"

"그야 히브리어였지." 레비는 쌀쌀맞게 대답했다.

"그럼, 《전쟁과 평화》는?"

"러시아어였네. 그러나 미안하지만 셰익스피어는 영어였다네."

"그러나 영어는 모국어가 아니니 사투리가 있었겠군."

레비는 쌀쌀맞음이 지나쳐 얼어붙은 듯한 눈초리가 되었다.

"무슨 말을 하고 싶은 건가, 제프?"

애벌론은 황급히 변명했다.

"나는 반유대주의자가 아니네. 다만 자네 장인이 영어를 잘 알지 못했다면, 셰익스피어를 열쇠로 삼았다 해도 어느 정도의 미묘한 뜻으로 썼든지간에 거기에는 자연히 한계가 있을 거라는 뚜렷한 사실을 지적하고 싶었을 뿐이네. 설마 《리처드 2세》의 '거기에는 죽음(앤틱)이 서린다'라는 대사를 인용하지는 않았겠지. 아무리 독서가라 해도 우선 앤틱이 뭔지 모를 테니까."

"그게 뭔데?" 곤잘로가 물었다.

애벌론은 성급하게 말했다.

"어쨌든 자네 장인이 셰익스피어를 열쇠로 삼았다면, 누가 들어도 알 만한 뜻이 뚜렷한 대사를 썼을 걸세."

트램블이 물었다.

"당신 장인께서 좋아하셨던 연극은?"

"그야 《햄릿》이었지요. 희극은 싫어했습니다. 유머는 경박하다고 생각하셨거든요. 사극(史劇)은 종잡을 수 없다고 하셨고요. 아참, 《오셀로》는 좋아하셨습니다."

애벌론이 말했다.

"그럼, 《햄릿》과 《오셀로》에 초점을 맞추어야겠군."

"물론 읽어보았지." 레비는 말했다. "설마 그 두 가지를 내가 빼먹었다고 생각하는 건 아니겠지."

애벌론은 레비의 말을 무시하고 말했다.

"그리고 잘 알려져 있는 대사임에 틀림없어. 어디서 누가 말했는지 알 수 없는 대사가 열쇠였다면, 셰익스피어를 가리키기만 함으로써 충분한 힌트를 줄 수 있다고 생각하기 어려우니 말일세."

"장인이 그저 손가락으로 가리키기만 한 이유는 달리 없네. 말을 할 수 없었기 때문이지. 말을 할 수 있었다면 설명을 더 덧붙였을, 눈에 잘 띄지 않는 대사였을지도 모르네."

그러자 드레이크가 이론적으로 따지듯 말했다.

"말을 할 수 있었다면 설명할 것까지도 없었겠지요. 어디에 채권이 있는지 당신에게 이야기하면 그만이었을 테니까요."

애벌론이 말했다.

"맞아. 잘 말했네, 짐. 아까의 이야기로는 사이먼, 노인이 셰익스피어를 가리킨 다음 편안한 얼굴이 되었고 말하려 애쓰지도 않았다고 했지. 다시 말해서 자네에게 알려야 할 것을 제대로 알렸다는 기분이 들었기 때문이었겠지."

레비는 암담한 얼굴로 말했다.

"그런데 실제로는 아무것도 알려주지 못했단 말일세."

"그러니까 그 점을 이치적으로 따져가며 생각해 보세."

드레이크가 물었다.

"그럴 필요가 있을까? 이쯤에서 헨리에게 물어보는 게 어떻겠나? …… 헨리, 셰익스피어의 대사 속에 무언가 적당한 것이 없겠나?"

디저트 접시를 조용히 치우며 헨리는 대답했다.

"나는 셰익스피어를 대충 암기하고 있습니다만, 솔직히 말씀드려서 이렇다 할 대사가 떠오르지 않습니다."

드레이크는 실망했다. 그러나 애벌론은 말했다.

"단념하지 말게, 짐. 그야 지금까지는 헨리의 독무대였지. 그러나 그가 없으면 안된다고 생각할 필요는 없네. 나는 이래 봬도 셰익스피어에 대해 꽤 자세히 알고 있다네."

"나도 아마추어는 아닐세." 루빈이 말했다.

"그럼, 자네와 둘이 이 수수께끼를 풀어보세. 우선 《햄릿》부터 해 보세, 《햄릿》이라면 먼저 독백을 생각해 봐야겠지. 그 희곡에서 가장 유명한 곳은 독백이니까."

루빈이 말했다.

"사실 '죽느냐 사느냐 그것이 문제로다'라는 대사는 셰익스피어의 작품 가운데 가장 유명하지. 이 한 마디가 셰익스피어의 간판 아니겠나. '리골레토'의 4중창이 오페라를 대표하듯이."

애벌론이 말했다.

"그 말이 맞네. 게다가 이 독백은 죽음에 대해 말하는 대사일세. 그 노인도 죽어가고 있었네. 죽음은 잠이다. 그것에 지나지 않는다. 잠에 의해 가슴을 아프게 하는 고민도, 육체를 괴롭히는 헤아릴 수 없는 고통도 끊어지고……."

레비가 초조하게 물었다.

"그건 좋네만, 그래서 어떻다는 건가? 그 대사에서 무엇이 나오지?"

본격적인 셰익스피어 풍이라고 할 수 있는 바로 아일랜드 토박이 같은 발음으로 셰익스피어를 언제나 암송하는 애벌론이 말했다.

"글쎄, 어떨지 모르겠군."

곤잘로가 불쑥 물었다.

"이것은 아마 《햄릿》 속에 있지? 셰익스피어가 '그러기 위해서는 연극을 해야겠다'고 말한 것은?"

애벌론이 말했다.

"맞아. '그러기 위해서는 연극을 해야겠다. 왕의 본성을 꿰뚫어볼 수 있다.'"

곤잘로가 말했다.

"옳아. 그 노인이 가리킨 게 희곡책이라면 대사는 그것 뿐이네. 틀림없을 걸세. 임금님이 그려져 있는 그림이나 조각 같은 것은 없습니까? 또는 카드에 임금님이 그려져 있는 것일지도 모르지요."

레비는 어깨를 으쓱했다.

"그런 것에서는 아무것도 나올 듯싶지 않은데요."

루빈이 말했다.

"《오셀로》는 어떨까. 그 희곡에서 가장 유명한 것은 이아고가 명예에 대해 말하는 대목일세. '남자건 여자건 명예라는 것은…….'"

"그래서?" 애벌론이 재촉했다.

"이 대사 속에서 가장 유명한 글귀고, 노인도 틀림없이 알고 있었으리라고 여겨지는 곳일세. 그것을 모르는 사람은 없을 테니까. 마리오조차 알고 있을 정도지. '내 지갑을 훔친다 해도 결국은 허섭스레기에 지나지 않아. 중요하기도 하고 중요하지 않기도 하지. 내 것이었던 물건이 지금은 그의 것…….'"

"그래서?" 애벌론은 또 물었다.

"이것은 유산에 들어맞는 말이 아니겠나. '내 것이었던 물건이 지금은 그의 것'이니 말이네. 그러니까 유산은 이미 없는 게 아닐까. '내 지갑을 훔친들 결국은 허섭스레기에 지나지 않아'니 말이야."

"이미 없다니, 무슨 뜻입니까?" 레비가 물었다.

"세탁물바구니 속에서 찾아냈던 때를 마지막으로 그 다음부터 보이지 않았다고 했지요. 노인은 증권을 어디 안전한 곳에 옮겨 놓고서 잊어버린 게 아닐까요. 또는 어디다 두었는지 기억나지 않았거나, 없애버렸거나, 몰래 늘리려고 하다가 오히려 빈털터리가 되었는데도 말을 못하니 설명할 수 없었던 것일지 모르지요.

그래서 마음에 걸리는 것 없이 죽기 위해 셰익스피어 전집을 가리켰을지도 모릅니다. 그렇게 하면 당신은 장인어른이 좋아하던 연극의 가장 유명한 대사를 생각해 낼 테니까요. 그 대사가 바로 '내 지갑을 훔친들 결국은 허섭스레기에 지나지 않아'였을지도 모르지요. 그러니 아무리 찾아도 나오지 않는 겁니다."

"그렇지 않습니다. 채권을 우리에게 주시려는 거냐고 물었을 때 장인은 고개를 끄덕였거든요."

"끄덕일 수밖에 없었기 때문이었겠지요. 그리고 사실은 당신에게 그것을 남겨주고 싶었는데 그럴 수가 없었다고…… 이렇게 생각지 않나, 헨리?"

그릇을 깨끗이 치우고 조용히 귀기울이고 있던 헨리는 말했다.

"그렇지 않은 것 같습니다, 루빈 씨."

"나도 그렇지 않다고 생각합니다." 레비가 말했다.

곤잘로가 손가락을 딱 울렸다.

"잠깐만. 셰익스피어가 어디서인지 채권에 대해 말한 적은 없었나?"

드레이크가 싱긋 웃으며 말했다.

"그 시대에는 그런 게 없었네."

그러나 곤잘로는 말했다.

"아니야, 어딘가에 있을 걸세. 본드(증서)에 관한 것이 있었지, 아마."

애벌론이 말했다.

"'그것이 본드에 씌어 있습니까?'라는 말 말인가. 그 경우의 본드는 법적인 약속을 말하는 걸세. 어떤 일에 대한 말이 증서에 씌어 있느냐 없느냐 하는 것을 묻는 대사일세. ”

드레이크가 물었다.

“잠깐만. 그 증서는 3천 더커트를 빌린 것에 관한 게 아니었나 ? ”

“바로 그것일세. 맞아. ” 애벌론이 말했다.

싱긋 웃는 곤잘로의 입은 귀에서 귀까지 찢어진 듯이 보였다.

“아무래도 그것이 맞는 모양이구먼. 3천이라는 금액을 인정하는 증서. 그 희곡을 살펴봐야 할 것 같네. ”

헨리가 조용히 말참견했다.

“나는 그렇게 생각하지 않습니다, 여러분. 그 희곡은 《베니스의 상인》이지요. 증서에 어떤 말이 씌어 있느냐고 물은 사람은 잔혹한 복수를 꾀하는 유대인 샤일록인데, 돌아가신 노인께서 이 연극을 좋아하셨으리라 생각할 수 없습니다. ”

레비가 말했다.

“맞습니다. 샤일록이란 장인이 입에 담기도 싫어하던 이름이었습니다. 나도 결코 좋아하지 않습니다만. ”

루빈이 말했다.

“이 대사는 어떨까. ‘유대인에게는 눈이 없는 줄 아십니까. 유대인에게는 손이 없는 줄 아십니까. 오장육부도, 손발도, 오감도, 희노애락도…….’”

“장인은 그런 대사를 좋아하지 않는 것 같았습니다. 뻔한 말을 어마어마하게 내세우고 있는데다 거기서 주장하고 있는 평등에 대해 장인은 선뜻 승복하기 어려웠을 겁니다. 왜냐하면 장인은 신의 선택을 받은 민족의 한 사람임을 매우 자랑스럽게 여기고 계셨으니까요. ”

곤잘로는 아주 낙심한 모양이었다.

“암초에 걸린 것 같군.”

레비가 말했다.

“그런 것 같습니다. 하는 수 없군요. 나는 대사를 한 마디도 남기지 않고 모조리 읽었습니다. 지금 여러분이 말씀하신 대사도 물론 읽었지요. 하지만 아무것도 떠오르지 않았습니다.”

애벌론이 말했다.

“자네는 물론 모조리 읽었겠지만, 어떤 대수롭지 않은 대사를 못 보고 그냥 지나쳤을지도 모르네.”

“그럴 리가? 누구나 알 수 있는 뚜렷한 뜻을 나타내는 대사임에 틀림없다고 말한 사람은 바로 자네 아닌가, 제프. 장인은 나와 아내가 척 보면 알아낼 수 있는 어떤 글귀를 생각했을 걸세. 우리들이 알 수 있는, 그것도 대뜸 알 수 있는 것을. 그런데 절망상태란 말일세.”

드레이크가 말했다.

“어쩌면 이럴지도 모르겠군요. 집안끼리만 아는 어떤 일이 아닐까요?”

“내 말이 바로 그겁니다.”

“그럼, 그것을 거꾸로 거슬러 올라가며 생각해 보시지요. 무언가 짚이는 게 없습니까? 흔히 쓰던 농담이나 상투어나 입버릇 같은 것 말입니다.”

“있습니다. 마음에 들지 않는 상대에게 장인은 흔히 ‘18년 동안 시커먼 나이나 먹어라’ 라고 했었지요.”

“그게 무슨 뜻입니까?” 트램블이 물었다.

“이디시어에서는 자주 나오지요. 그리고 또 하나 있습니다. ‘그것은 죽은 사람에 대한 흡각(吸角)이다.’”

“무슨 뜻입니까?” 곤잘로가 물었다.

"의사가 쓰는 도구 가운데 흡각이라는 것이 있지요. 둥근 유리그릇 속에 불붙인 종이를 넣고 평평한 쪽의 가장자리를 피부에 댑니다. 불은 꺼지고 유리그릇 속에 부분적으로 진공이 생깁니다. 그것이 피부에 가까운 내부의 혈액순환을 돕고 고름을 빨아내기도 합니다. 그러니까 이것을 아무리 갖다대도 죽은 사람의 피를 잘 돌게 할 수는 없다는 뜻이지요."

드레이크가 말했다.

"옳은 말이로군요. 그럼, 그 18년 동안의 시커먼 나이며 죽은 사람에 대한 흡각에서 셰익스피어의 대사라고 여겨지는 게 있습니까?"

숨막히는 침묵이 흘렀다. 이윽고 애벌론이 말했다.

"그다지 이렇다할 만한 게 떠오르지 않는군."

레비가 말했다.

"비록 떠오른다 해도 어쩔 수 없지 않습니까. 거기에 무슨 뜻이 있겠습니까? 나는 꼬박 2달이나 매달려도 못 찾아냈는데, 여기서 단 2시간 동안에 풀 리가 없지요."

드레이크는 다시 헨리를 돌아보며 말했다.

"헨리, 그런 곳에 서 있지만 말고 어떻게 좀 해보게."

"한껏 애쓰셨습니다만, 드레이크 씨, 아무래도 셰익스피어를 짚은 게 애당초 잘못인 것 같군요."

레비가 말했다.

"설마 그럴 리 있겠소. 장인은 틀림없이 셰익스피어 전집을 가리켰다오. 절대로 틀림없소. 손가락 끝이 책에서 1인치쯤밖에 떨어져 있지 않았으니 다른 책일 리 없소."

드레이크가 갑자기 큰 소리를 질렀다.

"레비 씨, 당신은 설마 우리를 속이고 있는 건 아니겠지요? 우리를 놀리기 위해 새빨간 거짓말을 늘어놓고 있는 건 아니겠지요?”

“네?”

레비는 몹시 놀랐다. 애벌론이 황급히 수습했다.

“아닐세, 놀랄 것 없네. 전에 한 번 그런 일이 있었거든. 무슨 말을 그렇게 하나, 짐.”

레비는 말했다.

“분명히 말해 두지만 나는 사실 그대로 말하고 있는 겁니다. 장인은 틀림없이 셰익스피어를 가리켰습니다.”

짧은 침묵이 지난 다음 헨리가 한숨을 한 번 쉬고 말했다.

“미스터리 소설에서는······.”

“히야, 드디어” 하고 루빈이 떠들어댔다.

헨리는 처음부터 다시 말했다.

“미스터리 소설에서는 마지막 한 마디로 결정적인 열쇠가 되는 수도 흔히 있습니다만, 나로서는 선뜻 납득할 수가 없습니다. 죽음을 눈 앞에 두고 마지막 한 마디를 어떻게 해서든 전달하려는 사람이 반드시 복잡한 수수께끼의 말을 내뱉게끔 되어 있으니 말입니다. 목숨이 얼마 남지 않은 사람의 혼탁한 머리가 건강한 머리로도 몇 시간 동안에는 풀 수 없는 복잡한 수수께끼를 짜내고 있는 겁니다.

오늘 이야기만 해도, 뇌졸중으로 쓰러져 죽음의 문턱에 선 노인이 최고의 지적 수준을 자랑하는 몇몇 분들이 힘을 합쳐 풀려고 해도 해결되지 않는 열쇠를 생각해 낸 셈이 됩니다. 그 가운데 한 분은 이미 2개월 동안이나 그 문제를 놓고 생각해 오셨는데, 나로서는 아무래도 그런 열쇠가 있을 것 같지 않습니다.”

레비가 물었다.

“그럼, 어째서 셰익스피어를 가리켰을까요, 헨리? 다 죽어가는 노인이 몽롱한 의식에서 뜻없이 한 짓이란 말이오?”

“아까 하신 이야기가 정확하다면 그분은 분명 뭔가를 하려 한 듯합니다. 그러나 수수께끼를 풀 만한 열쇠를 그 자리에서 생각해 내셨다고는 여겨지지 않습니다. 차츰 멀어져가는 의식 속에서 어떻게든 있는 힘을 다하려고 하셨겠지요. 장인어른께서는 유통증권을 가리키신 겁니다.”

“무슨 말인지 잘 모르겠군요. 나는 그 자리에 있었소. 노인은 셰익스피어를 손가락으로 가리켰단 말이오.”

헨리는 고개를 저으며 말했다.

“레비 씨, 5번 거리를 손가락으로 가리켜주시겠습니까.”

레비는 잠시 고개를 갸웃거리다가 이윽고 방향을 잡고 손가락으로 가리켰다.

헨리는 다짐했다.

“5번 거리를 가리키고 계십니까?”

“이 건물의 입구는 5번 거리를 향하고 있소. 그러니까 이렇게 하면 되지 않겠소.”

헨리는 말했다.

“나에게는 이 방의 서쪽 벽에 걸린 문에 있는 테토스 그림을 가리키고 계시는 것처럼 보입니다.”

“그야 그렇지만, 그 너머가 5번 거리 아니오.”

“맞습니다. 그렇게 말씀하시니 비로소 나는 당신이 5번 거리를 가리키고 계신 줄 알겠습니다. 그렇지 않으면 당신은 그림을 가리키거나 또는 그림 앞 공간의 어느 한 점을 가리키고 계시는 것으로 받아들여집니다. 어쩌면 허드슨 강이나 시카고, 나아가서는 목성을 가리키고 계신 것으로도 받아들여지지요. 다만 손가락으로 가리키고 있을 뿐, 무엇을 가리키고 있는지 설명이 없다면 그 손가락이 가리키는 건 오직 방향뿐이지 그 밖의 무엇을 밝히고 있는 것은 아</p>

닙니다.”

레비는 턱을 어루만졌다.

“그럼, 장인은 그저 방향을 가리키고 있었을 따름이란 말이오?”

“그런 것 같습니다. 셰익스피어라고 말씀하시지는 않으셨잖습니까. 다만 손가락으로 가리켰을 뿐이지요.”

“그럼, 그렇다고 해둡시다. 하지만 무엇을 가리켰을까요?”

그는 눈을 감고 수염을 가만히 비틀며 자기 집의 방향을 생각했다.

“벨라서노 다리일까?”

헨리가 말했다.

“그렇지는 않을 겁니다. 셰익스피어 전집 쪽을 가리키셨다지요. 아까 하신 말씀으로는 손가락 끝이 책에서 1인치쯤 떨어진 곳에 있었다니까 책보다 앞쪽에 있는 그 무엇은 아닐 듯합니다. 책 뒤에는 무엇이 있습니까, 레비 씨?”

“책장…… 책장의 뒤판자가 있지요. 하지만 책을 모두 치워보았으나 아무것도 없었소. 책과 뒤판자 사이에는 아무것도 끼어 있지 않았소. 만일 그곳을 가리켰고, 거기에 무언가 있었다면 한눈에 보였을 거요.”

“책장 뒤에는 무엇이 있습니까?”

“벽이 있지요.”

“책장과 벽 사이를 살펴보셨습니까?”

레비는 입을 다물었다. 그는 머리를 감싸안았다. 아무도 그의 머릿속에서 소용돌이치고 있을 생각의 흐름을 막으려 하지 않았다. 이윽고 그는 물었다.

“전화 좀 쓸 수 있겠소, 헨리?”

“지금 가지고 오겠습니다.”

전화기가 레비 앞에 놓이고 코드가 끼워졌다. 다이얼을 돌렸다.

"여보세요, 줄리어냐? 이렇게 늦도록 뭘 하고 있니?…… 텔레비전이나 보고 있지 말고 어서 자거라. 그래, 엄마를 바꿔다오. …… 아아, 여보, 나요. …… 으음, 아주 재미 있소.

그런데 여보, 잘 듣구료. 그 셰익스피어가 꽂힌 책장 말인데…… 맞아, 그 셰익스피어지, 물론. 그것을 벽에서 치우고…… 책장을 말이오…… 아니, 그러니까 책을 일단 꺼내놓으면 되잖겠소. 할 수 있겠지? 필요하면 모조리 바닥에 내려놓구료……. 아니, 그렇지 않아. 문에서 가까운 쪽을 조금 앞으로 잡아끌면 되오. 뒤쪽을 들여다 볼 수 있을 만큼만. 그리고 무엇이 있는지 봐주지 않겠소?…… 바로 셰익스피어 책이 있던 언저리 말이오……. 으음, 기다리겠소."

남자들은 숨을 죽이고 지켜보았다. 레비의 얼굴은 차츰 파리해지고 있었다. 5분쯤 지났다. 그리고…….

"당신이오?…… 아, 침착하오. 으음, 움직였소?…… 그래, 알았소. 곧 가겠소."

전화를 끊고 레비는 말했다.

"정말 고맙소. 장인은 채권을 책장 뒤에 테이프로 붙여 두었다는군요. 우리가 없는 동안에 책장을 움직였던 모양이오. 그때 발작을 일으켜 쓰러지지 않은 게 이상할 정도요."

"이번에도 역시 헨리가." 곤잘로가 말했다.

레비는 말했다.

"수수료로 3백 달러 주겠소, 헨리."

헨리는 대답했다.

"나는 이 클럽에서 충분한 보수를 받고 있습니다. 게다가 이 모임이 나의 가장 큰 기쁨입니다. 더 이상 아무것도 받을 필요는 정말 없습니다."

레비는 얼굴을 조금 붉히며 화제를 바꾸었다.

"그런데 어떻게 그 점에 생각이 미쳤소? 다른 사람들은 모두 전혀
……."

헨리는 말했다.

"그다지 어려운 문제는 아니었습니다. 공교롭게도 여러분은 저마다
다른 길을 더듬고 계셨습니다. 나는 다만 그 나머지 길을 가보았을
따름입니다."

이 이야기는 〈EQMM〉 1973년 7월호에 내가 붙인 제목 그대로 발
표되었다.

잡지에서는 첫머리 부분을 조금 바꾸었었다. 연재물에서는 앞에서
나온 이야기를 거듭하는 게 적당치 않다고 여겨졌기 때문이다. 잡지
독자는 반드시 달마다 빠짐없이 읽는다고 할 수 없고, 달마다 읽었다
해도 반년이나 더 전에 나온 이야기는 잊어버렸을 것임에 틀림없다.

그것은 매우 지당한 일이다. 그러나 단행본으로 펴낼 때 나는 첫머
리 부분을 다시 본디대로 돌려 놓았다. 본디 내가 단행본으로 내려고
마음먹고 시리즈로 썼다면, 나는 작품들을 좀더 서로 긴밀하게 얽히
도록 했을 것이다. 예를 들어 홀스테드의 《일리아드》와 《오디세이아》
의 리머릭을 생략하는 일 따위는 하지 않았으리라. 그러나 다시 차분
히 생각해 보니, 단행본 독자가 반드시 처음부터 순서대로 읽는다고
할 수는 없다. 개중에는 건너뛰어가며 읽는 경우도 있으리라. 그러면
효과가 반으로 줄어든다.

어쨌든 적당히 해두는 것이 좋으리라.

Miss What?

어느 나라 대표?

흑거미클럽 모임은 여느 때와 달리 냉랭하고 어색한 분위기였다. 그것은 분명 마리오 곤잘로가 데려 온 초대손님 때문이었다.

그는 몸집이 큰 사나이였다. 볼이 늘어질 만큼 살이 쪘으며, 살결이 매끈매끈해보였다. 머리카락은 거의 없었다. 그는 조끼를 입고 있었는데, 그것은 흑거미클럽 모임에서는 전혀 볼 수 없었던 것이었다.

그의 이름은 앨로이지어스 고든이라고 했다. 그리고 그가 침착하게 자기소개를 하며 아무 거리낌 없이 자기는 제17분서(分署)와 관계 있는 사람이라고 직업을 말했을 때 어색한 공기가 모두를 뒤덮었던 것이다. 창문에 차양을 내림으로써 햇빛을 몰아내듯 그 순간 모임 자리의 활기가 사라졌다.

고든이 죽은 사람 집에서 밤샘하는 것 같은 눈 앞의 침울한 공기와 여느 흑거미클럽 모임 때의 시끄러움을 비교해 볼 수 있을 리가 만무했다.

임마누엘 루빈이 이 세상 사람 같지 않게 입을 꾹 다물고 아무에게도 대들려고 하지 않는 게 얼마나 이상한 일인지, 토머스 트램블이 어쩌다가 말할 때 그 목소리가 얼마나 억제되어 있는지, 제프리 애벌론이 두 잔째의 글라스를 깨끗이 비운 게 얼마나 놀라운 일인지, 제임스 드레이크가 방금 불을 붙인 담배를 두 번이나 비벼끈 것이 얼마나 그답지 않은 일인지, 로저 홀스테드가 《일리아드》 제5장을 바탕으로 삼은 리머릭을 적은 종이 쪽지를 꺼내 펴놓았다가 흘끗 보고는 넓은 분홍빛 이마에 주름을 잡으며 도로 집어넣은 게 얼마나 파격적인 행위였는지 고든은 꿈에도 몰랐다.

실제로 고든은 헨리에게만 관심이 있는 것 같았다. 아까부터 그는 헨리의 움직임만 눈으로 쫓고 있었다. 그 눈에는 분명히 호기심이 깃들어 있었다. 여느 때에는 빈틈없는 시중을 들던 헨리가 하필 이때 물이 담긴 글라스를 뒤엎어 모두를 놀라게 했다. 그의 주름없는 얼굴은 유난히 광대뼈가 튀어나와 보였다.

트램블이 보란 듯이 일어서더니 화장실로 갔다. 조용한 동작이었으나 무언가 골똘히 생각에 잠긴 듯한 데가 있었다. 잠시 뒤 곤잘로가 그의 뒤를 따라 자리를 떴다. 화장실에서 트램블이 나직한 쉰 목소리로 물었다.

"어쩌려고 저런 자를 데려왔나?"

곤잘로는 변명투로 말했다.

"재미있는 녀석이라네. 그리고 호스트의 특권으로 누구를 데려오든 상관없지 않나."

"경관이잖나."

"사복을 입었네."

"그래도 마찬가지지. 아는 사람인가? 아니면 그가 경관으로서 뛰어들었나?"

곤잘로는 무슨 말을 하려는 듯 조금 울컥한 내색을 하며 두손을 폈다. 언제나 화가 나면 그렇듯이 그는 검은 눈을 크게 부라렸다.

"개인적으로 아는 사이일세. 어떻게 알게 되었는지는 자네와 상관없는 일이야. 어쨌든 나는 그를 잘 알고 있지. 재미있는 사람이라 이리로 꼭 데려오고 싶었네."

"그런가. 헨리에 대해 뭐라고 말했나?"

"무슨 뜻인가? 뭐라고 했느냐니?"

"여보게, 시치미떼지 말게. 그가 헨리의 모든 동작을 뚫어지게 지켜보고 있는 걸 자네는 모른단 말인가. 어째서 그는 급사에게만 눈길을 쏟고 있는 거지?"

"헨리는 수수께끼를 푸는 천재라고 말했기 때문일세."

"어디까지 자세하게 설명했나?"

곤잘로는 불끈했다.

"그다지 자세한 설명은 하지 않았네. 모임 자리에서 나온 이야기는 결코 입 밖에 내면 안된다는 약속을 내가 모르기라도 한단 말인가? 나는 다만 헨리가 수수께끼를 푸는 천재라고 했을 뿐이네."

"그래서 그가 흥미를 느낀 모양이로군."

"그랬더니 이 모임에 한번 참석하고 싶다고 해서……."

"그것이 헨리로서 얼마나 불쾌한 일인지 자네는 생각지 못했나? 그와는 의논했었나?"

곤잘로는 블레이저의 놋단추를 만지작거렸다.

"헨리가 언짢아하면 호스트의 특권을 써서 화제를 돌리겠네."

"고든이 받아들이지 않으면 어떡하겠나?"

곤잘로는 질린 듯이 어깨를 움츠렸다. 두 사람은 식탁으로 돌아갔다.

헨리가 커피를 따르고 나자 초대손님을 신문하는 시간이 되었는데도 모두들 도무지 활기를 찾지 못했다. 늘 그랬던 것처럼 호스트인 곤잘로는 신문하는 역할을 트램블에게 양보했다. 트램블은 달갑지 않은 듯한 표정이었다.

언제나 정해져 있는 첫 질문.

"고든 씨, 당신은 무엇으로써 당신의 존재를 정당하다고 여기십니까?"

고든은 잘 울리는 바리톤으로 대답했다.

"지금 이 자리에서는 이 모임의 즐거움을 보다 더 크게 함으로써라고 말하고 싶군요."

그러자 애벌론이 좋지 않은 기분으로 물었다.

"어떤 방법으로 말입니까?"

고든은 말했다.

"내가 아는 바로는, 여러분, 초대손님이 문제를 내고 그것을 이 모임의 회원인 여러분이 풀어 나간다고 들었습니다."

트램블이 노여움이 담긴 눈길로 곤잘로를 흘끗 보고 난 다음 말했다.

"아니오, 그렇지 않습니다. 문제를 내놓은 초대손님도 지금까지 몇 사람 있긴 했지만, 그것은 뭐랄까, 어쩌다가 그렇게 되었을 뿐이지요. 초대손님이 해야 할 일은 재미있는 화제를 제공하는 겁니다."

드레이크가 메마른 목소리로 덧붙였다.

"더욱이 수수께끼를 푸는 것은 헨리일 뿐, 우리는 다만 이도저도 아닌 시시한 말을 주고받을 뿐입니다."

"짐, 그렇게 말하면 곤란하잖나……."

그렇게 말하는 트램블의 목소리를 때려눕힐 듯한 기세로 고든이 말을 꺼냈다.

"나도 바로 그렇게 알고 있습니다. 나는 지금 한 시민으로서 와 있는 것이지 결코 경관으로서 온 게 아닙니다. 그러나 직업적인 관심이 전혀 없다면 거짓말이겠지요. 나는 사실 헨리에게 크게 흥미를 느끼고 있습니다. 나는 헨리를 테스트해 보고 싶은 겁니다."

모두의 싸늘한 침묵에 부딪쳐 그는 다급하게 덧붙였다.

"그런 일이 허용된다면 말이지요……."

애벌론은 얼굴을 찌푸리고 있었다. 손질이 잘된 콧수염과 가지런히 자른 턱수염과 숱많은 보기좋은 눈썹을 지닌 그의 찌푸린 얼굴은 참으로 무게와 위엄이 있었으며 또한 불길한 예감을 담고 있었다.

그는 말했다.

"고든 씨, 이것은 개인적인 모임입니다. 이 모임의 목적은 친목을 꾀하는 일 말고는 아무것도 없습니다. 헨리는 우리의 전속급사며, 우리는 그를 몹시 아끼고 있습니다. 이 자리에서 그가 불쾌한 기분을 느끼는 건 우리들이 바라는 바가 아닙니다. 당신이 말씀하신 대로 직업을 떠나 완전히 개인적인 입장에서 여기 오셨다면 헨리를 가만히 내버려 두시기 바랍니다."

헨리는 의식을 행하듯 엄숙하게 돌아가며 커피를 따르고는 조금도 동요한 빛을 보이지 않은 채 애벌론의 말을 막았다.

"나를 위해 그토록 말씀해 주시니 고맙습니다, 애벌론 씨. 그런데 이 자리의 예절상 내가 직접 고든 씨에게 한 마디 말씀드리는 게 좋을 듯싶습니다."

그는 초대손님을 보고 진지한 태도로 말했다.

"고든 씨, 나는 지난날 이 모임 자리에서 화제에 오른 몇 가지 수수께끼 중 그것을 둘러싼 어떤 뚜렷한 사실을 여러 번 지적한 적이 있습니다. 그 수수께끼는 모두 하찮은 것이어서 경관이 관심을 쏟을 만한 게 못됩니다.

경찰에서 손댈 만한 사건을 풀려면 무엇보다도 기록이나 정보, 눈에 띄지 않는 분석, 많은 사람 또는 서로 다른 조직의 공동작업 등이 중요하다는 것을 나는 잘 알고 있습니다. 그런 것들은 나 같은 자가 어림도 못낼 일입니다.

솔직히 말씀드려 내가 몇 가지 수수께끼를 풀 수 있었던 것은 이 모임의 여러분이 계셨기 때문입니다. 흑거미클럽 여러분은 정말이지 뛰어난 두뇌를 가지고 계시므로 어떤 문제에 대해서나 복잡한 해답을 얼마든지 생각해 내십니다.

그럴 때 어쩌다 내가 아무래도 어렵게 생각할 필요가 없다는 생각이 들어 복잡한 곳을 그냥 지나치면 단순한 진실과 마주치곤 했던 겁니다. 요컨대 그뿐인 일이므로 일부러 시간을 내시어 나 같은 것을 테스트까지 해 보실 것은 없습니다."

고든은 고개를 끄덕였다.

"알겠소, 헨리. 하지만 어떤 조직범죄 내부에서 싸움이 일어나 서로 죽였을 경우, 그 범죄조직 사람들을 몇몇 잡아다 알리바이를 조사하거나 또는 자신이 목격한 사실을 이야기해 줄 용기 있는 일반 시민을 찾아내야 할 때 당신 힘을 빌릴 수 없겠소?"

"도저히 도움을 드리지 못할 겁니다."

"그러나 예를 들어 여기 한 장의 종이 쪽지가 있는데, 무언가가 씌어 있소. 그것은 뜻있는 말일지도 모르고 아무 뜻이 없을지도 모르오. 어쨌든 복잡한 곳을 지나쳐 단순한 진실과 마주칠 만한 좋은 지혜가 필요하오. 일이 이쯤 됐을 때 당신이 못 나설 것도 없지 않겠소."

"글쎄요."

"어쨌든 그 종이 쪽지를 보고 당신 생각을 들려주지 않겠소?"

"그것이 테스트입니까?"

"그렇게 말할 수 있소." 고든이 말했다.

헨리는 고개를 천천히 저으며 말했다.

"그렇다면 곤잘로 씨가 오늘의 호스트시니 여기서 그런 테스트를 해도 좋다는 허락을 해주셔야 합니다. 그것은 이 모임의 규칙이므로, 해야 한다면 나로서는 싫다고 할 수가 없지요. ”

곤잘로는 난처한 얼굴을 지었다. 조금 뒤 그는 결심한 듯이 말했다.

“좋아. 그것을 헨리에게 보이게. ”

트램블이 살찐 손가락을 곤잘로의 코 끝에 들이대며 물었다.

“잠깐만, 자네는 이미 보았나, 마리오 ? ”

“그렇네. ”

“뜻을 알았나 ? ”

“아닐세. 하지만 헨리라면 알 수 있을 것 같네. ”

루빈이 말했다.

“그런 일을 강요하는 건 나쁘다고 생각하네. ”

그러나 헨리는 말했다.

“호스트의 특권입니다. 보여주십시오. ”

고든은 조끼 오른쪽 윗주머니에서 네 절로 접은 작은 종이 쪽지를 꺼내 어깨 너머로 헨리에게 건네주었다. 헨리는 한번 훑어보고 곧 고든에 돌려주었다. 그는 말했다.

“죄송합니다. 씌어져 있는 것 이외의 사실은 모르겠습니다. ”

드레이크가 손을 내밀었다.

“모두에게 보여주면 어떨까요, 좋겠지요, 고든 씨 ? ”

“네, 보십시오. ”

고든은 오른쪽 옆에 있는 홀스테드에게 종이 쪽지를 건네 주었다. 홀스테드는 훑어보고 나서 다음 사람에게로 돌렸다. 종이 쪽지가 식탁을 한 바퀴 도는 동안 어느 누구도 입을 열지 않았다. 고든은 다시 돌아온 종이 쪽지를 흘끗 보더니 본디 들어 있었던 주머니에 넣었다. 거기에는 서투른 글씨로 두 줄의 글귀가 갈겨씌어져 있었다.

이세벨들에게 재앙 있으라
라합에게 죽음이 내려라

곤잘로가 말했다.

"성서의 한 구절 같아. 그렇지 않나?"

그는 당연하다는 얼굴로 루빈을 보았다. 루빈은 이 모임에서 성서 권위자로 통하고 있었다.

루빈이 말했다.

"성서 글귀같이 보이나. 아마도 성서에 미친 사람이 쓴 글인 듯싶지만, 그러나 성서에서 따온 인용은 아닐세. 그 점은 믿어도 좋아."

애벌론이 호의적인 목소리로 말했다.

"성서에 관한 한 아무도 자네를 의심하지 않네, 머니."

고든이 말했다.

"그 메모는 미스 유니버스 콘테스트에 응모한 미녀들이 기자회견을 하는 레스토랑 입구에서 어떤 여자에게 주라고 하며 놓고 간 것입니다."

"누가 가지고 왔습니까?" 트램블이 물었다.

"어떤 부랑배였습니다. 1달러를 주며 여자에게 전해달라고 했다는데, 그 상대가 남자였다는 것 말고는 아무것도 모른답니다. 그 부랑배는 단순한 심부름꾼으로 보아도 좋습니다. 그 녀석의 신원을 조사했거든요."

"지문은 있었습니까?" 홀스테드가 물었다.

고든이 대답했다.

"몹시 더럽혀져서 온전한 지문을 채취할 수가 없었습니다."

애벌론이 까다로운 얼굴로 말했다.

"거기에 씌어진 이세벨들이란 미스 유니버스 콘테스트에 응모한 젊은 아가씨들을 가리키는 것이겠지요?"

"그렇게 생각하는 게 옳겠지요. 문제는 어느 아가씨냐 하는 겁니다."

애벌론이 말했다.

"그녀들을 모두 가리키고 있다고 나는 생각합니다. '이세벨들'이라고 복수로 되어 있으니까요. 그리고 이런 말로 무언가를 표현하려는 녀석은 자잘한 구별 따위를 하지 않는 법입니다. 자기의 아름다움을 사람들에게 보여 심사를 받으려는 여자는 누구라 다 이세벨이겠지요. 그러므로 모두 이세벨입니다."

"그러나 두 번째 줄은 어떻습니까?" 고든이 물었다.

루빈이 얼마쯤 자랑스러운 표정으로 말했다.

"그것은 이럴 겁니다. 이것을 쓴 사람은 아마도 성서광이겠지요. 성서를 읽지 않을 때면 밤낮없이, 도리에 어긋나는 짓을 하는 자를 벌한다는 신의 속삭임이 귓속에서 울리는 사람들입니다. 그런 이들은 무의식중에 성서의 문체를 흉내내지요. 그런데 성서 시대의 시적인 작법 가운데 가장 두드러진 것은 같은 글귀를 조금 바꾸어 되풀이하는 것입니다. 예를 들면……."

그는 잠시 생각에 잠겼다.

"이런 것이 있습니다. '당신의 막사가 얼마나 아름다운지, 오오, 야곱이여, 그리고 당신의 오두막이 얼마나 좋은지, 오오, 이스라엘이여.' '당신들 지혜 있는 사람들이여, 내 말을 들어라, 당신들 지식 있는 사람들이여, 내게 귀를 기울여라.'"

루빈이 입술을 크게 벌리고 빙그레 웃자 그의 빈약한 수염이 더욱 엷어보였다. 그는 두꺼운 안경 너머로 눈을 빛내며 말했다.

"나중 것은 욥기에 나옵니다."

애벌론이 누구에게랄 것도 없이 말했다.

"패럴렐리즘(對句)이라는 거로군."

고든이 물었다.

"말하자면 이것을 쓴 사나이는 같은 말을 두 번 했다는 겁니까?"

루빈은 말했다.

"그런 셈입니다. 우선 그는 그녀들에게 재앙이 있을 것을 예언했습니다. 이어서 궁극의 재앙, 죽음을 예언했지요. 처음에는 그녀들을 이세벨들이라고 불렀고, 다음은 라합이라고 불렀습니다."

"그렇습니까? 이세벨은 복수입니다. 그러나 라합은 그렇지 않지요. 재앙을 부를 때에는 이세벨들이라고 복수로 했으나, 죽음을 예언하는 단계에서는 라합이라고 단수, 즉 그 가운데 한 사람을 가리키고 있습니다."

"다시 한 번 그 종이 쪽지를 보여주시겠습니까?"

루빈은 건네받은 종이 쪽지를 찬찬히 들여다보았다.

"이 필적이며 글씨로 보아 올바른 철자법을 모르는 사람 같습니다. 나중의 것도 복수의 'S'를 붙였다고 여기고 있을지도 모르지요."

"그럴지도 모릅니다. 그러나 그 점은 뭐라고 잘라 말할 수가 없군요. 철자와 구두점이 정확하고, 글씨가 서툴긴 하지만 앞에는 분명히 'S'가 붙어 있으니까요."

애벌론이 말참견을 했다

"아무래도 뒤의 것은 단수로 다루는 편이 무난할 것 같네, 머니. 그렇지 않다는 확실한 근거가 있다면 문제가 다르지만."

드레이크는 담배연기를 둥글게 토하려고 했다. 그는 그것을 성공시킨 적이 한 번도 없었다. 드레이크는 물었다.

"이것을 쓴 사람이 제정신이라고 생각하십니까, 고든 씨?"

"나 개인이 어떻게 생각하느냐는 문제가 아닙니다. 이 메모는 어딘지 성격이상자의 짓으로 여겨지는 데가 있습니다. 만일 장난으로 쓴 게 아니라면, 이것을 쓴 사람은 미치광이로 보아도 좋을 겁니다.

미치광이는 얕잡아보면 안되지요. 이것을 쓴 사람이 노여움을 느낀 신의 대변자로 자처하고 있다면 어떻게 되겠습니까. 그는 당연히 그것을 선언할 것이며, 신의 말을 구할 것입니다. 성서의 예언자들이 모두 그렇게 했으니까요."
홀스테드가 장단을 맞추었다.
"그리고 그것을 시적인 말로 표현하겠지요."
고든은 고개를 끄덕였다.
"그것도 성서의 예언자들이 했던 일이지요. 그런 사람은 신의 목소리뿐만 아니라 신의 한 팔이 된 기분으로 살고 있습니다. 그런 사람을 내버려둘 수는 없지요. 아시다시피 미스 유니버스 콘테스트는 미스 아메리카 콘테스트와 달리 여러 가지로 성가신 일이 많습니다."
"외국인이 참가하기 때문이겠지요." 루빈이 말했다.
"그렇습니다. 나오는 사람은 모두 60명. 그 가운데 미국 출신은 미스 USA 한 사람입니다. 우리로서는 그녀들에게 아무 일도 일어나지 않기를 바라는 마음뿐입니다. 조그만 사고라도 있어서는 안되지요.

하기야 무슨 일이 일어난다 해서 그것이 국제적인 긴장으로까지 발전하리라고는 생각지 않습니다만, 국무성으로서는 아무래도 반가운 일이 못됩니다. 그러므로 이런 메모가 날아온 이상 경찰은 60명 미녀의 안전대책을 강구해야만 합니다. 그런데 지금 손이 모자랍니다. 도저히 그 일을 할 만한 인원을 내놓을 여유가 없단 말입니다."

트램블이 눈살을 찌푸리며 물었다.

"잠깐 묻겠습니다만, 당신은 대체 우리에게 뭘 바라는 겁니까?"

고든은 대답했다.

"그자는 미녀들을 모조리 죽일 생각은 아닐 겁니다. 그 가운데 한 사람을 노리고 있다고 볼 수 있습니다. 그래서 죽음에 대한 말을 단수로 썼는지 모릅니다. 그래서 헨리가 그 범위를 좁히는 일에 지혜를 빌려줄 수 없을까 하여 이렇게 왔습니다. 60명의 미녀들을 지키는 것보다는 10명의 미녀를 지키는 게 더 쉬우니까요. 아니, 1명에게만 주의를 쏟을 수 있게 된다면 더 이상 좋은 일이 어디 있겠습니까."

트램블은 노골적으로 불쾌한 표정을 지으며 물었다.

"그 메모에서 말입니까? 그 메모를 보고 헨리가 미스 유니버스 콘테스트에 나가는 여자들 가운데 한 사람을 골라내야 한다는 겁니까?"

트램블은 헨리를 돌아보았다. 헨리는 말했다.

"나로서는 짐작도 가지 않습니다, 트램블 씨."

고든은 다시 종이 쪽지를 꺼냈다.

"라합이라는 게 누구인지 가르쳐주었으면 합니다. 어째서 한 사람의 특정한 여자를 라합이라고 불렀으며, 죽이겠다고 위협하고 있는지 말이오."

곤잘로가 불쑥 말했다.

"어째서 놀림받는 여자가 라합이라는 건가? 그것은 그자의 서명일지도 모르잖나. 라합은 성서에 나오는 훌륭한 예언자나 사형집행인이었을 걸세. 그러니 그것을 빌려 자기 이름으로 했을지도 모르네."

루빈이 콧방귀를 흥 뀌었다.

"웃기지 말게, 마리오. 아무리 화가라지만 너무 아는 게 없군그래. 라합은 한 문장 속에 있네. 만일 서명이라면 다시 한 줄 내려서 써야 할 게 아닌가.

그자가 신의 노여움을 여러 사람 앞에서 드러내려는 생각이 있었다면 자랑스레 오해받을 여지가 없도록 서명했을 걸세, 서명한다면 말이야. 그리고 만일 그렇다면 무엇보다도 라합이라는 이름을 쓸 리 없네, 적어도 성서를 알고 있다면. 라합이란…… 여보게, 헨리, 흠정역 성서를 갖다주겠나. 이 점은 틀림이 없도록 확인하는 게 좋겠어."

트램블이 물었다.

"뭐야, 자네는 성서를 암기하고 있지 못하나?"

루빈은 거만하게 대꾸했다.

"이따금 자잘한 점을 잊을 수도 있네, 톰."

헨리에게서 성서를 받아들고 루빈은 말했다.

"고맙네, 헨리. 성서에는 라합이 꼭 한 사람 등장하지. 라합은 기생일세."

곤잘로가 깜짝 놀라며 외쳤다.

"정말인가?"

"그렇네. 오오, 여기로군. 여호수아서 제2장 제1절 '눈의 아들 여호수아는 싯딤에서 정탐꾼 둘을 몰래 보내며 그들에게 말했다. 가서 그 땅, 특히 여리고 지역을 살펴보고 오라. 그들은 가서 라합이라는 기생의 집에 들어가 거기서 묵었다.'"

애벌론이 깊은 생각에 잠기며 말했다.

"이세벨과 라합을 서로 관련지어 대구로 쓴 것은 그런 뜻도 포함되어 있다는 건가. 자네가 아까 그렇게 말했잖나."

"그런 셈이네. 그러니까 이세벨도 라합도 모두 여자를 가리키고 있

네. 양쪽 모두 복수라고 나는 생각해. 이세벨도 라합도 성서에서는
탕녀를 상징하지. 누구인지는 모르나 그 협박장을 쓴 자는 미스 유
니버스 콘테스트에 나가는 여자들을 모두 탕녀로 여기고 있는 것
같네.”
“그럴까?” 곤잘로가 물었다. “아니, 그러니까 그녀들은 탕녀란
말인가.”
고든이 히죽 웃었다.
“그녀들의 개인생활에 대해 내가 이러쿵저러쿵할 입장은 아닙니다
만, 그녀들의 경력에는 그런 오점이 있는 것 같지 않습니다. 그녀
들은 각 나라의 대표로서 엄격하게 선출된 젊은 여성들입니다. 수
상쩍은 소문이 있는 여자가 심사위원의 눈을 속이고 나올 수 있다
고는 여겨지지 않습니다.”
애벌론이 말했다.
“고지식한 정통파 신자가 누군가를 가리켜 이세벨이라고 호되게 꾸
짖거나 난잡한 여자로 여길 경우, 내가 보기에는 실제로 난잡한 행
동이 있어 그러는 게 아닙니다. 이것은 요컨대 매우 주관적인 문제
입니다. 자기에게 성적 수치심을 일으키게 하는 여자라면 누구건
탕녀라고 할 수 있지요. 그러므로 가장 성적매력에 넘치는 여자야
말로 그에게는 가장 난잡한 여자로 보이지 않겠습니까.”
고든이 애벌론을 흘끗 보며 물었다.
“그렇다면 그자는 가장 뛰어난 미인을 죽이려 한다는 이야기입니
까?”
애벌론은 어깨를 으쓱했다.
“미인이란 대체 무엇입니까? 그자가 으뜸가는 미인이라고 여기는
한 여자를 노리고 있다면, 그의 미인 기준은 어디 있다고 생각하십
니까? 모든 사람의 눈이 일치하는, 그림으로 그린 듯한 미인이라

고 할 수만은 없지요. 돌아가신 어머니와 비슷하다든가, 어릴 때 그리워하던 여자아이와 닮았다든가, 지난날의 담임선생을 떠오르게 한다든가 여러 가지가 있겠지요. 뭐라고 규정지을 수는 없습니다. ”

“그럴 테지요. 지당한 말씀입니다. 그러나 지금 그런 것은 아무래도 좋습니다. 문제는 누가 목표이며, 라합이 누구냐는 겁니다. 동기는 뒤로 미뤄도 됩니다. ”

애벌론은 고개를 저었다.

“아니, 그리 간단히 동기를 무시할 수는 없습니다. 생각의 줄거리가 다르면 아무것도 나올 수 없지요. 나는 머니가 말한 것처럼, 이세벨과 라합이 공통의 뜻을 나타내는 대구로서 씌어 있다고는 생각하지 않습니다. ”

루빈은 턱을 앞으로 쑥 내밀었다.

“아닐세, 그 점은 틀림없을 걸세. ”

“어째서 그런가? 이세벨은 기생이 아니네. 이세벨은 이스라엘의 여왕이야. 더구나 성서의 어디를 찾아봐도 이세벨이 난잡한 성적 행동을 했다는 말은 씌어 있지 않네. 이세벨은 다만 우상숭배자여서 야훼이스트, 야훼를 믿는 사람들과 대립하고 있었을 뿐이네. 흔히 여호와로 쓰이지만 올바르게 말하면 야훼지. ”

루빈이 말했다.

“그렇게 주장한다면 나도 설명하겠네. 이세벨은 두로 왕의 딸일세. 두로 왕은 아시타로테의 사제였지. 아마 이세벨 자신도 무녀였을 걸세. 라합 역시 단순한 기생이 아니라 풍요와 다산(多産)을 관리하는 무녀였지. 이스라엘 백성이 볼 때에는 매춘행위였지만 말이야. ”

홀스테드가 말했다.

"성서를 그런 방식으로 읽는 사람은 없네, 머니. 성서엔 이세벨은 여왕이고 라합은 기생으로 되어 있네. 대부분의 사람들은 그것을 그대로 받아들이지."

애벌론이 말했다.

"아니, 내가 말하고 싶은 건 그 점이 아닐세. 이세벨의 신분을 따지는 게 아니라 그녀가 비참한 최후를 마쳤다는 점일세. 이세벨은 왕궁의 반란으로 살해되어 개에게 먹혔거든.

그런데 라합은 어떠했는가 하면 해피엔드였단 말이네. 여리고가 멸망된 다음에도 살아남았지. 그것은 염탐꾼을 숨겨주었기 때문이었네. 그 뒤 라합은 개종하여 이스라엘 신을 받들었다고 해석할 수 있지. 다시 말해서 라합은 이미 창녀도 아니고 이교의 무녀도 아니었단 말이네. 사실…… 머니, 그 성서 좀 보여주게."

애벌론은 성서를 받아들고 급히 페이지를 들추었다.

"마태복음 첫부분에 나와 있지. 아, 여기 있군. '살몬은 라합에게서 보아스를 낳고, 보아스는 룻에게서 오벳을 낳고, 오벳은 이새를 낳고, 이새는 다윗 왕을 낳으니라.

이것 보게, 마태복음 제1장 제5절. 여기에 의하면 라합은 이스라엘의 귀인과 결혼했어. 그것도 다윗 왕의 증증조부와 말일세. 다시 말해서 예수의 먼 조상이라고 할 수 있네. 이스라엘의 여리고 공략에 협력했고, 이스라엘 사람에게 시집갔단 말이네. 다윗과 그리스도의 조상에 해당되는 라합이 정통파에게 어째서 음란의 상징이 되겠나."

성서는 손에서 손으로 한 바퀴 돌았다.

홀스테드가 말했다.

"이름의 철자가 다르군. 마태복음에는 라합(Rachab)으로 되어 있네."

애벌론이 말했다.

"신약성서는 그리스어에서 영어로 번역되었고, 구약성서는 헤브라이어에서 번역되었기 때문일세. 그래서 철자가 통일되지 않은 곳이 있지. 지금 내가 읽은 보아스(Booz)만 해도 구약의 룻기에는 Boaz로 되어 있다네."

루빈이 말했다.

"라합의 경우는 Rachab라고 쓰는 게 옳네. 헤브라이어의 고유명사 속에 나오는 '하' 소리는 독일어의 'ch' 발음이니까."

애벌론이 말했다.

"그러므로 라합을 미스 유니버스 콘테스트에 나오는 사람 중 하나와 연결시켜서 생각한다면, 이세벨과의 유사점이나 공통점 같은 것은 버리고 다른 어떤 뜻을 생각해야 할 걸세."

"그럼, 어떻게 생각하자는 건가?" 드레이크가 물었다.

애벌론이 손가락을 세워서 그 말을 가로막았다.

"잠깐만, 한 가지 생각나는 일이 있네. 머니, 라합이란 성서에서 시적인 표현으로 이집트를 가리키지 않나?"

루빈이 몸을 앞으로 내밀었다.

"그래, 맞아. 헤브라이어와는 다른 말이지. 그 경우 라합은 Rahab일세. 그런데 영어로 한다면 똑같아지고 말지. 흔히 '긍지'니 '위력'으로 번역되지만, 적어도 한군데는 그렇게 옮겨지지 않은 곳이 있네…… 아마도 그것은 시편이었다고 생각해."

그는 중얼거리며 성서를 들췄다.

"성서사전이 있으면 좋으련만. 클럽에 한 권 있어야해."

이윽고 그는 커다랗게 소리질렀다.

"있네, 있어, 여기에. 시편 제87편 제4절 '내가 라합과 바벨론 왕을 나를 아는 자 중에 있다 말하리라. 보라, 펠리시테와 두로와 이

디오피아여…….'"
곤잘로가 물었다.
"그 라합이 어떻게 이집트라는 것을 알 수 있지?"
"그것은 구약시대 내내 티그리스 유프라테스 계곡과 나일 강변의 두 강한 나라가 서로 패권을 다투고 있었기 때문이야. 바빌론이 틀림없이 전자라면 라합은 후자가 되지. 이 점은 의심할 여지가 없네. 성서학자들도 이 라합이 이집트를 뜻한다는 데 의견이 일치되고 있네."
에벌론이 말했다.
"그렇다면 구태여 헨리에게 물을 필요도 없을 것 같군그래. 나는 이 수수께끼의 협박장을 보낸 자가 노리는 것은 미스 이집트라고 보네. 그러면 앞뒤가 맞으니까. 이 뉴욕에는 현재 유대인이 2백만쯤 살고 있는데, 오늘날 이스라엘과 이집트의 관계를 생각해 볼 때 개중에 정신이 조금 돌아서 미스 이집트를 협박하는 것이 자기의 사명이라고 여기는 자가 있을지도 모르지."
고든이 말했다.
"참으로 재미있는 추리군요. 다만 한 가지 난점이 있습니다."
"무슨 말씀이신지?"
"미스 이집트는 없습니다. 아시다시피 미스 유니버스 콘테스트는 미스 아메리카처럼 단순하지 않습니다. 미스 아메리카의 경우는 50주에서 저마다 한 명씩 대표가 나옵니다. 외교정책이 끼어들 여지가 없지요.
그러나 미스 유니버스 콘테스트에는, 미국에 호의를 가지고 있지 않거나 또는 미인 콘테스트 따위는 퇴폐와 타락에 지나지 않는다고 생각하는 나라들은 대표를 보내지 않습니다. 이번에는 아랍 여러 나라에서 한 사람도 오지 않습니다.

　　그런가 하면 나라에 따라 대표 한 사람에 그치지 않고 다른 호칭으로 여러 사람을 보내는 수도 있습니다. 몇 년 전이었다고 생각합니다만, 독일 미녀가 두 사람 왔었지요, 우승한 미스 독일과 준우승한 미스 바바리아였습니다.”

애벌론은 낙심하여 어깨를 축 늘어뜨렸다.

“미스 이집트가 없다면 라합이 무엇을 뜻하는지 짐작이 가지 않는군.”

곤잘로가 물었다.

“성서에서는 어떤 뜻으로 되어 있나? 이집트가 왜 그렇게 불려지게 되었나? 뭔가 이유가 있겠지?”

루빈이 말했다.

“그것은 이집트가 강의 왕국이었기 때문일세. 라합이란 바다와 관계 있는 말이니까. 사실 이것은 이스라엘 이전 천지창조 신화의 유물이라네. 사마리아 사람들은 육지가 바다에서 만들어진 거라고 생각하고 있었지. 바다란 티아마트라고 불리는 거대한 괴수인데, 그것이 두 조각으로 잘려 그 사이에서 육지가 나타난 것으로 되어 있다네. 바빌로니아 신화에서는 그 티아마트를 죽인 게 마르두크로 되어 있지.

　　창세기를 처음 쓴 신관(神官)들은 바빌로니아 신화를 정리하여 다신론(多神論)을 배제했지. 그러나 그 상처자국은 남아 있다네. 창세기 제1장 제2절을 보면 천지창조 첫째 날 앞에 이런 말이 씌어 있네. ‘땅은 아직 모양을 갖추지 못하고 아무것도 생기지 않았는데, 어둠이 깊은 물 위에 뒤덮이고 그 물 위에 하나님의 기운이 감돌고 있었다.’ 이 ‘물’이라고 번역된 말은 헤브라이 어로 ‘테옴’이라네. 성서 주석자 가운데는 이것을 티아마트가 변화한 거라고 주장하는 사람이 있지. 이 한 구절은 우주적 투쟁의 모양을 남겨주는 유일한 예라고 말할 수 있네."

드레이크가 말했다.

"그것은 지나치게 파고든 이야기 같군."

"글쎄, 어떨지. 성서에는 그 이전의 더욱 소박한 천지창조 신화에서 나온 것으로 여겨지는 말도 흔히 있다네. 이사야 서 끝부분에도 있지, 아마. 어디더라……, 전에는 몇 장 몇 절까지 모조리 외고 있었는데……."

루빈은 헨리가 날라온 작은 브랜디 글라스는 거들떠보지도 않고 성서만 여기저기 들추고 있었다. 고든은 브랜디를 홀짝홀짝 마시며 느긋하게 그 모습을 바라보고 있었다. 그는 루빈을 말리지도 않았고, 토론을 본디 줄거리로 돌리지도 않았다.

드디어 트램블이 말했다.

"그런다고 결말이 나는 건 아니잖나."

그러나 루빈은 흥분하며 손을 저었다.

"있네, 있어. 이것일세. 이사야 서 제51장 제9절 '야훼여, 당신의 팔을 벌떡 일으키십시오, 그 팔에 힘을 내십시오, 옛날옛적에 하셨듯이 팔을 일으키십시오, 라합을 찢던 그 팔을, 용을 찔러죽이던 그 팔을 일으키십시오.'

'라합을 찢던'과 '용을 찔러죽이던'은 역시 공통된 대구로 되어 있네. 라합과 용은 둘 다 모두 거칠게 파도치는 바다를 상징한 것일세. 그 바다가 두 조각으로 갈라져 비로소 마른 육지가 만들어진 셈이네. 주석자 가운데는 이것이 이집트와 홍해의 분할을 가리키고 있다는 의견을 주장하는 사람도 있지만, 나는 이 한 구절이 티아마트와의 투쟁을 가리키고 있다고 보네."

루빈은 이마에 땀이 번들거리는 모습으로 왼손을 들어 모두들 조용히 하게 시키며, 그러는 동안에도 오른손으로는 줄곧 책장을 들췄다.

"시편에도 거기에 대해 언급한 구절이 있네. 잠깐만 기다려주게.
이제 찾을 테니까. 아, 있어. 시편 제89편 9절과 10절. '주께서 바
다의 흉용함을 다스리시며 그 파도가 일어날 때에 평정케 하시나이
다. 주께서 라합을 살육당한 자같이 파쇄하시고…….' 그리고 또
한 군데 시편 제74편 제13절과 제14절. '주께서 주의 능력으로 바
다를 나누시고 물 가운데 용들의 머리를 깨뜨리셨으며 리위야단의
머리를 깨뜨리시고…….' 리위야단(리바이어던)도 역시 태곳적 바
다의 다른 이름이라네."
트램블이 고함을 질렀다.
"적당히 해두게, 머니. 자네는 부활운동의 설교사가 아닐세. 그런
말이나 길게 늘어놓는다고 무슨 소용있겠나. 안 그런가?"
루빈은 아연하여 얼굴을 들고 성서를 덮었다. 그리고 거창하게 거
드름을 피우며 말했다.
"톰, 나에게 말하도록 허락해 준다면, 그리고 그렇게 고함 지르고
싶은 기분을 자네가 꾹 참아준다면 설명해 줄 수 있네."
루빈은 잔뜩 뜸들이며 모두를 둘러보았다.
"이 협박장을 쓴 자는 라합을 사납게 물결치는 바다의 힘이라는 뜻
으로 쓴 것 같네, 오늘날 사납게 물결치는 바다의 힘이란 무엇인
가? 바다를 지배하는 것은 누구인가? 미국이지. 항공모함. 원자
력 잠수함. 플래리스미사일. 미국이야말로 라합의 힘을 지니고 있
잖은가. 그자가 노리는 여자는 아무래도 미스 USA인 듯하네."
홀스테드가 말했다.
"그럴까? 미국이 바다에서 지배적인 세력을 지니게 된 것은 제2차
세계대전 뒤가 아닌가. 아직은 전설이 될 만큼 세월이 흐르지 않았
네. 노래나 이야기에서 바다의 왕자라면 역시 그레이트 브리튼이
지. '브리타니아 파도를 지배하다.' 나는 미스 그레이트 브리튼에게

한 표 던지겠네.”

고든이 말참견을 했다.

“미스 그레이트 브리튼은 없습니다. 미스 잉글랜드는 있습니다만.”

“그렇습니까. 그럼, 잉글랜드에게 한 표.”

드레이크가 말했다.

“미치광이의 생각을 어떻게 알수 있겠나. 어쩌면 그자는 단지 자기 수법을 예고할 목적만으로 그 이름을 썼을지도 모르네. 아까 루빈이 읽은 성서 속에 있었지 ‘찢다’느니 ‘찔러죽인다’느니. 다시 말해서 흉기로 찌르겠다는 뜻이 아닐까.”

루빈이 고개를 저었다.

“‘라합을 쳐부수다’로 된 곳도 있다네.”

곤잘로가 말했다.

“라합이 신의 불구대천 원수라면, 그것은 나치를 가리키는 건지도 모르겠네. 제프는 그자가 유대인이며 미스 이집트를 노리고 있을 거라고 했지만, 미스 독일이 목표일지도 모르지.”

트램블이 말했다.

“언제부터 범인이 유대인으로 정해진건가? 정통파 신자는 거의 프로테스탄트일세. 그 정통파는 한때 로마 교황에게 참으로 좋은 별명을 지어주었었지. 교황을 가리켜 ‘바빌론 창녀’라고 불렀단 말이네. 라합은 창녀였지. 미스 바티칸은 없으니 미스 이탈리아는 어떨까?”

헨리가 말했다.

“한 마디 해도 좋을까요, 여러분?”

고든이 얼굴을 들었다.

“오, 의견이 있소, 헨리?”

“네, 한 가지 머리에 떠오른 게 있지만 쓸모가 있을지 모르겠습니다…… . 고든 씨, 아까 하신 말씀 가운데 미스 유니버스 콘테스트에 대표를 파견하는 일은 나라마다 다르다고 하셨지요. 대표를 보내오지 않는 나라도 있고, 그런가 하면 다른 이름으로 2명 또는 그 이상의 대표를 보내오는 나라도 있다고 말입니다. 예를 들어 미스 독일과 미스 바바리아가 있다고 하셨습니다. ”

“맞소. ” 고든이 말했다.

“그리고 미스 그레이트 브리튼은 없으나 미스 잉글랜드는 있다고 말씀하셨습니다. ”

“그렇소. ”

“미스 잉글랜드가 있다는 것은 미스 스코틀랜드도 있다는 이야기입니까 ? ”

고든은 눈을 가늘게 떴다.

“그렇소. 그밖에 또 미스 아일랜드와 미스 북아일랜드가 있지요. ”

곤잘로가 두 손으로 식탁을 내리누르는 듯한 자세를 취했다.

“헨리가 하려는 말이 무엇인지 알겠네. 만일 이 협박장을 보낸 자가 아일랜드인이라면 노리는 상대는 미스 북아일랜드일 테지. 미스 북아일랜드는 영국의 괴뢰정권을 대표하고 있으니까. 그리고 영국은 바다의 왕자니 바로 라합이지. ”

헨리는 고개를 저었다.

“그토록 어렵게 생각하실 일이 아닌 것 같습니다. 이것은 내가 여느 때 늘 지니고 있는 의견입니다만, 좀처럼 판가름하기 어려울 때에는 간단한 설명이 가장 좋은 법입니다. ”

애벌론이 말했다.

“어컴의 면도날(설명을 위한 예증은 필요 이상 복잡하면 안된다는 뜻의 격언)이란 말이로군. ”

“솔직히 말씀드려서 나는 라합에 대해 아무것도 모릅니다. 그러나 루빈 씨의 설명이 내 눈을 뜨게 해주셨습니다.

라합이 바다를 상징하는 괴물이고 그 괴물이 리바이어던이라 불려지고 있다면, 그리고 오늘날 현존하는 최대의 바다괴물을 가리키는 말로 쓰이고 있다면 그것은 미스 웨일스(훼일스—고래)가 아닐까요?"

"오호." 고든이 말했다.

헨리는 고든을 보며 다시 말을 이었다.

"이것이 대답일까요, 고든 씨?"

고든은 짐짓 점잔을 빼며 말했다.

"하나의 가능성은 되오."

"아닙니다, 고든 씨. 그것으로는 납득할 수 없습니다. 당신은 나를 테스트하러 오셨다지요. 대답을 모르신다면 어떻게 나를 테스트하실 수 있겠습니까?"

고든은 껄껄 웃었다.

"과연 훌륭하오, 헨리. 지금 한 이야기는 모두 사실이오. 작년에 있었던 사건인데, 문제의 협박장을 보낸 자는 체포되었지요. 칼을 가지고 있었으나 그다지 위험한 인물은 아니었소. 순순히 단념하더군요. 지금은 어느 정신병원에 있소. 그가 하는 말은 그야말로 횡설수설이었소. 그래서 그 동기를 끝내 알아내지 못했지요. 다만 그가 노린 상대가 나쁜 여자라는 사실만은 굳게 믿고 있었소.

경찰로서는 경비를 위해 많은 인원을 투입해야 한다는 게 가장 골칫거리였소. 게다가 라합이 무엇을 뜻하는지 끝내 알아내지 못했소. 어쨌든 그가 미스 웨일스의 분장실로 쳐들어가려는 것을 체포했지요. 작년에 당신을 만났더라면 좋았을 거요. 아니, 실로 대단한 탐정이오."

헨리는 말했다.

"대단한 탐정은 바로 흑거미클럽 여러분이십니다. 여러분이 수수께 끼를 푸신 거지요. 나는 다만 떨어진 이삭을 주울 뿐입니다."

이 이야기는 〈EQMM〉 1973년 9월호에 '미스 유니버스에게 보내 는 경고'라는 제목으로 발표되었다. 이 제목을 나는 좋아하지 않았 다. 그래서 '어느 나라 대표?'로 다시 돌려놓은 것이다.

나는 작품이 태어난 계기 따위는 대개 잊어버리는데 이 이야기에 대해서만은 잘 기억하고 있다. 〈뉴욕 포스트〉의 레너드 라이언즈의 컬럼 담당자 애니터 서머 부인은 열렬한 SF 애호가였는데, 어느 날 미스 유니버스 콘테스트에 응모한 미녀들을 위한 칵테일 파티에 나를 초대해 주었다.

물론 나는 기꺼이 받아들였다. 나는 그야말로 황홀한 기분에 도취 되어 미인들 사이를 헤매다녔다. 나의 숨김없는 기쁨을 보고 기분이 좋아진 애니터는 말했다.

"이것을 테마로 소설을 써보세요, 아이작."

나는 말했다.

"좋소."

그리고 나는 썼다. 그런 이유로 나는 이 작품을 애니터 서머에게 바친다.

The Lullaby of Broadway

브로드웨이의 자장가

흑거미클럽의 역사가 시작된 뒤 처음으로 개인 자택에서 모임이 열리게 되었다.

말을 꺼낸 것은 임마누엘 루빈이었다. 드문드문 난 갈색 수염을 심하게 떨며 마치 의회에서 연설을 하듯 자기 의견을 내세웠다.

다음번 호스트는 자기다, 클럽의 규정으로 볼 때 호스트는 제왕이다. 그리고 규정을 아무리 들여다 보아도 모임 장소가 일정하게 정해져 있다는 대목은 없다고 그는 말했다.

그러자 제프리 애벌론이 특허변호사라는 그의 직업에 어울리는 일종의 위엄을 보이며 말했다.

"관례가 아닌가. 지금까지 내내 모임은 여기서 열렸었잖나."

루빈은 말했다.

"관례가 절대적이라면 무엇 때문에 규정 같은 게 있나."

결국 루빈이 요리솜씨를 자랑하자 마리오 곤잘로가 활짝 웃으며 말했다.

"모두 가서 햄버거가 눌어붙는 냄새라도 맡아볼까?"

그리하여 마침내 루빈의 주장은 받아들여졌다.

루빈은 정색을 하고 말했다.

"누가 햄버거를 먹인다던가. "

이미 그때는 모두 한 발자국 양보할 마음이 되어 있었다.

그리하여 허드슨 강 건너쪽에서 같은 전차를 타고온 애벌론과 제임스 드레이크는 웨스트사이드에 있는 루빈의 아파트 로비에서 수위가 돌아봐주기를 기다리게 되었다. 폭력에 호소한다면 모를까, 수위의 허가 없이는 아파트에 들어갈 수 없었던 것이다.

애벌론이 소곤대는 목소리로 말했다.

"요새(要塞)심리로군. 뉴욕 어디를 가나 모두 이렇단 말이야. 위에서 아래까지 훑어보고 무기가 있는지 없는지 조사하지 않고는 들여보내지 않거든. "

"무리도 아닐세. "

드레이크는 부드러운 쉰 목소리로 말하며 담배에 불을 붙였다.

"엘리베이터 안에서 목졸려 죽는 것보다 낫지. "

"그건 그래. " 애벌론은 우울하게 말했다.

수위가 두 사람을 돌아보았다. 키가 작고 얼굴이 둥근 대머리의 남자였다. 얼굴 둘레에 조금 남은 머리카락과 같은 빛깔의 수염은 드레이크의 것처럼 짧고 빳빳했으나, 코 밑부분에서는 드레이크의 것보다 더욱 넓게 퍼져 있었다. 어느 모로 보나 무서운 사람 같지는 않았으나 회색 유니폼이 권위를 나타내고 있어 침입자의 기를 꺾기에는 충분했다.

"누구십니까? " 그는 물었다.

애벌론이 헛기침을 하고 매혹적인 성량이 풍부한 바리톤으로, 키가 크고 체격이 당당하며 의젓한 남자로서는 몹시 어울리지 않게 수줍어하듯 대답했다.

"닥터 드레이크와 애벌론인데, 14—AA의 임마누엘 루빈 씨 댁에 가려고 하오."

"닥터 드레이크와 애벌론이라고요? 잠깐만 기다리십시오."

수위는 줄지어 있는 벨 앞으로 가서 인터폰으로 손님이 왔음을 알렸다. 루빈이 급하게 외치는 목소리가 뚜렷이 들려왔다.

"어서 들여보내주게, 어서."

수위는 두 사람을 위해 문을 열었다. 애벌론은 들어가다가 문득 걸음을 멈추었다.

"여기서는 이따금 사고가 일어납니까?"

수위는 엄숙하게 고개를 끄덕였다.

"가끔 있지요. 아무리 잘 지켜도 일어날 때가 되면 일어나고야 맙니다. 지난해에 20층의 어떤 댁이 당했지요. 얼마 전에도 세탁장에서 부인 한 사람이 습격받았습니다. 그런 일이란 늘 있는 법이지요."

등 뒤에서 조용한 목소리가 들렸다.

"함께 가도 좋겠습니까?"

드레이크와 애벌론은 몸을 돌려 뒤에 서 있는 손님을 보았다. 금방 상대를 알아보지 못했다. 이내 드레이크가 싱긋 웃으며 입을 열었다.

"헨리, 레스토랑에서 시중들고 있지 않을 때는 정말 몰라보겠네."

애벌론이 깜짝 놀라며 말했다.

"헨리, 이런 데서 뭘?"

애벌론이 황급히 말을 삼키며 멋적은 얼굴을 했다.

"루빈 씨께서 초대해 주셨습니다. 레스토랑에서의 모임이 아니면 내가 시중들어 드릴 수 없지 않느냐고 말씀 드렸더니, 그렇다면 초대손님으로 맞겠다고 하시더군요. 굳이 자택에서 모임을 여시겠다고 우기신 것은 그런 목적이 있었기 때문인 듯싶습니다. 루빈 씨는 겉으로 뵙기보다는 무척 다정한 분이시거든요."

애벌론이 아까 실수한 말을 만회하려는 듯이 열띤 목소리로 말했다.

"멋있네. 수위 양반, 이 사람도 우리와 함께 갑니다."

헨리는 한 발자국 물러서며 물었다.

"루빈 씨에게 알려주시겠소?"

그들이 얘기를 나누는 동안 내내 느긋하게 문을 붙잡고 서 있던 수위는 말했다.

"아닙니다, 그냥 들어가십시오."

헨리는 가볍게 머리를 숙였고, 세 사람은 넓고 푸른 로비를 지나 엘리베이터 앞으로 갔다.

드레이크가 말했다.

"헨리, 그런 모습은 요즘 그다지 볼수 없게 되었네. 그렇게 정장을 하고 뉴욕 거리를 걸어다니면 사람들이 모여들 테지."

헨리는 자기 모습을 흘끗 내려다보았다. 짙은 갈색 양복은 고풍스럽게 재단되어 있어서 요즈음 어디로 가면 이런 양복을 파는 가게를 찾아낼 수 있을까 하고 드레이크는 마음속으로 고개를 갸웃거렸을 것임에 틀림없다. 구두는 점잖은 검은색. 와이셔츠는 눈부시게 희며, 수수하고 가느다란 잿빛 넥타이에는 산뜻한 핀이 꽂혀 있었다.

그러나 뭐니뭐니해도 헨리의 고색창연한 스타일에 결정적인 역할을 한 것은 짙은 갈색 중산모였다. 지금 헨리는 그것을 벗어서 차양 언저리를 살짝 쥐고 있었다.

애벌론이 말했다.

"중산모를 보는 게 몇 년 만인지 모르겠군."

드레이크가 말했다.

"요즈음은 모자 자체를 쓰지 않으니까."

"지금은 자유로운 시대입니다. 사람들은 저마다 자기 좋을 대로 하지요. 나는 이것이 좋습니다."

애벌론이 말했다.

"어리석게도 개중에는 세탁장에서 여자를 덮치는 게 자유라고 생각하는 녀석도 있지."

"네. 수위가 하는 이야기를 들었습니다. 어쨌든 오늘은 아무 일도 일어나지 않기를 빕니다."

엘리베이터가 하나 내려오고 개를 거느린 한 여자가 나왔다. 애벌론은 엘리베이터 안 양옆을 살피고 난 다음 탔다. 그들은 14층에서 무사히 내렸다.

회원은 모두 와 있었다. 아니, 거의라고 해야 옳을 것이다. 루빈은 '제인'이라고 크게 수놓여진 아내의 앞치마를 두르고 바쁘게 일하고 있었다.

사이드보드에는 온갖 종류의 술병이 줄지어 서 있었다. 애벌론은 실랑이 끝에 헨리를 물리치고 자기가 임시 바텐더 역을 맡고 나섰다.

루빈이 큰 소리로 말했다.

"자네는 앉아 있게, 헨리. 오늘은 초대손님이니까."

헨리는 어쩐지 가만히 있기가 거북한 모양이었다.

홀스테드가 조금 더듬거리며 말했다.

"꽤 좋은 아파트로군, 머니."

"나쁘지 않지…… . 잠깐, 여기 좀 지나가게 해주게…… . 좁은 것이 흠이지. 그야 우리는 아이가 없으니까 휑하니 넓을 필요는 없지만 말이야. 더구나 나 같은 작가는 맨해튼에 사는 고마움을 맛본다네."

애벌론이 말했다.

"아래층에서 고마움이라는 것에 대해 들었네. 수위의 이야기로는 세탁장에서 여자가 습격받은 일이 있다더군."

루빈이 멸시하듯 말을 꺼냈다.

"아, 그 일 말인가. 개중에는 공연히 크게 떠들어대는 자가 있다네. 여기서 좀 떨어진 곳에 있는 모텔이 중국 UN대표부가 된 뒤부터 돈 있는 독신여성인지 뭔지가 어쩌고 하면 대뜸 황색인 짓이라고 우겨댄단 말이야."

"도둑도 있다더군." 드레이크가 말했다.

루빈은 맨해튼이 비난받으면 마치 자기 개인이 공격받은 듯이 분하게 여겼다.

"그런 일이야 어디든지 있지. 제인이 부주의했기 때문이기도 했네."

눈 앞에 놓인 마실 것에 손도 대지 않고 혼자 식탁 앞에 앉아 있던 헨리가 문득 얼굴을 들었다. 그 놀란 표정에도 불구하고 그의 얼굴에는 이상하리만큼 주름 하나 없었다. 그는 물었다.

"그렇다면 루빈 씨, 이 아파트에 도둑이 들었었다는 말씀이십니까?"

"으음, 그렇다네. 문의 자물쇠는 셀룰로이드 판때기 한장으로도 간단히 열리는 모양이야. 그래서 모두들 따로 굉장한 자물쇠를 달고 있다네."

"언제쯤 있었던 일입니까?" 헨리가 물었다.

"2주일쯤 전이었을 걸세. 그건 정말 제인의 잘못이었어. 홀 맞은편에 사는 사람네 집으로 요리의 양념에 대해 뭔가 물으러 간다며 집을 비웠었다더군. 그때 자물쇠를 이중으로 잠그지 않았다네. 그것은 빈집에 어서 들어가십시오 하는 거나 다름없는 짓이지. 빈집을 노리는 도둑은 사람이 있는지 없는지 알아내는 일종의 초능력을 지니고 있거든. 그 녀석이 막 나가려는데 제인이 돌아왔기 때문에 큰 소동이 벌어졌지.”

곤잘로는 그렇지 않아도 튀어나온 눈을 한껏 부라리며 물었다.

“다치지는 않았나?”

“그다지 크게 다치지는 않았다네. 다만 놀랐을 뿐이지. 제인은 굉장히 큰 소리를 질렀다는군. 제인으로서는 가능한 한 가장 효과적인 수단에 호소한 셈이었지. 상대는 달아나버렸네. 만일 내가 집에 있었더라면 뒤쫓아가서 붙잡았을 걸세. 그런 녀석 한둘쯤은……”

애벌론이 집게손가락으로 얼음을 돌리며 심각하게 말했다.

“그런 짓은 하지 않는 편이 좋아. 뒤쫓아간들 갈빗대에 칼이나 맞는 게 고작일 테니까. 자네가 말일세.”

“무슨 소리. 나는 옛날에 칼을 가진 녀석들과 칼부림해 본 적이 있다네. 그런 녀석들은…… 이크, 뭐가 타는군.”

그는 부엌으로 달려갔다. 문 두드리는 소리가 났다.

애벌론이 말했다.

“내다보는 구멍으로 먼저 살피는 게 좋겠네.”

홀스테드가 내다보았다.

“톰일세.”

그는 문을 열었다. 토머스 트램블이 들어왔다.

“수위가 물어오지도 않았는데, 자네 어떻게 올라올 수 있었나?”

애벌론이 물었다.

트램블은 어깨를 움츠렸다.

“얼굴을 알고 있거든. 머니네 집에는 오늘 처음 오는 게 아니라네.”

드레이크가 말했다.

“자네 같은 거물 첩보부원은 프리패스일 테지.”

트램블은 콧소리를 흥 내며 얼굴을 찌푸렸으나 먹이에 덤벼들려고 하지는 않았다. 트램블이 암호전문가라는 것은 흑거미클럽 회원들은 모두 알고 있다. 그러나 그가 실제로 무엇을 하고 있는지는 아무도 몰랐다. 모두 어렴풋이 같은 생각을 하고 있기는 했지만.

트램블이 물었다.

"누가 소의 수를 헤아려보았나?"

곤잘로가 웃었다.

"정말 소 떼로군."

한쪽 벽에 놓인 책장에는 목각이며 도기로 만들어진 온갖 크기와 빛깔의 소가 득실거리고 있었다. 엔드 테이블이며 텔레비전 위에도 몇 개 놓여 있었다.

드레이크가 화장실에서 나오며 말했다.

"저기에도 많이 있다네."

트램블이 말했다.

"우리 내기해 볼까. 이 집에 있는 소의 수를 저마다 세어보면 아마 모두 다른 답이 나올 걸세. 그리고 옳은 답은 하나도 없을 거야."

홀스테드가 말했다.

"그보다 머니 자신도 몇 개 있는지 모를걸."

곤잘로가 큰 소리로 물었다.

"여보게, 머니, 소가 모두 몇 마리 있나?"

루빈이 접시를 덜거덕거리며 외쳤다.

"나도 넣어서 말인가?"

그는 부엌 입구에서 머리만 내밀고 말했다.

"우리집에서 식사할 때 한 가지 확실한 건 애피타이저에 간이 나오지 않는다는 것일세. 여러 가지 재료를 섞은 가지 요리를 대접할 테니 자질구레한 점은 묻지 말기 바라네. 이것은 내 비법이니까.

내가 생각해 냈지. …… 이크, 마리오, 그 소는 떨어뜨리면 깨지니
조심하게. 제인은 모두 정확하게 기억하고 있을 뿐아니라 돌아오면
하나씩 살펴보곤 한다네.”
애벌론이 물었다.
“이 집에 도둑이 들었었다는 이야기를 알고 있나, 톰?”
트램블은 고개를 끄덕였다.
“대단한 것은 없어지지 않았겠지.”
루빈이 부지런히 요리를 날라왔다.
“앉게, 헨리. 오오, 제프, 술은 나중에 들고 나이프와 포크를 놓아
주게나……. 오늘은 구운 칠면조일세. 모두 흰 살로 할지 붉은 살
로할지 생각해 두게. 일단 정하면 다시 바꾸지 못하네. 그리고 스
터핑(새 요리 속에 채워넣는 소)에 대해서는 군소리없기를. 좋든
싫든 모두 먹어주어야겠어. 뭐니뭐니해도 이것이야말로……. ”
애벌론은 거드름을 피우며 마지막 나이프를 놓고 물었다.
“무엇을 가져갔나, 루빈?”
“우리 집에 들어왔던 도둑 말인가? 아무것도 가져가지 못했지. 막
일을 시작하려는데 제인이 돌아왔거든. 약장을 뒤지고 있었다고 하
네. 마약이라도 찾고 있었던 모양이지. 잔돈푼을 좀 가지고 갔을
걸. 내 녹음기도 만지작거린 모양이야. 포터블 스테레오를 들고나
가 전당포에라도 잡힐 생각이었겠지. 하지만 조금 움직여보고는 곧
단념한 모양일세……. 아참, 누구 음악 듣고 싶은 사람 있나?”
트램블이 화난 듯 고함을 질렀다.
“음악 따위는 필요없네. 묘한 소리라도 내보게. 내가 그 스테레오
를 훔쳐 자네의 테이프를 모조리 불태워버릴 테니까.”

곤잘로는 말했다.

“여보게, 머니. 이런 말을 해서 어떨지 모르겠네만, 스터핑 쪽이
가지보다 더 맛있네.”
루빈은 콧소리를 냈다.
“부엌이 조금만 더 넓으면…….”
어딘지 먼 곳에서 사이렌 소리가 들려왔다. 드레이크는 어깨 너머
로 활짝 열린 창문을 엄지손가락으로 가리켰다.
“브로드웨이의 자장가로군.”
루빈은 아무렇지도 않은 듯이 손을 저었다.
“저것은 익숙해지면 아무렇지 않아. 소방차 아니면 구급차, 구급차
아니면 순찰차, 순찰차 아니면……, 어쨌든 자동차 소리에는 신경
을 전혀 쓰지 않네.”
그러나 그는 잠시 무언가 골똘히 생각하는 눈치였다. 이윽고 그의
조그만 얼굴에 격렬한 증오의 빛이 떠올랐다.
“아무리 생각해도 참을 수 없는 게 이웃이란 말이야. 같은 층만 해
도 피아노가 몇 대 있는지 아나? 전축이 몇 대 있는지 아나?”
트램블이 말했다.
“여기에도 한 대 있군그래.”
“나는 새벽 2시에 볼륨을 한껏 올려서 틀지는 않아. 벽 두께가 팔
길이 만큼이나 되는 옛날 아파트라면 그리 문제될 게 없겠지만 이
아파트는 지은 지 겨우 8년밖에 안됐거든. 벽은 알루미늄 판에다
코팅한 것이지. 이것은 소리를 아주 잘 전달한단 말이야. 벽에 귀
를 갖다대면 어느 층 어느 방의 소리건 모두 들린다네. 세 층 위건
세 층 아래건 말이네.
　그런데 그게 좋은 음악소리라도 어떨까 싶은데, 들려오는 건 아
주 낮은 쿵쿵쿵거리는 베이스 소리뿐이란 말일세. 뼈가 산산이 부
서지는 것 같다니까.”

홀스테드가 말했다.

"알겠네. 나도 아파트에 살고 있으니까. 늘 부부싸움하는 집이 있기 때문에 나는 아내와 함께 귀를 기울이지. 그런데 무슨 말을 하는 건지 알아들을 수가 없어. 다만 목소리의 느낌을 알 수 있을 뿐이지. 참으로 답답하더군. 하지만 때로는 재미있는 목소리가 들려오는 경우도 있긴 해."

애벌론이 물었다.

"이 아파트에는 몇 세대나 살고 있나?"

루빈은 입술을 움직거리며 좀 오래 계산을 했다.

"650세대쯤 살고 있을 걸세."

애벌론이 말했다.

"어쨌든 이런 벌집 같은 곳에서 살고 싶다면 거기에 따라 일어나는 여러 가지 결과를 달게 받는 수밖에 도리가 없겠지."

루빈은 말했다.

"그건 아주 적절한 위안의 말이로군. 헨리, 칠면조 더 들지 않겠나?"

"아닙니다. 많이 먹었습니다, 루빈 씨."

헨리는 절망적인 소리를 질렀다. 그는 한숨을 지었다. 헨리의 접시에는 다시금 고기가 산더미처럼 쌓였다.

헨리는 말했다.

"몹시 화가 나서 참을 수 없으신 것 같군요, 루빈 씨. 피아노 소리뿐만이 아닌 모양인데요."

루빈은 고개를 끄덕였다. 한순간 그의 입술이 솟구쳐오르는 분노 때문에 부들부들 떨렸다.

"그렇다네, 헨리. 도무지 그 목수 녀석은 참을 수가 없단 말이야. 지금도 하고 있을지 몰라."

루빈은 고개를 갸우뚱하고 조용히 귀를 기울였다. 끊임없이 흐르는 도로의 소음 말고는 아무것도 들리지 않았다.

루빈은 말했다.

"아하, 오늘은 운이 좋군. 녀석이 하고 있지 않아. 그러고 보니 요즈음엔 들리지 않는 것 같았어.

아, 여러분, 디저트는 유감스럽게도 실패했네. 급히 만든 대용품으로 참아주게. 먹고 싶지 않은 사람은 가게에서 사온 케익이 있으니 그것을 들게나. 사실 그런 걸 내놓아서는 안되지만, 오늘만은……."

"이번에는 내가 도와주지." 곤잘로가 말했다.

"부탁하네, 헨리만 빼놓고 모두 도와주기 바라네."

트램블이 말참견을 했다.

"자네 제법 풍류가 있군그래. 헨리, 이 루빈이라는 사나이는 일부러 자네를 그 의자에 묶어놓고 있다네. 자네의 직업이 급사라는 것을 그는 몹시 의식하고 있단 말일세. 그렇지 않다면 자네에게 도와달라고 해도 되잖겠나."

헨리는 여전히 산더미 같은 자기 접시를 내려다보고 있었다.

"내 불만은 도와드리지 못하는 데 있는 게 아니라, 이해할 수 없는 일에 있습니다."

디저트 쟁반을 날라오던 루빈이 물었다.

"이해할 수 없는 일이라고?"

디저트는 보아하니 초콜릿 무스인 모양이었다.

헨리가 물었다.

"이 아파트에 목수가 살고 있습니까?."

"목수……, 아하, 아까 한 그 이야기 말인가. 아니, 어떤 자인지는 나도 모르네. 그저 내멋대로 목수라고 부를 뿐이지. 어쨌든 늘 무언가를 두드리고 있네. 오후 3시에 하는가 하면 새벽 5시부터 시작하는 수도 있지. 쉴새없이 두드린다네. 그것도 하필이면 내가 원고를 쓰고 있을 때를 골라 하니 그 소리가 더욱 듣기 싫지. ……어떤가, 배벌리언 크림은?"

"이것을 말하는 건가?"

드레이크가 좀 수상쩍은 듯이 접시를 내려다보았다.

"그걸 만들 작정이었는데, 한천(寒天)이 잘 굳지 않더군. 적당히 얼버무리는 수밖에 없었네."

"잘됐는데 뭘 그래, 머니." 곤잘로가 말했다.

"조금 달군." 애벌론이 말했다. "하지만 디저트에 대해서는 나는 그다지 까다롭게 굴지 않는 편일세."

루빈이 겸손하게 말했다.

"확실히 조금 달아. 이제 곧 커피를 가져오겠네. 인스턴트가 아닐세."

헨리가 물었다

"무엇을 두드린다는 겁니까, 루빈 씨?"

루빈은 부엌으로 급히 달려갔다. 5분쯤 지나 커피가 저마다의 잔에 채워지자 헨리는 질문을 되풀이했다.

"무엇을 두드린다는 겁니까?"

"으음?" 루빈이 되물었다.

헨리는 의자를 잡아당겼다. 그의 부드러운 얼굴에 엄한 표정이 떠올랐다.

"루빈 씨, 당신은 호스트십니다. 나는 초대손님이고요, 호스트의 권한으로 내게 하나의 특권을 인정해 주시기 바랍니다."

"호오, 어떤 일인데?"

"나는 초대손님이므로, 관례에 의하면 신문을 받게 되어 있습니다.

하지만 솔직히 말씀드려서 나는 신문은 받고 싶지 않습니다. 왜냐하면 다른 초대손님 분들과 달리 나는 다음달 모임에도 또 그 다음달 모임에도 본디의 급사 자격으로 참가하니까요. 그러므로……. ”
애벌론이 물었다.
“프라이버시를 지키고 싶다는 건가, 헨리 ? ”
“그렇게 말씀드려도 괜찮을지……. ” 헨리는 무슨 말을 하려다가 그만두었다. “네, 그렇습니다. 나는 프라이버시를 지키고 싶습니다. 그리고 그뿐만이 아닙니다. 루빈 씨에게 몇 가지 여쭙고 싶은 게 있습니다. ”
“그게 뭔가 ? ”
루빈은 두꺼운 안경 너머에서 눈을 동그랗게 떴다.
“오늘 들은 이야기에는 아무래도 석연치 않은 점이 있습니다. 그런데 내 물음에 대답하지 않으셨습니다. ”
“헨리, 취했나 ? 나는 자네 물음에 모두 대답했잖나. ”
“아무튼 정식으로 몇 가지 여쭙고 싶은데, 괜찮으시겠습니까 ? ”
“어서 말하게. ”
“고맙습니다. 나는 루빈 씨의 짜증의 원인에 대해 알고 싶습니다. ”
“저 목수의, 그리고 브로드웨이의 자장가에 대해서 말인가 ? ”
“그 표현은 내가 했지. ”
드레이크가 작은 목소리로 말했으나 루빈은 그것을 무시했다.
“네. 언제부터였습니까 ? ”
루빈은 화를 내며 말했다.
“언제부터였느냐고 ? 벌써 몇 달 전부터지. ”
“아주 시끄러웠습니까 ? ”
루빈은 잠시 생각에 잠겼다.
“아닐세. 시끄러운 것과는 다르네, 은근히 들려온다네. 그것도 이상한 시간에. 예상을 할 수가 없어.”

“누구의 짓인 것 같습니까?”

루빈은 느닷없이 식탁을 쾅 내리쳤다. 커피 잔이 쨍그렁 소리를 냈다.

“문제는 그걸세. 소리 자체는 대수로운 게 아니야. 신경에 거슬리긴 하지만. 소리의 정체를 알면 참을 수도 있을 걸세. 누가 그러는지, 무엇을 하고 있는지. 글이 잘 써지지 않아 초조한 기분일 때 찾아가서 잠시 조용히 해달라고 말할 수만 있다면 그토록 신경에 거슬리지 않겠지. 그런데 정체를 알 수 없으니, 폴터가이스트(시끄러운 소리를 내는 장난꾸러기 요정)에 홀린 것만 같단 말이야.”

트램블이 손을 들었다.

“잠깐 기다리게. 폴터가이스트 따위가 날뛰고 다닌다면 큰일일세. 머니, 설마 여기서 초자연현상에 관한 얘기를 꺼내려는 건 아닐 테지. 어디 한번 밝히고 넘어가세…….”

홀스테드가 그를 가로막았다.

“질문하고 있는 것은 헨리일세, 톰.”

트램블은 고개를 거칠게 끄덕이더니 말했다.

“알고 있네. 헨리, 나에게 질문하도록 해주겠나?”

헨리는 말했다.

“소리가 들리는데 그것이 어디서 나는지 모르느냐는 질문이시라면, 지금 나도 하려던 참이었습니다.”

“물어보게.” 트램블이 말했다. “나 커피 한 잔 더 주게.”

헨리가 물었다.

“지금의 질문에 대답해 주시겠습니까, 루빈 씨?”

루빈은 말했다.

“그 점이 좀 이해하기 힘들지 모르겠군. 자네들 가운데 두 사람은 허드슨 강 건너편에 살고 있지. 그리고 한 사람은 브루클린의 낡은 주택가, 또 한 사람은 그리니치빌리지. 톰은 갈색 사암(砂岩)으로 지은 집에 살고 있고, 헨리는 어떤 곳에 사는지 모르지만, 애벌론이 표현한 이 근대적인 벌집에 살고 있지 않는 것만은 틀림없겠지.

그러니 자네들은 오늘날 한 층에 25세대가 사는 25층 아파트의 생활상태를 모를 걸세. 소리를 아주 잘 전달하는 콘크리트 구조는 더욱더 말일세.

레코드 소리가 쾅쾅 울릴 때 그것이 바로 위층이나 아래층이라면 어디서 나는지 짐작할 수나 있지. 어딘지 확실히 알 수도 없지만 말일세. 그리고 할 생각만 있다면 먼저 같은 층을 한 집 한 집 조사하고, 그런 다음 아래층과 위층을 살펴봐나갈 수도 있네. 문에다 귀를 갖다대면 어느 집에서 레코드를 틀었는지 알아낼 수 있거든.

그런데 작은 소리로 뚝딱거리는 건 알아내기 어렵네. 문에다 귀를 갖다대도 소용없단 말일세. 그런 소리는 공기나 문을 통해 전달되지 않아. 벽을 타고 울려오지. 실은 그 소리가 너무 신경에 거슬려 한 집 한 집 조사해 본 적이 있다네. 지금까지 몇 번이나 그러고 다녔는지 모르네."

곤잘로가 웃었다.

"그러고 다니는 자네를 누군가가 보았다면 아래층 수위에게 인상 나쁜 수상쩍은 남자가 서성거리고 있다는 통보가 날아갔을 걸세."

"상관없네. 수위는 나를 알고 있으니까."

루빈은 갑자기 멋적은 얼굴을 했다.

"그는 내 작품의 애독자라네."

"한 사람쯤은 독자가 있을 줄 알았네." 트램블이 말했다.

헨리는 칠면조 접시를 옆으로 밀어 놓았다. 그는 더욱 깊은 생각에 잠기는 눈치였다.

곤잘로가 당치도 않은 이론을 내세웠다.

"자네 애독자가 비번이면 어떡하지? 수위는 몇 사람이 교대로 24 시간을 근무할 테고, 자네 애독자도 잠자러 가야 할 게 아닌가."

"모두 나에 대해 알고 있지. 지금 아래층에 있는 수위는 찰리 위스턴스키로 평일 오후 4시부터 12시까지 맡는다네. 가장 어려운 시간이지. 그는 고참이고……, 아참, 식탁을 치워야겠군…….."

헨리가 말했다.

"다른 분에게 부탁드릴 수는 없으신지요, 루빈 씨. 아직 여쭈어 볼 게 있습니다. 그 목수에 대해서 말씀입니다만, 소리가 벽을 타고온다고요? 그렇다면 그 소리를 들은 사람이 여럿 계시겠군요?"

"있을 걸세."

"그토록 여러 사람이 괴로움을 당하고 있다면…….."

"그 점이 또한 나로서는 견딜 수가 없다네. 모두 태연하단 말이야. 오오, 미안해, 로저. 설거지통에 그냥 포개놓기만 하면 되네. 나중에 내가 할 테니까…….

아무도 그 목수가 내는 소리 따위에 신경 쓰는 사람은 없는 것 같네. 낮에는 남편들이 집에 없고 아내들도 거의 없으니까. 아이들도 별로 없고, 집에 있는 아내들은 집안 일에 바쁘지. 밤에는 텔레비전을 켜기 때문에 이따금 뚝딱거리는 소리가 난다 해도 대수롭지 않게 여기거든.

그러나 나는 하루 종일 집에서 글을 쓰는 사람이니 신경이 쓰이지 않을 수 없지. 머리 쓰는 일을 하고 있으니 소리에 아무래도 민감하지 않을 수 없단 말이네."

헨리가 물었다.

"다른 사람들에게 물어보신 적이 있으십니까?"

"물론 몇 번 물어보았지."

루빈은 스푼으로 커피 잔을 똑똑 두드렸다.

"다음 질문은 그들이 뭐라고 대답했느냐는 것이겠지?"

"아무도 그런 소리는 못 들었다는 대답이었습니까?"

"아닐세, 그렇지 않아. 몇 번인가 그런 소리를 들었다는 사람도 더러 있었다네. 문제는 모두 아무렇지 않게 여긴다는 점일세. 소리는 들었지만 시끄럽게 생각지 않는 거지, 뉴욕 사람들은 소리에 대해 이토록 무뎌져 있네. 폭탄을 터뜨려도 아무렇지 않게 여길지도 모르네."

"누가 내는 것인지는 제쳐두고, 대체 무슨 소리라고 자네는 생각하나?"

"목수일세. 직업적인 목수는 아닐지라도 아무튼 재미로 하고 있는 것은 아니야. 집 안에 작업장이 있는 게 틀림없네. 나는 지금도 그렇게 생각하고 있네. 그렇지 않고는 달리 설명할 수가 없어."

헨리가 물었다.

"무슨 뜻입니까, 지금도 그렇게 생각한다는 말씀은?"

"찰리에게 이야기했다네."

"수위 말입니까?"

곤잘로가 옆에서 끼어들었다.

"수위 따위에게 말해서 되겠나? 관리인에게 말해야지."

루빈은 성급하게 말했다.

"그런 자들이 무슨 도움을 주겠나. 건물주인에 대해 나는 아무것도 모르지만, 해마다 더워지면 에어컨디셔너를 고장낸다는 것만은 알고 있네. 고급껌으로 틈새를 발라 봉하는 게 취미라네. 관리인을 만나려면 워싱턴에 연줄이 있어야 한다더군.

그보다도 찰리는 좋은 녀석이고 나와 잘 맞는다네. 제인이 도둑과 맞닥뜨렸을 때도 내가 집에 없었기 때문에 아내는 찰리에게 연락을 했었네."

"경찰에는 알리지 않았나?" 애벌론이 물었다.

"물론 알렸지. 하지만 먼저 찰리에게 알렸다네."

헨리는 매우 못마땅한 얼굴을 했다.

"그래, 그 소리에 대해 수위와 의논을 하셨군요. 뭐라고 하던가요?"

"지금까지 아무도 그런 불평을 한 적이 없으며, 내가 처음으로 불평한다고 하더군. 그는 조사해 보겠다고 약속했고 사실 조사해 보았는데, 이 건물 어디를 찾아보아도 목수의 작업장은 없다고 했네. 사람을 시켜 에어컨디셔너를 점검한다면서 집집마다 살펴봤다는 거야. 남의 집에 들어가려면 그 구실이 가장 좋으니까."

"수위는 그 다음부터 그 일을 깨끗이 잊었겠지요?"

루빈은 고개를 끄덕였다.

"그런 모양일세. 나로서는 그 점이 마음에 들지 않아. 불쾌하단 말이네. 찰리는 내 말을 믿지 않는 거지. 그런 소리는 들리지 않는다고 생각하는 걸세. 불평을 한 사람은 나뿐이라고 했거든."

"부인께서도 알고 계십니까?"

"물론 알고 있지. 하지만 내가 '저것 봐, 지금 소리가 나지'하고 가르쳐주지 않으면 알아차리지 못한다네. 아내는 전혀 신경에 거슬리지 않는 모양이야."

곤잘로가 물었다.

"어느 집 여자아이가 캐스터네츠나 다른 타악기라도 연습하고 있는 게 아닐까?"

"그런 소리 말게. 리듬 있는 소리와 마구 두드려대는 소리의 구별쯤은 할 줄 아네."

드레이크가 말했다.

"아주 어린 아이일지도 모르지. 또는 애완용 동물일지도 몰라. 볼티모어에 있을 때 아파트에 살았는데, 머리 위에서 똑딱똑딱 소리가 났다네. 무언가 떨어지는 소리였는데, 그것이 하루에도 몇백 번씩 나더란 말일세. 범인은 애완동물이었어. 개를 기르고 있더군. 그 개가 뼈다귀를 입에 물었다가는 떨어뜨리며 놀고 있는 것이었어. 항의를 해서 싸구려 카펫을 깔게 했지."

루빈은 완고하게 말했다.

"어린 아이도 아니고 개도 아니네. 설마 자네들, 내가 무슨 소린지도 모르고 있다고 여기는 건 아니겠지. 나는 옛날에 제재소에서 일한 적이 있네, 목수로서의 솜씨도 얼마쯤 있단 말일세. 망치로 나무 두드리는 소리를 잘못 들을 리가 없지."

홀스테드가 말했다.

"일요목수가 어딘가를 수리한 것은 아닐까."

"여러 달에 걸쳐서 말인가? 그렇게 간단한 이야기가 아닐세."

헨리가 물었다.

"그럼, 그 뒤 아무 대책도 세우지 않으셨습니까? 수위의 성의 없는 대답을 들은 다음 소리의 정체를 알아내기 위해 무얼 하셨습니까?"

루빈은 눈살을 찌푸렸다.

"해보긴 했는데 굉장히 까다롭더군. 여기 사는 이들은 모두 전화번호부에 번호가 나와 있지 않은 전화를 끌어다 쓰는 족속들뿐인 모양일세. 애벌론이 자주 말하는 요새심리라는 거지. 대화를 나눌 만한 사람은 손가락으로 꼽을 정도밖에 없었다네. 그래서 나는 짐작 가는 집 몇 군데를 다니며 문을 두드리고 내 소개를 한 다음 소리에 대해 물어보았지만 수상쩍은 눈초리만 던질 뿐이었네."

"나 같으면 집어치우겠네." 드레이크가 말했다.

"나는 집어치우지 않아."

루빈은 가슴을 두드려 보였다.

"가장 참을 수 없는 건 모두 나를 좀 이상하게 보는 걸세. 찰리조차 그렇게 여기는 눈치거든. 여느 사람들은 작가라면 먼저 이상하다고 의심부터 하는 경향이 있잖나."

"그야 무리도 아니지." 곤잘로가 말했다.

루빈은 윽박질렀다.

"시끄럽네. 그래서 나는 뚜렷한 증거를 제시하기로 했지."

"무슨 말씀이신지요?" 헨리가 물었다.

"그 뚝딱거리는 소리를 녹음했다네. 2, 3일 동안 가만히 귀기울이고 있다가 그것이 시작되면 녹음기를 돌렸지. 그래서 내 일은 전혀 못했으나 어쨌든 그 뚝딱거리는 소리를 45분쯤 녹음했다네. 큰 소리는 아니었지만 그래도 똑똑히 들렸으니까.

녹음하는 일은 꽤 재미 있었네. 왜냐하면 그 소리를 듣노라니 그 자가 진짜 목수가 아니라는 걸 알 수 있었거든. 힘이 고르게 들어 있지 않고 두드리는 방법도 불규칙했어. 망치를 쓰는 일에 힘겨워하고 있음을 느낄 수 있었다네. 그렇게 고르지 못하게 두드리면 금방 지쳐버리지. 리드미컬하게 두드리면 하루 종일 해도 지치지 않는다네. 나도 해본 적이 있지만……."

헨리가 루빈의 말을 가로막았다.

"그 녹음을 수위에게 들려주셨습니까?"

"아니, 지난 달 나는 찾아가야 할 곳을 찾아갔다네."

곤잘로가 물었다.

"그럼, 관리인을 만났나?"

"아닐세. 이곳에는 입주자조합이라는 게 있다네."

헨리 한 사람을 제외하고는 모두들 과연 알아줘야 한다는 듯이 빙그레 웃었다.

"그 점은 생각지도 못했네." 애벌론이 말했다.

루빈은 자랑스러운 얼굴을 했다.

"이런 경우 대개 아무도 거기에까지 생각이 미치지 못하지. 왜냐하면 입주자조합은 건물주인과의 대결을 유일한 목적으로 삼기 때문이지. 다들 입주자가 다른 입주자에게 폐를 끼치는 일은 없는 줄 알거든. 그런데 내가 보기에 아파트 안의 옥신각신은 십중팔구가 입주자끼리의 문제라네. 나는 그 점을 지적해 주었지. 나는……."

헨리가 다시 그의 말을 막았다.

"그 조합의 정식 회원이십니까?"

"물론 그렇지. 입주자는 자동적으로 조합원이 된다네."

"아니, 그러니까 그런 모임에 늘 참석 하시느냐는 질문입니다."

"솔직히 말해서 참석한 것은 이번이 두 번째였네."

"늘 나오시는 분들은 당신을 알고 계십니까?"

"개중에는 아는 사람도 있지. 하지만 그런 일은 아무래도 상관없잖을까. 나는 14-AA의 루빈이라고 내 소개를 한 뒤 일장연설을 했네. 녹음된 테이프를 들고가서 모두에게 보여주었지. 이것은 어떤 바보 같은 자가 일반 사람들에게 폐끼치고 있는 움직일 수 없는 증거라고 말하면서 날짜와 시간도 라벨에 씌어 있으니 필요하면 내 변호사에게 내용을 증명시킬 수도 있다고 했네. 만일 건물주인이 이런 소리를 냈다면 여기 있는 입주자들은 곧 일치단결하여 강경하게 항의할 것이다, 그런데 어째서 한 입주자의 좋지 못한 행동에 대해서는 그러한 태도를 취하지 않느냐고 호소했지."

트램블이 신음하듯 말했다.

"그야말로 감동적인 연설이었겠군. 듣지 못해서 유감이네. 그래, 그들은 뭐라고 하던가?"

루빈의 얼굴이 어두워졌다.

"그 소리를 낸 범인이 누구냐고 묻더군. 나는 대답할수 없었지. 그래서 기각당했다네. 아무도 그런 소리를 못 들었으니 그만이라는 것이었네."

"그 모임은 언제 있었습니까?" 헨리가 물었다.

"그럭저럭 한 달쯤 된 것 같군. 그러나 그들이 완전히 잊은 건 아닐세. 사실 훌륭한 연설이었거든. 꽤 자극적이었지. 소문이 퍼지게끔 그렇게 했던 걸세. 먹혀들어가더군.

찰리의 말에 의하면, 입주자의 반수 이상이 내 연설을 화제에 올리고 있다고 했네. 내가 노린 대로 된 거지. 나는 그런 애기들이 그 목수의 귀에 들어가면 좋겠다고 생각했지. 내가 그를 찾아내려고 한다는 것을 그가 알아주기 바랐던 걸세."

"설마 폭력을 쓰실 생각은 없으시겠지요, 루빈 씨?"

"폭력은 필요없네. 나는 다만 상대가 알아주기를 바랄 뿐이지. 지난 몇 주일째 꽤 조용한 편이네. 앞으로 뚝딱거리는 소리는 더 이상 나지 않을 것 같아."

"다음 번 모임은 언제 있습니까?"

"다음 주일이지……. 나도 참석할 생각이네."

헨리는 고개를 저었다

"참석하지 않으시는 게 좋을 듯싶습니다. 루빈 씨. 이젠 모두 잊으십시오."

"누구든 나는 무섭지 않아."

"그 점은 잘 알고 있습니다, 루빈 씨. 알고 있습니다만, 몇 가지 점에서 이 일은 예사로워 보이지 않습니다……."

"무슨 뜻인가?" 루빈이 성급하게 물었다.

"다시 말해서, 저어…… 좀 과장된 말로 들리실지 모르겠습니다만 애벌론 씨와 드레이크 씨는 나보다 조금 먼저 아래층 로비에 도착하셨지요. 그리고 애벌론 씨께서 그 수위에게 말을 거셨습니다."

"그랬었지." 애벌론이 말했다.

"어쩌면 내가 도착한 게 좀 늦어서 몇 마디 말은 못 알아 들었는지도 모르겠습니다. 여하튼 애벌론 씨는 그 수위에게 이 아파트에서 좋지 못한 사건이 일어난 적이 있느냐고 물으셨습니다. 그러자 그 수위는 지난해에 20층에서 절도 사건이 있었고, 세탁장에서는 어떤 부인이 습격 받았었다고 말했습니다."

애벌론은 생각에 잠기며 고개를 끄덕였다.

헨리는 말을 이었다.

"하지만 그 수위는 우리가 루빈 씨 댁으로 간다는 걸 알고 있었을 텐데 바로 2주일 전 이 댁에 도둑이 들었던 이야기는 왜 하지 않았을까요?"

모두들 생각에 잠겼다. 곤잘로가 말했다.

"가십을 그다지 좋아하지 않는 성미일지도 모르잖나."

"다른 사건에 대해서는 말했잖습니까. 야단스럽지 않은 방식으로 이야기할 수도 있었습니다. 나는 도둑이 들었었다는 이야기를 듣고 몹시 걱정이 되었습니다. 그 뒤 또 여러 가지 이야기를 들으니 불안은 더욱 쌓일 따름입니다. 그 수위는 루빈 씨의 애독자라고 하셨지요. 도둑이 들었을 때 부인께서는 먼저 그에게 연락하셨고요. 그런데도 그는 그 일에 대해 조금도 말하지 않았거든요."

애벌론이 물었다.

"그럼 그 일을 어떻게 해석하겠나, 헨리? 그 수위가 관련 있다는 말인가? 어떤 형태로?"

루빈이 펄쩍 뛰었다.

"농담으로라도 그런 말은 하지 말게, 헨리. 자네는 찰리가 강도와

한패라고 말하고 싶은 건가?"

"아닙니다. 하지만 가령 이 아파트에서 어떤 색다른 일을 벌이려 할 때 수위에게 10달러 지폐를 슬쩍 집어준다면 매우 효과적일 겁니다. 그는 무엇 때문에 그러는지도 모르고 받았겠지요. 그로서는 부탁 받은 일이 그다지 불법적인 것도 아니었을 테고요.

그런데 그 뒤 이 댁에 도둑이 들자 그는 그때까지는 생각조차 해보지 못한 일이 머리에 떠오르지 않았을까요. 그리고 그는 자기가 관련 있음을 깨닫고 입을 봉해버린 겁니다. 자기 자신을 위해서 말입니다."

루빈은 말했다.

"그럴 듯하군. 하지만 여기서 무슨 색다른 일이 있었단 말인가? 목수가 뚝딱거리던 일과 무슨 관련이라도 있나?"

"루빈 씨와 부인이 집을 비우셨고, 자물쇠도 하나밖에 걸려 있지 않다는 것을 알고 대체 누가 빈 집에 들어왔었을까요? 그리고 또 한 가지, 아까 애벌론 씨가 세탁장에서 부인이 습격받은 이야기를 하셨을 때 루빈 씨가 중국 UN대표부에 대한 이야기를 하며 그 말을 중단시켰는데 왜 그러셨는지요? 무슨 관계가 있습니까?"

"제인이 입주자 가운데 중국인이 여기로 들어올까봐 걱정하는 사람이 있다는 말을 했기 때문이었네. 그뿐이었어."

"그것만으로는 황화론(黃禍論)이라는 비약적인 결론을 내릴 근거가 너무 약합니다. 부인께서 그때 마주친 도둑이 동양인이라고 하셨습니까?"

루빈은 어깨를 커다랗게 으쓱했다.

"아아, 그 말은 믿을 만한 것이 못되네. 눈깜짝할 사이의 일이었고 ……."

애벌론이 말했다.

"잠깐만, 머니. 그 도둑이 정말 중국인이었느냐고는 아무도 묻지 않았네. 헨리는 제인이 그렇게 말했느냐고 묻고 있는 걸세."

"아내는 그런 것 같다고 했네. 보았을 때의 느낌이 그랬다는 거지 …… 그렇다면 헨리, 이것은 스파이 사건이란 말인가?"

헨리는 담담하게 이야기했다.

"종합해서 생각해, 도둑맞은 사건과 불규칙적으로 두드리는 소리를 관련시켜 보면 어떨는지요. 당신은 그 소리가 매우 솜씨 좋지 않은 아마추어가 두드리는 소리였다고 말씀하셨는데, 혹시 그 불규칙적인 소리를 낸 게 교묘한 스파이의 짓이라고 생각하면 어떨까요?

나는 늘 생각하고 있었습니다만, 대체로 첩보수단의 약점은 정보를 주고받는 절차에 있는 것 같습니다. 그런데 이 경우는 정보를 주는 쪽과 받는 쪽이 접촉할 필요가 없습니다. 도중에 끼어들 장애물도 없고 도청이나 방해받을 염려도 없습니다. 그렇다고 해서 사람의 주의를 끌거나 해로운 소리도 아닙니다.

무슨 소리인지 알고 있는 상대방 말고는 아무도 신경쓰지 않습니다. 다행인지 불행인지 우연히도 글을 쓰기 때문에 아주 작은 소리만 나도 정신이 흩어져 곤란한 작가가 있는 경우는 다르지만 말입니다. 그러나 그런 경우조차도 어느 목수가 망치로 두드려대는 모양이라고 생각하며 그냥 넘겨버리고 맙니다."

트램블이 말했다.

"여보게, 헨리. 너무 비약하는 거 아닌가."

"하지만 실제로 아무것도 도둑맞지 않은 빈집털이 사건을 어떻게 설명하시겠습니까?"

루빈이 말했다.

"정신병자였을걸세. 제인이 돌아오는 게 좀 빨랐던 거지. 5분만 더 늦게 돌아왔더라면 스테레오가 열어졌을걸세."

트램블이 말했다.

"여보게, 헨리. 자네는 지금까지 여러 번 확실히 솜씨를 보여 주었네. 나는 무슨 일이든 자네 말을 완전히 부정할 생각은 없네. 하지만 이 이야기만큼은 아무리 생각해도 받아들일 수가 없네."

"증거를 보여드릴 수 있을 것 같습니다만……."

"어떤?"

"루빈 씨가 녹음하셨다는 그 망치 소리와 관계가 있습니다. 들려주시겠습니까, 루빈 씨?"

루빈은 말했다.

"그보다 더 쉬운 일은 없네."

그는 아치형 문을 지나 모습을 감추었다.

트램블이 말했다.

"헨리, 내가 그 시시한 망치 소리를 듣고 암호라고 말할 것으로 여긴다면 자네는 머리가 조금 이상한걸세."

"트램블 씨, 정부와의 관계에 있어서 어떤 입장이신지는 모르겠습니다만, 아마도 조금 뒤 당신은 해당부서에 연락을 해야겠다는 생각을 하게 되실 겁니다. 내 생각으로는 우선 수위를 철저하게 조사해야 한다고 봅니다. 그리고……."

루빈은 시뻘게진 얼굴을 찌푸리며 돌아왔다.

"이상하네. 테이프가 없어졌어. 분명 그 자리에 놓았다고 생각했는데 거기엔 없군. 그러니 자네의 증거라는 것을 뒤로 미뤄야겠네, 헨리. 그런데 어디다 두었지?"

"그 테이프가 없어졌다는 게 바로 증거입니다, 루빈 씨. 이로써 그 도둑의 목표가 무엇이었는지 알았습니다. 그 뒤 망치 소리가 나지 않은 까닭도 알 수 있지요."

트램블이 노기를 띠고 말했다.

“당장⋯⋯. ”

이때 벨 소리가 그의 말을 막았다.

한순간 그 자리는 얼어붙은 듯한 분위기로 바뀌었다. 조금 뒤 루빈이 나직이 말했다.

“설마 제인이 벌써 돌아온 건 아니겠지. ”

그는 나른한 듯 몸을 일으켜 문으로 가서 내다보는 구멍에 눈을 갖다댔다.

바깥을 조용히 살피고 있던 루빈이 말했다.

“누군가 했지. ”

그는 문을 활짝 열었다. 그 수위가 서 있었다. 수위는 얼굴이 벌게져 몹시 쭈뼛거리고 있었다.

그는 말했다.

“좀처럼 교대할 사람을 찾을 수가 없어서⋯⋯ 실은 말입니다. ”

그는 방 안에 있는 남자들을 차례로 둘러보았다.

“성가신 일과 관련맺고 싶지 않지만⋯⋯. ”

“문을 닫게, 머니. ” 트램블이 외쳤다.

루빈은 수위를 안으로 끌어들이고 문을 닫았다.

“무슨 일이오, 찰리 ? ”

“실은 몹시 난처했었습니다. 여기서 일어난 사건에 대한 일을 누가 묻더군요⋯⋯. 아아, 당신이었지요. ”

그는 애벌론 쪽을 보았다.

“그 뒤 또 사람이 왔습니다. 그래서 나도 짐작을 했지요. 그 도둑 사건을 조사하고 계시다는 걸 말입니다. 나는 무슨 일이 있었는지는 모르지만 내가 직접 관련된 일도 아니니 한 마디 말씀드려 두고 싶어서요. 그 남자는⋯⋯. ”

“이름과 방 번호를 대시오. ” 트램블이 말했다.

"킹입니다. 15-U의."

"좋소. 나와 함께 부엌으로 갑시다. 머니, 여기 전화좀 쓰겠네."

트램블은 부엌문을 닫았다.

루빈은 귀기울이 듯이 천장을 올려다보았다.

"망치로 정보를 보내고 있었다고? 좀 믿기 어려운 이야기로군."

헨리는 조용히 말했다.

"바로 그렇기 때문에 잘해나갈 수 있었던 겁니다, 루빈 씨. 이렇게 말씀드려서 어떨지 모르겠습니다만 같은 아파트에 굉장히 편집광적인 작가가 살고 있지 않았더라면 앞으로도 계속 정보를 잘 전달할 수 있었겠지요."

이 이야기와 뒤의 두 편은 〈EQMM〉에 실린 게 아니라, 머리글에서도 밝혔듯이 단행본을 위해 특별히 쓴 작품이다.

이 한 편은 문장을 쓰는 일이 얼마나 인생을 풍부하게 하느냐는 하나의 예다. 아파트 어디선가 무언가를 두드리는 정체불명의 소리가 들려왔다는 것은 실제로 있었던 이야기다. 내 아파트 어디선가 끊임없이 무언가를 두드리는 소리가 났던 것이다. 나는 임마누엘 루빈처럼 강경한 태도로 나가지 않고 다만 혼자서 머리를 내두르고 이를 갈며 참았지만.

거듭 참는 동안 나는 위궤양에 걸리기 직전까지 이르고 말았다. 그때 문득 이것을 소재로 단편을 쓸 수 없을까하는 생각이 번뜩 들었다. 그래서 써낸 게 이 작품이다.

지금은 소리가 들려오면, 실은 그다지 자주 나는 것도 아니고 시끄러운 것도 아니기에, 나는 유쾌한 기분으로 어깨를 움츠리며 그것이 단편의 소재가 되었다는 생각을 떠올린다. 그러면 그 소리도 전혀 고통스럽지 않다.

양키 두들, 거리로 가다

제프리 애벌론이 제2차 세계대전 때 장교로서 소령까지 승진했었다는 것은 흑거미클럽 회원들 사이에 잘 알려진 사실이다.

그러나 그들이 아는 한 애벌론은 실제로 전투에 참가한 일이 없었고, 군대시절의 회고담을 입에 올리는 일도 결코 없었다. 그렇긴 해도 그의 빈틈없는 몸 움직임은 군복을 입으면 잘 어울릴 것 같았다. 그래서 그가 한때는 애벌론 소령이었다는 것을 아무도 이상하게 여기지 않았다.

따라서 그가 모임 자리에 초대손님으로 육군장교를 데려왔다 해도 전혀 놀랄 일이 아니었다.

애벌론이 말했다.

"이 사람은 내 군대시절의 오랜 친구인 새뮤얼 더븐하임 대령이네."

모두들 눈썹 하나 치켜올리지 않고 매우 소탈하게 인사를 나누었다. 애벌론의 전우는 그들 모두의 전우기도 했다.

1950년대 끝무렵 평온무사한 군대생활을 경험하여 장교들에 대해

신랄한 의견을 지니고 있는 것으로 알려진 마리오 곤잘로조차 아주 좋은 기분으로 그를 맞았다. 그는 사이드 보드에 기대 초대손님의 초상화를 그리기 시작했다.

애벌론은 이 흑거미클럽의 그림장이가 대령의 얼굴을 터무니없는 얼빠진 모습으로 그리지나 않을까 염려되는 듯 곤잘로의 어깨 너머로 그의 솜씨를 들여다보았다.

곤잘로가 대령의 얼굴을 얼빠진 모습으로 그리는 것은 도저히 어려운 일이었으리라. 왜냐하면 더븐하임의 얼굴은 모든 점에서 지적인 특징을 고루 갖추고 있었기 때문이다. 그의 살찐 듯한 둥근 얼굴은 구식으로 깎은 머리 모양 때문에 더욱 도드라져 보였다. 더븐하임은 머리꼭대기 부분에만 짧은 머리카락을 남기고 나머지는 모두 깨끗이 쳐올렸던 것이다. 입을 가볍게 다물고 친밀감어린 미소를 띠고 있었다. 그의 목소리는 잘 울렸고 말투는 뚜렷했다.

더븐하임은 말했다.

"여러분에 대해서는 이미 충분한 설명을 들었습니다. 아시다시피 제프는 꼼꼼한 사람이잖습니까. 누가 누구인지 나는 알 것 같습니다. 예를 들어 당신은 임마누엘 루빈 씨지요? 키가 작고 도수높은 안경을 끼고 계시니까요, 그리고 숱이 적은 수염……."

"숱이 적은 수염이라고 제프는 늘 말하지요, 자기 수염은 숱이 많으니까요, 하지만 수염이 많고적고는 그 사람의……." 루빈은 그리 언짢아하는 티도 없이 말했다.

그러나 더븐하임은 위엄 있는 말투로 딱잘라 말했다.

"그리고 말이 많다고 하더군요, 작가시라고요, …… 오오, 당신은 화가 마리오 곤잘로 씨군요, 지금 그렇게 그림을 그리고 계시니까 두말할 필요가 없겠지요, …… 로저 홀스테드, 수학자. 머리가 꽤 벗어졌군요, 머리가 깨끗이 벗어진 것은 한 사람뿐이니 틀릴 리 없지요. …… 제임스 드레이크…… 아니, 닥터 제임스 드레이크…
….”

담배연기 속에서 드레이크가 말했다.

“흑거미클럽 회원은 모두 닥터입니다.”

“아참, 그랬었지. 그 이야기도 제프에게서 분명 들었습니다. 당신을 닥터 닥터 드레이크. 10피트 앞에서부터 담배 냄새가 난다지요.”

“과연 제프가 했음직한 설명이로군.”

드레이크는 냉정한 어조로 말했다.

더븐하임은 말을 이었다.

“그리고 토머스 트램블 씨. 찌푸린 얼굴인데다 남은 사람은 당신뿐이니까. 이젠 끝났나?”

홀스테드가 말했다.

“헨리가 빠졌습니다. 가장 중요한 인물이지요.”

더븐하임은 눈이 휘둥그레졌다.

“헨리?”

“급사라네.”

애벌론은 마실 것을 물끄러미 바라보며 얼굴을 뻘겋게 물들이고 있었다.

“미안하네, 헨리. 하지만 자네에 대해 더븐하임 대령에게 뭐라고 설명해야 좋을지 몰라서 안했네. 그저 급사라고만 설명하면 자네를 제대로 알려 주었다고 할 수 없고, 더 이상 설명하려니 흑거미클럽의 비밀 법규를 어기는 결과가 될지도 모르기 때문이었네.”

“알겠습니다.” 헨리는 호의를 담은 목소리로 말했다.

“아무튼 잘 오셨습니다, 대령님. 뭘 드시겠습니까?”

대령은 한순간 당황했다.

“아아, 마실 것 말이오 아니, 괜찮소 나는 마시지 않는다오.”

“진저에일이라도 갖다드릴까요?”

“글쎄…….” 더븐하임은 살았다는 듯이 말했다. “그럴까요.”

트램블이 싱긋 웃었다.

“‘술을 못하는 사람의 괴로움은 어떠하리’로군.”

그러자 더븐하임이 비꼬는 투로 말했다.

“술을 잘하는 사람은 남에게 술을 권하지 않고는 못 배기는 모양이지만, 나는 아무래도 마시고 싶은 생각이 들지 않습니다.”

곤잘로가 옆에서 말참견했다.

“진저에일에 버찌를 넣으면 좋지요. 아니, 더 좋은 게 있습니다. 칵테일 글라스에 물을 넣고 올리브를 한 개 띄우지요. 그것을 마시고는 또 물을 붓습니다. 그러면 이 사람은 술이 세군 하고 존경을 받습니다. 좀더 솔직하게 말해서 장교란 대체로…….”

애벌론이 시계를 들여다보며 곤잘로의 말을 막듯이 말했다.

“이제 슬슬 식사가 나오겠군”

헨리가 말했다.

“여러분, 부디 자리에 앉아주십시오.”

그는 빵바구니를 곤잘로의 눈 앞에 놓았다. 곤잘로의 입은 마치 빵을 먹기 위해 있다는 듯 움직였다.

곤잘로는 빵을 하나 집어들고 두 조각으로 잘라 버터를 바른 다음 한 입 크게 베어 먹으며 말했다.

“…… 마티니 한 잔으로 어이없이 취해버린다는 평을 받고는 있지만…….”

그러나 이미 아무도 그의 말을 듣고 있지 않았다.

애벌론과 더븐하임 사이에 끼어앉은 루빈이 물었다.

“제프는 군인으로서 어땠습니까, 대령?”

더븐하임은 무게 있게 말했다.

"매우 훌륭했습니다. 그러나 그 역량을 발휘할 기회를 얻지 못했지요. 우리는 둘 다 법률분야였습니다. 다시 말해서 사무계통의 임무를 맡고 있었단 말입니다. 다만 다른 점이라면 그는 현명하게도 전쟁이 끝남과 동시에 물러났고, 나는 남았다는 것이지요."

"그렇다면 아직 군대에서 법률 일을?"

"맞습니다."

"그런데 나는 군법이 봉건제도처럼 과거의 것이 되는 날이 오기를 기대하고 있습니다."

더븐하임은 부드럽게 말했다.

"그것은 나도 같은 의견입니다. 그러나 아직 먼 뒷날의 일이지요."

루빈이 말했다.

"그럴 테지요. 만일 당신이……."

트램블이 옆에서 말참견했다.

"그만두게, 머니. 신문시간까지 기다리는 게 좋겠네."

애벌론이 일부러 헛기침을 하며 말했다.

"맞아. 우선 샘에게 천천히 식사를 들게 한 다음 이야기하도록 하세."

루빈이 말했다.

"만일 군법의 적용이 그와 같은 사고방식으로……."

"나중에 하라니까." 트램블이 크게 소리를 질렀다.

루빈은 두꺼운 안경 너머로 상대를 흘끗 쏘아보았으나 마음을 고쳐먹고 입을 다물었다.

홀스테드가 화제를 바꿀 뜻을 분명히 드러내며 말했다.

"《일리아드》 제5장의 리머릭이 아무래도 잘되지 않아서 야단일세."

"뭐라고요?" 더븐하임이 눈썹을 모으며 물었다.

트램블이 말했다.

"내버려두십시오. 로저는 《일리아드》의 각 장을 시시한 5행시로 고쳐 쓴다며 큰소리치고 있답니다."

"《오디세이아》도 쓸 생각이네. 제5장에서 어려운 것은 주로 그리스 쪽 영웅 디오메데스(영어로는 다이오미디즈)의 활약을 그리고 있기 때문일세. 나는 이것으로 운을 읊고 싶어 지난 몇 달 동안 이리저리 해보며 애쓰고 있다네."

트램블이 말했다.

"그래서 두어 번쯤 발표를 삼가고 있었군그래."

"발표할 수 있을 만한 것을 썼었지만, 그다지 좋지 않은 것 같아서였네."

트램블이 말했다.

"자네도 다수파에 가담한 셈인가."

홀스테드는 숨돌릴 기색도 없이 말했다.

"문제는 '디오메데스'로도, 그 정통적인 변형인 '터오메드(영어로는 다이오메드)'로도 운을 멋있게 읊을 말이 떠오르지 않는다는 점일세. 다이오미디즈와 운이 맞는 건 피티즈고 다이오메드와는 샤이아베드인데, 이것으로는 아무 뜻도 이룰 수가 없거든"

애벌론이 말했다.

"튜디데스(영어로는 티다이이즈)를 쓰면 어떻겠나. 호메로스는 패트러니믹을 자주 쓰고 있더군."

"패트러니믹이란 뭔가?" 곤잘로가 물었다.

"글자 그대로는 아버지의 이름이라는 뜻일세. 디오메데스는 튜데우스(영어로는 타이디아스)의 아들이지. 그 점을 생각하지 않은 줄 아나? 그렇게 하면 '다이퍼즈(기저귀)', 코크니(런던 사투리)로 하면 '레이디즈(여인네들)'가 된다네."

"어사이티즈(腹水)는 어떤가?" 루빈이 물었다.

"'아이언 파이라이티즈(黃鐵鑛)'라는 것도 있지."

드레이크가 말했다.

홀스테드가 말했다.

"자네들의 지혜는 고작 그 정도인가. 이렇게 하면 어떨까. 액센트를 조금 바꾸어 다이오메드의 머리와 끝에다 둔단 말이네."

"엉터리로군." 루빈이 말했다.

홀스테드는 한 걸음 양보했다.

"그런가. 어쨌든 들어보게.

　용기와 기술을 무기로 삼는
　디오메데스 앞에 맞설 사람 없고
　신들조차 주춤한다
　군신 아레스를 보고 사나워져
　단칼에 숨통을 끊어놓도다."

애벌론은 고개를 저었다.

"아레스는 상처를 입었을 뿐이네. 일어나서 고함을 지르며 올림포스 산으로 돌아갈 힘은 남아 있었지."

"나 자신도 그다지 잘됐다고는 생각지 않아."

"모든 사람의 의견도 같네." 트램블이 말했다.

루빈이 환성을 질렀다.

"빌 파미쟁이다!"

늘 그렇듯이 유연한 몸짓으로 헨리는 이미 회원들 앞에 요리접시를 차려놓고 있었다.

한참 동안 송아지 요리를 즐기던 더븐하임 대령이 말했다.

"여기는 꽤 고급이군, 제프."

"그렇네. 오붓한 호화로움이라고나 할까. 요리값도 만만치 않지.

하지만 한 달에 한 번 있는 일이니까."

더븐하임은 포크를 열심히 움직이며 말했다.

"닥터 홀스테드, 수학자며……."

"그다지 공부하고 싶어하지 않는 젊은이들에게 수학을 가르치고 있습니다. 그것은 수학자와 좀 다르지요."

"그런데 어째서 서사시의 패러디를?"

"이것은 결코 수학이 아니기 때문입니다, 대령. 직업적인 직함에 그 사람의 관심이 모두 쏠려 있다고 생각하신다면 잘못입니다."

"다른 뜻이 있어서 한 말은 아닙니다."

애벌론은 깨끗이 비운 접시를 내려다보고 절반쯤 빈 두잔째 글라스를 살짝 옆으로 밀며 말했다.

"실제로 샘은 지적인 취미를 갖는 게 얼마나 좋은 일인지 잘 알고 있다네. 그는 일류 음성학자거든."

"아닙니다. 아마추어에 지나지 않지요."

더븐하임은 매우 겸손했다.

루빈이 말했다.

"그러면 사투리로 재담을 하기도 하겠군요."

"어느 정도까지는 어떤 사투리로든 재담을 할 수가 있지요. 하지만 나는 여느때도 농담 한 마디 못하는 사람입니다."

루빈이 말했다.

"그것이 좋습니다. 어설픈 재담을 온전한 발음으로 하는 편이 근사한 재담을 이상한 발음으로 하는 것보다 나으니까요."

곤잘로가 말참견했다.

"그럼, 자네는 어째서 자기 재담에 대해서만 웃나? 재담도 시원치 않고 발음도 좋지 않은데 말이야."

더븐하임은 루빈이 반격할 틈을 주지 않으려고 곧이어 말했다.

"이야기의 허리를 끊겼군요."

더븐하임은 몸을 옆으로 기울여 헨리가 럼케이크를 그의 앞에 놓기를 기다렸다.

"말하자면 닥터 홀스테드…… 그렇지, 로저라고 불러도 되겠지요……. 당신은 골치아픈 수학 문제에서 머리를 식히기 위해 고전을 즐기고 있는 셈이로군요. 의식적으로는 운을 이리저리 궁리하면서 무의식적으로……."

루빈이 이 기회를 놓칠까보냐는 듯 비집고들어왔다.

"그것은 재미있지. 매우 효과적이야. 나는 이야기의 줄거리가 딱 막혀서 글이 잘 나가지 않을 때면 영화를 보러 간다네. 그러면 다시 또 볼 수 있게 되거든. 그렇게 해서 안된 적은 한 번도 없었네. 열중할 만큼 좋은 영화는 안돼. 의식적으로는 영화를 보면서도 무의식 세계에서 자유로이 사고력이 움직일 수 있을 정도의 것이라야 좋다네. 스파이 액션이 으뜸이야."

곤잘로가 말했다.

"그런 영화는 열심히 보아도 어떻게 되어가는 건지 도무지 모르겠더군."

루빈이 마침내 보복했다.

"그런 것은 12살쯤의 머리면 알 수 있게끔 만들어져 있다네."

헨리가 커피를 따르는 동안 더븐하임이 말했다.

"머니의 말이 맞습니다. 나는 음성학에 몰두하는 날이면 지금 하고 있는 일을 위해서도 참으로 가치 있는 공부를 하고 있다는 생각이 든답니다. 그리고 그뿐만이 아닌 것 같습니다. 무언가에 의식을 집중시킴으로써 무의식세계에서 사고가 자유로이 활동을 하고 있음을 알 수 있거든요.

그런데 그것은 언제까지나 다만 무의식 속에 머물러 있을까요?

그 자체가 동작이나 말로써 나타나는 게 아닐까요? 생각하고 있는
본인 자신은 알아차리지 못한다 해도 옆에서는 그것을 알 수 있지
않을까요?"
트램블이 물었다.
"무슨 말을 하시려는 겁니까, 대령?"
"여기서 서로 퍼스트 네임으로 부른다면, 예외는 없애기로 합시다.
나를 샘이라고 불러주시오. 다시 말하면 예를 들어 머니가 검출해
낼 수 없는 독을 사용한 내용의 소설을 쓰고 있다고 칩시다……."
루빈이 노기어린 목소리로 말했다.
"그런 일은 없소! 나는 타란튤라 (독거미의 한 종류)같은 것은 쓰
지 않습니다. 신비에 찬 힌두교도의 초자연현상도 쓰지 않지요. 그
런 것은 모두 19세기의 로망주의거든요. 밀실 미스터리도 지금은
……."
더븐하임은 한순간 당황했다.
"아니, 다만 예를 들 뿐이잖습니까. 당신은 무의식 속에서 사고력
을 작동시키기 위해 어떤 다른 일을 합니다. 의식적으로는 미스터
리에 대해 모조리 잊고 있는 줄 알지요. 머릿속에서 그것을 깨끗이
거둬버려 아무것도 생각하지 않는다고 자신은 여기는 겁니다. 그런
데 택시를 부르며 당신은 '독, 독' 하고 외친단 말입니다."
트램블이 신중한 목소리로 말했다.
"그 말씀은 좀 지나치므로 받아들이가 어려우나 그래도 이해는 하
겠소. 제프, 자네가 샘을 데려온 건 그가 어떤 문제를 안고 있기
때문이겠지?"
애벌론이 헛기침을 하고 말했다.
"반드시 그런 건 아닐세. 지난 달부터 말은 건네두었었다네. 이유
는 여러 가지 있지만, 첫째로 그라면 자네들이 환영하리라 여겼기

때문일세. 그런데 어젯밤 나는 그의 집에 묵었고, 내가 말해도 괜찮겠지, 샘?”

더븐하임은 어깨를 움츠려 보였다.

“여기는 무덤처럼 조용하다고 하니까.”

애벌론이 말했다.

“그렇고말고, 샘은 내 아내하고도 나와 마찬가지로 오랫동안 사귀어 왔다네. 그런데 그가 내 아내를 두 번이나 파버라고 불렀다는군. 플로렌스라고 하지 않고 말일세.”

더븐하임은 힘없이 웃었다.

“내 무의식 속의 사고력이 겉으로 배어나온 거지요, 나 자신은 완전히 잊고 있는 줄 알았는데 말입니다.”

애벌론이 다시 말했다.

“자네는 알아차리지 못했지. 나도 몰랐네. 그런데 플로렌스가 알아차린 걸세. 두 번째 때 그녀가 ‘왜 나를 그렇게 부르지요?’ 하고 물었지. 자네가 ‘네?’라고 하자 아내는 ‘나를 파버라고 부르셨어요’ 했고 자네는 깜짝 놀랐지.”

“그것은 어떻든, 내 고민거리는 나 자신의 무의식이 아니라 그의 무의식이라네.”

“파버의?” 드레이크가 담뱃진에 물든 손가락으로 담배를 두드리며 물었다.

“아니오, 또 다른 한 사람입니다.”

트램블이 말했다.

“이제 슬슬 브랜디가 나오겠지. 제프, 우리의 명예스러운 초대손님을 자네가 신문하겠나, 아니면 다른 누구에게 맡기겠나?”

애벌론은 말했다.

“신문할 필요는 없을 걸세. 그의 의식이 한눈을 팔고 있을 때, 그의 무의식이 무엇을 생각하고 있는지 사실 그대로 말해 보라고 하면 될 테니까."

더븐하임은 눈살을 찌푸렸다.

"말해야 할지 어떨지, 미묘한 문제여서 난처합니다."

트램블이 말했다.

"믿어도 좋습니다. 여기서 나왔던 이야기는 모두 비밀에 붙여지니깐요. 제프가 그 점에 대해 말했겠지요. 이것은 우리의 존경해 마지않는 헨리도 포함한 이야기입니다. 그리고 물론 필요 이상 자세히 이야기하지는 않아도 됩니다."

"하지만 사람의 이름을 밝히지 않을 수는 없겠지요."

곤잘로가 히죽 웃으며 말했다.

"이미 파버라는 본명이 나왔다면 그래야겠지요."

더븐하임은 한숨을 내쉬었다.

"여하튼 좋습니다. 사실 이야기 자체는 대수로운 게 아닙니다. 아무것도 아닌 일일지도 모르지요. 아무 뜻도 없을지 모른단 말입니다. 내가 완전히 잘못되었다고 할 수도 있지요.

　그러나 만일 내가 잘못되어 있지 않다면 군대로서는 매우 불명예스러운 일이고, 국가적 손실이기도 합니다. 나는 내가 잘못되어 있기를 빌고 싶은 심정입니다. 그러나 나는 이미 그 문제에 빠져들어 있습니다. 내가 잘못되었다면 그것은 내 경력에 영원한 오점을 남길지도 모릅니다. 나는 이미 퇴역을 눈 앞에 두고 있는 몸이지요."

잠시 그는 무언가 골똘히 생각하고 있었다. 이윽고 그는 엄한 목소리로 말했다.

"아니, 나는 잘못을 저버려두고 싶지 않습니다. 비록 불명예스러운 일을 당하더라도 나는 그것을 알아내야만 합니다."

"반역죄의 추구입니까?" 드레이크가 물었다.

"아닙니다, 엄밀한 뜻에서 반역은 아닙니다. 오히려 그랬으면 좋겠다는 생각마저 들지만요. 반역이란 경우에 따라 크나큰 위신을 걸고 있는 수도 있지요. 매국노는 때로 애국자라는 동전 한 닢의 뒷면에 지나지 않는 경우가 있답니다. 어떤 사람에게는 배신자지만 다른 사람에게는 순교자가 될 수도 있지요.

나는 하찮은 돈으로 살 수 있는 소인(小人)에 대해 말하는 게 아닙니다. 내가 말하는 건 국가보다 차원이 높은 큰일을 위해 몸을 바치고 있다고 스스로 믿고, 목숨의 위험을 무릅쓰면서도 결코 돈을 받으려 하지 않는 사람에 대해서입니다. 적국의 반역자들에 대한 것을 생각해 보면, 그 차이를 잘 알 수 있습니다. 예를 들어 히틀러에게 말을 시킨다면……"
트램블이 답답한 듯이 말했다.
"그러니까 반역죄는 아닌 모양이군요."
"반역죄는 아닙니다. 독직(瀆職)입니다. 더럽고 썩은 냄새에 가득 찬 독직이란 말입니다. 어떤 자들, 사병과 유감스럽게도 장교, 그것도 꽤 계급 높은 장교들이 미국의 생피를 빨고 있단 말입니다."
루빈이 기세를 올리며 말했다.
"그것 역시 반역이잖습니까. 국가에 타격을 주고 군대를 퇴폐로 몰아넣으니까요. 국가를 소홀히 여기고 개인적인 이익을 얻으려는 군인이 국가를 위해 목숨을 바칠 생각을 할 리가 없지요."
애벌론이 말했다.
"그런 일에 있어서는, 사람은 감정과 행동을 각각 다른 서랍에 챙겨두는 경우가 있네. 오늘 미국에서 뭔가를 훔친 녀석이 내일은 국가를 위해 죽는 일도 있을 수 있지. 더욱이 그 두 가지를 모두 정말로 진지하게 해치우는 수도 있단 말이네. 소득세를 절반쯤 속이면서도 자기야말로 미국에 충성을 맹세하는 일에서는 누구에게도 뒤지지 않는 애국자라고 믿는 사람이 얼마든지 있거든. ”

루빈이 말했다.

“소득세는 여기서 생각하면 안되네. 국가의 세비(歲費)를 생각하면, 세금을 물지 않고 형무소에 들어가는 사람이야말로 진짜 애국자라는 궤변도 성립되니까. ”

더븐하임이 말했다.

“신념을 가지고 납세를 거부하고, 그것을 인정하여 형무소에 들어간다면 그런대로 이치가 맞지요. 그러나 당연히 짊어져야 할 책임이며 의무를 다른 사람에게 뒤집어씌우려는 이유만으로 회피한다면 이야기가 다릅니다. 양쪽 모두 위법행위긴 해도 나는 앞사람의 경우에는 일종의 존경을 느낍니다.

지금 내가 이야기하려는 경우는 그 동기가 단순한 사리사욕에 지나지 않습니다. 어쩌면 몇백만 달러라는 시민의 혈세(血稅)가 일부 사람들의 부당한 이익으로 돌아가고 있을지도 모릅니다. ”

트램블이 이마가 빨래판처럼 되어 물었다.

“어쩌면? 더 확실하게는 모른단 말이오? ”

“그 이상은 말할 수 없습니다. 지금으로서는 입증할 수 없거든요. 유력한 증거 없이는 추궁하기가 쉽지 않지요. 내가 선수쳤다가 의혹을 입증할 수 없다면 나는 파멸이니까요. 군대 수뇌부급의 이름이 나올지도 모르고 어쩌면 나오지 않을지도 모릅니다. ”

“파버의 직위는? ” 곤잘로가 물었다.

“지금까지 두 사람 조사했지요. 하나는 중사고 하나는 병졸로, 그 가운데 중사가 파버입니다. 로버트 J. 파버. 또 한 사람은 올린 크로츠. 이 두 사람을 취조했지만, 아무것도 나오지 않았습니다. ”

“정말 아무것도? ” 애벌론이 물었다.

“전혀 꼬리를 잡을 수가 없었네. 파버와 크로츠 때문에 몇천 달러

상당의 병기가 사라졌는데도 그들의 행위를 위법으로 단정할 수가 도무지 없단 말이네. 그들에게는 모두 빠져나갈 구멍이 있어. ”

곤잘로가 싱긋 웃으며 말했다.

“말하자면 상층부가 끼어 있군요. 머리 좋은 장교가 끼었을까요 ? ”

더븐하임은 냉정하게 말했다.

“있을 수 없는 일로 생각할지 모르지만, 아무래도 그런 것 같습니다. 그러나 증거가 없지요. ”

“그 두 사람을 신문해 보면 ? ” 곤잘로가 물었다.

“이미 했지요, 파버는 완전히 헛일이었습니다. 그는 가장 위험한 부류에 속하는 남자지요. 지나치게 고지식한 인물입니다. 자기가 하는 일의 중대성에 생각이 미치지 못하는 어리석은 자입니다. 만일 그것을 알고 있다면 그런 행동을 하지 않았으리라 여깁니다. ”

애벌론이 물었다.

“진상을 눈 앞에 갖다대면 어떨까 ? ”

더븐하임이 되물었다.

“그 진상이란 무엇인가 ? 나는 아직 내 추측을 겉으로 드러낼 준비가 되어 있지 않네. 지금 내가 아는 사실을 털어놓으면 고작 2명이 불명예제대를 하는 정도에 그치고 말 걸세. 그러면 다른 녀석들은 잠시 숨을 죽이며 다음 기회가 오기를 기다리겠지. 그래서는 안되네. 운을 하늘에 맡기고 충분한 단서를 잡을 때까지 속을 털어놓고 싶지 않아. ”

루빈이 물었다.

“단서라니 ! 그렇다면 상층부와 관계 있는 단서 말입니까 ? ”

“맞습니다. ”

“그래, 또 한 사람은 ? ” 곤잘로가 물었다.

더븐하임은 고개를 끄덕였다.

“그 녀석이 악질입니다. 나는 알고 있지요. 둘 가운데 그 녀석이 우두머리입니다. 그런데 나는 그 녀석의 주장을 꺾을 수가 없단 말입니다. 여러 번 만나서 이야기했지만 녀석은 꼬리를 내놓지 않지요.”

홀스테드가 말했다.

“두 사람의 배후에 무언가 있다는 게 다만 추측에 지나지 않는다면 어째서 그토록 심각하게 생각합니까? 결국 당신이 잘못되어 있다는 가능성이 충분하다는 이야기인데요.”

“옆에서는 그렇게 보일지도 모르지요. 나 자신은 잘못되어 있지 않다고 확신하지만, 그 까닭을 설명하라 하면 그저 경험에 호소하는 수밖에 없습니다. 예를 들어 로저, 경험을 쌓은 수학자가 어떤 하나의 추론이 옳다고 확신하고 있어도 수학적인 연산 규칙으로는 그것을 엄밀히 입증할 수 없을 때가 있지요. 안 그렇습니까?”

홀스테드가 말했다.

“글쎄요, 그게 예로서 적합할지 모르겠군요.”

“나는 적절한 예라고 생각하는데요. 나는 지금까지 의심할 여지 없이 죄 있는 자 또는 의심할 여지 없이 죄없는 자를 많이 접촉해 왔습니다. 이럴 경우 피의자의 태도는 확실히 다릅니다. 나는 그 차이를 가려내는 육감을 가지고 있지요.

하지만 억울하게도 내 육감은 증거로서는 통용되지 못했습니다. 파버는 문제 밖입니다. 그러나 크로츠는 빈틈이 없습니다. 너무 이론이 정연하단 말입니다. 그 녀석은 나에게 장단을 맞추며 그것을 즐기고 있지요. 그점이 나로서는 도무지 참을 수가 없습니다.”

홀스테드는 불만스럽게 말했다.

“당신이 자신의 육감을 절대적인 것이라고 말한다면 토론할 여지가 없겠군요. 안 그렇습니까. 논리적 울타리 밖의 이야기니까요.”

"그 점은 그렇지요."

더븐하임은 그다지 언짢아하는 기색도 없었다. 자기의 분노에 젖어 있어서 홀스테드의 말은 그냥 귓등으로 듣는 모양이었다.

"내가 엄하게 따져들면 크로츠 녀석은 뻔뻔스러운 엷은 웃음을 띠지요. 마치 나는 소고, 녀석은 투우사 같습니다. 내가 맹렬하게 돌진하면 녀석은 조금도 당황하지 않고 태연한 얼굴로 케이프를 옆쪽으로 휘날리며 나를 놀립니다. 내가 달려들려고 하면 이미 녀석은 거기에 없고 케이프만 내 얼굴을 스친단 말입니다."

애벌론이 머리를 흔들며 말했다.

"적은 자네보다 단수가 하나 높은 것 같네, 샘. 놀림받고 있다, 업신여김받고 있다고 느끼기 시작했다면 이미 자네의 판단력은 믿을 수 없겠네. 다른 사람에게 맡기게."

더븐하임은 고개를 저었다.

"아닐세. 내가 그렇게 생각하는 이상 그것은 내가 생각하는 대로임에 틀림없네. 나는 내 손으로 철저하게 밝혀내고 싶네."

트램블이 말했다.

"나도 조금은 이런 종류의 문제에 경험이 있습니다. 그 크로츠라는 자가 전체 내용을 알고 있다고 여깁니까? 비록 공모 사실이 있다 해도 한낱 병졸이 모든 걸 알고 있다고는 할 수 없지 않겠습니까?"

"지당한 말씀입니다. 나도 크로츠가 모조리 털어 놓을 수 있다고는 생각지 않습니다. 그러나 녀석은 적어도 또 하나의 다른 누군가를 알고 있을 겁니다. 훨씬 상층부의 누군가를 말입니다. 게다가 녀석은 어떤 하나의 사실을 알고 있지요, 핵심에 가까운 어떤 사실을.

나는 그 하나의 인물과 사실을 알고 싶습니다. 그것만 알면 일은 해결되는 거지요. 솔직히 말해서 내가 참을 수 없는 건 녀석이 그것을 누설하고 있는데도 불구하고 내가 제대로 파악하지 못하는 데 있습니다. ”

“누설하고 있다니요 ? ” 트램블이 되물었다.

“이 부분에서 무의식이 문제되는 겁니다. 나와 서로 싸울 때 그는 나에게 완전히 신경을 집중시키고 있지요. 나를 누르고, 나를 피하고, 나를 몰아붙이고, 내 다리를 낚아채려고 합니다. 적이긴 하지만 정말 훌륭합니다.

내가 바라는 정보를 그는 어떻게 해서든 주지 않으려 하지만 그가 쥐고 있는 것만은 틀림없습니다. 그가 그 핵심적인 정보 이외의 온갖 것에 신경을 집중시키고 있을 때, 바로 그것이 얼굴을 빠끔히 내비춘단 말입니다. 그때 나는 냅다 찔러대며 그를 구석으로 몰아붙이지요. 그런데 내가 뿔을 휘둘러서 케이프를 걷어치우며 그의 급소로 다가가면, 그는 반드시 노래를 부르기 시작한단 말입니다. ”

“네 ? ” 곤잘로가 괴상한 목소리를 질렀다.

흑거미클럽의 모든 사람들은 이해할 수 없다는 표정이었다. 오직 헨리만이 표정을 바꾸지 않고 몇 개의 잔에 커피를 다시 따랐다.

더븐하임은 말했다.

“녀석이 노래를 부른단 말입니다. 아니, 노래라기보다…… 콧노래지요. 그런데 그것이 언제나 같은 멜로디란 말입니다. ”

“어떤 멜로디던가요 ? 알고 계시는 겁니까 ? ”

“알다뿐이겠소. 누구나 다 아는 것이지요. ‘양키 두들’이오. ”

애벌론이 거드름을 피우며 말했다.

“음치 총사령관이었던 그랜트 대통령도 이것만은 알고 있었지. 자기는 2개의 노래밖에 모른다고 그는 말했는데, 하나는, ‘양키 두들’이고 또 하나는 ‘그렇지 않다’라고. ”

다른 사람의 비논리성을 깨달은 화학자의 눈초리로 드레이크가 물었다.

"그 '양키 두들'이 전체의 내용을 말하고 있다는 겁니까?"

"아무래도 그런 것 같습니다. 녀석은 교묘한 말로 진실을 숨기지만, 무의식중에 진실이 살짝 드러나 보이지요. 이른바 빙산의 일각이지요. '양키 두들'이 바로 그겁니다. 그런데도 나는 그것이 무슨 뜻인지 모르겠단 말입니다. 확실하게 파악할 수가 없습니다. 그러나 해답은 바로 거기에 있습니다. 틀림없습니다."

루빈이 물었다.

"'양키 두들'에 문제를 해결하는 열쇠가 있다는 말씀입니까?"

더븐하임은 몸을 앞으로 내밀었다.

"그렇습니다. 나에게는 확신이 있습니다. 왜냐하면 녀석은 콧노래를 부르면서도 자신은 그것을 모르거든요. 한 번은 내가 '뭐야, 그것은?' 하고 물었더니 녀석의 눈이 휘둥그레지더군요. '뭐야, 그 콧노래는?' 하고 내가 다시 물어도 그는 다만 망연히 내 얼굴을 쳐다볼 뿐이었습니다. 그것은 연극으로 꾸며댈 수 있는 얼굴이 아니었지요. 자기 자신도 깜짝 놀라고 있었습니다."

애벌론이 물었다.

"자네가 플로렌스를 파버라고 불렀을 때처럼?"

홀스테드는 고개를 저었다.

"아무리 생각해도 그리 대수로운 일 같지는 않군요. 어떤 멜로디가 귓전에서 좀처럼 떠나지 않을 때가 흔히 있잖습니까. 그러다가 어떤 순간에 그것이 저절로 입 밖으로 흘러나오는 거지요."

더븐하임이 말했다.

"맞습니다. 어떤 순간에지요. 그런데 크로츠의 경우 반드시 내가 날카로운 질문을 했을 때 '양키 두들'을 부르기 시작합니다. 나는 이 독직 사건에 공모 사실이 있다고 확신하는데, 내 질문이 핵심으로 다가가면 그 멜로디가 나온단 말입니다. 틀림없이 어떤 뜻이 있다고 나는 봅니다.”

루빈이 뭔가 골똘히 생각에 잠기며 반쯤 자기 자신에게 들려주듯 중얼거렸다.

“‘양키 두들’이라…….”

그는 헨리를 흘긋 쳐다보았다. 헨리는 이마에 희미한 세로주름을 모으고 사이드 보드 옆에 서 있었다. 헨리는 루빈과 눈길이 마주쳤으나 아무 반응도 보이지 않았다.

흑거미클럽 회원들은 잠시 묵묵히 생각에 잠겼다. 그들은 모두 정도의 차이는 있으나 재미없는 얼굴을 하고 있었다.

이윽고 트램블이 말했다.

“역시 당신이 잘못되어 있는 게 아닐까요, 샘. 이 문제는 정신분석의에게 의논하는 게 좋을지도 모릅니다. 그 크로츠라는 사나이는 긴장하면 반드시 ‘양키 두들’을 부를지도 모르니까요. 6살 무렵 아버지가 늘 노래불렀거나 어머니가 자장가로 들려주었기 때문일 뿐 그 이상의 뜻은 없을지도 모르지요.”

더븐하임은 얼마쯤 노기를 띠며 윗입술을 찡그렸다.

“그것을 내가 생각해 보지 않은 줄 아시오? 나는 그의 동료 몇 명을 만나 이야기를 들어 보았습니다. 아무도 그의 콧노래 따위는 들어본 적도 없답니다.”

곤잘로가 말했다.

“숨기고 있는 건지도 모르지요. 나도 장교를 상대할 때는 아무 말도 하고 싶지 않던데요.”

애벌론이 말했다.

“관심이 전혀 없었기 때문이 아닐까. 남의 일에 신경 쓰는 사람이란 좀처럼 없으니까.”

"숨기고 있을지도 모르고, 어쩌면 전혀 알아차리지 못하고 있는 건지도 모르지요. 그러나 그들이 하는 말을 있는 그대로 받아들인다면, 나는 아무래도 그의 '양키 두들'이 내 신문과 각별히 관계가 있으며 그밖의 뜻은 아니라고 생각합니다."

드레이크가 말했다.

"군대생활로부터의 연상작용이 아닐까요. 독립전쟁 시대의 행진곡이니까."

"그렇다면 내 앞에서만 노래부르는 이유가 무엇일까요? 군대 안의 다른 어느 누구도 그의 콧노래를 들은 적이 없단 말입니다."

루빈이 말했다.

"좋습니다. 그럼, '양키 두들'이 그 사건과 관계 있는 무언가를 뜻한다고 가정합시다. 그다지 손해날 건 없으니까요. 우선 노래 자체를 생각해 보기로 합시다…… 여보게, 제프, 제발 부탁이니 노래는 부르지 말게."

분명히 노래 부르기 위해 벌렸던 입을 애벌론은 이내 다물었다. 그는 세상에서 아주 드문 음치였다. 냉정할 때에는 스스로도 알았던 사실이다. 그는 몸을 뒤로 젖히고 말했다.

"가사를 암송하겠네."

루빈이 말했다.

"좋아, 곡조는 넣지 말고 하게."

애벌론은 우쭐해서 가슴을 펴고 타고난 잘 울리는 바리톤으로 가사를 외었다.

양키 두들, 거리에 나왔다
망아지를 타고
모자에 꽂은 깃장식

이것을 가로되, 마카로니
양키 두들 그 노래
양키 두들은 멋진 사나이(댄디)
노래에 맞춰 신나게 춤춘다
보라, 아가씨들이 기다리고 있다.

곤잘로가 말했다.
"그다지 뜻도 없는 농지거리 아닌가."
루빈이 엷은 수염을 떨며 화난 듯이 말했다.
"뜻이 없다고? 그런 소리 말게. 여기에는 훌륭한 뜻이 있다네. 세련된 도시인이 촌스러운 시골 사람을 놀리는 노래란 말일세. '두들'이란 소박한 민속악기지. 백파이프 같은 게 바로 그것일세. 그러니까 '양키 두들'은 백파이프같이 촌스러운 뉴잉글랜드의 시골뜨기를 가리키는 거라네.

그런 녀석이 잔뜩 멋부리고 망아지를 타고 거리로 나온 걸세. 모자에 깃장식을 달고 제딴에는 몹시 자랑스러운 기분으로 말이지. 18세기 끝무렵에는 그런 것을 '마카로니'라고 불렀네. 말하자면 최신유행을 따라 멋부린 거리의 멋쟁이를 뜻하는 것일세.

끝 부분의 네 줄은 후렴으로, 거리에서 춤추는 시골뜨기를 노래한 걸세. '똑똑히 춤추어라, 여자들이 보고 있으니까' 하며 주위에서 놀려대는 장면일세. '댄디'란 18세기 중간 무렵부터 쓰이기 시작한 말인데, 뜻은 '마카로니'와 같다네."
곤잘로가 말했다.
"알았네, 머니. 아무 뜻 없는 농지거리는 아니었군. 그런데 이것이 어떻게 샘의 문제를 푸는 열쇠가 될까?"
루빈이 말했다.

"열쇠가 될 것 같지는 않군. 유감입니다, 샘. 하지만 크로츠가 자신을 시골뜨기라고 생각하고 도시인을 놀리고 있다는 식으로 해석할 수도 있을 것 같습니다. 그는 이런 조롱투의 노래를 떠올리지 않을 수 없었겠지요. 상관을 놀리고 있다고 생각하면 유쾌했을 테니까요."

더븐하임이 말했다.

"머니, 당신은 크로츠(얼간이, 천치라는 뜻이 있음)라는 이름을 듣고 그가 시골뜨기라고 생각한 모양인데, 그런 식으로 푼다면 당신도 촌사람(루브)입니다. 크로츠는 필라델피아에서 태어나 자랐지요. 밭 같은 것은 본적도 없을 겁니다. 녀석은 시골뜨기가 아닙니다."

"그렇습니까. 그럼, 내가 반대로 본 모양이군요. 그는 도시인이고 오히려 당신을 깔보았군요, 샘."

"내가 시골뜨기라고요? 나는 매사추세츠 주 스토넘에서 태어나 하버드에서 법률학위를 받았습니다. 그것은 녀석도 알고 있지요. 투우사 같은 기분으로 나와 실랑이할 때의 말투에서 그런 것을 나는 느낍니다."

드레이크가 끼어들었다.

"매사추세츠에서 태어나 자랐다면 당신은 양키인 셈이군요."

더븐하임은 완고하게 말했다.

"양키 두들은 아니오."

"그는 그렇게 생각하고 있을지도 모르지요."

더븐하임은 그 점을 잠시 생각하고 나서 말했다.

"그럴 수도 있겠지요. 그러나 만일 그렇다면 들으란 듯이 내놓고 부를 게 아닙니까? 문제는 그가 무의식중에 콧노래를 부르는 것 같다는 점입니다. 그가 숨기려는 무언가와 관계가 있어서 공공연히 드러내놓고 부를 수 없는 거지요."
홀스테드가 말했다.
"장래의 일을 말하는 게 아닐까요. 독직으로 잔뜩 벌어들인 돈을
가지고 거리로 진출하게 될 때의 일을. 다른 말로 표현한다면 그가
'모자에 깃장식을 꽂을 수 있는' 신분이 되는 날의 일을 가리킨 게
아닐까요."
드레이크가 말했다.
"어쩌면 크로츠는 그런 식으로 당신을 놀려대는 것을 모자의 깃장
식에 비유했을지도 모르겠군요."
곤잘로가 말했다.
"어떤 특정한 말에 뜻이 있는 게 아닐까요. '마카로니'란 그가 마피
아와 연관 있음을 나타낸 말일지도 모르고 '아가씨들이 기다린다'
란 여군이 가담했음을 나타낸 말일지도 모르지요. 요즘도 여군이
있겠지요?"
이때 드디어 헨리가 입을 열었다.
"저어, 애벌론 씨. 호스트로서 내게 몇 가지 질문을 하게 해주겠습
니까?"
"새삼스럽게 무슨 말을 하는 건가, 헨리. 무엇이든 물어보게."
"고맙습니다. 대령님도 역시 허락해 주시겠지요?"
더븐하임은 눈이 휘둥그레졌다. 그러나 그는 말했다.
"그야 당신은 여기 사람이니까. 어서 물어보오."
"애벌론 씨는 '양키 두들'의 가사 8줄을 암송하셨습니다. 4줄은 가
사, 뒤의 4줄은 후렴입니다. 그런데 크로츠는 8줄의 가사 부분과
후렴 부분을 모두 부르던가요?"
더븐하임은 잠시 고개를 갸우뚱했다.
"아니, 그렇지 않소. 흐음……."

그는 눈을 감고 신경을 집중시켜 노래불렀다.

"라라, 라라, 라라라, 라라라, 라라라라, 라라. 이것뿐이었소. 처음의 두 줄뿐이오."

"가사 부분이로군요."

"맞소. '양키 두들 거리에 나왔다, 망아지를 타고.'"

"언제나 그 두 줄뿐이었습니까?"

"그랬던 것 같소."

드레이크가 빵부스러기를 식탁에서 털어내며 말했다.

"대령, 그자는 심하게 추궁당하면 그 노래를 부르기 시작한다고 하셨지요. 그때 어떤 것이 문제였었는지 기억 나십니까?"

"그야 물론이지요. 여기서 자세한 설명은 않습니다만."

"그건 좋습니다. 하지만 한 가지 대답해 주시겠습니까. 그때 문제되어 있던 것은 그자뿐이었습니까, 아니면 파버 중사도 포함되어 있었습니까?"

더븐하임은 천천히 말했다.

"콧노래는 대개 그가 무죄를 가장 강력히 주장할 때 나왔는데, 그는 반드시 두 사람 모두 결백하다고 하더군요. 이 점은 칭찬해 주어도 좋다고 생각합니다. 그는 상대를 팔아 자기만 발뺌하는 짓은 결코 하지 않았지요. 언제나 파버도 자기도 그런 짓은 하지 않았다거나, 또는 그런 일과는 두 사람 모두 관련이 없다고 했습니다."

헨리가 말했다.

"더븐하임 대령님, 이것은 완전히 억측에 지나지 않으므로 만일 대답이 '노'라면 나는 아무 말씀도 드릴 게 없습니다. 하지만 만일 대답이 '예스'라면 혹시 줄거리가 잡힐지도 모르겠습니다."

"그 질문이란 뭐요, 헨리?"

더븐하임은 그를 재촉했다.

"파버와 크로츠가 주둔하고 있는 같은 기지 안에 혹시 굿든 대위,
아니면 굿딩, 또는 그와 비슷한 발음의 이름을 가진 장교가 있습니
까?"

그때까지 대수롭지 않은 태도로 싱글거리며 헨리를 대하던 더븐하
임이 순간 정색을 했다. 입을 한일자로 다문 그의 얼굴은 어느새 핏
기가 사라져 있었다. 그는 의자를 삐걱거리며 일어섰다.

그는 엄숙한 목소리로 말했다.

"있소. 찰스 굿윙 대위가 있소. 하지만 대체 당신은 그것을 어떻게
알았소?"

"그렇습니까. 그럼, 그 대위야말로 대령님이 알고 싶어하는 인물일
겁니다. 나 같으면 크로츠도 파버도 염두에 두지 않고 그 대위를
추궁해 보겠습니다. 그러시는 게 대령님께서 바라시는 방향으로 한
걸음 나아가는 셈이 될 겁니다. 그리고 그 대위는 크로츠보다 훨씬
깨기 쉬운 호도가 아닐까요."

더븐하임은 할 말을 잃은 모습을 했다.

트램블이 말했다.

"설명해 주겠나, 헨리."

"대령님이 보신 대로 열쇠는 '양키 두들'입니다. 다만 문제는 크로
츠가 그것을 콧노래로 불렀다는 점에 있습니다. 콧노래를 부르며
그가 어떤 가사를 머리에 떠올렸는지를 생각해 보아야 합니다."

곤잘로가 말했다.

"대령께서는 첫 2줄이라고 하셨잖나. '양키 두들 거리에 나왔다,
망아지를 타고.'"

헨리는 고개를 저었다.

"'양키 두들'의 본디 가사는 12절까지 있습니다만 마카로니니 뭐니
하는 대목은 그 속에 없습니다. 그것은 뒷날 만들어진 거지요. 지

금은 그것이 더 널리 알려져 있습니다만.

　본디 가사는, 농사꾼의 아들이 워싱턴 연합 식민지군의 야영지로 갔는데 그의 지독한 시골뜨기 모습을 보고 모두가 웃으며 놀려대는 이야기입니다. 그러므로 나로서는 이 노래의 해석은 루빈 씨가 하신 대로가 맞는다고 생각합니다. ”

루빈이 말했다.

“헨리 말이 맞네. 생각나는군. 워싱턴도 나오지. 거기서는 워싱턴 대위라고 나오는데, 농사꾼 아들은 군대의 계급에 대해 잘 모른다네. ”

“그렇습니다. 나도 가사를 모두 알고 있는 건 아닙니다. 하긴 아는 사람이 그리 많지 않을 겁니다. 아마 크로츠도 전부는 모를 겁니다.

　하지만 이 노래를 아는 사람이라면 1절만은, 적어도 처음의 2줄쯤은 알고 있을 테지요. 크로츠가 노래부른 것도 이 가사일 겁니다. 예를 들어 첫부분은——이것은 농사꾼의 아들이 하는 말입니다만——‘아버지(파더)와 나는 야영지로 갔네’입니다. 알고 계시겠지요? ”

더븐하임은 고개를 저었다.

“아니, 잘 모르오. ”

“내가 생각하기에. 대령님께서 심하게 질문하실 때 크로츠에게 ‘파버와 자네는 그 짓을 했지’ 하고 말하시면 그는 ‘파버와 나는 그 짓을 하지 않았습니다’라고 대답했겠지요. 여기서 콧노래가 나왔을 겁니다.

　아까 말씀하신 것에 따르면, 콧노래가 나오는 것은 흔히 파버와 자기가 결백하다고 강하게 주장할 때였다고 하셨습니다. 그러므로 ‘파버와 자기’라는 말에서 병졸은 ‘파더와 나는 야영지에 갔다’를 연상했던 겁니다."
헨리는 그 부분을 부드러운 테너로 노래불렀다.
애벌론이 말했다.
"파버와 그가 기지로 갔다는 사실에는 틀림이 없겠지만 그러나 이
건 조금 지나친 것 같네."
헨리는 말했다.
"이 한 줄뿐이라면 그 말씀이 맞을지도 모릅니다. 그래서 나는 기
지에 굿든 대위라는 사람이 있느냐고 물었습니다. 만일 제3의 공모
자로서 그런 이름을 가진 사람이 있다면 콧노래가 나오는 건 자연
적인 현상이라고 할 수 있겠지요. 1절의 가사는 공교롭게도 그것밖
에 모릅니다만……."
루빈이 그를 제지하며 일어나 큰 소리로 노래불렀다.

　아버지(파더)와 나는 야영지로 갔네
　굿든 대위에게 이끌려서
　오른쪽도 왼쪽도 사람의 물결
　옥수수죽을 보는 것처럼

헨리는 조용히 말했다.
"그렇습니다. 파버와 나는 기지로 갔네. 굿윙 대위에게 이끌려서."
더븐하임이 말했다.
"그것이오, 그것임에 틀림없소. 틀린다면 이런 우연의 일치는 또
없을 거요……. 아니오, 틀림없소. 헨리, 당신이 해냈소."
"그렇다면 좋겠습니다만. 커피 더 드시겠습니까, 대령님?"

이 이야기를 쓰고 나서 나는 하나의 큰 발견을 했다. 그 경위는 다

음과 같다.

나는 타이프라이터로 원고를 쓴다. 초고도 타이프라이터로 친다. 그밖의 방법은 없다고 나는 굳게 믿고 있었다. 구술을 하면 자기가 무엇을 쓰고 있는지 알지 못한다. 자기 손으로 쓰면 손가락이 아프다. 2페이지도 채 못 써서 아파오는 것이다.

1972년 11월 9일, 나는 다음날 강연을 앞두고 로체스터의 어떤 호텔에 묵고 있었다. 그날 밤은 이렇다할 일도 없었으므로 로체스터까지 자동차를 몰고가는 동안, 나는 지금 막 독자가 읽은——작품을 읽지 않고 이 글을 읽는다면 다르지만——이야기의 줄거리를 생각했다. 나는 가만히 있을 수가 없었다. 당장 쓰고 싶었으나 불행히도 타이프라이터를 가져가지 않았다.

하는 수 없이 나는 호텔의 편지지에다 손가락이 움직여지지 않을 때까지 써 나가겠다고 마음을 단단히 먹었다. 시간이 좀 걸릴 거라는 생각을 하며 나는 쓰기 시작했다. 나는 쓰고 또 썼다. 웬일일까. 나는 단 한 번도 펜을 놓지 않고 마침내 끝까지 써내려갔다. 게다가 손가락은 조금도 아프지 않았다.

지금 나는 타이프라이터 따위를 들고다닐 필요가 없어졌다. 그 뒤 나는 배어행을 하며 몇 개의 작품을 손으로 썼다.

아니, 여기가 중요한 점이다. 작품을 쓰고 있을 때 나는 재미있는 사실을 발견했다. 펜에 잉크를 묻혀 자기 손으로 쓰면 매우 조용한 분위기가 된다. 글을 쓰기 위해 내는 소리는, 그것은 쓴다고 표현할 성질의 것이 아니다. 요컨대 그것은 타이프라이터 소리다. 이 점을 독자에게 설명해 두는 편이 좋다고 나는 생각한다.

The Curious Omission
이상한 생략

흑거미클럽 모임에 나타난 로저 홀스테드는 보기에도 솟구쳐오르는 기쁨을 가까스로 누르고 있음을 알 수 있었다. 그는 스카프를 풀며——추운 밤이었고 이미 반 인치나 눈이 쌓여 추위는 더욱 심해질 듯했다——말했다.

"재미있는 초대손님을 데려왔네."

임마누엘 루빈은 소다수를 탄 스카치가 담긴 글라스 너머로 그를 보며 따지듯 말했다.

"어딜 돌아다니고 있었나. 톰 트램블도 브랜디를 마실 시간에는 대왔는데. 지금 모두들 자네가 호스트의 책임을 회피할 생각이 아닌가 이야기하고 있었다네."

홀스테드는 불끈하여 이마를 분홍빛으로 물들였다.

"전화했었는데. 헨리……."

헨리는 빵바구니를 식탁 위에 놓고 제프리 애벌론이 좋아하는 브랜머핀이 잘 보이도록 방향을 고쳤다.

"네, 홀스테드 씨. 좀 늦으신다는 것을 여러분은 잘 알고 계십니다. 루빈 씨는 일부러 그것을 들추어 즐기고 계시는 겁니다.”

“그래, 초대손님은?” 트램블이 물었다.

“실은 그 때문에 늦었다네. 화이트 플레인즈까지 마중 갔었는데, 눈이 심하게 내리더군. 그래서 도중에 주유소에서 여기다 전화를 걸었지”

곤잘로가 물었다.

“지금 어디 있나?”

곤잘로는 여느 때와 달리 산뜻한 옷차림을 하고 있었다. 적갈색 블레이저 코트에 같은 빛깔의 줄무늬 셔츠, 그것과 잘 어울리는 무늬의 넥타이를 매고 있었다.

“지금 아래층 화장실에 있네. 제레미 애트웃이라고 하는데, 아마 65살쯤 됐을 걸세. 문제를 안고 있다네.”

애벌론은 6피트가 훨씬 넘는 듯한 높은 곳에서 모두를 내려다보며 회색으로 세어가는 짙은 눈썹을 모았다.

“요즘 나는 이런 점이 마음에 걸리네. 우리 흑거미클럽의 본디 목적은 식사와 대화를 나누는 데 있고 그 이상은 아니었는데, 요즘은 무언가 어려운 문제를 꼭 들고나와 신경을 곤두세우게 하여 소화가 안되도록 하지 않으면 속이 후련하지 않게 되어버렸단 말이야. 문제가 없다면 어떻게 될까? 해산하나?”

곤잘로가 말했다.

“그때는 다시 전처럼 목적도 없는 담론이나 즐기면 되는 거지. 여기에 머니라는 사나이도 있으니까.”

루빈이 엷은 수염을 곤두세우고 말했다.

“내 말에 목적이 없었던 적은 한 번도 없었네, 마리오. 전혀 뜻없는 말을 지껄였다 해도 내 말이 자네를 교육하는 일에 도움된다는 조그만 희망은 있지. 이를테면 자네가 지난 번에 그린 그림이 얼마나 시시한 것인지 가르쳐 주겠네. ”

마리오는 눈살을 찌푸렸다.

“좋다고 했었잖나. ”

스스로 날아서 불 속으로 뛰어드는 여름 벌레와도 같은 모습이었다.

“그야 자네가 마지막 작품이라고 하길래 잘됐다 싶어 칭찬해 줬을 뿐이지. 그런데 알고 보니 다름 아닌 최신작이 아닌가. ”

이때 홀스테드의 초대손님이 층계를 올라왔다. 느릿하고 나른해보이는 동작이었다. 그가 코트 벗는 것을 홀스테드가 도와주었다. 모자를 벗자 훌렁 벗어진 대머리가 나타났다. 흰 머리카락이 머리 둘레에 조금 남아 있었다.

홀스테드가 말했다.

“여러분, 내 초대손님 제레미 애트웃 씨일세. 이분의 조카 한 분이 내 동료 교수여서 알게 되었다네. 애트웃 씨, 친구들을 소개하겠습니다. ”

소개가 끝나고 애트웃의 손에 드라이 셰리 글라스가 쥐어질 즈음에는 이미 헨리가 첫번째 요리를 식탁에 차리고 있었다.

루빈이 수상쩍은 듯 눈 앞에 놓인 접시를 내려다보았다. 그가 물었다.

“간 아닌가 ? ”

“아닙니다, 루빈 씨. 신장 다진 게 주재료입니다. ”

“사람살려 ! 수프는 무엇인가 ? ”

“부추 크림 수프입니다, 루빈 씨. ”

“참으로 갖가지를 먹게 해주는군. ”

루빈은 신음하듯 말하고 포크 끝으로 겹내며 신장을 찔렀다.

드레이크는 화학자 친구들의 소식을 기대하듯 작은 눈을 빛내며 물었다.

"조카님은 무엇을 가르치고 계십니까, 애트웃 씨?"

애트웃은 깜짝 놀랄 만큼 음악적인 테너톤으로 대답했다.

"영문학일 겁니다. 조카에 대해서는 그다지 아는 게 없습니다."

루빈이 사이를 두지 않고 말했다.

"무리도 아니실 겁니다. 영문학 교수들은 아마도 이 세상에서 그 어떤 엉터리 문화단체보다도 더 많은 무식쟁이들을 길러내고 있을 테니까요."

그러자 곤잘로가 잃었던 땅을 되찾기 위해 애쓰며 말했다.

"아닙니다, 애트웃 씨. 머니 루빈은 작가인데, 온전한 교수들이 아무도 그의 작품을 상대하지 않아서 저런답니다."

트램블이 루빈에게 반격할 틈을 주지 않고 물었다.

"당신은 무엇을 하고 계시는지요, 애트웃 씨?"

"지금은 은퇴한 몸입니다. 전에는 토목기사였지요."

애벌론이 말했다.

"지금은 어떤 질문에도 대답하실 필요가 없습니다, 애트웃 씨. 디저트를 드신 다음에 하셔도 됩니다."

그의 도움말은 쓸모가 없었다. 왜냐하면 루빈이 자신을 억누르지 못하고 혼자서 마구 지껄여댔기 때문이다. 수프를 먹는 동안——루빈은 수프에 거의 손대지 않았다. 그는 일반적으로 영어 교수 특히 영문학 교수는, 영어를 쇠사슬로 칭칭 얽어매고 문학을 탁한 호박(琥珀) 속에 가두어 화석으로 만들어 버리는 일이 그들에게 특별히 주어진 목적인 줄 알고 있다는 주장을 강력히 펴나갔다.

또한 집오리에 속을 채워 구운 메인 요리를 먹는 동안 루빈은 더욱더 열이 나서 가르친다고 하는 범죄의 동기를 분석했는데, 그것은 고금을 통하여 영어를 자유자재로 사용하는 인간들에 대한 증오에 찬

풀길없는 질투일 뿐이라고 결론지었다.

곤잘로가 들으라는 듯이 속삭였다.

"다시 말해서 임마누엘 루빈 같아야 한다고 말하고 싶은 거지."

그러나 루빈은 겁내는 기색도 없이 대꾸했다.

"물론 나 같아야지. 나는 이른바 영어 교수들보다 훨씬 문법을 잘 알고, 문학도 그들보다 훨씬 깊이 읽었으니까. 나는 문학에 얽매이거나 영향을 받지 않네."

애벌론이 말했다.

"문법을 무시한 엉터리 문장을 쓴다면 그런 말도 할 수 있겠지."

루빈은 엄숙한 얼굴로 말했다.

"주의를 기울여 들어야 할 말이로군, 제프. 단 내가 쓰는 글이 문법을 무시한 엉터리 글이라고 말할 각오가 돼있다면 말이네만."

라이스를 다 먹고 스터핑은 조금 찔러보는 정도로 그치고 나서 루빈은 학문적 부랑배에 의해 젊은 두뇌가 얼마나 해를 입고 있는지를 역설하여 다섯 사람의 항의를 정면으로 받고나섰다. 그럭저럭하는 동안 포월레 오 반이 나오고, 뒤이어 커피가 나왔다.

애트웃이 미안한 듯이 부탁했다.

"나에게는 밀크를 주시겠소(Can I have a glass of milk)?"

"알았습니다"라는 헨리의 대답도 루빈의 의기양양한 큰소리에 지워지고 말았다.

"저것 보게. 영어 교수라면 지금의 경우 'May I have a glass of milk'라고 했을 걸세. 그런데 애트웃 씨는 밀크가 있기만 하면 틀림없이 주리라는 것을 알고 있었네. 애트웃 씨에게 문제는 이 식당에 밀크가 있느냐 없느냐거든. 그래서 '메이'가 아니라 '캔'이라는 말을 썼지."

애트웃이 말했다.

"실은 나도 문법은 아주 질색입니다. 어쩌면 지금 내가 그렇게 말
한 것은……."

홀스테드가 스푼으로 글라스를 두드렸다.

"문법은 이제 그만해두게, 머니. 진절머리나니까. 슬슬 초대손님의
이야기나 듣기로 하세."

루빈은 그냥 물러날 수 없는 듯 계속 말을 내뱉었다.

"그래서 나는 서평은 모아두지 않기로 했네. 서평을 쓰며 시간을
낭비하는 영문학자 패거리들은……."

곤잘로가 말했다.

"그는 칭찬을 받았을 때만 오려두는 성미라네. 나는 알고 있지. 한
번은 스크랩북을 보여주었는데 비어 있더군."

홀스테드가 글라스를 계속 두드리다가 이윽고 말했다.

"내 동료 스튜어트 즉 애트웃 씨의 조카가 약 두 주일 전에 말하기
를 애트웃 씨가 문학상의 문제로 고민하고 계시다고 했네. 그래서
물론 나는 관심을 갖게 됐지. 이유는 여기서 새삼스럽게 설명할 필
요가 없겠지.

나는 좀더 자세한 이야기를 듣고 싶어서 물었더니 스튜는 잘 모
르더군. 나는 애트웃 씨에게 연락하여 이야기를 들었지. 그 결과
애트웃 씨가 이 모임의 더할 나위 없는 초대손님이라는 생각을 갖
게 된 걸세. 나는 오늘의 호스트가 될 차례고, 다행히 와주시겠다
고 승낙하셨기 때문에……."

애벌론이 일부러 헛기침을 한 다음 말했다.

"애트웃 씨는 신문받는 일을 알고 계시겠지. 그것도 아주……."

"그 점은 충분히 설명했네, 제프. 여기서 있었던 일은 결코 밖으로
새나가지 않는다는 것도 이야기했네. 애트웃 씨는 그 문제 때문에
몹시 마음쓰고 계시며 우리의 지혜를 빌려주기 바란다고 말씀하셨

네.”

트램블이 가무잡잡한 얼굴에 깊은 주름을 모았다.

“잠깐만 기다리게, 로저. 자네 설마 해결해 드린다는 약속을 한 건 아니지?”

홀스테드는 가슴을 쭉 펴보였다.

“약속은 하지 않았네. 하지만 지난날의 실적이 있지 않나.”

“어쨌든 좋아. 시작하세……. 헨리, 브랜디는 아직 안 나오는가? 누가 신문을 시작하겠나?”

“누구라니? 그야 자네지, 톰.”

브랜디가 작은 글라스에 차례로 조용히 따라졌다. 애트웃은 미안한 듯 손을 들어 거절했다. 헨리는 그의 글라스에는 따르지 않고 다음으로 옮겨갔다. 애트웃은 트램블에게로 맑은 눈길을 던졌다.

“나는 신문받아야 합니까?”

“아닙니다. 그저 말의 멋에 지나지 않습니다. 우리는 당신의 문학적인 문제라는 것에 관심이 있는 겁니다. 어떤 식이든 좋으니 그것을 우리에게 이야기해 주시겠습니까? 필요할 때 우리가 적당히 묻겠습니다. 괜찮으시다면 말입니다만…….”

“네, 얼마든지 물으십시오.”

애트웃은 기쁜 모습이었다. 그는 한 사람 한 사람의 얼굴을 둘러보았다.

“미리 말씀드립니다만, 미스터리라고 할 것까지는 없는 이야기입니다. 다만 내가 그것을 어떻게 생각하면 좋을지 모르겠을 뿐이지요.”

곤잘로가 브랜디를 입으로 가져가며 말했다.

“그것은 우리도 알아내지 못할지 모릅니다.”

드레이크는 아직 감기가 완전히 낫지 않아서 담배를 조금씩 피워야만 했다. 그는 절반밖에 피우지 않은 담배를 아쉬운 듯이 비벼끄고 말했다.

"어쨌든 이야기를 듣지 않고는 알 수가 없지요."

그는 빨간 손수건으로 코를 풀고 나서 자켓 주머니에 쑤셔 넣었다. 트램블이 말했다.

"이야기를 들려주실까요, 애트웃 씨. 자네들은 잠시 조용히 해주게."

애트웃은 마치 초등학생으로 돌아간 듯이 두 손을 식탁 가장자리에 가지런히 올려 놓고 정색한 얼굴로 이야기하기 시작했다. 마치 뭔가를 암송하는 듯한 말투였다.

"이것은 나처럼 예전에 토목기사였던 내 친구 라이언 샌더즈와 얽힌 이야기입니다. 함께 일한 적은 없습니다만, 집이 가깝고 25년 동안 사귀어온 처지라 우리는 매우 다정하게 지냈습니다. 나는 독신이고 그는 자식이 없는 홀아비였지요. 둘 다 사람들 눈에는 매우 쓸쓸해 보일지도 모를 생활을 하고 있었습니다. 그러나 실제로는 두 사람 모두 자기에게 알맞은 여유 있는 생활을 하고 있었지요.

나는 얼마쯤 평가를 받은 토목공사에 관한 논문을 하나 썼습니다. 그리고 지난 몇 년 동안의 토목관계 경험을 바탕으로 학문적인 것은 아닙니다만, 꽤 자세하고 세밀한 점에 대한 글을 쓰고 있습니다. 이것을 출판할 수 있는 기회가 있을지 모르겠습니다만, 그렇게 되면 물론……

아닙니다, 그런 일은 아무래도 좋습니다. 샌더즈는 나에 비하면 훨씬 외향적인 인물이었습니다. 말솜씨가 좋아서 하기 거북스러운 소리도 잘 해치웠으며, 꽤 독설가였습니다. 그는 또 게임 애호가여서……"

루빈이 말참견했다.

"수렵광이었습니까?"

"아닙니다, 실내 유희지요. 그는 온갖 종류의 카드놀이를 아주 잘 했으며, 무엇을 시키건 능란하게 해냈습니다. 카드뿐만이 아닙니다. 카운터며 포인터를 쓰는 놀이, 주사위, 단지놀이 등 무엇이든지 뛰어났습니다. 장기는 명인 축에 끼었고 인도 쌍륙(雙六), 서양 쌍륙, 모노폴리, 체커, 체스, 바둑, 입체오목놀이 등 못하는 게 없었습니다. 그밖에 나는 이름도 모르는 놀이를 많이 알았으며 실력도 상당했습니다.

그는 그 게임들을 책을 보고 연구했고, 스스로 새로운 게임을 고안하기도 했습니다. 그 가운데에는 꽤 재미있는 발명도 있어서, 그는 특허를 얻어 상품화하기도 했지요.

하지만 그것은 그의 목적이 아니었습니다. 요컨대 그의 관심은 그러한 놀이 자체에 있었던 겁니다. 그래서 내가 얽혀들게 된 셈인데, 그는 나를 상대로 함으로써 분석력을 더욱 날카롭게 하고 있었던 겁니다."

트램블이 말참견했다.

"어떻게 했습니까?"

"그가 게임을 할 경우, 그것은 여느 놀이와 다릅니다. 그는 게임을 자세하게 분석합니다. 마치 게임이 공학적 원리 위에 이루어져 있는 것처럼 말입니다……"

루빈이 성급하게 말참견했다.

"그렇습니다. 잘 짜여진 게임이란 수학적으로 분석할 수 있지요. 오락 수학이라는 분야가 있을 정도니까요."

애트웃은 부드럽게 루빈의 말을 가로막았다.

"그것은 나도 알고 있습니다. 그러나 라이언의 경우, 정당하게 그런 일을 했는지 좀 의문스럽습니다. 나에게 그런 이야기는 하려 하지도 않았고, 내 쪽에서 물으려 하지도 않았으니까요.

지난 20여 년 동안 우리는 주말이면 반드시 게임으로 시간을 보냈습니다. 1주일 동안의 복습을 하는 식이었지요. 왜냐하면 그는 내게 아주 공들여 차근차근 여러 가지를 가르쳐 주었기 때문입니다. 아니, 가르쳤다기보다 적의 솜씨가 좋아지면 그만큼 그로서는 재미가 있기 때문이었겠지요.

어떤 때는 10주일 내리 브리지만 할 때도 있었습니다. 그 다음은 진러미로 바뀌기도 했고, 또는 뭐라고 할까요, 그가 생각한 수를 내가 맞추는 그런 게임도 했습니다. 물론 이기는 건 늘 그였지요. ”

드레이크는 불이 붙지 않은 담배를 물끄러미 바라보고 있었다. 저절로 불이 붙여지지 않을까 바라고 있는 사람 같았다.

“늘 지기만 하면 재미없지 않습니까 ? ”

“아니오, 그렇지 않았습니다. 때로는 이겨야겠다고 열심히 했지요. 아주 재미 있었습니다. 사실 이따금 내가 이기는 경우도 있었고요. 그것은 그가 싫증내지 않게 하는 데 효과가 있었지요. ”

곤잘로가 물었다.

“상대방이 일부러 져준 건 아닌가요 ? ”

“그렇지는 않았다고 생각합니다. 내가 이기면 그는 화를 내며 분하게 여기기도 했으니까요. 그리고 더욱 열심히 분석했습니다. 그에게는 그것이 아주 재미 있는 모양이었습니다. 너무 오랫동안 내가 계속 지면 그는 나에게 여러 가지를 가르쳐주었습니다. 묘한 교제였으나, 우리는 잘해나가고 있었지요. 서로 좋은 친구라고 생각했었습니다. ”

“생각했었다고요 ? ” 애벌론이 물었다.

애트웃은 한숨을 쉬었다.

“네, 반년 전 세상을 떠났습니다. 그러나 내게 그리 큰 타격을 주지는 않았습니다. 언젠가는 그날이 오리라는 것을 서로 잘 알고 있었으니까요. 그것은 물론 안타깝기 그지없는 일입니다. 그가 없으므로 주말이면 아주 심심하니까요

　나를 조롱하던 그의 짓궂은 말투조차 지금은 그립습니다. 걸핏하면 그는 나를 형편없이 낮추어 말하곤 했었지요. 내가 술을 마시지 않는 것을 그는 늘 놀림감으로 삼았습니다. 그리고 그는 끝까지 나의 신앙을 웃음거리로 여겼지요."

"무신론자였습니까?" 곤잘로가 물었다.

"무신론자는 아니었습니다. 다만 그가 자라난 집안은 프로테스탄트의 어떤 종파에 속해 있었고, 나는 다른 종파였을 뿐이지요. 그는 내 종파를 고교회파(高敎會派)라 부르며 내가 일요일마다 드리는 복잡한 예배를 그가 드리는 간단한 예배 방법에 비교하여 흠잡는 것을 더할나위 없는 기쁨으로 여겼었습니다."

트램블이 눈살을 찌푸렸다.

"굉장히 화가 나셨을 텐데요. 때려 눕히고 싶은 생각이 들지 않던가요?"

"아니오, 그런 사람이었으니까요. 그리고 그 가엾은 라이언의 죽음에 조금도 수상쩍은 데는 없었습니다. 그런 의미에서 남에게 원한을 살 만한 사람은 결코 아니었으니까요. 그는 전에 가벼운 당뇨병에 걸려 있었는데, 그것이 합병증을 일으켜 68살로 세상을 떠난 겁니다. 그는 유언으로 내게 뭔가를 남겨주겠다고 전부터 말하고 있었습니다. 나보다 먼저 갈 것을 알고 있었던 거지요. 늘 이기게 해준 인내의 보답이라고 그는 말했었지요. 그 본디 마음은 나에 대한 우정이었음에 틀림없습니다. 하지만 그 스스로는 입이 찢어져도 그렇게 말하지 않았겠지요.

　죽기 전해부터, 앞으로 오래 못 살리라고 깨달았는지 이따금 그

런 말을 입에 올리곤 했습니다. 나는 물론 그런 이야기는 듣고 싶지 않다고 했지요. 그런데 그는 그때 웃으며 말했습니다.

'그리 간단하게 줄 줄 아나. 거지 근성의 우상숭배자같으니라구.'

그의 말투가 지금도 귓전에 생생히 들리는 것 같습니다. 지금 한 내 말투가 그대로였는지는 모르겠지만, 어쨌든 그런 뜻의 말을 했었습니다. 나를 그가 뭐라고 불렀든 그런 것은 제쳐두고, 여하튼 그는 말했습니다.

'그리 간단히 주지는 않아. 마지막 순간까지 게임으로 하는 거지.'

이것은 바로 임종 자리에서 한 말이었습니다. 그 자리에는 나밖에 없었습니다. 의사와 간호사가 있었지만, 개인적인 연관은 맺으려 하지 않았지요. 먼 친척이 있긴 했으나 아무도 병문안 오지 않았습니다. 그래서 밤늦게 나는 일단 돌아갔다가 다음날 아침에 다시 용태를 보러 와야겠다고 생각하고 있었습니다. 그때 그가 나를 보며 건강할 때와 조금도 다름 없는 또렷한 목소리로 말했습니다.

'앨리스의 이상한 생략……'

'뭐라고 했나?' 하고 나는 물었지요.

그는 힘없이 웃으며 '그것뿐일세, 이 친구야. 그것뿐이라니까'라고 말한 다음 눈을 감았습니다. 이것이 그의 마지막이었지요."

"마지막 힌트였군요." 루빈이 말했다.

애벌론이 물었다.

"또렷한 목소리로 말했다는 거지요?"

"네, 아주 또렷한 목소리였습니다." 애트웃은 대답했다.

"낱말도 똑똑히 알아들으셨습니까?"

"한 마디 한 마디를 똑똑히 알아들었지요."

"월레스의 이상한 고백은 아니었을까?"

곤잘로가 맞장구쳤다.

"댈러스의 뻔뻔스러운 모략이거나."

애트웃은 말했다.

"어쨌든 끝까지 들어보십시오. 나는 유언을 검증할 때 입회했습니다. 부탁을 받았거든요. 나 말고 살아 있을 때 병문안도 오지 않았던 먼 친척이 입회했지요. 사촌과 아직 젊은 조카딸이었습니다.

라이언은 결코 유복하지는 못했지만, 그래도 그들 한사람 한 사람에게 모두 재산을 남겨놓았습니다. 나이든 고용인과 자기가 나온 학교에도 얼마쯤 남겨놓았더군요. 마지막에 내 이름이 있었습니다. 내게는 1만 달러가 남겨졌습니다. 현금으로 어떤 은행의 임대금고에 맡겨졌는데, 내가 요구하면 열쇠를 받을 수 있도록 되어 있었습니다.

검증을 마치고 유산분배가 끝났을 때 나는 변호사에게 임대금고의 열쇠를 청구했습니다. 1만 달러란 유용하게 쓸 만한 돈이니까요. 그러자 변호사는 직접 그 임대금고가 있는 은행으로 가라고 말했습니다. 그날부터 1년 안으로 내가 그 은행에 가지 않으면 내게 유산을 준다는 조항이 철회되고 돈은 다른 방법으로 처분된다는 것이었습니다.

물론 나는 은행이 어디 있느냐고 물었지요. 그러자 변호사는 미국 안의 어디라고밖에 말할 수 없다는 것이었습니다. 변호사는 그 이상 아무것도 모른답니다. 다만 내 앞으로 보내진 봉투를 한 장 맡아가지고 있는데, 그것이 도움될 거라고 말하더군요. 그리고 변호사는 또하나의 봉투를 가지고 있답니다. 1년이 지나도 내가 돈을 찾아가지 않으면 그것을 펴보기로 되어 있었던 거지요.

나는 그 봉투를 펴보았습니다. 속에는 단 한 마디 그가 마지막 순간에 한 말이 씌어 있을 뿐이었습니다.

‘앨리스의 이상한 생략…….’

그래서 나는 길이 막힌 상태로 오늘에 이른 겁니다.”

트램블이 물었다.

“그러니까 아직 1만 달러를 받지 못하셨군요?”

“그 은행이 있는 곳을 모르기 때문입니다. 이미 반년이 지났습니다. 앞으로 반년 남았지요.”

곤잘로가 말했다.

“글자 수수께끼가 아닐까요. 글자를 바꿔놓으면 이름이 된다거나…….”

애트웃은 어깨를 움츠렸다.

“나도 그것을 생각해 보았습니다. 라이언이 글자 수수께끼를 했었다는 기억은 없지만, 어쨌든 나는 풀어보려고 애썼으나 아무래도 알 수 없었습니다.”

드레이크는 다시 한 번 코를 풀고 나서 앞뒤가 맞는 이치를 생각해 낼 끈기가 없는 듯한 표정을 지었다.

“화이트 플레인즈의 은행을 남김없이 찾아다니며 당신 명의의 임대 금고 열쇠가 있는지 없는지 물어보면 되지 않겠습니까.”

애벌론이 고개를 저으며 엄숙하게 말했다.

“그러면 게임이 되지 않지.”

곤잘로가 말했다.

“1만 달러나 되는 돈을 게임으로 다룰 수는 없지 않겠나.”

애트웃이 입을 열었다.

“그런 식의 억측은 솔직히 말씀드려 꾀부리는 것 같은 기분이 듭니다. 하지만 실은 나도 화이트 플레인즈뿐만 아니라 주위 여러 고장의 은행을 찾아다녀보았습니다. 그러나 수확이 없었지요. 하긴 놀랄 일도 아닙니다만. 그가 그런 가까운 곳에 맡겨놓았을 리 없습니다. 온 나라 안의 은행에서 하나 골랐을 테니까요."
홀스테드가 물었다.
"마지막 1년……, 즉 이 일을 화제에 올리고 있던 시기에 그분이
어디 먼 곳으로 여행한 적은 없었습니까?"
"없었던 것 같습니다. 그리고 자기가 직접 갈 필요도 없었지요. 변
호사에게 시키면 될 테니까요."
트램블이 말했다.
"그렇겠군요. 당신은 이미 반년 동안 생각할 시간이 있었던 셈인
데, 그동안 어떤 일들을 생각하셨습니까?"
"메시지 자체에 대해서는 아무것도 생각해 보지 않았습니다. 그러
나 나는 그를 잘 알고 있습니다. 한번은 나에게 무언가를 숨기려면
근대적인 기술을 이용하는 게 가장 좋다고 했습니다.
　어떤 문서나 기록이나 지령은 마이크로필름에 담을 수 있지요.
정보를 수록한 작은 필름은 어디든지 숨겨둘 수 있습니다. 어지간
한 행운이나 우연이 없으면 그것을 찾아낼 수 없을 겁니다. 이 메
시지는 아마도 마이크로필름이 있는 곳을 가리키고 있다고 나는 생
각합니다."
루빈이 어깨를 움찔했다.
"그렇다면 문제를 바꾸어 말한 것에 지나지 않는군요. 은행이 있는
곳을 가리키는 대신 마이크로필름이 있는 곳을 가리킨다 할지라도
이상한 생략의 수수께끼라는 점에는 여전히 다를 바가 없으니까
요."
애트웃은 깊이 생각하는 표정으로 말했다.
"아니, 완전히 똑같다고 할 수는 없겠지요. 은행은 몇 천 마일 떨
어진 장소에 있을지도 모릅니다. 그러나 마이크로필름——어쩌면
얇은 종이 조각일지도 모르겠습니다만——은 바로 손닿는 곳에 있

다고도 생각할 수 있습니다. 그러나 손닿는 곳에 있다 해도 역시 그것은 몇 천 마일 먼 곳에 있는 거나 다를 바 없지요."
그는 한숨을 쉬었다.
"아무래도 이 게임 역시 라이언에게 감쪽같이 당한 것만 같습니다, 유감스럽지만."
트램블이 물었다.
"만일 여기서 우리가 지혜를 짜내어 그 수수께끼를 푼다면, 그것을 꾀부린 거라고 생각하시겠습니까, 애트웃 씨?"
"네, 그렇게 생각이 들 겁니다. 하지만 1만 달러인걸요."
홀스테드가 고개를 갸우뚱하며 물었다.
"메시지의 의미에 대해 뭔가 짚이는 바가 있나, 톰?"
"아닐세. 하지만 애트웃 씨 말씀대로 손닿을 만한 곳에 있는 작은 종이조각을 찾으라는 이야기로 여긴다면, 그리고 샌더즈 씨가 공정한 방법을 취하고 있다면 소거법(消去法)으로 얼마쯤 범위를 좁힐 수 있지 않을까. …… 집은 누가 물려받았습니까, 애트웃 씨?"
"사촌 되는 사람입니다만, 곧 다른 사람 손에 넘겨버린 것 같습니다."
"가재도구는 어떻게 되었습니까? 책이니 여러 종류의 게임 도구니 가구들이 있었을 텐데요."
"거의 모두 경매에 붙여졌습니다."
"당신도 무언가 받았습니까?"
"그 사촌이라는 사람이 매우 친절하여 갖고 싶은 것을 가지라고 하더군요. 본디 가치 있는 건 그 속에 그다지 없었지만요. 나는 아무것도 갖지 않았습니다. 나는 물건을 모아들이는 성미가 아니거든요."
"당신이 그런 분이라는 것을 샌더즈 씨도 알고 있었습니까?"

"잘 알고 있었지요."

애트웃은 좀 답답한 듯이 몸을 움직였다.

"여러분, 나는 반년 동안이나 이 일을 생각해 왔습니다. 라이언이 필름을 집 안에 숨겨두었을 리 없습니다. 집은 반드시 남의 손에 넘어갈 것이고, 그렇게 되면 내가 그 집 안을 뒤질 수 없다는 걸 알고 있었을 테니까요.

그는 내 집에 늘 드나들었습니다. 무엇을 감출 기회는 얼마든지 있었지요. 그러므로 나는 틀림없이 내 집 어딘가에 숨겨져 있으리라고 생각합니다."

트램블이 말했다.

"그렇다고 단정할 수는 없겠지요. 특별히 소중하게 여기던 장서라든가 기념품 가운데 샌더즈 씨가 당신이 틀림없이 좋아하리라고 여겼을 만한 물건이 있지 않았을까요?"

"아닙니다. 내가 반드시 그것을 손에 넣을 수 있다는 보장이 없으니까요. 만일 그런 것이라면 그는 유언을 해서 내 손에 들어가도록 했겠지요."

애벌론이 말했다.

"그렇다면 그 방향은 틀렸고, 무언가 당신이 가져주기를 넌지시 풍기거나 한 적은 없습니까? 아니면 당신에게 넌지시 준 것은 없었는지요?"

애트웃은 희미하게 웃음지었다.

"아닙니다. 그런 방식은 도무지 라이언에게 어울리지 않습니다. 나는 잘 알고 있지요. 생각건대 그가 1년이라는 기간을 정한 것은 그 동안 그 자리에 틀림없이 숨겨진 채 있으리라는 확신이 있었기 때문일 겁니다. 그러므로 내가 버리거나, 팔아넘기거나, 잃어버릴 물건 속에 숨겨두지는 않았을 겁니다."

찬동의 중얼거림이 있었다.

애트웃은 말을 이었다.

"어쩌면 어떤 벽의 한 모퉁이에 붙여두었거나, 무거운 가구의 뒷면이나 또는 냉장고 속 같은 곳에 숨겨두었으리라고 생각합니다. 내 말뜻을 아시겠지요?"

"찾아보았습니까?" 곤잘로가 물었다.

"물론이지요. 이 게임 때문에 나는 매우 바빠졌습니다. 벽의 어떤 구석을 살펴보기도 하고, 가구 뒤쪽이며 서랍 속이며 온갖 곳에 머리를 처넣고 꽤 많은 시간을 소비했습니다. 지붕 밑이며 지하실도 구석구석 조사했지요."

트램블이 말했다.

"그런데도 전혀 아무것도 나오지 않았겠지요. 그렇지 않다면, 지금 여기서 이런 말을 하고 계시지 않을 테니까요."

"맞습니다. 찾아내지 못했습니다. …… 하지만 그렇다고 해서 집 안에 없다는 이야기는 아닙니다. 내가 찾고 있는 건 눈에 보이지 않을 만큼 작은 것일지도 모릅니다. 틀림없이 그렇겠지요. 눈 앞에 있는데도 모르고 있을 겁니다. 내가 아는 것으로, 주의하여 보면 금방 알 수 있는 그런 것일 겁니다."

애벌론이 거드름을 피우며 말했다.

"그렇다면 다시 처음으로 돌아온 셈이로군요. 메시지의 뜻을 알아내면 어디를 찾아야 할지 깨닫게 될 겁니다. 그러면 이 문제는 해결되지요."

"그렇습니다. 그 뜻을 알기만 하면 됩니다."

애벌론이 말했다.

"내 생각으로는 아무래도 '앨리스'가 열쇠라고 봅니다. 무언가 개인적으로 관계 있는 이름이 아닙니까? 두 분이 함께 알고 계시는 사람이거나, 아니면 샌더즈 씨의 돌아가신 부인 이름은 아닌지요?
또는 어떤 은어거나 두 분에게만 통하는 농담 같은 게 아닙니까?”
“아니오, 전혀 짚이는 바가 없습니다.”
애벌론은 가지런히 다듬은, 그다지 눈에 띄지는 않으나 확실히 잿
빛으로 세어가고 있는 수염 아래로 이를 드러내며 빙그레 웃었다.
“그렇다면 그것은 인류의 기억 속에서 가장 그 이름이 알려진 저
유명한 《이상한 나라의 앨리스》를 가리키고 있다고 여겨도 좋겠군
요.”
애트웃은 만족스러운 표정을 지었다.
“물론입니다. 그래서 이것은 문학 문제인 듯하다는 겁니다. 영문학
을 가르치는 조카에게 의논한 것도 그 때문이었지요. 나는 처음부
터 이것은 루이스 캐럴의 고전작품에서 따온 것임에 틀림없다고 생
각했습니다. 라이언은 《이상한 나라의 앨리스》를 무척 좋아했었지
요. 여러 가지 판(版)을 수집했습니다. 집 안에는 테니엘 삽화 복
제품이 잔뜩 걸려 있었습니다.”
애벌론이 성난 기색을 보이며 물었다.
“어째서 지금까지 그 이야기를 하지 않았습니까?”
“이야기하지 않았던가요? 이거 참, 실례했습니다. 나에게는 너무
나도 당연한 일이어서 그만 누구나 다 아는 줄로 여겼습니다.”
트램블이 입가를 찡그리며 말했다.
“좀더 빨리 그 점을 알았더라면 좋았을 텐데요. 앨리스는 그 책 속
에서 카드를 주고받으니까요.”
애벌론이 말했다.
“관계 있는 정보를 모두 갖춰보는 것도 나쁘지 않을 걸세.”
트램블이 말했다.
“그럼, 이제 《이상한 나라의 앨리스》 속에 나오는 이상한 생략에

대해서 생각해 봐야 할 단계가 되었는데……, 이상한 생략이 대체 무엇인지 짚이는 바가 있습니까, 애트웃 씨?"

"아니오. 《이상한 나라의 앨리스》를 나는 어렸을 때 읽었습니다. 물론 이 유언 문제가 일어나기 전에 말입니다. 솔직히 말해서 나는 한 번도 재미있다고 생각한 적이 없습니다."

"원, 저런!" 드레이크가 나직이 외쳤다. 애트웃은 그것을 못마땅하게 여기며 드레이크를 쏘아보았다.

"다른 사람에게는 재미있는 책일지도 모르지요. 그 점을 굳이 부정하지는 않습니다. 다만 나는 그런 말장난을 좋아하지 않습니다. 하지만 라이언이 그 책을 좋아했던 건 알고 있지요. 그의 유머 감각은 거칠고 유치했으니까요.

어쨌든 나는 생략을 찾아내기 위해 그 책을 다시 읽었는데, 더욱 재미 없다는 생각이 들 뿐이었습니다. 그런 식으로 책을 읽는다는 건 좋지 않더군요. 그래서 조카에게 의논하면 무언가 좋은 지혜를 얻을지도 모른다고 생각했습니다만……."

"영문학 교수가 무슨……." 루빈이 멸시하듯이 말했다.

트램블이 말했다.

"자네는 잠자코 있게, 머니. 조카님은 뭐라고 하던가요, 애트웃 씨?"

"루빈 씨가 말씀하신 대로 조카는 아무 도움도 주지 못했습니다. 조카는 루이스 캐럴이 직접 쓴 원고에는 있으나 책에서는 삭제된 문장이 몇 군데 있다고 말하더군요.

그래서 책으로 되어 나오기 전의 상태로 인쇄된 게 요즈음 나와 있어서, 나는 그것을 한 권 구해 샅샅이 읽어보았습니다. 그러나 이렇다 할 뜻이 있을 듯한 대목은 하나도 없더군요."

곤잘로가 말했다.

"헨리가 늘 말했지. 우리가 어디서 틀리는가 하면, 너무 어렵게 생각하기 때문이라고. 메시지 그 자체를 잘 들여다보면 그만이지 책까지 읽을 필요는 없을 것 같네. 메시지는 '앨리스의 이상한 생략'이니, 메시지 자체에 이상한 생략이 있군그래. 책의 제목은 《이상한 나라의 앨리스》지 그저 《앨리스》가 아니거든."
애벌론이 상처입은 침묵에서 겨우 다시 일어났다.
"그렇게 말한다면 《이상한 나라의 앨리스 모험(Alice's Adventures in Wonderland)》이라고 해야 옳다네."
"오오, 그런가. 《이상한 나라의 앨리스 모험》이라……, 그렇다면 그 제목을 잘 생각해 보세. 그 메시지에서 무엇이 생략되어 있는지……. 안 그런가, 헨리?"
사이드 보드 옆에 조용히 서 있던 헨리가 말했다.
"매우 재미 있는 점을 지적하셨습니다, 곤잘로 씨."
트램블이 물었다.
"무엇이 재미있단 말인가. 어디가 이상하다는 건가? 편의상의 생략이잖나. 세상에서는 그저 《앨리스》로 통용되고 있네."
홀스테드가 말했다.
"이야기가 조금 다르지만, 《이상한 나라의 앨리스 모험》이라고 해본들 그다지 대단한 뜻은 있을 것 같지 않네. 그 메시지와 마찬가지로 무슨 소리인지 모르겠어. 내 생각은 이렇네. 《이상한 나라의 앨리스》 아니, 실례했네, 제프, 《이상한 나라에서의 앨리스의 모험》에는 시가 많이 나오지. 그것은 모두 그 무렵에 유명했던 시의 패러디인데……."
"평범하고도 시시한 작품이지." 루빈이 말했다.
홀스테드가 말했다.
"그런 것은 아무래도 상관없네. 그런데 패러디로서는 불완전해. 몇 군데 생략된 곳이 있지.

　예를 들면 앨리스가 '작은 악어야, 안녕'으로 시작되는 시를 읽는 장면이 있는데, 그것은 아이적 와트의 '작은 일벌아, 안녕'이라는 잔혹한 시의 패러디라네. 시 제목은 그대로가 아닌 것 같았지만. 앨리스는 2절까지 있었지만 와트의 시는 적어도 4절까지 있을 걸세. 그러니까 해답은 그 생략된 구절 속에 있는 게 아닐까?"

"그것이 '이상한' 생략인가?" 트램블이 물었다.

"그것은 뭐라고 말할 수 없네. 본디의 시를 처음 한 줄밖에 기억하지 못하지만, 알아볼 필요는 있다고 보네. 다른 패러디의 본디의 시도 알아봐야겠지."

애트웃이 엄숙한 목소리로 말했다.

"그것은 반드시 알아보겠습니다. 그 점은 나도 미처 몰랐습니다."

드레이크가 말했다.

"그다지 도움이 안될 걸세. 메시지는 '앨리스의 이상한 생략'일세. 즉 지금 있는 형태의 앨리스를 알아내라는 것이지 그밖의 것으로까지 폭을 넓힐 필요는 없네."

홀스테드가 반박했다.

"그것은 조사해 본 뒤가 아니면 알 수 없는 일이네."

트램블이 말했다.

"맞아, 문제는 거기에 있어. 옳은 해답이 거기에 있다면 바로 이것이라고 짚일 걸세. 쥐어짜봐도 새로운 수수께끼만 나올 뿐이라면, 요컨대 그것은 글렀다고 해야 옳겠지."

애벌론이 말했다.

"흐음, 아무래도 더 이상은 지혜가 떠오르지 않는군. 헨리의 의견을 듣기로 하세."

애트웃이 고개를 갸우뚱하는 것을 보고 애벌론이 설명했다.

"애트웃 씨, 헨리가 저처럼 시중이나 드는 것을 사명으로 아는 듯한 얼굴을 하고 있지만 그의 추리력이 아주 뛰어나다는 걸 알아두셔야 할 겁니다."

곤잘로가 말했다.

"그 점은 내가 아까 말했네. 그런데 모두 들은 척도 하지 않았지……. 헨리, 해답은 제목 그 자체에 있겠지?"

헨리는 서글프게 웃으며 대답했다.

"여러분, 나에게 힘겨운 짐을 지우시면 난처합니다. 나도 물론 읽은 적은 있습니다만, 《이상한 나라의 앨리스》에 대해 잘 모릅니다. 내가 이 수수께끼를 풀 수 있다면, 해답은 아마 간단한 것이어야만 할 겁니다."

애트웃이 말했다.

"간단한 것이었다면 이미 알아냈을 거요."

헨리는 말했다.

"그랬을지도 모르지요. 하지만 역시 내게는 단순한 것처럼 여겨집니다. 친구분이신 샌더즈 씨는 결국 당신이 유산을 받으시기를 바라고 계셨을 테니까요. 그것을 게임으로 만들어 풀게 하실 생각이셨던 것 같습니다. 그런 일을 해내실 만한 분이라고 여긴 거지요. 어쨌든 당신이 이기시기를 바라고 계셨음에 틀림없습니다."

애트웃은 고개를 끄덕였다.

"그야 그랬겠지요."

"그렇다면 당신도 아실 거라고 그분이 생각하신 매우 단순한 일이란 대체 무엇일까요. 아마도 조금만 머리를 짜내면 게임이 재미있게 되는 그 어떤 것이었을 겁니다. 아까도 말씀드렸듯이 나는 그 책에 대해서는 잘 모르기 때문에 두세 가지 여쭤봐야겠습니다."

애벌론이 은근한 목소리로 말했다.

"《이상한 나라의 앨리스》에 대해서라면 염려 말게, 헨리. 무엇을 물어보든지 대답해 줄 테니까."

"잘 부탁드립니다. 《이상한 나라의 앨리스》에는 카드가 나온다고 트램블 씨가 말씀하셨습니다. 나는 디즈니 만화영화에서 본 기억이 납니다만, 하트의 퀸이 쉴새없이 '그 녀석의 목을 쳐라'하고 외치더 군요."

애벌론이 말했다.

"그렇다네. 여자 헨리 5세지. 하트의 킹과 하트의 잭도 나온다네."

"그밖에 또 어떤 카드가 있습니까?"

"모두 나오지. 하트는 왕족. 클로버는 군대. 다이아몬드는 신하. 스페이드는 직공일세. 스페이드 3장에는 대사도 있지. 2와 5와 9 …… 였지요, 애트웃 씨?"

애트웃은 복잡해 보이는 얼굴로 말했다.

"네, 읽어 보았습니다."

트램블이 말했다.

"헨리, 자네는 설마 어느 카드가 생략되어 있느냐는 말은 아니겠 지. 특별히 뚜렷이 나오는 건 겨우 몇 장이니까……."

애벌론이 말했다.

"아까 말한 6장은 하트의 킹과 퀸과 잭 그리고 스페이드의 2와 5와 9일세."

트램블이 말했다.

"그래서 어떻다는 건가? 필요한 것은 무엇의 무엇이라고 미리 말 하지만, 나머지는 여럿이 뒤에서 대기하고 있지. 그건 '이상'하지도 않고, 아무렇지도 않아. 가장 '이상한' 점에 주의를 기울여야 한다 고 나는 생각하네."

헨리는 고개를 끄덕였다.

"애트웃 씨는 성공회파십니까?"

"성공회파 집안에서 자랐소만, 그것이 어떻다는 거요?"

"아까 말씀하시길, 샌더즈 씨가 당신의 고교회 취미를 놀리시며 자신은 프로테스탄트라고 하셨다기에 거기에다 이것을 결부시켜 볼 때 성공회파가 아니실까 해서…… 저어, 체스를 가지고 계십니까, 애트웃 씨?"

"있지요."

"당신 것입니까? 아니면 샌더즈 씨께서 선물하신 겁니까?"

"내 것이오. 제법 훌륭한 세트지요. 본디 아버지 것이었지만. 그 체스로 라이언과 자주 겨루곤 했었소."

헨리는 고개를 끄덕였다.

"그것을 여쭈어본 것은 《이상한 나라의 앨리스》가 주로 논의되고 있는데도 그 속편은 전혀 화제에 오르지 않았기 때문입니다."

"《거울나라의 앨리스》." 애벌론이 말했다. "옳아, 그것도 있지."

"《앨리스》라고 했을 경우 그쪽도 아울러 생각해야 하지 않을까요?"

애벌론은 고개를 끄덕였다.

"그건 그렇네. 정식 제목은 《거울 속 여행에서 앨리스가 본 것 (Through the Looking-Glass and what Alice Found There)》이지만. 그러니까 《이상한 나라의 앨리스》와 마찬가지로 당연히 《앨리스》라고 해도 상관없네."

"《거울속의 여행》은 체스 말에 대한 이야기가 아니었던가요?"

애벌론이 너그럽게 말했다.

"맞아."

《앨리스》의 권위자로 추대되어 그는 매우 기분이 좋은 것 같았다.

"빨간 퀸과 하얀 퀸이 주된 역할을 하지. 하얀 킹도 대사를 말하는

데, 빨간 킹은 나무 밑에서 잠만 잔다네.”

“기사(나이트)도 나오지요?”

애벌론은 고개를 끄덕였다.

“하얀 기사가 빨간 기사와 싸운 다음 앨리스를 마지막 광장까지 데리고 가지. 2권을 통틀어 이 하얀 기사가 가장 호감가는 성격으로 그려져 있고, 앨리스에게 호의를 가진 단 한 사람이라네. 일반적으로 이 하얀 기사를 가리켜 캐럴 자신이라고들 하지.”

트램블이 답답한 듯이 말했다.

“알았네, 알았어. 자네가 하고 싶은 말은 무엇인가, 헨리?”

“나는 무엇이 생략되어 있는가를 생각해 보았습니다. 첫머리 부분에 아마 하얀 보병이 나오지요?”

애벌론이 말했다.

“잘 모른다더니, 웬걸, 잘 알고 있군 그래. 릴리라는 하얀 보병이 제1장에 나오지. 앨리스 자신도 하얀 보병의 일을 맡아하네. 그러다 마지막에 하얀 퀸이 되지.”

“비차(飛車─룩)는 어떤가요, 나오나요?” 헨리가 물었다.

애벌론은 잠시 눈살을 찌푸리고 생각에 잠겨 있더니 고개를 저었다.

애트웃이 옆에서 말했다.

“나옵니다. 정말이오. 나는 이 시시한 책을 2권 모두 거의 암기할 정도로 읽었으니까. 제1장에서 앨리스가 거울집에 들어가자 체스 말이 움직이고 있으므로 그것을 보고 앨리스는 말하지요. ‘저기에 성을 지키는 장수(캐슬)가 두 사람 손을 잡고 간다.’ 캐슬을 다른 호칭으로는 룩이라고 부르오.”

헨리가 말했다.

“그렇다면 이로써 킹, 퀸, 룩, 나이트, 폰이 나온 셈이로군요. 여섯 종류의 말 가운데 남은 건 비숍(주교)뿐입니다. 비숍은 책 속에서 어떤 역할을 합니까? 뭐라고 씌어져 있습니까?"
애벌론이 말했다.
"아무 데도 나오지 않네."
애트웃이 끼어 들었다.
"제1장에 삽화가 2장 있는데, 그중 하나에 비숍이 둘 그려져 있소."
헨리가 말했다.
"그것은 테니엘이 그린 것이겠지요, 캐럴의 글속에는 나오지 않습니다. 비숍이 전혀 나오지 않는다는 것은 참으로 이상한 생략이 아닐까요?"
애벌론이 천천히 말했다.
"글쎄, 어떨는지……. 루이스 캐럴은 순수한 빅토리아 왕조 사람이어서 교회에 대한 결례를 두려워하고 있었던 게 아닐까?"
"그렇게까지 결례가 되는 것을 꺼려한 게 이상하지 않습니까?"
"그것이 이상하다면?"
홀스테드가 말을 재촉했다.
헨리는 말했다.
"내 생각으로는 애트웃 씨가 가지고 계신 체스의 네 비숍을 조사해 봐야 할 것 같습니다. 샌더즈 씨는 애트웃 씨가 그것을 소중히 여기시어 팔거나 버리거나 또는 잃어버리지 않으실 것을 알고 계셨습니다. 아마 마이크로 필름은 비숍들 가운데 하나 속에 들어 있을 겁니다. 머리 부분이 열 수 있게 되어 있다면 그 속을 살펴보십시오. 머리 부분이 열리지 않는다면 바닥 부분의 펠트를 뜯어보시면 될 것 같습니다."
모두들 고개를 갸우뚱한 채 입을 다물었다.

트램블이 말했다.

"그건 너무 억지로 갖다붙인 것 같네, 헨리."

헨리는 물러서지 않았다.

"그럴까요. 아까 하신 말씀에 의하면 샌더즈 씨의 유머감각은 꽤 짓궂은 데가 있다고 하셨습니다. 그리고 애트웃 씨의 신앙을 늘 웃음거리로 삼으셨다고 했지요. 아마도 이 마지막 메시지는 그런 농담의 연속인 듯싶습니다. 애트웃 씨는 성공회파신데, 물론 그 말의 뜻을 알고 계시겠지요?"

"그리스어로 비숍이지요." 애트웃이 목메는 듯한 소리로 말했다.

"그러니까 내가 생각하기에, 샌더즈 씨는 비숍 말에 메시지를 숨겨 두는 게 걸작이라고 여기신 것 같습니다."

애트웃이 일어섰다.

"나는 실례하겠습니다."

홀스테드가 말했다.

"바래다드리겠습니다."

그러자 헨리가 말했다.

"눈은 멎은 듯싶습니다만, 부디 조심해서 운전하십시오."

이것은 어떤 뜻에서는 세 번 쓴 이야기다.

이 흑거미클럽 시리즈를 쓰기 시작하기 전의 일이었는데 나는 유니언 카버이드 사로부터 그림풀이가 없는 짧은 미스터리를 써 달라는 부탁을 받았다. 직원이 그림풀이를 생각해 내어, 그것을 현상(懸賞)하자는 이야기였다. 최종적으로 수작을 결정하는 것은 나의 역할이었다.

그래서 나는 지금 읽으신 것과 같은 내용의 짧은 미스터리를 썼다. 다른 2명의 작가도 단편을 제공했다. 응모작품의 그림풀이도 저마다 재미있었다.

　그러나 나는 내가 쓴 단편이 활자화되지 않은 채 버려지는 것이 싫었다. 응모자들에게 보내진 《셜록 홈즈의 모험》 표지에는 인쇄되어 있었지만. 헛수고를 한 것 같이 여겨졌기 때문이다. 나는 문학상의 헛수고는 용납할 수가 없다. 그리고 나 자신의 그림풀이가 없는 채 내버려두는 것도 어쩐지 찜찜했다.

　그래서 나는 이 이야기를 대폭적으로 늘려서 흑거미클럽의 한 이야기로 고쳐썼다. 이리하여 내 마음은 개운해졌다. 여기에는 나의 그림풀이가 곁들여져 있기 때문이다.

Out of Sight
사각

　흑거미클럽 모임의 저녁 식사가 거의 끝나가고 있어, 드문드문 남
은 소시지와 임마누엘 루빈의 접시에 손도 대지 않은 채 그대로 있는
간을 빼고는 믹스트 그릴도 거의 없어져가고 있었다. 이때쯤부터 이
야기가 왁자지껄 들끓기 시작했다.

　루빈은 간 요리가 나온 데 대해 분명히 성을 내고 있었다. 늘 그렇
듯이 지나치게 과장된 가시 돋친 목소리로 그는 말했다.

　"시는 음감(音感)이 좋아야 해. 눈으로 보는 게 아니야. 어느 시
대, 어느 나라의 문화가 운(韻), 두운(頭韻), 반복, 조화, 운율 등
여러 가지로 강조했다 해도 요컨대 그것은 모두 귀로 들었을 때의
음감을 문제로 삼고 있는 거라네."

　로저 홀스테드는 목청을 돋구는 일이 결코 없었지만, 그대신 그가
느끼는 그때그때의 감정상태는 넓은 이마의 빛깔로 정확히 알 수 있
었다. 지금 그의 이마는 예전에 머리털이 나 있었으리라고 여겨지는
선을 넘은 곳까지 짙은 분홍빛으로 물들어 있었다.

　그는 말했다.

"일반적인 이야기나 해서 어떡하겠다는 건가, 머니? 애초에 공리
(公理)나 정리(定理)로 이룩된 절대로 구멍이 없는 논리의 체계라
는 게 없다면 일반론은 일반적일 수가 없네. 문학은…….″
루빈은 정색을 하고 말했다.
"표상시(表象詩)라는 말을 꺼낼 생각이라면 쓸데없는 말은 하지
않는 편이 좋을 걸세. 그것은 빅토리아 왕조의 허섭쓰레기일세.″
마리오 곤잘로가 따분한 듯이 물었다.
"뭔가, 그 표상시라는 것은? 루빈이 멋대로 지어낸 단어인가, 제
프?″
곤잘로는 오늘 밤의 초대손님인 월드머 롱을 그린 세밀한 초상화의
부스스한 머리의 끝마무리를 하고 있었다. 식사가 시작된 뒤로 월드
머 롱은 말없이 먹기만 하고 있었다. 그러나 그는 그 자리의 대화를
한 마디도 놓치지 않고 듣고 있는 게 틀림없었다.
제프리 애벌론이 박식한 체하는 얼굴로 말했다.
"아닐세. 토론에 이기기 위해 머니가 입에서 나오는 대로 지껄인다
면 결코 용납할 수 없지. 표상시란 말이나 어구를 활자를 짜넣듯이
나란히 놓아 시각적인 표상을 만들어냄으로써 말하고자 하는 바를
강조한 시라네. 《이상한 나라의 앨리스》 속에 나오는 '쥐의 꼬리'가
그 좋은 예지.″
홀스테드의 부드러운 목소리는 마구 오가는 큰 목소리를 이겨낼 수
가 없었다. 그는 스푼으로 글라스를 두드리며 시끄러움이 가라앉기를
기다렸다.
그는 말했다.
"제대로 이치를 따져가며 이야기하세. 지금 문제되고 있는 건 일반
적인 시에 대한 게 아닐세. 시의 한 형식인 리머릭에 대해 이야기
하고 있는 거지. 되풀이 말하네만 내가 하고 싶은 말은 머니, 리머

릭의 가치는 주제에 의해 결정되지 않는다는 것이네. 뛰어난 리머릭은 모두 외설스러워야 한다는 건 잘못일세. 그것은 오히려 부드러운…….”

제임스 드레이크가 담배를 비벼끄고 흰빛이 섞인 콧수염을 꿈틀 떨더니 쉰 목소리로 말했다.

“자네는 해학 리머릭을 외설이라고 하나? 최고재판소가 잠자코 있지 않을 걸세.”

홀스테드는 말했다.

“그것은 자네들 모두가 이해할 수 있는 두 글자로 된 말이기 때문이지. 그럼 성적 분뇨기호적이며 모독적이고 잡탕같으며 황당무계한 말이라고 하란 말인가?”

애벌론이 말했다.

“그건 아무래도 좋으니 어서 다음을 계속하게. 하려는 말을 분명히 하게. 다른 사람의 잡음에는 귀기울이지 말고.”

애벌론은 숱많은 눈썹 밑의 엄한 눈길로 모두를 둘러보았다.

“로저의 이야기를 듣게.”

루빈이 말했다.

“무엇을? 이야기고 뭐고가 어디 있었나……. 알았네, 제프, 어서 말하게, 로저.”

홀스테드는 자기의 잘못을 주위에서 인정했으므로 우울한 가라앉은 목소리로 말했다.

“어쨌든 들어보게. 리머릭이 잘됐느냐 못됐느냐는 마지막 한 줄의 의외성과 끝맺음의 운이 얼마나 좋으냐에 달려 있네. 실제로는 장난기어린 내용이 그 자체로서는 더 가치 있어 기교를 부릴 필요가 없는 것처럼 보일지도 모르네. 그러나 그것은 리머릭으로서는 결코 고급이라고 할 수 없지. 그러나 운은 덮어두고, 철자법의 습관으로 읊어나갈 수도 있네. ”

“뭐라고 ? ” 곤잘로가 물었다.

“스펠링 말일세. ” 애벌론이 설명했다.

홀스테드가 말을 이었다.

“그럴 경우에는 철자를 보아선 소리를 알 수가 없다네. 그것이 오히려 재미를 더해주지. 그러나 그 경우는 눈으로 보지 않으면 안되네. 귀로 들어선 그 내용의 재미가 살아나지 않으니까. ”

“한 가지 예를 들어주지 않겠나 ? ”

드레이크가 말했다.

루빈이 큰 소리로 끼어들었다.

“무슨 말을 하려는 건지 알겠네. MA와 CD가 운을 띤다는 것이겠지. 다시 말해서 Master of Arts(문학석사)와 Caster of Darts(투창선수). ”

홀스테드는 고개를 끄덕였다.

“흔히 쓰이는 예로군. 그러나 그것은 극단적인 경우일세. 소리를 알아듣고 과연 좋다고 여길 때까지 시간이 걸리므로 안타까워서 그 내용의 재미가 죽고 만다네. 실은 지금 이러쿵저러쿵하는 동안에 하나의 리머릭이 떠올랐는데……. ”

이때 비로소 토머스 트램블이 끼어들었다. 깊은 주름이 새겨진 햇볕에 그을린 얼굴을 험악하게 찌푸리고 그는 말했다.

“지금 떠올랐다고 ? 사실은 어제 생각해 두었는데, 그것을 오늘 여기서 읊어보려고 일부러 이런 시시한 토론을 벌였겠지. 그것이 또 언제나의 《일리아드》라면 가만두지 않겠네. 여기서 집어던져 버릴 테니 그리 알게. ”

“《일리아드》가 아닐세. 요즈음 그것은 하지 않고 있어. 소리내어 읽으면 뜻이 없으니까 써서 돌리겠네. ”

그는 새 냅킨에 시커멓게 활자체로 크게 썼다.

YOU CAN'T CALL THE BRITISH QUEEN MS.
TAIN'T AS NICE AS ELIZABETH IS.
BUT I THINK THAT THE QUEEN
WOULD BE EVEN LESS KEEN
TO HAVE HERSELF MENTIONED AS LS.

미스라고는 불리지 않는 영국 여왕
엘리자베스라는 이름이 어울리네
그러나 천하의 여왕님
괴롭지 않으리라
리스라고 불린다 해도

곤잘로가 자기 앞에 돌아온 패러디를 읽어보고 소리내어 웃었다.
"그럴 듯한데. MS를 미스라고 한다면 LS는 리스가 되겠군."
드레이크가 이맛살을 찌푸리고 말했다.
"난 또 LS는 '라뉴스크리프트'인 줄 알았지. MS와 운을 맞추었기
때문에(MS를 매뉴스크리프트로 본 것임)."
애벌론은 입을 오므리고 고개를 저었다.
"TAIN'T를 썼다는 데 어려움이 있군. 음절을 하나 떨어뜨린다면
달리 또 방법이 있을 걸세. 그리고 엄밀히 한다면 LS로 운을 맞추
는 곳에는 그저 S라고 써야하지 않을까."
홀스테드는 진지한 얼굴로 고개를 끄덕였다.
"그 말이 맞네. 나도 그렇게 할 생각이 없었던 건 아닐세. 하지만
그렇게 하면 이해하기 어려워져 웃음이 나오지 않을 것 같더군. 그

리고 또 한 가지는 여기가 이 리머릭에서 가장 공들인 곳으로, LS 가 머리 부분에 비해 훨씬 가벼운 느낌이 들지."

트램블이 말했다.

"아무래도 상관없네만, 그 따위 낙서에 기어이 거창한 이론을 붙여야만 하나?"

홀스테드는 말했다.

"이제 내가 하려는 말을 알아들었겠지? 이 글의 재미스러움은 눈에 호소할 수도 있다네."

트램블이 말했다.

"자, 이제 그쯤 해두게. 오늘의 호스트는 나니까. 명령이네. ……헨리, 디저트는 아직 안 나오나?"

헨리는 조용히 말했다.

"네, 곧 됩니다."

트램블의 재촉 비슷한 말에 조금도 언짢아하는 기색을 보이지 않고 헨리는 식탁 위를 척척 치우더니 딸기 쇼트케이크를 내놓았다.

이미 커피가 따라지고 있었다. 트램블의 초대손님은 낮은 목소리로 물었다.

"나는 홍차를 주겠소?"

초대손님은 윗입술이 옆으로 길었고, 그에 어울리게 턱도 길었다. 머리털은 짙었으나 수염이 없었다. 그는 마치 곰처럼 구부정한 자세로 걸었다. 처음 소개되었을 때 루빈만은 그의 이름을 들은 적이 있는 눈치였다.

그는 말했다.

"NASA(항공우주국)에 계시지요?"

"네."

월드머 롱은 본의 아니게 신분을 감추고 있다가 들킨 사람처럼 움찔하며 눈살을 찌푸렸다. 헨리가 홍차를 따르는 동안 그는 다시 또 눈살을 찌푸리고 꼼짝하지 않았다.

트램블이 말했다.

"이쯤에서 슬슬 초대손님에게 발언권을 주어 유별나게도 시시한 이야기만 주고받은 오늘 밤의 이 자리에 온전한 화제를 제공해 달라고 하세."

롱은 말했다.

"아니, 괜찮네, 톰. 실없는 이야기도 좋지 뭘 그러나."

그는 잘 울리는 아름다운 목소리를 가지고 있었다. 그 목소리에는 깊은 우수가 담겨 있었다.

"나 자신은 농담을 잘 못하지만 남이 우스운 이야기 하는 것을 듣기 좋아한다네."

홀스테드는 여전히 리머릭을 화제에 올리고 싶어했다. 그는 느닷없이 힘주어 말했다.

"오늘 밤은 머니가 신문하지 못하도록 했으면 좋겠네."

"뭐라고?"

루빈은 도전적으로 드문드문 난 수염을 곤두세웠다.

"권고하겠네, 톰. 머니에게 신문을 시켜보게. 틀림없이 또 지금까지 몇 번 화제에 올랐던 우주 계획 이야기를 꺼낼 테니. NASA와 관계 있는 것이니까. 우주의 이야기니 달에서 살 수 있느냐 없느냐는 이야기는 이제 신물이 나네."

그러나 롱이 뜻밖의 말을 했다.

"그래도 내게 비하면 나을 겁니다. 나는 우주탐험 이야기라면 일체 하고 싶지 않습니다."

그의 말투에 좌석의 흥이 완전히 깨졌다. 홀스테드조차도 한순간 말을 잇지 못했다. NASA 사람을 상대로 우주 외에 어떤 화제를 내놓아야 할지 그는 몰랐다.

조금 뒤 루빈이 의자 위에서 몸을 움찔거리며 물었다.

"내가 짐작컨대, 닥터 롱, 당신은 아주 최근에 그런 생각을 하게 되셨겠지요?"

롱은 루빈을 쏘아보았다. 그리고 눈을 가늘게 뜨고 물었다.

"어째서 그런 말씀을 하십니까, 루빈 씨?"

루빈은 작은 얼굴에 좀처럼 떠올리지 않는 엷은 웃음을 띠었다.

"그다지 큰 이유는 없습니다, 닥터 롱. 당신은 지난해 겨울 아폴로 발사를 견학하러 갔던 단체의 배에 타고 계셨지요. 나도 지식사회의 문예부문 대표로 초대받았지만 못 갔습니다. 하지만 안내서는 받았는데, 그 속에 당신 성함이 있었습니다.

당신은 어떤 우주 계획 문제에 관한 강연을 하기로 되어 있었지요. 내용은 잊었습니다만, 당신 스스로 그 강연을 맡고나선 것으로 알고 있습니다. 그러니까 당신이 우주 이야기 따위는 하고 싶지 않다고 말씀하게 된 건 그 배여행 뒤의 일인 셈이므로 6개월이 됐겠군요."

롱은 고개를 여러 번 조그맣게 끄덕이고 말했다.

"나는 다른 어느 것보다도 그 일로 세상에 알려진 모양입니다. 그 시시한 배여행 덕분에 나는 유명해지기도 했군요."

루빈은 우쭐해지며 말했다.

"또 있습니다. 배여행 도중 무슨 일이 있었고, 그래서 당신은 우주 탐험이 싫어지셨지요. NASA를 그만두고 다른 세계로 옮기려는 생각을 하고 있는 게 아닙니까?"

롱의 눈길이 한곳에 못박혔다. 그는 루빈에게 손가락을 들이댔다. 그 길다란 집게손가락은 꼼짝하지 않았다.

"너무 경박하게 말하지 마시오."

그리고 그는 노여움을 누르며 일어섰다.

"미안하네, 톰. 잘 먹었네. 나는 그만 실례하겠어."

모두들 저마다 뭐라고 말하며 일어섰다. 루빈만이 망연한 얼굴로 앉아 있었다.

트램블이 큰 소리로 모두를 말렸다.

"잠깐만 기다리게, 월드머. 모두들 앉게. 월드머, 자네는 그런 일로 뭘 그렇게 흥분하나? 루빈, 대체 무슨 일인가?"

루빈은 빈 커피 잔을 들여다보고, 커피가 있으면 한 모금 마심으로써 시간을 벌 텐데 하는 듯이 그것을 들어 올렸다.

"나는 그저 논리의 연쇄를 피력했을 뿐이네. 이래 봬도 미스터리를 쓰고 있으니까. 그런데 그것이 신경에 거슬린 모양이야."

그리고 그는 황공한 얼굴이 되었다.

"고맙네, 헨리."

그의 잔에는 짙은 커피가 가득 따라졌다.

"논리의 연쇄라고?" 트램블이 따졌다.

"다시 말하면 이런 것이지. 닥터 롱은 '그 시시한 배여행 덕분에 나는 유명해지기도 했군요' 라고 했지, '지기도'라는 말에 힘을 주었네. 말하자면 어떤 다른 일도 있었다는 이야기가 되네.

여기서 화제가 된 건 우주탐험에 관계되는 모든 일에 대한 그의 혐오였으니까, 나는 그밖에 또 다른 어떤 것이 그에게 혐오감을 심어주었음에 틀림없다고 추론한 걸세. 그의 태도에서 나는 그 감정이 일을 그만두게 할 만큼 심한 것임을 짐작했단 말이네. 그뿐일세."

롱은 아까와 마찬가지로 여러 번 조그맣게 고개를 끄덕이고 자리에 다시 앉았다.

"알았습니다. 실례했습니다, 루빈 씨. 그만 발끈해 버렸군요. 솔직히 말씀드려서 나는 NASA를 그만둘 겁니다. 사실은 이미 그만둔 거나 마찬가지입니다. 결국은 밀려날 테니까요, 그뿐입니다……

화제를 바꿉시다. 톰, 자네는 여기 오면 기분전환이 된다고 했는데, 오늘은 그 효과가 없는 모양일세. 오히려 내 짜증스러운 기분이 여러분의 모임을 망쳐놓은 듯싶네. 여러분, 미안합니다."

애벌론은 가지런히 다듬은 회색 콧수염을 조용히 쓰다듬으며 말했다.

"천만에요, 우리에게 참으로 알맞은 화제를 제공해 주셨습니다. 우리의 호기심을 불러일으키는 그 일에 대해 여쭈어봐도 되겠습니까?"

롱은 예방선을 쳤다.

"함부로 이야기할 일이 아닙니다."

트램블이 말했다.

"할 마음이 있으면 이야기하게나, 월드머. 자세한 점은 이야기하지 않아도 되네. 그러나 무슨 일이건 이 방에서 나왔던 이야기는 일체 밖으로 새나가진 않는다네. 그리고 한 마디 해두지만, 이 비밀동맹에는 우리의 존경하는 친구 헨리도 들어 있음을 알아두게."

사이드 보드 옆에 서 있던 헨리는 빙그레 웃었다.

롱은 조금 머뭇거린 다음 말했다.

"솔직히 말씀드려서 여러분의 호기심에 응해드리기는 쉽습니다. 그리고 추리의 명수로 자부하시는 루빈 씨는 이미 대체적인 것을 알고 계시리라고 생각합니다. 나는 고의적 또는 부주의에 의한 기밀누설혐의를 받고 있습니다. 실제로는 그렇지 않다 해도 내 전문분야에서 냉대를 받을 게 뻔합니다."

"따돌림당한다는 겁니까?" 드레이크가 물었다.

"그렇습니다. 아무도 그런 말은 하지 않습니다만 결과적으로 그렇게 되겠지요."

드레이크가 물었다.

"그러나 당신은 기밀을 누설하지 않았겠지요?"

롱은 고개를 저었다.

"아니, 나는 해버렸습니다. 나는 부정하지 않았습니다. 그런데 불행히도 당국은 내가 인정하는 것보다 더 깊이 생각하고 있습니다."

잠시 침묵이 흐른 다음 애벌론이 정색하며 물었다.

"어디 한번 처음부터 들려주시지 않겠습니까? 여기서 할 만한 이야기가 없습니까? 아니면 이 이상의 이야기는 삼가야 됩니까?"

롱은 한 손으로 얼굴을 비비고 의자를 뒤로 물려 머리를 벽에 기댔다.

그는 말했다.

"그다지 재미 없는 이야기입니다. 루빈 씨가 말씀하신대로 나는 그 배에 타고 있었습니다. 어떤 우주 계획에 관한 강연을 하기로 되어 있었지요. 그것은 꽤 큰 규모의 계획인데, 나는 현재 진행되고 있는 바로 그 웅대한 계획에 대해 자세히 이야기할 작정이었습니다. 여기서는 그 자세한 이야기는 말씀드릴 수 없습니다.

나는 고생하여 자료를 모았습니다. 개중에는 기밀사항인 것도 있었습니다만, 거기에 대한 강연을 해도 좋다는 허가를 받았지요. 그런데 강연 전날, 나는 무선으로 강연하지 말라는 연락을 받았습니다. 기밀취급이 해제되지 않았다는 것이었지요.

나는 발끈했습니다. 네, 나는 발끈하기 잘하는 성미랍니다. 게다가 준비없이 강연하는 것은 질색이거든요. 나는 많은 시간을 들여 초고를 만들어 그것을 낭독하곤 합니다. 물론 좋은 강연방법은 아닙니다. 나도 그것을 잘 알지만, 그렇게 하지 않으면 나는 못하니까요

　그러므로 많은 돈을 내고 내 강연을 듣기 위해 배를 탄 사람들을 앞에 놓고 나는 할 말이 없어진 겁니다. 정말 난처했습니다.”

“그래서 어떻게 하셨습니까?” 애벌론이 물었다.

롱은 고개를 저었다.

“다음날 나는 그야말로 시시한 질의문답으로 얼버무렸습니다. 전혀 잘되지 않았지요. 그럴 바에는 차라리 처음부터 연단에 오르지 않는 편이 훨씬 나았습니다. 그렇습니다. 그때 나는 이미 일이 잘못 꼬여가고 있음을 느꼈습니다.”

“무슨 말씀이신지?” 애벌론이 물었다.

“오락소설식의 이야기를 듣고 싶으십니까? 그것은 이렇습니다. 이미 짐작하셨으리라고 생각합니다만, 나는 식사하는 자리에서 그다지 말을 하는 편이 아닙니다. 그 무선 연락을 받은 다음 만찬 자리에 나갔을 때 나는 마치 분노 때문에 거의 숨이 넘어가려는 사람 같은 얼굴을 하고 있었던 모양입니다. 함께 자리한 사람들은 나에게 열심히 말을 걸어주더군요. 하긴 나 때문에 흥이 깨지면 곤란해서였겠지요.

　그 가운데 한 사람이 나에게 물었습니다.

　‘롱 씨, 내일 어떤 이야기를 하실 겁니까?’

　나는 그만 발끈해서 ‘아무것도 이야기하지 않습니다. 이야기하지 않는단 말입니다. 초고는 만들어 놓았습니다만. 그것은 지금 내 선실 책상 위에 있지만 강연은 못하게 됐습니다. 그 내용이 아직 기밀에 속한다는 것을 조금 전에 알았습니다’ 라고 말했지요.”

곤잘로가 몸을 앞으로 내밀며 말했다.

“그런데 그 초고를 도둑맞았단 말씀이군요.”

“아닙니다. 요즈음 누가 훔치는 짓 따위를 합니까. 사진을 찍어 갔지요.”

“틀림없습니까?”

“그때 문득 그런 생각이 들더군요. 만찬이 끝난 뒤 선실로 돌아가 보니 문의 자물쇠가 열려 있고 초고를 만진 흔적이 있었습니다. 그 뒤 내가 생각했던 대로임을 알았습니다. 정보가 새나갔다는 게 밝혀졌지요.”

어색한 침묵이 모두를 뒤덮었다. 마침내 트램블이 물었다.

“범인이 누군지 짐작가지 않나? 누가 자네 이야기를 듣고 있었나?”

롱은 풀이 죽어서 말했다.

“식탁에 함께 있던 사람 모두였지.”

루빈이 말했다.

“당신의 목소리는 잘 울립니다, 닥터 롱. 발끈해 계셨다니까 꽤 큰 소리로 말씀하셨을 겁니다. 주위의 다른 식탁에도 들렸겠지요.”

“아닙니다.”

롱은 고개를 옆으로 저었다.

“아닙니다. 이를 악물고 있었으므로 그다지 큰 소리는 나오지 않았습니다. 그리고 그 배의 상태로 보아 주위에 들렸을 리가 없습니다. 단체는 정원을 채우지 못했으니까요. 선전도 잘되지 않아 손님도 그다지 없었습니다. 그 배는 정원의 40%밖에 손님을 태우지 못했으니 기선회사로서는 손해를 많이 보았을 겁니다.”

애벌론이 말했다.

“그렇다면 당신의 재난은 제쳐놓고라도 쓸쓸한 배여행이었겠군요.”

“그렇지는 않았습니다. 그때까지는 아주 쾌적했습니다. 그 일이 없었더라면 끝까지 즐거웠을 겁니다. 승무원이 손님보다도 많을 정도였으니 서비스가 훌륭했지요. 배 안의 어디를 가나 텅 비어 있었습</p>

니다. 식당에서 편안히 자리잡으면 식탁이 아담하고 오붓했지요.
우리 식탁에는 모두 일곱 사람 있었습니다. 식사하기 전에 누군가
가 럭키 세븐이라고 하더군요."
롱은 더욱 더 우울해지는 것 같았다.
"주위의 식탁은 모두 비어 있었습니다. 우리의 말소리는 같은 식탁
에 앉은 사람에게만 들렸을 겁니다."
곤잘로가 눈썹을 모으며 말했다.
"그렇다면 의심스러운 것은 일곱 사람이군요."
"여섯 사람이지요. 나를 넣을 필요는 없으니까요. 나는 초고가 어
디 있는지, 그 내용이 무엇인지도 아니까 내가 내 이야기를 들을
필요는 없지요."
곤잘로는 말했다.
"하지만 당신도 의심받고 계시겠지요? 그런 뜻의 말씀을 하신 것
같은데요."
"나 자신이 나를 의심할 리는 없지요."
트램블이 나무라듯 말했다.
"나에게 진작 말하지 그랬나, 월드머. 요즈음 아무래도 이상한 것
같아서 걱정하고 있었다네."
"이야기한들 자네가 어떻게 하겠나?"
트램블은 조금 생각한 다음 말했다.
"어떡하긴 우선 이리로 데려왔겠지. …… 그건 그렇고, 그 식탁에
함께 있던 여섯 사람에 대해 이야기하게, 어떤 사람들이었나?"
"한 사람은 그 배의 의사였네. 유니폼이 썩 잘 어울리는 멋진 네덜
란드 사람이었지."
루빈이 말했다.
"그 배는 네덜란드와 미국을 오가는 여객선이었지요?"

"네, 고급선원은 모두 네덜란드 사람이었습니다. 승무원, 즉 급사나 심부름꾼은 거의 인도네시아 사람이었고요. 3달 동안 영어 특별교육을 받았다더군요. 그러나 대개 손짓으로 용무를 볼 수 있었습니다. 그건 아무 상관 없었습니다. 모두 꽤 재미있는 이들이었고 아주 성실했습니다. 여느 때보다 손님이 적은 탓도 있고 해서 참으로 잘해주었답니다."

드레이크가 물었다.

"그 의사라는 사람은 수상쩍은 데가 없었습니까?"

롱은 고개를 끄덕였다.

"수상쩍게 보려면 모두 수상쩍습니다. 의사는 말이 없는 사나이였습니다. 그 식탁에서는 의사와 내가 늘 말이 없었지요. 다른 다섯 사람은 참으로 말을 많이 했습니다. 마치 여기 계시는 여러분들처럼. 의사와 나는 주로 듣는 역할을 했지요. 내가 어째서 그 의사를 수상쩍게 여기느냐 하면 강연에 대한 걸 물은 사람이 바로 그였기 때문입니다. 개인적인 질문을 하는 건 그다운 일이 아니거든요."

홀스테드가 말했다.

"의사 입장에서 당신을 염려한 게 아닐까요. 당신의 기분을 북돋아주려고 그랬을지도 모르지요."

롱은 내키지 않는 듯이 대답했다.

"어쩌면 그럴지도 모르지요. 그 만찬 때의 일은 잘 기억하고 있습니다. 머릿속으로 여러 번 되새겨보았으니까요. 여러 인종이 섞여 있었습니다. 그래서 식탁에서는 모두 네덜란드 제 종이모자를 써야만 했습니다. 식사는 특제 인도네시아 요리였지요. 모자는 좋았지만, 나는 카레 요리가 딱 질색이었습니다.

오르되브르에 이어 카레를 넣고 찐 양고기가 나왔을 때쯤 의사가 내게 강연에 대해 묻더군요. 상부층의 못마땅한 처사에 울화가 치밀던 참에 카레 요리의 강한 냄새가 풍겨왔으므로 나는 그만 발끈 해버렸습니다. 카레 요리가 나오지 않았더라면 혹시……

어쨌든 그 만찬이 끝난 뒤 나는 누군가가 내 선실에 들어왔었던 것을 알아차렸습니다. 기밀에 속하건 속하지 않건 초고 내용은 그다지 중요한 게 아니었지만, 문제는 누군가가 그토록 재빠르게 행동했다는 데 있습니다. 배 안 사람 가운데 스파이의 앞잡이가 있다는 사실이 실제의 사건보다 더 심각했습니다. 이번에 도난당한 정보는 대수로운 게 아니더라도, 다음에는 결정적인 정보가 흘러나갈 위험이 있기 때문이지요. 그래서 나는 보고할 의무가 있다고 생각했습니다. 그래서 선량한 시민의 한 사람으로서 보고했던 겁니다.”

루빈이 말했다.

“맨 먼저 그 배의 의사가 의심을 받았겠군요. 질문한 건 의사였고, 당신의 대답을 들었으니까요. 다른 사람들은 듣지 못했을지도 모르니 말입니다. 의사는 고급선원으로서 배 안을 잘 알고, 당신의 선실로 가는 지름길도 알고 있을 겁니다. 여벌쇠도 가지고 있지 않았을까요. 의사가 당신의 선실로 갈 기회는 없었습니까?”

“네, 있었습니다. 나도 지금 당신이 말씀하신 점을 모두 생각해 보았습니다. 다만 곤란한 것은, 식탁에 있던 사람은 모두 내 말을 들었으리라는 점입니다. 기밀을 지키는 방법이 한바탕 화제에 올랐었거든요. 나는 잠자코 있었지만, 펜타곤 페이퍼에 대해 이야기 나누었던 것을 기억하고 있습니다.

그리고 내 선실이 어디인지도 모두 알고 있었습니다. 그 전날 밤 나는 그들을 내 선실에 초대하여 조촐한 파티를 열었었거든요. 게다가 선실 자물쇠는 그 방면에 대해 아는 사람이면 누구나 간단히 열 수 있습니다. 나갈 때 잠그지 않은 게 실수였지요. 누군지는 모르겠으나 어지간히 덤벙거렸던 모양입니다.

여하튼 식탁에 함께 있던 사람들은 모두 식사 중 내 선실로 갈
기회가 있었습니다.”
홀스테드가 물었다.
“다른 사람들이란 누구누구였습니까?”
“두 쌍의 부부와 젊은 여성 한 사람이었지요. 그 젊은 여성은 그냥
로빈슨 양이라고 해둡시다. 포동포동하고 꽤 아름다웠는데, 유머가
풍부한 사람이었지요. 다만 식사 도중 태연히 담배를 피우는 데는
손들었습니다만. 그녀는 내가 보기에 의사에게 마음이 있었던 것
같습니다. 그녀는 나와 의사 사이에 앉아 있었지요. 자리는 늘 같
았습니다.”
홀스테드가 물었다.
“그녀가 당신 선실에 갈 기회는 언제 있었습니까?”
“내가 초고에 대한 이야기를 한 바로 뒤였습니다. 나는 무슨 생각
에 잠겨 있어서 그녀가 자리를 뜬 것도 모르고 있었지요. 나중에야
생각이 났습니다. 뜨거운 초콜릿 소동이 벌어지기 전에 그녀는 돌
아왔던 모양입니다. 손을 잡아주려고 했던 기억이 납니다.”
“어디에 간다고 했습니까?”
“그때는 아무도 묻지 않았습니다. 나중에 물었더니 자기 선실의 화
장실에 갔었다고 하더군요. 그것은 사실일 겁니다. 그녀의 선실은
내 선실 가까이 있었습니다.”
“아무도 그녀를 보지 못했습니까?”
“못 보았을 겁니다. 손님은 모두 식당에 있었고, 인도네시아 사람
눈에는 미국 사람이 모두 똑같이 보일 테니까요.”
애벌론이 물었다.
“그 뜨거운 초콜릿 소동이란 무엇입니까?”
“여기서 두 쌍의 부부 가운데 한 쌍이 등장합니다. 스미스 부부라

고 해둡시다. 또 한 쌍은 존스, 그 반대라 해도 상관없습니다. 마
찬가지니까요. 스미스는 몹시 떠들썩하게 지껄여대는 남자였습니
다. 지금 여기서……."

"네, 네, 압니다, 말씀하지 않으셔도." 루빈이 말했다.

"그렇습니까. 그럼, 말하지 않기로 하지요. 스미스도 강사 가운데
한 사람이었습니다. 실은 존스도 강사였지요. 스미스는 말이 빠르
고 잘 웃는 사람이었습니다. 무슨 말을 하건 반드시 속뜻, 그것도
좀 노골적인 뜻이 있는 듯한 투로 말하고는 혼자 좋아하는 것이었
습니다. 나중에는 다른 사람들도 끌려들어가 웃게 되지요.

그는 아주 색다른 사나이였습니다. 처음 만났을 때는 도무지 좋
아할 수가 없었지요. 바보가 아닌가 하는 생각이 들더군요. 그런데
사귀어보니 밉지 않았습니다. 겉으로는 시시덕거리는 것 같지만 사
실은 매우 영리한 사람이었습니다.

지금도 기억하고 있지만, 첫날 밤 의사는 스미스를 머리가 돈 환
자를 보는 듯한 눈길로 바라보고 있었습니다. 그런데 항해가 끝날
무렵에는 홀딱 반해 있었지요.

존스는 매우 조용한 사나이였습니다. 처음 얼마 동안은 스미스가
노골적인 이야기를 태연히 하는 데 질린 것 같아 보였으나 어느덧
스미스에게 맞서 아슬아슬한 이야기까지도 하게 되었습니다. 오히
려 스미스 쪽이 당황해할 지경이었지요."

애벌론이 물었다.

"두 사람의 전문은 무엇이었습니까?"

"스미스는 사회학, 존스는 생물학입니다. 말하자면 우주탐험은 여
러 분야의 관점에서 생각해야 된다는 취지에서 계획된 강연회였지
요. 발상은 좋았지만, 실제로는 많은 문제점이 있었습니다. 그런데
그 가운데 수준 높은 강연도 있었지요. 마리나 9호 이야기며 화성

의 새로운 데이터 이야기도 있었는데, 모두 알찬 내용이었습니다. 이거, 이야기가 빗나갔군요.

소동의 장본인은 스미스 부인이었습니다. 늘씬하게 키가 크고 마른 여자로서, 아름답다고는 할 수 없으나 굉장히 매력적인 인상을 풍겼습니다. 얌전하고 늘 남의 일만 생각하며 사는 듯한 사람이었지요. 모두 금방 이 부인을 좋아하게 되었습니다. 스미스는 이 아내에게 몹시 열렬했던 것 같습니다.

내가 입을 잘못 놀려 강연에 대한 이야기를 했던 그날 밤, 스미스 부인은 뜨거운 초콜릿을 주문했었습니다. 초콜릿은 아주 높은 유리그릇에 담겨나왔는데, 그럴싸하게 보이려고 그랬는지 대가리가 큰 글라스인데다 쟁반에 얹혀 있었습니다.

스미스는 여느 때와 다름없이 두 손을 휘저으며 뭔가 열심히 떠벌리고 있었습니다. 이 사나이는 이야기할 때 온 몸을 움직이는 버릇이 있었습니다. 배가 흔들리자 그의 몸도 기울어졌지요. 여하튼 그때 뜨거운 초콜릿이 스미스 부인의 무릎에 몽땅 쏟아졌던 겁니다.

부인은 벌떡 일어났고 다른 사람들도 일어났습니다. 로빈슨 양이 부리나케 부인 옆으로 가더군요. 그것을 보고 나는 그녀가 어느덧 돌아와 있었음을 알았던 겁니다. 스미스 부인은 괜찮다고 하며 식당에서 나갔지요.

스미스는 몹시 당황하며 네덜란드 종이모자를 벗어 내던지고 뒤따라갔습니다. 5분쯤 뒤 스미스는 급사장에게 뭐라고 연방 지껄이며 돌아왔습니다. 그리고 우리들이 앉은 식탁에 와서 스미스 부인이 입었던 옷은 모두 세탁이 잘되는 것이므로 걱정하지 않아도 된다고 말했습니다. 데지도 않았고 누구의 잘못도 아니니 빨리 여러 사람들에게로 돌아가라고 부인이 스미스를 쫓아보냈다는 것이었습니다.

　스미스도 아무 일 없으니 걱정 말고 아내가 돌아올 때까지 그대로 앉아 계시기 바란다고 말하더군요. 아무 일도 없었던 것처럼 다시 부드럽게 식탁을 둘러싸고 앉아 이야기하기를 아내도 바라고 있다고 그는 말했습니다. 물론 우리도 그렇게 하기로 했지요, 별다른 일이 있었던 것도 아니었으니까요."

애벌론이 말했다.

"요컨대 그 부인이 당신 선실에 들어갈 만한 시간이 있었다는 말씀이군요."

롱은 고개를 끄덕였다.

"네, 그렇다는 이야기가 됩니다. 설마하는 생각도 듭니다만, 이런 일은 겉으로만 보고 판단하는 건 금물이니까요."

"그래, 모두들 가만히 있었습니까?"

"의사가 일어났지요. 데었을지도 모르니 의무실에 가서 약을 가져오겠다고 하면서. 그리고 스미스 부인이 돌아오기 1, 2분 전에 식탁으로 돌아왔습니다."

애벌론이 자기의 말에 무게를 더하듯 손가락으로 식탁을 두드리며 말했다.

"그때 의사가 당신 선실에 갔었다고 생각할 수 있겠군요. 그리고 뜨거운 초콜릿 소동이 일어나기 이전에 자리를 떴던 로빈슨 양이라는 젊은 여성도 일단 의심할 수 있겠지요."

루빈이 물었다.

"존스 부부는 어땠습니까?"

"여하튼 들어보십시오, 스미스 부인이 돌아와서 데지는 않았다고 말했습니다. 그러니까 의사는 약을 꺼낼 필요가 없었지요. 이를테면 의사가 정말 약을 가지러 갔었는지 어땠는지 확실치 않다는 말입니다. 한낱 구실이었을지도 모르지요."

"하지만 정말로 데었다면?" 홀스테드가 물었다.

"그럴 때는 약을 찾지 못했다고 하거나 아니면 의무실에 가서 치료하자고 할 수도 있지요. 어쨌든 우리는 아무 일 없었던 것처럼 다시 식탁을 둘러싸고 앉았습니다. 그럭저럭하는 동안 만찬도 끝났고, 이미 그 무렵에는 식탁에 남은 사람은 우리들 뿐이었습니다. 모두 선실로 돌아가고 존스 부인과 나만 남아 있었지요."

"존스 부인?" 드레이크가 되물었다.

"존스 부인에 대해 아직 말씀드리지 않았군요. 검은 머리에 검은 눈을 가진 매우 화려한 느낌의 여인이었습니다. 냄새가 강한 치즈를 무척 좋아하더군요. 치즈 접시가 돌아오면 반드시 집어먹었지요.

이야기할 때에는 상대의 얼굴을 뚫어지게 보므로, 상대는 그만 자기만이 그녀의 관심을 독차지하고 있는 듯한 기분이 들고 맙니다. 존스는 겉으로 드러내지는 않았으나 아주 질투심이 강한 듯했습니다. 그가 아내에게서 2피트 이상 떨어져 있었던 것은 내가 아는 한 이때 뿐이었습니다. 그는 일어나더니 선실로 돌아가겠다고 말했지요. 그러나 부인이 곧 뒤따라가겠다고 하며 나에게 말을 걸었습니다.

'화성의 단구빙원(段丘氷原)이 어째서 그토록 중요한 의미를 지니고 있는지 설명해 주시겠어요? 식사하는 동안 내내 당신에게 여쭙고 싶었지만 그럴 기회가 없었어요'하고 존스 부인은 말하더군요.

마침 화성에 대한 재미있는 강연이 있었던 날이고, 부인이 강연을 한 그 천문학자가 아닌 내게 물은 게 나로서는 그리 기분 나쁘지 않았습니다. 부인은 내가 그 천문학자와 마찬가지로 지식이 있다고 여기는 것 같았습니다. 그래서 나는 신이 나서 이야기했지요. 부인은 '어머나, 재미있어'하는 말을 연신했습니다."
애벌론이 말했다.
"그 동안에 존스가 당신 선실에 갔을 가능성이 있다는 말씀이군요."
"생각지 못할 일은 아니지요. 나중에 나는 그렇게 생각했습니다. 그 부부가 그런 식으로 따로따로 행동하는 것은 매우 드문 일이었거든요."
애벌론이 말했다.
"그럼 이쯤에서 어디 한 번 정리해 봅시다. 4개의 가능성을 생각할 수 있군요. 뜨거운 초콜릿 소동이 일어나기 전에 자리를 떴던 로빈슨 양. 스미스 부부의 공모——스미스가 일부러 뜨거운 초콜릿을 뒤엎어 스미스 부인이 정보를 훔칠 기회를 마련했다고 생각할 수 있습니다. 그리고 약을 가지러 간다면서 자리를 뜬 의사. 존스 부부의 공모——존스 부인이 닥터 롱을 붙잡고 있는 동안 존스가 정보를 훔쳤다고도 할 수 있겠지요."
롱은 고개를 끄덕였다.
"지금 말씀하신 것은 이미 모두 검토해 보았습니다. 배가 뉴욕에 닿기 전에 보안당국은 그 여섯 사람의 배후를 조사했지요. 아시다시피 이 경우는, 의혹이 있으면 당국은 행동을 일으킬 이유가 충분합니다. 스파이의 정체가 드러나지 않는 길은 오직 하나, 의심을 받지 않도록 하는 일입니다. 방첩기관이 눈독들이면 어떤 스파이든 마지막에는 반드시 정체가 밝혀집니다. 철저한 수사의 눈을 속일 수는 없으니까요."
드레이크가 물었다.
"결국 누가 범인이었습니까?"

롱은 한숨을 내쉬었다.

"문제는 그것입니다. 모두 무죄였습니다. 6사람 모두. 그들이 겉으로 보기와 다른 점을 나타내는 증거는 하나도 없는 모양입니다."

루빈이 물었다.

"'모양이다'라는 말은 무슨 뜻입니까? 당신도 수사에 가담하셨겠지요?"

"나는 조사를 받는 쪽이랍니다. 그 여섯 사람에게 죄가 없으면 없을수록 당국으로서는 내가 의심스러워 보이는 거지요. 나는 당국에 그 여섯 사람 가운데 누구라고밖에 생각할 수 없다고 말했습니다. 그렇게 말하지 않을 수 없었으니까요. 그런데 당국은 그 여섯 사람이 모두 무죄라면, 내가 무언가 더 큰 것을 감추기 위해 이야기를 꾸며냈다고 의심할 수밖에 없다는 겁니다."

트램블이 말했다.

"설마 그럴 리 있겠나, 월드머. 그건 있을 수 없는 일이네. 자네가 범인이라면, 자기 스스로 사건을 보고해서 무슨 이득이 있다는 건가?"

"그런 건 저쪽에서 알 바 아니지. 어쨌든 실제로 정보는 누설되었네. 그런데 그 여섯 사람 속에 범인이 없는 한 당국으로서는 내 소행으로 여기지 않을 수 없는 거지. 동기가 이해되지 않으면 않을수록 그 뒤에 어떤 음침한 게 숨어 있다고 당국은 보는 걸세. 그래서 나는 난처한 처지에 놓여 있다네."

루빈이 물었다.

"정말로 그 여섯 사람 말고는 생각할 수 없습니까? 다른 어떤 사람에게 이야기한 적은 결코 없다고 잘라 말할 수 있습니까?"

"결코 없습니다." 롱은 차갑게 말했다.

루빈이 말했다.

“누군가에게 이야기한 걸 잊은 건 아닙니까? 아무 생각 없이 이야기했을지도 모르지요. 결코 없다고 자신하십니까?”

“없습니다. 무선연락을 받은 것은 만찬에 나가기 바로 전이었습니다. 그러므로 만찬 전에는 누군가에게 이야기할 시간이 없었지요. 만찬 뒤에는 곧장 선실로 돌아왔으니까 아무에게도 말하지 않았습니다.”

“무선을 주고받는 것을 누가 듣지 않았을까요? 도청당했을지도 모르지요.”

“선원 몇 사람이 옆에 서 있었습니다만, 무선연락은 암호로 이루어졌지요. 나는 그 뜻을 알았지만 다른 사람은 모두 몰랐을 겁니다.”

홀스테드가 물었다.

“당신 자신도 암호로 말씀하셨습니까?”

“뭐라고 말했는지 지금도 뚜렷이 기억하고 있습니다. ‘여보시오, 데이브.’ 그리고 ‘마음대로 해’뿐이었습니다. 이 두 마디밖에 하지 않았지요. 쓸데없는 말은 하나도 하지 않았습니다.”

곤잘로가 느닷없이 눈을 빛내며 손뼉을 쳤다.

“지금 죽 생각해 보았는데, 그 일이 그토록 계획적으로 꾸며진 것이었을까요? 그저 우연한 일이 아니었을까요? 안 그렇습니까? NASA 사람이 어떤 재미있는 강연을 하리라는 것은 모두 처음부터 알고 있었습니다. 그러다가 누군가, 누구라도 좋습니다만 날마다 만찬시간에 배 안을 살피며 다녔겠지요. 그런데 당신의 초고에 맞닥뜨려……”

그러나 롱은 한 마디로 딱잘라 말했다.

“기밀에 속하는 내용의 강연 초고가 책상 위에 있다고 내가 말하고 난 다음 한두 시간 동안에 누가 우연히 그것을 찾아낸다는 건 도저히 생각할 수 없는 일입니다. 게다가 초고를 읽는다 해도 전문가 아닌 사람이 그 중요성을 알 만한 것은 하나도 씌어 있지 않았습니다. 내가 기밀이라고 입을 놀림으로써 비로소 거기에 중대한 정보가 실려 있다는 사실이 남에게 알려진 겁니다.”

애벌론이 깊이 생각하며 말했다.

“함께 만찬을 든 사람 가운데 누군가가 무심코 그 이야기를 다른 사람에게 했다고 생각할 수는 없을까요? 도중에 자리를 떴을 때 말했을지도 모르잖습니까?

‘롱 씨의 일 알고 계세요? 참 안됐어요, 애써 준비하셨는데 강연이 취소되었다는군요.’

이 말을 들은 누군가가 정보를 훔쳤다면……. ”

롱은 고개를 저었다.

“그랬으면 좋겠지만, 그렇게 될 수가 없습니다. 그것은 나와 함께 있던 사람 가운데 하나가 정말로 결백해야만 있을 수 있는 일이니까요, 만일 스미스 부부가 사건과 관계없다면 그들은 뜨거운 초콜릿에 대한 일밖에 머릿속에 없었을 겁니다. 누구와 그런 이야기를 할 여유가 없었을 테지요, 그리고 의사는 약을 가지러 갈 일만 생각하고 있었겠지요, 존스가 관계 없다면 식탁을 떠날 즈음 이미 그런 일은 깨끗이 잊고 있었을 게 틀림없습니다. 만일 누군가와 이야기 나누었다면 아마 뜨거운 초콜릿 소동에 대한 것이나 했겠지요.”

루빈이 크게 소리를 질렀다.

“그럼, 로빈슨 양은 어떻습니까? 그녀는 뜨거운 초콜릿 소동이 일어나기 전에 자리를 떴지요, 그러니 그녀 머릿속에 있었던 것은 당신뿐이었을 겁니다. 그녀가 누설하지 않았을까요?”

“과연 그럴까요? 만일 그녀가 결백하다면 스스로도 말했듯이 선실의 화장실에 갔겠지요, 식사 도중에 나갔으니 어지간히 급했을 텐데 그런 상태로 멈춰서서 누구와 남의 이야기를 나누겠습니까.”

침묵이 모두의 위를 덮었다.

롱이 말했다.

"수사는 앞으로도 계속될 겁니다. 언젠가는 진상이 밝혀지겠지요. 결국 나는 운 나쁘게 기밀이 누설된 사실만으로 문책당할 것이며, 그때는 이미 사회에서 매장되어 있을 겁니다."

그때 조용히 부르는 목소리가 났다.

"닥터 롱, 한 가지 질문을 해도 좋겠습니까?"

롱은 깜짝 놀라며 고개를 들었다.

"질문?"

"나는 헨리입니다. 흑거미클럽 여러분은 나에게도 이따금……."

트램블이 말했다.

"기다리고 있었네, 헨리. 우리가 무언가 못 보고 넘긴 게 있나?"

"딱잘라 말할 수는 없습니다만, 닥터 롱은 범인이 그때 함께 식사한 여섯 사람 말고는 없다고 생각하고 계시지요. 수사당국도 당연히 그렇게 여기고 있고요……."

"그렇게밖에 생각할 수 없으니까요." 롱은 말했다.

"그럼, 묻겠습니다만, 닥터 롱께서는 수사당국에 카레에 대한 말씀을 하셨는지요?"

"카레를 싫어한다는 것을?" 롱이 되물었다.

"네, 그 점이 수사 도중 문제가 되었었는지요?"

롱은 두 손을 펴고 고개를 저었다.

"아니, 그런 것에 대해 말한 적은 없는 것 같소. 관계 없는 일이니까, 그것은 내가 입을 잘못 놀린 데 대한 구실에 지나지 않소. 아까 그 점을 말한 것은 여러분의 동정을 사고 싶은 기분이 있었기 때문이었을 거요. 수사를 위해서 무슨 뜻이 있을 리 없소."

헨리는 잠시 입을 다물고 있었다. 트램블이 물었다.

"카레에 무슨 뜻이 있다는 건가, 헨리?"

"나에게는 있는 것 같이 여겨집니다. 이것은 바로 홀스테드 씨가 아까 리머릭에 관해 말씀하신 것과 통하지 않을까요, 리머릭의 진미는 경우에 따라 귀뿐 아니라 눈에도 호소해야 한다고 하셨지요, 하나의 정경은 그것을 눈으로 보지 않으면 충분하다고 할 수 없습니다."

롱이 말했다.

"그 말의 뜻을 아무래도 이해하지 못하겠는데……."

"닥터 롱, 당신은 배 안의 식당에서 다른 여섯 분과 함께 식탁에 앉아 계셨습니다. 그러므로 당신이 하신 말씀을 들은 건 여섯 사람뿐입니다. 그러나 설명하신 정경을 눈 앞에 그려본다면 분명히 무언가 빠진 게 있지 않을까요?"

"그런 것은 없소." 롱은 완강히 말했다.

"틀림없으십니까? 지금 바로 그 배 위에 계셨을 때처럼 당신은 여섯 분과 함께 식탁 앞에 앉아 계십니다. 이야기를 듣고 있는 것은 몇 사람입니까?"

"여섯……." 롱은 대답하려고 했다.

곤잘로가 옆에서 말했다.

"일곱 사람일세, 헨리까지 넣어서."

"그 식탁에는 급사가 한 사람도 붙어 있지 않았습니까, 닥터 롱? 아까의 이야기에 의하면, 카레를 넣고 찐 양고기가 나왔을 무렵 의사가 강연에 대해 물었다고 하셨습니다. 그 카레 냄새가 너무 역겨워 그만 발끈하여 기밀에 대한 말이 튀어나왔다고 말씀하셨지요, 설마 그 카레 요리가 저절로 거기에서 솟은 건 아니겠지요, 당신이 그 말씀을 하실 때 식탁에는 여섯 사람, 그리고 등 뒤 사각(死角)의 위치에 일곱 번째 사나이가 있었습니다."

“급사가…….” 롱은 목멘 소리로 말했다.

헨리는 말했다.

“급사란 무언가 실례되는 짓을 하지 않는 한 눈에 띄지 않는 법입니다. 우수한 급사일수록 눈에 띄지 않지요. 아까 말씀하신 바에 의하면, 서비스가 훌륭했다고 하셨습니다. 어쩌면 그 급사는 일부러 뜨거운 초콜릿을 엎질러 소동을 벌인 게 아닐까요? 아니면 우연한 소동의 틈을 타서 정보를 훔친 건 아닐는지요.

급사가 많고 손님이 적었으니 그가 잠시 없어졌다 해도 누구 하나 알아차리지 못했을 겁니다. 알아차렸다 해도 볼일이 있어서 나갔었다고 우기면 그만이지요. 급사라면 의사와 마찬가지로 선실의 배치를 잘 알고 있습니다. 여벌쇠도 가지고 있지 않았을까요?”

롱은 말했다.

“하지만 인도네시아 사람이었소. 영어를 전혀 못했소.”

“정말 그랬을까요? 3달의 특별훈련을 받았을 텐데요. 어쩌면 못하는 척했을 뿐 사실은 영어가 능숙했을지도 모릅니다.

스미스 부인은 겉보기 만큼 동정심 많은 상냥한 분이 아니었을지 모르고, 존스 부인의 화려한 인상도 겉보기 뿐이었을지 모릅니다. 그것은 인정하시겠지요? 의사의 훌륭한 태도며 스미스의 쾌활한 거동, 존스의 성실성, 로빈슨 양이 화장실에 간 것도 모두 거짓이었을지 모릅니다. 그렇다면 급사가 영어를 못한다는 것도 거짓이 아니었다고 할 수는 없겠지요?”

“빌어먹을!”

롱은 시계를 보았다.

“이런 시각만 아니라면 당장 워싱턴에 전화를 걸 텐데.”

트램블이 말했다.

“누군가의 자택 전화번호라도 알고 있다면 지금 연락하는 게 좋지 않을까? 자네의 사회적 지위 문제니까. 급사도 조사해 봐야 한다고 말하는 걸세. 누군가의 도움을 받았다는 말은 절대로 하지 말게."

"내가 생각해 냈다고 하란 말인가? 지금까지는 어째서 모르고 있었느냐고 물으면?"

"그쪽이야말로 어째서 모르고 있었느냐고 하게. 식탁에는 반드시 급사가 있다는 것을 어째서 생각해 내지 못했느냐고 말일세."

헨리가 조용히 말했다.

"아무도 생각이 미치지 못하셨다고 해도 이상할 게 없습니다. 나처럼 급사에 대한 일을 생각하는 사람은 좀처럼 없으니까요."

이것은 〈EQMM〉 1973년 12월호에 '여섯 명의 용의자'라는 제목으로 발표되었다. 이것 역시 내가 붙인 제목이 더 좋다.

나는 여기에 쓴 것 같은 배여행을 한 적이 있었는데, 그때 이 이야기의 착상이 떠올랐다. 실제로 이 이야기에 나온 것과 같은 일이 일어났었던 것이다. 하긴 내가 아는 한 과학상의 극비정보나 미스터리 따위는 하나도 없었지만.

마지막으로 한 마디 드리겠다. 경험에 의해 짐작컨대, 앞으로도 흑거미클럽 이야기를 쓰겠느냐는 질문편지가 나에게 많이 날아올 게 틀림없다. 그래서 나는 분명히 밝힌다. 나는 쓸 것이다. 이로써 질문편지가 대폭 줄어들리라.

실은 이것을 쓰고 있는 지금 이미 나는 흑거미클럽 이야기를 여섯 편 끝냈으며, 그 가운데 다섯 편은 〈EQMM〉에, 한 편은 〈매거진 오브 팬터지 앤드 사이언스 픽션〉에 넘겼다. 그러므로 머지않아 《흑거미클럽 II》라는 제목의 책이 나오게 될 것이다.

그것은 내가 바라는 일이기도 하다. 이런 이야기를 쓰는 건 매우

즐거운 일이니까. 그리고 그것을 읽어주실 독자 여러분에게 감사를
드린다.

지적 즐거움 흑거미클럽 여섯 전사

아이작 아시모프(Isaac Asimov)는 본디 SF 작가다. 그는 1920년 소련 스몰렌스크 시 교외의 페트로비치 마을에서 태어나, 그의 나이 3살 때 온가족이 미국으로 귀화했다.

그는 소년시절부터 SF에 강한 흥미를 보였는데 19살 때인 컬럼비아 대학 재학 중——그는 생화학을 전공했다——에 쓴 첫단편이 〈어메이징 스토리즈〉에 실렸다.

그 뒤 〈애스터운딩〉의 명편집장 존 W. 캠벨의 인정을 받아 작가로 나서게 되었다.

그리하여 여러 분야에 걸친 SF를 써냈는데, 그 가운데 '은하제국 시리즈' '로봇 시리즈'가 특히 널리 읽혀졌다. 로봇 시리즈에서는 유명한 '로봇 공학 3원칙'을 만들어내 뒷날의 로봇을 테마로 한 작품에 크나큰 영향을 끼쳤다.

그는 미스터리에도 깊은 관심을 지니고 있어, 머리글에도 나오듯이 《강철도시》와 《벌거벗은 태양》에서 SF와 미스터리의 결합을 처음으로 시도하여 1950년대의 미스터리계를 자극했다. 우주인 살해 사건을 맡은 뉴욕 시 형사가 로봇의 도움을 받으며 수사를 펼쳐나가는 그야말로 기발한 내용의 재미있는 소설이다.

그가 이러한 순수한 미스터리 작품으로 처음 펴낸 책이 《흑거미클럽》이다.

여러 분야에 걸쳐 종횡무진으로 써내어 천재로, 귀재(鬼才)로, 때로는 인간 타이프라이터로 일컬어지는 아시모프는 어디서 그런 힘이 나오느냐는 물음에 다음과 같이 대답했다.

"그다지 어려운 일은 아니다. 모든 것은 경험이다. 의욕만 있으면 누구나 할 수 있다."

그러나 그의 박학다식을 잘 아는 사람은 그 말을 있는 그대로 받아들일 수 없을 것이다. 이를테면 '흑거미클럽' 이야기 속에도 '헨리가 정답을 끌어낼 만한 몇 가지 해석만 성립해 있으면 된다'는 아시모프의 말이 나오지만, 이 책을 읽고 나면 이야기의 재미는 그 정답에 있는 게 아니라 정답을 내도록 하기 위해 회원들이 저마다 내놓는 의견에 있음을 알게 된다. 물론 헨리의 공로도 결코 무시할 수는 없지만. 그리고 그것을 위해 아시모프는 방대하게 축적된 지식을 뽐내며 등장인물 하나하나의 특색을 살린 저마다의 인품과 그들이 느끼는 호기심을 잘 표출해 내고 있다.

그러므로 '누구나 할 수 있다'는 말은 그의 반어법적인 정신과 자신감이 가득 담긴 표현으로 여길 수밖에 없다.

이 단편 시리즈는 독자에게 지적 즐거움을 안겨주는 점에 있어서 당대 으뜸가는 아시모프의 참된 면목이 잘 나타나 있는데, 누구보다도 바로 그 자신이 '흑거미클럽'의 모임을 아주 즐기고 있다. 그리하여 맨 마지막에 실린 〈사각(死角)〉의 끝부분에서 아시모프가 말한 대로, 그는 '흑거미클럽' 이야기를 계속 써서 이미 더블데이 사에서 12편이 담긴 속편 《흑거미클럽Ⅱ》가 이미 책으로 되어 나와 있다.

그 속편에서 아시모프는 다음과 같이 말하고 있다.

"속편을 완성한 지금, 나는 첫단편집의 마지막 작품에서 했던 말을 여기서 다시 되풀이하려고 한다. 나는 앞으로도 '흑거미클럽' 이야기를 계속 쓸 것이다. 무엇보다도 나는 헨리를 포함한 '흑거미클럽' 회원 모두에게 완전히 매혹되어 쓰지 않고는 견딜 수 없기 때문이다. 최근에는 보는 것, 하는 일 모두가 완전히 자동적으로 무의식 중에 내 머릿속의 파이프라인을 지나, '흑거미클럽' 이야기의 소재가 되지 않을까 하고 파이프 출구에서 기다리고 있는 형편이다. 그런 까닭으로 '흑거미클럽'은 당분간 해산되지 않을 것이다. 그러다 보면 마침내는 부인 동반 칵테일파티라도 열게 되지 않을까……. "

끝으로 제목에 대해 한 마디 덧붙이기로 한다.

흑거미(學名—Latrodectus mactans)는 미국에 분포하는 거미로, 얼마 안되는 독거미 가운데서도 가장 맹독(猛毒)을 지닌 것으로 알려진 종류다. 그 독은 살모사의 독보다도 강력하며 굉장히 무서운데, 생김새가 아주 아름다워 1센티미터 남짓한 새까만 몸의 배부분에 모래시계를 연상케 하는 진홍빛 점이 있는 게 특징이다. 이 거미에게 물리면 심한 아픔을 느끼며 때로는 목숨을 잃는 경우도 있다. 그러나 독을 품고 있는 건 암컷뿐이다. 수컷은 암컷에 비해 몸이 작다. 암컷은 배가 고프거나 교미하고 나면 수컷을 잡아먹는다고 한다.